謊言的年代

薩拉馬戈雜文集

José Saramago
喬賽・薩拉馬戈——著

廖彥博——譯

The Notebook

這本書要獻給在喬賽・薩拉馬戈基金會（José Saramago）與我合作的同事，特別是賽吉歐・雷崔雅（Sérgio Letria）和賈維爾・孟諾茲（Javier Muñoz）兩位。他們是在藍札羅特（Lanzarote）和里斯本，日復一日每晚守候，有時直到深夜，等待著我把寫好的短文傳送過去的人。他們也是幕後推手，將我的文章，一頁又一頁的，累積成現在這個我從未想像到的篇幅。他們是打造出我這個部落格的巧匠能人。

這本書沒有必要獻給琵拉爾（Pilar），因為自從那一天，她對我說：「有個工作交給你做，寫個部落格吧！」這部作品就已經屬於她了。

目次

CENTENS

2008.09

2008.10

2008.11

2008.12

2009.01

2009.02

2009.03

2009.04

2009.05

2009.06

2009.07

2009.08

導論

若你看得到，就仔細看

張鐵志

若你看得到，就仔細看
若你能仔細看，就好好觀察

這是薩拉馬戈在其小說《盲目》上的一段話。某天當他在改版上市的《切．格瓦拉：革命前的摩托車日記》（*Diario de Rodaje*）的封套上發現這段時，他說：「突然之間，對於迫切恢復視力，對抗盲目，我有了深刻的理解和洞穿的眼力。我之所以能如此，是不是因為我已經看見了那些書中未被實際寫下的字句？或者，是否因為今天的世界變得更加需要對抗陰暗？我不清楚。但是，若你能看得到，那就好好觀察吧。」

是的，今天的世界更加需要對抗陰暗，因為，這是一個「謊言的年代」。這本書，一個擅長用隱喻與寓言來探索世界的諾貝爾文學獎得主的筆記，就是透過直接的批判，要人們張開眼睛去洞察世界，不再盲目。

薩拉馬戈的人生其實就是伴隨著葡萄牙顛簸的政治史，而且文學之外，他也始終以不同方式介入政治。

一九二六年，薩拉馬戈四歲時，葡萄牙出現軍事政變，成立了獨裁政權。一九三二年，薩拉查（António Salazar）擔任總理，建立起法西斯性質的「新國家」政權。一九七四年四月，康乃馨革命爆發，葡萄牙開啟民主化的道路。

薩拉馬戈的前半生幾乎就是在法西斯主義下度過，他做過許多不同工作，如技師、基層公務員和報紙專欄作家，因此對體制有不同的認識。一九六九年，他加入共產黨，參與這個抵抗法西斯政權最主要的政治力量。

一九七四年康乃馨革命後，左翼軍事政權上臺，工人占領工廠、農民獲得土地，企業國有化，薩拉馬戈也被任命為國有報紙的主管。但在新政權的統治下，各種罷工和抗議不斷，內閣不斷更迭，左右派鬥爭激烈。一九七五年十一月，又爆發一次不成功的政變後，溫和派取得政權，推動新憲法下的首次國會選舉，成立一個採取社會民主路線的新政府。但作為共產黨員的薩拉馬戈因此被報社開除，此時他五十多歲。

薩拉馬戈決定要做專業作家。而他上次出版小說，也是他第一次出版，是二十三歲。他說：「被開除是我生命中最幸運的事情。這個事件讓我停下來思考，開啟了我作為一個作家的新生命。」

然後是一本接一本小說，並且獲得了諾貝爾文學獎。

二〇〇八年九月開始到二〇〇九年八月期間，在太太的鼓勵下，他開始寫部落格，內容是關於他的朋友，生活感受，以及對這個世界的看法。這些文章集結成為這本英文書名叫做「筆記」的書。在這一篇篇短小而犀利的篇幅中，我們看到一個強烈人道主義的左翼知識分子，如何嚴厲地批評小布希和義大利總理、批評以色列政府（「如果愚蠢會殺人，那麼不會有一個以色列的政客還會在世界上，也不會有任何一個以色列士兵還活著。」[1]）；他也寫他在墨西哥聽馬科斯演講的激動，寫轉型正義、關塔那摩監獄、這個世界對對女人的壓迫。他甚至批判動物園制度：

如果我能夠，我想關閉這個世界上所有的動物園。如果我能夠，我想發布禁令，禁止馬戲團使用動物表演……比起動物園來，還要更叫人沮喪的，是讓動物在各種荒謬項目中演出的馬戲團秀：穿著裙子的可憐小狗、海豹必須使用牠們的鰭狀肢，表演出鼓掌的動作、馬在轡繩上披著羽毛……

薩拉馬戈的核心關懷是這個世界被「組織性的謊言」編織而成的網所覆蓋。他們說我們作為選民是國家的主人，他們說我們作為消費者是市場的主人，但其實我們是被政客和企業所矇騙、操弄，支配。當然作為一個馬克思主義者，薩拉馬戈更激烈批評了宗教的謊言。在他寫作的二〇〇八年，有一個人最能代表謊言的祭司：

如果一定要給小布希這個人的一生給予一項肯定的話，那就是有一項程式，在美國總統、機器人喬治·布希身上運作十分良好：說謊。他曉得他在說謊，他知道我們清楚他正在撒謊；不過，作為一個習慣性的騙徒，即使當最為赤裸裸的真相就擺在他的眼前，他還是會繼續說謊。……身為一位資深榮譽的騙徒，他是騙徒界的高等祭司。……小布希把真相實話從這個世界排除出去，在他的地盤上，現在建立起了屬於謊言的繁盛年代。今日的人類社會受到謊言的毒害，這是道德汙染當中，最惡質的一種，在這當中，小布希要負起主要的責任。

的確，還記得小布希說伊拉克藏有大規模毀滅武器所以要出兵攻擊嗎？是這個謊言和九一一共同拉開了二十一世紀的血腥之幕。

薩拉馬戈對當代民主的實踐也是充滿了懷疑：

我們錯誤地認知民主便只限定在所謂政黨、國會和政府這些計量的數字與機制的運作，絲毫不去注意它們的實質內涵，並且放任它們扭曲、濫用選票所賦予它們的位置以及責任。……讀者們不能將我上一段裡所談的，歸結成說，我反對政黨的存在：我本人是它們當中的一分子。讀者們不該認為我憎惡國會，或者它們的成員……我只是拒絕接受，現行的民主模式，會是統治與被統治的關係裡，唯一一種可行的道路……我們明明就在餵養著這些禍害，卻表現得像是發明了一種萬物通用

1 二〇〇二年，他把以色列對巴勒斯坦的作為形容為納粹的「大屠殺」，把巴勒斯坦形容為奧許維茲（Auschwitz）集中營，引起巨大爭議。知名的文學評論家哈羅德·布魯姆（Harold Bloom）就說這是一個偉大的小說家在想像力和人性上的巨大缺失。

的萬靈藥方，能夠治癒在這星球上六十億居民的身體與靈魂：服用我們這款民主靈藥，一次十滴，一天三次，你就能永遠歡樂下去。而真相是，真正而且唯一致命的罪孽，就是偽善。

這個對民主的偽善與謊言的批判是左翼思想的根本傳統。薩拉馬戈說得對，我們不能以為政治民主可以脫離經濟與文化的民主而存在，也不能以為現行的民主是唯一的可能。然而，我們也不能像某些左派澈底否定「資產階級民主」而淪為左翼威權統治的辯護者（當前最明顯的就是中國的新左派學者，以批評西方民主來將現行中國的政治模式合理化）。關鍵不是要揚棄現在的自由主義民主（對個人權利的保障、對政治權力的制衡等），而是要不斷深化，因為民主意味著公民能更積極地參與公共事務，更好地控制掌權者，而這都是現行民主模式還需要大幅改革的。

當然，資本主義體制中民主面臨的最大問題，是真正影響公共事務的不是人們選出的政府，而是沒有人民賦予正當性的市場。薩拉馬戈寫下這段非常精采的話：

人民並未選擇能管控市場機制的政府，相反的，是市場在各個層面上，透過政府，把人民交到市場機制的操弄之下。而我如此地談論市場機制，唯一的理由就是在今日，它是特出、統合而唯一的權力，是全球經濟和金融的強權，這種強權並非民主，因為它從未經由人民選舉；這種強權不是民主，因為它從未交由人民統治；

而最後，這種強權不屬民主，因為它並未以人民福祉為其目標。

尤其，這些文章的寫作時間正好是金融危機爆發，而這個危機讓過去二十年縱橫世界的新自由主義澈底破產。薩拉馬戈毫不留情地批評金融資本家們所犯下的罪惡：「在每一個角度來說，這些正在發生的事情，都是種違反人道的犯罪……我並沒有誇大其詞。種族滅絕、民族文化滅絕、死亡集中營、酷刑、蓄謀刺殺、蓄意引發的饑荒、大規模的汙染、以及透過羞辱來壓迫受害者的認同，違反人道的犯罪並不僅限於此。違反人道的犯罪，也是現下那些金融和經濟霸權，加上美國和它們那些實際上默許犯罪的政府一同共謀，業已冷血地加害於全世界數以百萬計的人們。」

二〇〇八年下旬，他更和幾位來自不同國家、抱持不同政治立場的人們，簽署了一份共同聲明，宣稱：「『紓困』就意謂著『利益私有化，損失國家化』。這是一個特殊的機會，以有利於社會正義的觀點，來重新規範定義全球經濟體系……現在紓困的對象，應該是我們，我們公民！而我們應該以速度和勇氣，來支持將一場經濟戰爭轉變為全球發展的經濟……新資本主義？不！……改變集體與個人之間經濟關係的時刻已經到來了。正義的時刻已經到來了。」

「馬克思從來沒像今天這樣正確過。」他說。

然而，即使他從左翼的觀點嚴厲批評了資本主義與現行的民主，他對當代的左派評價也很低：「左派對於他們所居住的這個世界，一點操他媽的理念想法都沒有。」「左派還是繼續他們那懦夫般的態度，不思考，不行動，不冒風險往前踏出步伐。」在另一篇文章中，他說，「我曾經無數次地自問：到底左派將往何處去？到底是什麼原因，讓左派與他們的天然支持者——窮苦大眾與懷抱夢想的人們——之間，產生了如此根深蒂固的隔閡與鴻溝？他們本身的信條，又還有多少迄今仍留存下來？」

簡言之，這不僅是個謊言的年代，還是個失去抵抗的想像力的年代，是我們自己從戰場上撤退了：「我們已經喪失了分析這個世界上正發生事情的批判能力。我們看來是被鎖藏在柏拉圖的洞穴裡，業已拋棄我們思考和行動的責任。我們已經讓自己成了無法憤怒的呆惰生物，無法拒絕隨波逐流，失去了向我們最近的過去，那些崢嶸的人與事，發出異議的能力。我們已經來到了文明的終點，而我並不歡迎那象徵終結的最後號角聲。」

許多人認為薩拉馬戈是一個悲觀主義者，在紐約時報雜誌的長篇訪問中他說：「這個世界對千百萬人而言是地獄一般的悲慘。這世上雖然有不少人試圖尋找出路，但是你無法改變人類的命運。我們生活在一個黑暗的時代，在這個時代中，我們的自由正在消逝，我們沒有批評的空間，而極權主義——多國企業的極權、市場的極權——甚至不需要一個意識型態，並且宗教的不寬容力量正在上升。歐威爾的《一九八四》就在這裡。」

在本書中，他自己也說：「我通常被說成是一個悲觀的人……我通常強調對於我們人類在道德上任何有效且實在的進步與改進之可能性，感到懷疑。」

但是，他接下來說：「實際上，我寧可選擇樂觀看待，即使是只剩下一個希望，也就是那直到今天，日日都升上來的太陽，明天也依然會升起。太陽明天依然會升起，但是總有不再日出的一天。文章開頭的這些反應，是受到家庭暴力這個議題激發引出的思量。」

的確，當面對實際問題時，他仍然對戰鬥保持樂觀，比如當時面對歐巴馬的上臺，他是帶著期待的：「在歐巴馬的演說裡，他告訴我們一些理由（這些『必要』的理由），讓我們不受上面這些聲音的欺瞞矇騙。比起當前我們所詛咒的模樣，這個世界可以更好。基本上，歐巴馬在演講裡告訴我們的，就是『世界是可以有所不同的』。我們當中有許多人，長期以來一直在倡議這個想法。或許對於我們來說，這是一個嘗試去做以及決定世界將如何不同的大好機會。這將會是個起點。」

更重要的是，他終究認為「如果有朝一日，這個世界能夠很成功地變成一個更好的地方，我知道這只能是透過我們的行動，才能夠達到的結果。」

那麼文學可以改變世界嗎？在《紐約時報》的訪問中，他表示悲觀：「一個倫理的小說可以暫時影響一個讀者，但只有如此。我會盡量地寫，但是當我的讀者說你的小說改變我的生命時，我不相信。也許這就像新年願望：你只有在第一週會希望記得這個願望，然後就忘了。」

但是，即使小說的力量有限，他還是必須要寫，因為：

> 如果一個作家屬於他所身處的那個時代，倘若他沒有受到過去的鎖鏈綑綁，他就必須知道他生而為人的這個時代當中所發生的各種問題。那麼，當今之世的問題是什麼呢……最根本、最要緊的是，當世界需要批判觀點的時候，文學就不應該遺

世而孤立。

是的，這是一個悲觀主義者的樂觀。縱使我們生活在當前民主與市場體制下的謊言的年代中，但薩拉馬戈還是不斷地用他的小說，用這本「筆記」，提醒我們不要繼續麻木／盲目，而是要仔細去看，要好好觀察，然後，起而改變。

前言

當琵拉爾和我，於一九九三年二月在藍札羅特定居下來時，我們還保留著里斯本的房子，我的小姨子瑪麗亞（María）和小舅子賈維爾，住在這房裡已有幾年的時間，最近又加入了魯易斯（Luis）和璜霍（Juanjo）兩位，他們合送給我一本筆記本，我用它來記錄在加納利群島（Canary Isles）生活的點滴。對於這本筆記簿，他們只有一個條件，那就是偶爾我該不時地提到他們一下。

在那本筆記簿上，我沒寫下過任何話語，但是要感謝這份禮物，而且就是因為它，《藍札羅特筆記本》系列才能問世，並且長達五年之久。[1]今天，我發覺自己處在一個相似的情況下，這可是我所始料未及的。不過這一次，背後推動的力量是琵拉爾、賽吉歐與賈維爾，他們負責這個部落格。他們告訴我，已經給我留下一塊部落格空間，而我該在上面寫些什麼——評論、省思、對於這件事或那個人發出的單純意見，總之，任何發生在我身邊的事情都行。我比往常來得要有紀律得多，回答說好的，當然，我會寫的，只有一個條件，那就是別讓這本「筆記本」像其它的筆記簿一樣，又來督促我努力寫作。你們可以相信我，這個部落格寫作是有價值的。

---

1 英譯注：《藍札羅特筆記本》（*Lanzarote Notebooks*）出版於一九九〇年代，內容是薩拉馬戈身為作家，於該島上生活的記述。目前此系列尚未有英文翻譯本。

SEPTEMBER

2008

08／09／15

對一座城市的絮語

在我隨手翻閱身邊這些陳舊、失去新鮮氣味的紙張時，我和幾年以前自己所寫，一篇關於里斯本的文章重逢了，而且，我也要大方地承認，這篇文章感動了現在的我。或者這是因為，這篇文字不算是真正的文章，而是一封情書——裡面表達了我對里斯本的愛。所以我決定，和我的朋友、讀者們分享這篇文章，讓這篇文字再一次公開於世。這一次是在網際網路的無邊頁面上頭，公開這篇文字，同時也當作在本部落格裡，我的個人空間正式開張的首篇文章。

對一座城市的絮語

曾經有一段時間，這座城市並不以里斯本（Lisboa）這個名字聞名於世。在羅馬人抵達這裡的時候，他們稱這裡為歐里斯帕（Olisipo）；摩爾人拿下這座城時，改名為歐里斯波那（Olissibona），旋即又更名為阿許邦那（Aschbouna），或許這是由於他們發不出蠻人（拉丁）語的緣故。不過，在一一四七年，當摩爾人從為期三個月的圍城戰役裡敗退之時，這座城市的名字並沒有馬上被變更；而如果那位即將成為我們第一位國王的男人，想要向他的家人寫信，告知這一消息時，這封信札的落款開頭，想必會是在「十月二十四日，阿許邦那」或歐里斯波那二者之間擇一，但絕不會是里斯本。那在法律和現實上，這座城市什麼時候開始被稱做里斯本呢？至少，里斯本這新名字的誕生，還要再等上幾年，等著加里西亞（Galician）征服者開始成為葡萄牙人時起……

有些人或許會覺得，這類屬於歷史的枝微末節很是無趣，它們卻讓我感覺興味盎然：我不只是知道而已，還確實地「見」到了——以這個字眼確實的涵義，見到了里斯本從那些時日以來的改變。如果那個時候有電影的存在，如果老一輩的編年史家能夠是掌鏡的攝影師，如果里斯本在漫長的世紀當中所經歷的一千零一項變化能夠被紀錄下來，我們就能夠看見里斯本，在漫長的八個世紀裡，像生物一樣，茁長並且行進，就像電視螢幕的花朵，在幾秒鐘從芽苗的定格，到最後色彩豔麗地昂然綻放。我想，我愛這樣的里斯本，勝過一切。

從物理定義來說，我們生活在空間裡；可是從情感方面來說，我們是生活在回憶裡面。記憶由時間和空間所構成，記憶是我們的居所，就像處在過去與未來兩片汪洋中間的一座小島。拜個人記憶所賜，我們可以探索較近的過去這片汪洋，在這裡仍保留了過去所行過的足跡；但是如果要探索較久遠以前的過去，我們就必須藉由時間所積累的回憶，而關於空間的記憶，就像時間本身那樣，在流轉之間持續變化著。這部關於里斯本的影片，濃縮了光陰也拓展了空間，是對這座城市最完美的記憶。

我們對一個地方的所知所覺，所端看的，就是我們與那些地方同時存在的那段確切時日。這塊地方就在那裡，這個人登場了，離開了，然而這塊地方仍繼續留存，到頭來，是這塊地方造就了這個人，這個人則改變了這個地方。那時，我正在重建李嘉多・雷伊斯

（Ricardo Reis）在他最後的時光裡所身處的里斯本的時間與空間，「而我更加清楚地知道，對於時間和空間這兩個概念，我們的看法不會一致的——正如從前的我，是這樣一位羞澀的少年，和他所屬的社會階級截然不同；而他身為才華光彩耀目的詩人，思緒總是出入於高尚的精神層面。在我的記憶裡，里斯本的時間與空間，永遠都是那些窮困的街坊。多年以後，境遇使然，我移居他方，然而我心底最想保留的回憶，都是那些我在里斯本的早年時光：那個人們物質貧乏但精神豐足的里斯本，那個仍然行著農村風俗，並且據此來理解這個世界的里斯本。

想要訴說一座城市，或許不太可能不摘引若干它歷史上著名的日期。談到里斯本，在這裡我只想提到一個，也就是里斯本被稱為葡萄牙的里斯本的起始之日：讚美這座城市，若是有罪，那也不令人畏懼。真正令人感覺沉重的事物，會是屈從於那種愛國狂熱的浮誇言詞，這類言詞在沒有真正的外敵壓迫、好使己方宣稱攫取預想權力的情形下，借助於在修辭上的招魂，作為簡易的刺激興奮劑。高調的修辭不一定是壞事，然而確實引出了自滿的情緒，從而導致字眼與實際行為的混淆不清。

在十月裡的那一日，葡萄牙——才剛剛開始——向前邁出了一大步，這是一次極具決定性的步伐，確保里斯本不會再次迷失於途。但是，我們不會允許自己以拿破崙式的虛榮口吻大聲呼喊：「八百年的悠久歷史，正從城堡尖頂上注視著我們！」並且也不會讚美自己屹立於世如許之久……我們倒不如去回想那流淌著的鮮血，各個種族相繼流下鮮血，而回想起這所有陣營的鮮血，此刻正在我們身上的血管裡流動著。身為這座城市的子裔，我們是基督徒和摩爾人的後代，是猶太人與黑人的後代，也是印度人和東方民族的後代，總之，我們既是所有那些被稱為善的種族的後裔，也是那些被視為惡的種族的後裔。我們應該離開那些受擾的心靈——沒有多久以前，才剛發明了葡萄牙國慶日，而這留給他們的墳墓諷刺的和平，並且轉而致力去恢復那些高貴而美好的混合，不僅只是血統，同時也是所有文化的混合，這給予葡萄牙立國的根基，以及這個國家能夠賡續至今天的基礎。

近年以來，里斯本的面貌已有所轉變，市民的道德良心被設法重新喚醒，以使眾志成城，合力讓城市脫離昔日墮落的泥沼。在現代化的大旗底下，混凝土的高牆在古代石垛上豎立起來，山陵的輪廓變得破碎，城市的全景改頭換面，視野也遭到修正。但是里斯本的精神依然存在，並且正是靠著這樣的精神，使得這座城市永恆不朽。詩人賈梅士（Camões）著迷於瘋狂的愛和天賜的狂熱，有一次，他曾寫道，里斯本是「……所有城市當中的公主」。我們會原諒他的浮誇。只須給里斯本她本來的樣貌，富有文化氣息、現代、整潔而有條理，並且沒有喪失任何其內在的精神，這樣就夠了。而如果上述的這些美德，最後使得她獲得城市中的后冠，好吧！那就這樣吧！在我們的共和國裡，像這樣一位皇后總是受到歡迎。

1 即《詩人雷伊斯逝世的那一年》（*O Ano da Morte de Ricardo Reis*）。

08／09／17

向達爾文道歉？

如果在聽了太多令人失望的消息以後，還仍然會有任何的好消息存在，或許天真善良的讀者會說，下面所述的是條好消息。英國國教會（Anglican Church），也就是亨利八世（Henry VIII）時期所建立的英國版本天主教會，以及這個王國的官方宗教，業已宣布一項重要的決定：他們要在查爾斯．達爾文（Charles Darwin）兩百歲誕辰那天，為了教會在他出版《物種起源》（*The Origin of Species*）以後對他所施加的各種壓迫舉措，以及在《人類起源》（*The Descent of Man*）出版以後更惡劣的行徑，正式向他道歉。除了質疑這些道歉能有多大的用處以外，我對這些看似幾乎每天出現，為了這個或那個理由的道歉，並沒有什麼意見。因為，就算達爾文今日仍舊在世，並且想要寬宏大量地表示：「是的，我寬恕你。」這些寬宏慷慨的字眼，依舊不能抹去任何一樣侮辱、誹謗，以及任何一項曾經加諸於他身上的眾多輕蔑烙痕與印記。唯一能從這些道歉裡獲益的機構，只有英國國教會，他們會把這些道歉當成善意的累積，而且還不必付出任何代價。儘管如此，我還是要對這項懺悔心存感謝，雖然它姍姍來遲，卻或許能引起教宗本篤十六世（Benedict XVI）——目前正捲入一起與政教分離（secularism）相關的外交爭議當中——去要求赦免伽利略．加利萊（Galileo Galilei）和喬達諾．布魯諾（Giordano Bruno），尤其是後者，一直飽受基督宗教大部分善儀良軌的折磨，直到他上了火刑柱被焚死的那一刻為止。

英國國教的這項道歉，不會令北美洲的上帝創造論者（creationist）感覺有任何一分一毫的欣慰。他們會裝作無動於衷，但是這項道歉確實有礙於他們的計畫。這項道歉也妨礙了那些相信神造論的美國共和黨人，正如他們的副總統候選人，[2]她已經使用著上帝創造論的名義，揮舞著偽科學的錯亂攻擊大旗。

08/09/18

喬治．布希，或是謊言的年代

我實在很好奇，為什麼美利堅合眾國這樣一個各項事物都極其偉大的國家，老是會選出一些極其渺小的總統來。而小布希（George W. Bush）或許是所有這些渺小總統當中，最為渺小的一個。這位仁兄，才智平庸，粗魯不堪，溝通能力極其含混，並且時常喪失理智，無法抗拒誘惑而滿口胡說八道。他呈現在世人面前的面貌，是一個牛仔的可笑姿態，而且錯把他接手管理的這個世界，當作是放牧的牲畜。我們不清楚他真正的思考為何，我們甚至不知道他是否真的在思考（以「思考」這個高貴字眼的意思來說的話），我們不曉得他是不是一具程式故障的機器人，一再弄混並且變換輸入他體內執行的訊息命令。不過，如

2 此處指的是參加二〇〇八年美國總統選舉的共和黨副總統參選人、前阿拉斯加州州長莎拉．裴琳（Sarah Palin）。

果一定要給予他這個人的一生一項肯定的話，那就是有一項程式，在美國總統、機器人喬治．布希身上運作十分良好，堪稱完美：說謊。他曉得他在說謊，他知道我們清楚他正在撒謊；不過，作為一個習慣性的騙徒，即使當最為赤裸裸的真相就擺在他的眼前，他還是會繼續說謊——即使事情的真相當著他的面爆發，他仍舊會繼續撒謊。正如對他自己狂暴而疑雲重重的過去撒謊那樣，他撒謊以便正當化發起伊拉克侵略戰爭的動機，而且同樣恬然不知羞恥。這些謊言來自於小布希的內心深處，根植於他的血液當中。身為一位資深榮譽的騙徒，他是騙徒界的高等祭司，身邊圍繞著一群騙徒，在過去這幾年裡，為他鼓掌，替他服務。

小布希把真相實話從這個世界排除出去，在他的地盤上，現在建立起了屬於謊言的繁盛年代。今日的人類社會受到謊言的毒害，這是道德汙染當中，最惡質的一種，在這當中，小布希要負起主要的責任。謊話到處流竄而免受譴責，而且還已經變成一種「另類的真理」。幾年前，一位葡萄牙的總理（基於良善的動機，我在這裡將不提及他的姓名）宣稱說：「政治是種不把真相說出來的藝術。」他可能沒辦法想像，在幾年之後，喬治．布希會把這樣令人詫異的聲明，轉變成一種偏激政治的天真把戲，而沒有真正認知到詞語的價值與重要性。對小布希來說，政治只是做生意的其中一種手段，或許是所有手段當中最好的，因為有謊言作為武器。謊言就像是先進的坦克和大炮護衛隊，在廢墟上空，在遺骸旁邊，在悲慘痛苦而不斷幻滅的希望之上講出來。我們難以確定今日的世界已更加安全，但是我們可以確信而無疑的是，要是沒有美國總統喬治．沃克．布希的帝國主義殖民政治，要是沒有那許多不但非常清楚這個騙局，還助紂為虐，把小布希送進白宮的人們，這個世界會更加地清淨。歷史將會對他們這些人記上一筆。

08／09／19

貝魯斯科尼和他的企業

根據北美的《富比士》（*Forbes*）雜誌報導，全球財富鉅子，貝魯斯科尼（Silvio Berlusconi）名下的財產，將近有百億美元之多。當然，他賺取這些財富是光明正大的，雖然也不是全無他人的贊助，比方說，包括我本人的贊助在內。我的作品在義大利是經由埃努迪書屋（Einaudi publishing house）出版的，而這家出版公司，就是屬於前述的貝魯斯科尼旗下，所以想必我讓他賺了一些錢。誠然，比起他的金山銀海，這些錢不過是涓滴細流，但至少能讓他一直過著雪茄菸不離手的日子，然後認定貪腐不是他唯一的罪惡。除了公眾所知以外，貝魯斯科尼，這個在義大利被稱為「騎士」（il Cavaliere）的人，我本人對他的生涯和各項驚人事蹟，所知不多。讓這位仁兄一而再，再而三登上總理寶座的義大利人民，對他的了解，想必比我清楚得多。好吧！就如我們時常聽到的，人民當家作主，而且還不只是當家作主，人民同時也是睿智而精明的，特別是自從公民持續行使民主的各項權利以來，使得他們對於政治如何運作，以及怎樣獲取權力，確實學習到些有用的東西。這表示人民非常清楚當他們投下神聖一票時，他們所要的是什麼。既然我們正在談論義大利而不是別的國家

（雖然這種情形，其他國家遲早也會有），那就拿義大利人民的特殊例子來說。很明顯的，義大利人對貝魯斯科尼的感情，完全不受任何道德秩序的考量所左右，這一點已經獲得了三次證明的機會。真的，在這塊孕育黑手黨和克莫拉（Camorra）的土地上，[3]就算事實證明總理大人可能是個罪犯，那又如何？在一塊公理正義從未享有過聲譽的土地上，如果總理大人取得法律的許可，保障他自己的利益，並且使他本人的濫權與擅權，免於受到任何的懲處，又有誰會在意呢？

以賽．德凱洛茲（Eça de Queiroz）總是說，[4]如果我們對一項制度或機構，施以嗤鼻的訕笑，那個機構就會轟然瓦解，化為碎片。但那是從前的事情了。最近貝魯斯科尼頒布一項禁令——禁止導演奧立佛．史東（Oliver Stone）的電影《小布希傳》（W.）在義大利公開放映，對於這件事我們要怎麼說呢？難道這位「騎士」的權勢，已經到了可以一手遮天的程度嗎？尤其，既然我們已經多次體認到，即便我們對著奎里納爾宮（Quirinale）送上了嗤鼻冷笑，[5]它依舊屹立不倒，那麼像查禁電影這樣的愚蠢之舉，為什麼還做得出來？我們的憤怒或許是正義的，但是我們在此，必須要致力於理解人心的複雜程度。《小布希傳》是部抨擊小布希總統的電影，而貝魯斯科尼，這個可能有著黑手黨頭目般心腸的男人，則是這位美國現任總統的友人、同志、兼好拍檔。他們彼此互利，狼狽為奸。而如果義大利人民，第四次把貝魯斯科尼送上權力的寶座，並無任何好處。到時候，就不再有笑聲足堪拯救我們了。

08／09／20

普理安納斯公墓

或許是七或八年以前，有一次，一位里昂來的男子找到了我和琵拉爾，男人的名字叫艾米里歐．希爾法（Emilio Silva），他請求我們對他正在著手規畫的一項工作給予支持：找尋他那在西班牙內戰初期，遭到佛朗哥黨人刺殺而殞命的祖父遺骸。他所向我們要求的，僅只是道義上的支持。他的祖母業已表達心願，希望能尋得祖父的遺骸，舉行一場莊嚴的葬禮。艾米里歐．希爾法並不將這些話，當作是他高齡祖母悲苦的遺願，而是看成祖母給他的一道命令，無論發生什麼事，都必須實現的使命。上述這些，是接下來找遍整個西班牙的大規模活動的第一步：從壕溝與深壑裡，挖掘出成千上萬受到法西斯分子仇視而遭殺害、掩埋的犧牲者遺體，一一辨識他們的身分，並且將遺骸送到家屬的手中。這項規模浩大的工程，並未受到所有人的支持；應該在此一提的，是西班牙的政治和社會右派，一直努力試圖想要阻擋這件事情，正當這項工程已經成為令人驚駭的現實的同時，正當這些為了忠於自己的理念和共和國的合法性，因而犧牲生命的人們，他們的骸骨從地下被翻找出來的同時，讓我在這裡

3 兩者皆為義大利黑道幫派組織名稱。
4 德凱洛茲（一八四五～一九〇〇），十九世紀葡萄牙最偉大的現實主義作家。
5 現為義大利總統府所在地。

介紹一個名字，作為我對許許多多獻身於這項工作的人，所致上的一點象徵性的敬意，那就是安傑爾・德里歐（Ángel del Río），我的內兄，他一生中最富精力的時光，都投入了這項工作，包括撰寫兩本專著，研究在報復行動當中失蹤與遭到殺害的人們。

必然面臨的，是搶救費德里科・賈西亞・羅卡（Federico García Lorca）的遺骸，他和其他上千具遺體一樣，被葬在格瑞那達省（Granada）的維斯那（Viznar）山谷中，這件事情，很快就成為名副其實的國家級亟待完成事項。這位舉世知名、名列西班牙偉大的詩人之一，現在正躺在這片沙漠之中；在這個地方，我們幾乎可以確認是羅卡這位〈吉卜賽敘事詩〉（*Romancero Gitano*）的作者葬身之處，同時也是另外三位被射殺之人的埋骨之所——名叫迪歐斯科羅・加林多（Dióscoro Galindo）的小學教師，以及給鬥牛掛上響鈴、給鬥牛士做助手的無政府主義者，約昆・亞爾克拉斯・卡貝薩斯（Joaquín Arcollas Cabezas）和法蘭西斯科・賈拉迪・梅爾加（Francisco Galadí Melgar）兩位。可是，很奇怪的，賈西亞・羅卡的遺族一直反對發掘他的遺骸。或多或少，在某些層面上來說，他們所持的理由，我們能稱之為社會觀感的問題，例如媒體的不健康、淫猥心態，還有對於挖掘出骷髏的期待；上述這些理由，無疑地都值得尊敬，可是，如果我能夠對這件事情講些什麼的話，在今天，這些都無法與一個素樸的願望相比，這個願望，是迪歐斯科羅・加林多的孫女，在接受廣播節目訪問時，被問到如果祖父的遺骸被尋獲時，希望能將其歸葬何處，她回答，將帶著祖父遺骨「到普理安納斯公墓去」。在此，我該解釋清楚：位於格瑞那達省的普理安納斯（Pulianas Cemetery），就是加林多昔年工作之處，也是今日他的遺族仍然居住之鄉。書本的扉頁正要被翻過去，而屬於生命的篇章則否。

08／09／22

阿斯那爾，神的傳諭者[6]

我們可以輕易安枕入眠：全球暖化並不存在；這不過是一項環境生態學者的惡意發明，是他們「威權傾向意識形態」的戰略的一部分。上述這些，是由全球暖化這個全球政治與普世議題的宿敵兼觀察者，荷西．馬力亞．阿斯那爾（José María Aznar）所界定出來的。我們的生活，與這位仁兄息息相關。無論是否有朝一日，北極圈將可以栽植花朵；無論是否巴塔哥尼亞（Patagonian）冰河是否正在人們每回的嘆息聲中消融減退，並且造成地球溫度每次都略微上升一點；無論格陵蘭是否已經消融了很大部分的領土，無論乾旱和毀滅性的洪災，是否已經奪去了許多人的性命，無論在一年的各個季節中間，是否已經愈來愈沒有差異——上述這些事情，假如卓越的聖哲，荷西．馬力亞否認全球暖化的存在，就都無關輕重，這樣的否認，是迂迴源自於捷克總統瓦茲拉夫．克勞斯（Vaclav Klaus）的著作裡，而阿斯那爾自己找到一個可以統整制度和科學的美好片段，依此為根據，很快就將公諸於世。這種說

6 荷西．阿斯那爾（一九五三～），西班牙人民黨政客，於一九九六年起擔任內閣總理，二〇〇四年時因馬德里恐怖攻擊案而引咎辭職，前往美國喬治城大學（Georgetown University）擔任教職。

法，我們已經等著洗耳恭聽；可是，我們卻一直被一個嚴肅的質疑所折磨，現在該是交由讀者來做決斷的時候了：這個有系統地否認全球暖化的態度，它的根據、淵源、來處，到底是什麼？這種態度，是否在阿斯那爾擔任人民黨（Partido Popular）的黨魁兼實質領袖之時，就已經珠胎暗結、孕育雛形？當拉霍伊（Mariano Rajoy）以他一貫嚴肅又冷靜的風格，[7]告訴我們，他有位身為教授的表親——顯然，必定是位物理學教授——曾跟他說，全球暖化是胡說八道的時候，這個非常狂妄的聲明就只是一個過熱的凱爾特（Celtic）想像所結下的果實，其解釋的內容，已經無法去了解。那個辯證的胚胎，現在是教義，是規則，是人民黨入黨初步守則的附屬細則；而在這個情況下，要是拉霍伊不幸地轉述他那位教授表親的話語，那麼他那位已成了上帝傳諭者的前老闆，顯然不會想錯過這個再給傲慢的人民再一次教訓的機會。

本文所剩下的篇幅不多，但或許還有一些空間能夠容納一個基本常識的簡短訴求。既然我們曉得，我們所居住的星球已經歷經了六或七次的冰河時期，難道我們就不能再處於另一次冰河時期的開端嗎？難道這個可能性，和人類正在進行、破壞環境的各項行為同時發生的巧合，不是和其他那些人類病態層層相掩的例子非常相像嗎？請各位思考這件事。在下一個，或者已經開始的冰河時期，冰雪將封蓋巴黎。我們可以放輕鬆，因為這不會在明天就發生。但是今天的我們，至少有一項職責：不要再為即將來臨的冰河時期，推上一把，加快速度。然後，別忘了：阿斯那爾不過是一篇短暫的插曲，不必懼怕。

08／09／23

傳記

我相信：所有我們所說的話語，所有我們所做出的行動和姿態，無論是已經完成的，或者只是個梗概，它們各自與相互之間，都可以被理解成一個個非預期的自述之中的離散片段；雖然並非出自於本意，也或許就是因為不經意，這些個片段，卻十分真誠可信，與形諸於寫作、見諸於紙面，最細節的生命敘事相比，毫不遜色。每一次我們所說與所做的，儘管缺乏重要性和意義，卻不得不成為一種傳記式的表達，這種信念曾經一度讓我以益發認真的態度，提議道，在這世上生活的每個人，都應該為他或她自己的人生，留下書寫的敘事記錄，而這些篇幅以億萬計的卷帙，如果到了在地球上沒有空間堆放的地步時，應該拿去存放在月球。這就意謂著，這座規模廣大、龐大、巨大、浩瀚、無涯的人類存在記錄圖書館，首先必須被拆分為二，然後，隨著時光流逝，而三，而四，甚至一分為九，這樣的認定，是基於太陽系裡另外八個行星，行星上的大氣層能提供脆弱的紙張有利的保護。我會想像：有很多人的生命敘事，寫得既簡單又謹慎，可能只有六頁或更少的篇幅，會被

7 馬立安諾．拉霍伊（一九五五～），西班牙人民黨於阿斯那爾卸任後選出的繼任黨魁，曾於阿斯那爾內閣出任教育與文化部長、公共管理部長等職。二〇一一年十一月，由於他所領導的人民黨在大選中再次獲勝，拉霍伊當選總理。

送往太陽系最邊遠的一顆行星——冥王星存放；毫無疑問的，研究人員不會想時常旅行到那裡查閱資料。

我確切地相信，當決定構成上述這些圖書館藏書分類標準的時機到來的時候，將會引來大量的問題與質疑。有些書將入館藏，而不會引發爭議，比方像是艾彌爾（Amiel）、卡夫卡（Kafka）和維吉妮亞．吳爾芙（Virginia Woolf）的日記，[8]鮑斯威爾（Boswell）的《約翰生傳》、切利尼（Cellini）的自傳、卡薩諾瓦（Casanova）的回憶錄、盧梭（Rousseau）的《懺悔錄》，[9]此外，還有許多堪與人類和文學重要性媲美的作品，都應該保存在他們藉以書寫的這顆星球；如此做是為了見證這個世界上在人生逆旅中的男男女女們，留下他們既是為了生活，也為了各種好或不好的理由，所鑿刻出的痕跡、存在、與影響；這些痕跡和影響已經存在至今，將來也會繼續啟迪著後繼而起的世代。在決定什麼書要保留下來、什麼書要送到太空去的時候，會引發各種問題，將會開始反映出難以避免的主觀價值判斷、偏見、恐懼、對於後浪與前浪的同時憎恨、難以置信的藉口、遲來的辯解理由等等，每一個在生命中構築恐怖、絕望以及憤怒的情緒——換句話說，它們都是人類的本性。我想，那還是不要對這些事情做什麼改變，可能會比較好。上述這些我的想法，就像大多數最棒的構想一樣，純屬無用。這樣就好了。

08／09／24

離婚與圖書館

最近幾年，在兩個或三個場合裡，三兩成群的讀者們，在里斯本書展（Lisbon Book Fair）的會場上找到我，令我沮喪的是，他們手上抱著幾十本我的作品，都是新書，甫購入手，大多連塑膠包膜都還來不及撕去。我向他們之中第一位找上我的讀者問了一個似乎是最符合邏輯的問題：他是否在最近，偶然間才讀到我寫的書，並且（看起來）為之著迷？他回答說，不是，他讀我的作品已經有很長一段時間了，但是他最近結束了婚姻，而前妻（另一位我的死忠讀者）將這個破裂家庭的圖書館一併帶走，追尋新生活去了。然後，就在這時，我突然靈光乍閃，趕緊在我的《藍札羅特筆記本》裡頭，匆匆寫下數行：按照當時我的描述，離婚對於圖書館數目的繁衍增殖具有重要性，順著這個觀點研究，會是很有趣的主題。

---

8 艾彌爾（Henri Frédéric Amiel，一八二一～一八八一），十九世紀瑞士哲學家、詩人與文學批評家；法蘭茲·卡夫卡（Franz Kafka，一八八三～一九二四），奧地利小說家；維吉妮亞·吳爾芙（一八八二～一九四一），英國作家。

9 切利尼（Benvenuto Cellini，一五〇〇～一五七一），義大利文藝復興時期的知名藝術家，其自傳有簡體中文譯版，參見平野譯，《致命的百合花：切利尼自傳》（上海：上海人民出版社，二〇〇八年）；卡薩諾瓦（Giacomo Girolamo Casanova，一七二五～一七九八），義大利作家、冒險家，晚年窮盡精力完成自傳體小說《我的一生》（*Histoire de ma vie*）。

我承認，這個想法是稍微有些不討喜，這也是我為什麼後來把它擱在一旁的原因，畢竟我不想被指責說，將自己的利益，建立在他人婚姻不和諧的基礎上。我不曉得，也不能想像，有多少對怨偶已經促成了新的家庭圖書館的誕生，而沒有損害到原有的家庭藏書。兩或三個例子（我所知的就這麼多）無法以偏概全，或者，更清楚點說，光憑這幾個例子，還不足以使出版商的利潤，以及我所能抽取的版稅收入能夠有所增益。

說實在的，我從未預料到的是，這個一直讓我們處在永久警戒狀態下的經濟危機，應該已經使得離婚變得更加困難，因而附帶地降低了預期中圖書館數目的進展——我確信，所有人都會同意，這種情況對於文化來說，實在是一種罪行。又例如，時至今日，對於找一個房屋買主這個複雜而通常無解的問題，又要怎麼說呢？如果許多離婚官司陷入僵局，假如法庭上的案件並沒有繼續進行，那麼上面所說的，本身就是個理由了。更糟糕的是，該如何對若干已經進入公共領域，而行為令人感到憤慨的確切案例進行起訴？在這些案例中（很遺憾的，這些案例十分普遍，並且是澈底的不道德），配偶仍然住在同一屋簷下，也許不同床共眠，但是卻使用同一個圖書館。尊重已經蕩然無存，禮節也不復存在——這就是我們已經面臨的一個悲慘處境。甚至沒有人說華爾街該被譴責：在他們提供資金拍攝的電視喜劇裡頭，從來沒有一本道具書曾被翻閱過。

08/09/25

在表相底下

我覺得，在天地開闢之初，據我們所知，在演說這種不確定事物的終極創造者被發明出來之前，我們對於「我們是誰」、「哪裡是我們立足之地」以及「個人與群體關係為何」這類嚴肅的質疑，並不感到困擾。當然，這個世界只能是我們的雙眼——還包括了其他同樣重要的知覺，比如聽覺、觸覺、嗅覺、味覺，在此刻以及下一秒之內，所能夠接收到的印象。在混沌初開之際，這個世界除了外表、表相，別無它物。一切事情都不脫離粗糙與滑順、苦澀與甜蜜、酸楚與平淡、噪音與寂靜、以及芳香和無臭之間。所有的事物就是它們看起來的樣子，因為就這些事物而言，沒有理由看來既是這一件，同時又相等於另一件。在最古遠的日子裡，事情看來都是表裡如一的。然而在今天，即使我們知道從最小的病毒到包羅萬象的宇宙，無非都是由原子所構成，即使我們也知道在它們之中，能量是從原子而來，而能定義它，仍舊有相當的空隙置身其中（絕對密度並不存在，所有事物都是可以穿透的）；我們仍然像穴居的老祖先那樣，根據反覆向我們示現的道理，持續學習著辨別、認明這個世界。我會這麼想像：當某一天，有人開始懷疑，雖然事物的外表就是外在的印象，人們的意識可以攫取它，並且用之當作按圖索驥的知識指南，它卻也能夠蒙蔽人們的感官，以至產生錯覺——哲學和科學的精神，必定就是在這一天出現的。我們都知道，對於事物的通俗表達，得自於這種理解，雖然「事物的表象會誤導人」這種說法，比起現實世界，更加慣常用於指涉道德領域；又或者是另一個殊途同歸的用法，即欺騙。若不是本文篇幅所限，諸如此類的例子可以永無止盡地列舉下去。

潦草書寫本文的這位潦倒作家，[10]向來總是關心隱藏在表相底下的事物真相，而我現在所談的，並不是原子或者次微粒。我正在談論的，是現行的，是普遍通用的，是日常被提及的問題。舉例來說，就像我們稱之為民主的政治體制，邱吉爾曾描述這種政治制度是「最糟的政體形式，但其他所有的制度都已經試過了」。他沒說民主是項好制度，只是說它沒那麼糟。有人或許會說，我們考慮我們能夠看得到的政府部分，已經超過了我們所需要見到的程度，我卻認為這是一項錯誤的看法——因為就在吾人所無法察覺的同時，我們每天都在為此支付代價。稍後我會回到這個議題來，繼續討論。

08/09/26

白色的試煉

根據《世界人權宣言》（Universal Declaration of Human Rights）第十二條：「任何個人之私生活、家庭、住所或通訊不容無理侵犯，其榮譽及信用亦不容侵害。」以及「人人為防止此種侵犯或侵害，有權受法律保護。」這是本條款的意涵。姑且先不論其他，在這紙宣言上，有著美國與會代表的簽名，所以意謂著美國也認可包含於《宣言》中的這項條款，並且允諾將全力促成其實現；然而，讓美國和我們同感羞愧的，是這些條款全然無用，尤其是在本來應該是用來保障我們權益的法律，非但沒有這麼做，還被用來為最愚蠢的行為背書，包括同樣在《宣言》第十二條裡，所譴責的各種侵害人權的作為。對美國而言，任何人，無論是移民或只是遊客，無論其職業為何，都有潛在犯法的可能，必須像卡夫卡筆下的英雄那樣，去證明自己的清白，而毋須知道對方所控訴的罪名為何。榮譽，尊嚴，名聲，對於這些看守國家大門的柯勃若斯（Cerberus）們來說，[11]不過是徒然引來訕笑的字眼罷了。我們已經曉得這點，我們在鉅細靡遺而備感羞辱的盤查裡，已經體驗到這一點，我們已經遭受到負責入境的官員，用看待最噁心討厭的蠕蟲那樣的眼光來打量我們。總之，我們已經習慣於遭受這樣的非人對待。

可是事情有了新的發展，對於壓迫者來說，是又上緊一圈發條的發展。白宮，「這個星球上最有權力男人的居所」，這個新聞記者每逢處於危機時老是使用這個開場——我再說一次，就是這個白宮，已經授權批准邊境官員去詳細審查每位入境外國公民、甚至是北美居民的檔案，即使沒有任何理由可以懷疑入境者有參與犯罪的意圖時亦然。這些檔案資料將會於許多圖書館裡留置「一段合理的時間」，所記載的每一筆個人資料，從基本的住址到本該是機密的電子郵件信箱，都會被保存下來。而我們每一次出入任何美國邊境關卡時，從我們的電腦硬碟所拷貝複製、數量難以統計的資料，也都會被保存下來。這裡面所有的內容：科

10 原文用 this scribbler，有潦草書寫者與潦倒作家之意，在此用為作者自謙的雙關語。

11 柯勃若斯是希臘神話中冥府大門的守門犬，在此諷諭美國海關入境檢查人員。

學的，技術的，或者開創性的研究，學術論文，乃至於只是些情詩，也在存檔之列。「任何個人之私生活、家庭、住所或通訊不容無理侵犯」，可憐兮兮的《宣言》第十二條是這麼說的。對於這件事情，我們要說，看啊！看看這位世界上最有權力的民主國家的總統，在《宣言》上所簽下的那個姓名，是多麼地渺小無用。

所以，事情就是這樣。我們正在對美國施以一項絕對可靠的白色試煉，而下面得出的結果，是我們已經弄明白的：這不僅僅只是骯髒而已，這絕對是下流而且卑劣。

08／09／29

如水般澄淨

事情一向如此，而也將會永遠如此：關於任何形式的人類社會組織，其核心問題，以及從這當中而來，與其他層面相關聯的，就是權力問題，而呈現在我們面前理論與實務方面的問題，即辨認誰是擁有權力的人、發現他們如何攫取權力、檢視他們權力之構成以及用途：從什麼途徑施展權力，以及為了什麼目的而取得權力。如果民主真是像我們持續述說（不管是誠實無隱還是裝腔作勢）的那樣，政府是民有、民治、民享的，那麼任何針對權力問題所產生的辯論，將會失去其大部分的意義，因為既然說人民是權力的主人，那麼人民才能掌控權力，而掌控權力的人民，肯定只會以良善目的和保障自身福祉為念，這種念頭是由我所稱的，保障生命的律法所驅策，而不帶有任何對僵硬刻板概念的敷衍推拖之意。好吧，只有一種反常的精神，那就是到了犬儒程度的天真爛漫樂觀者（Panglossian），敢於唱反調地宣稱說，所謂的幸福世界，就是沒有人該期待我們去接受目前的這個模樣，即自身的存在，就是世界上所有可能性當中最好的一種。這就是所謂民主世界的確切情形：如果人民是被統治者這件事情為真，那麼統治他們的既不是人民自己，也不是為了人民的福祉的講法，同樣也正確。我們所居住生活的地方，不是民主世界，而是財閥寡頭統治之處，這世界不再趨近人民和因地制宜，相反地，變得高高在上，而且處處盡皆如此。

民主政治的權力，總必須要依照情形和環境來定義；這仰賴穩定的投票率，仰賴階級利益或意識形態之間的擺盪，因此而能夠被看成是一個有機的測量表，反映出一個社會當中，政治意志的變化。但是在過去，就和今天一樣（雖然現今尤有過之），已經有大量激烈政治變動的例子可資證明：這些導致政權起落輪替的劇烈變化，並沒有如其所承諾選民的，隨之帶來經濟、文化、或者社會的激烈變革。在今日，稱呼一個政府是社會黨，是社會民主黨，保守黨，或者是自由黨政權，目的是要認定權力的歸屬；這也就是說，要辨認在這個權力歸屬當中，有種實際上不在此處，卻在某個遙遠難以觸及之處的東西——在這個地方，你可以看見華麗而空洞的經濟和金融權力輪廓，而這種權力，在我們試圖想要靠得更近時，永遠不變地躲閃著我們；在我們異想天開地要降低或者規範其權限、迫使它為大眾福祉服務時，則不可避免地向我們反撲而來。如果用更清楚點的話來說，那麼我所正在討論的，就是人民並未選擇能管控市場機制的政府，相反的，是市場在各個層面上，透過政府，把人民交到市場機制的操弄之下。而我如此地談論市場機制，唯一的理由就是在今日（比起過去逝去的每一日，尤有甚之），它是特出、統合而唯一的權力，是全球經濟和金融的強權，這種強權並非民主，因為它從未經由人民選舉；這種強權不是民主，因為它從未交由人民統治；而最後，這種強權不屬於民主，因為它並未以人民福祉為其目標。

我們居住在洞穴裡的老祖先會說：「這是水。」比老祖先稍微聰明點的我們，則會警告說：「是水沒錯，但是，水已經被汙染了。」

08／09／30

希望與烏托邦

希望的各項好處，不但大量見諸於筆墨，人們更加喃喃叨念於嘴上。各種烏托邦過去一直是，未來也將永遠是無神論者所夢寐以求的天堂。不過，不單只是無神論者，還有那些彌撒和團契的狂熱信徒，期待天國的降臨，仍舊要求上帝慈悲的手掌，為他們遮風擋雨，並且至少在此生當中，給予他們一點祂承諾在來世將賜與的獎賞。上述所說這些，就能解釋：任何對於降臨其身的財富不均（特別是物質上的財富）感到不滿之人，手中必會緊握著希望，認定魔鬼不會永遠徘徊在門外，遲早有一天，財神爺將從窗邊經過。有些人失去了一切，但是還算幸運，至少能保住自己這條可悲性命，他們會認為自己最有資格懷抱著希望，相信明天不會和今天一樣痛苦。當然，仍舊相信這世上還有正義。好吧，如果在此地與彼時當中，確實還存在著某些值得稱作「正義」的事物，不是足堪欺瞞吾人雙眼與心智的傳統幻象，而

二〇〇八年九月

是我們觸手可得的真實之物，那麼很明顯的，我們就不必每天懷揣著、捧著、抱著希望到處奔走。簡單清楚的正義（不是法庭上的正義，而是應該主導人與人關係的那種基本尊重）會主持一切，使事物各得其所。在過去，乞求施捨的貧困之人，會遭受「請耐心等候」這種偽善的字眼所拒。我不認為要求誰要懷抱希望，和建議誰要「耐心等候」會是全然的不同。最近十分普遍地聽到人民選出的政治人物說，不耐煩是反革命的。或許是這樣，不過我更傾向下面這個持相反立場的看法：許多場革命都因為過度的耐心等待，而歸於失敗。我當然對懷抱希望沒有什麼意見，只是我對不耐久候更寄希望。不堪久候的時刻到了，要活在當下這個世界，要讓那些希望我們去餵養希望的人們，學會一、兩件事情。或者，繼續待在烏托邦的夢裡。

OCTOBER

2008

08/10/01

左派何在？

三、四年前，我接受了一家南美洲報紙的專訪，大概是阿根廷吧！我說出了一個自以為隨後會激起不快、議論，甚至是會引發醜聞的宣示，結果，是我太天真了；我以為這個宣示激起的反應，會從地方左翼團體開始，然後持續發展，誰知道不可能呢？像是漣漪一樣，層層往外擴散直達國際媒體——至少那些身為所謂左派附庸的政治、貿易聯盟，或者文化機構會有所反應。那家報紙一字不漏地刊登我的宣示，包括所有的粗話，連髒話罵娘的字眼，都毫無迴避修飾：「左派對於他們所居住的這個世界，一點操他媽的理念想法都沒有。」

對於我蓄意而為的挑釁，左派回應的是冰冷至極的沉默。比方說，沒有任何一個共產黨，這個我早年曾經參加過的政黨，從他們的防禦柵欄裡跳出來駁斥我所說的話，甚至連只是爭論我的用語是否有欠得體、得不得當，也都沒有。就這一點來說，各國的那些執掌政權的社會黨更是如此——我特別要指出，尤其是葡萄牙和西班牙這兩個國家的社會黨——他們根本沒考慮過，是否有必要責令我這位膽敢向惡臭的冷漠沼澤丟石頭、對他們放肆痛詆的作家，發表澄清聲明。根本沒有任何事情發生，安靜得不得了，宛若一座供蜘蛛與塵土棲息的意識形態墳墓，捨此別無他物；又或者像是古老的骸骨，不成一副完整遺骸的殘肢斷骨。一連好幾天，我感覺自己被排除於人類社會之外，彷彿我身上帶有瘟疫，又或者像是我罹患了心智硬化症，說話不再能條理分明。最後我甚至想，在那些一直保持如許沉默的人們，心中可能遍傳著這樣一句憐憫的話：「可憐的老東西，在他這個年紀，你還能期待什麼？」很清楚地，他們不認為我的意見有值得加以考慮的必要。

時間不停流逝，世界局勢也日漸複雜，而左派無論其掌權或者在野，持續無所畏懼地停止扮演他們原先所被賦予應有的各種角色。我在同時有了另一個發現：馬克思從來沒像今天這樣正確過：當一年以前，那如同癌細胞般擴散的不動產抵押騙局在美國爆發的時候，試想，無論這些左派在哪裡，要是還有一口氣在，必定會張開金口說出他們對此事的想法。對此，我已經得出一個解釋：左派根本不思考。他們不思考、不行動、不肯冒任何採取實際步驟的風險。接下來會發生什麼，一如從前和現在所正在進行的，直到今天；而左派還是繼續他們那懦夫般的態度，不思考，不行動，不冒風險往前踏出步伐。這就是為什麼，本文無禮的標題「左派何在？」不該引起任何驚訝的原因。對於本文標題，我並不建議任何答案；我為了自己從前諸多錯覺，已經付出了至高的代價。

08／10／02

家庭裡的敵人

不管天主教會試著用多少溫和的措詞來粉飾太平，甚至連他們自己都無法欺騙，當前的家庭正面臨著危機，這大概是沒有人膽敢否認的事情。我們同樣也無法否認的，是許多所謂社會與家庭共生的傳統價值，已經邋到了谷底，而連帶拖累的是原本在我們所生活的這個高度衝突的社會裡，抵禦持續而來的攻擊的那些價值觀；而今日的學校，就是那些世代綿延、為了彌補家庭教育失敗而默默竭盡心力（我找不出更好的措詞）的舊日學校繼承者則被癱瘓了，充斥於其中的，都是矛盾與錯誤，並且持續被實際上並非教育學方法的理論所誤導，那些理論不外乎是傳遞一些時代潮流，或者是注定要失敗的業餘實驗。它們注定要失敗，因為規畫它們的人，本身就十分缺乏智識上的成熟度，沒辦法能夠提出或是回答一個對我來說很重要的問題：「我們正在試著製造哪種公民？」

這樣的社會景觀並不美麗。很奇怪的，我們那些多少還算是稱職的統治者們，似乎不怎麼像他們理應憂心這些問題那樣的來擔憂這些問題，或許這是因為他們認為，既然這都是些放諸四海皆然的問題，那麼無論何時能找到解決之道，也必然對所有人一體適用。

我不同意這樣的看法。我們生活在一個看來已經拿暴力作為溝通互動方式的社會。這種來自我們人類血液裡遺傳的侵略行為，有時候我們以為已經設法由教育加以約束了，卻在過去二十年間，從我們體內深處野蠻地迸發出來，還宣稱自身正確，遍及整個社會；這是由一種怠惰的模式所誘發出來的，這種模式放棄原先以享樂主義作為消費者的先決心態，而改採暴力：首先是電視，每分每秒、日日夜夜，都可看到堪稱完美的假血漿，從電視裡迸流出來，接著是電玩遊戲，像是在教導人們澈底偏狹不寬容與完美殘酷的操作手冊；然後，因為上述這些彼此全都互連相通，一下子大量湧出的情色服務廣告，廣受所有報紙的歡迎，這還包括了那些立場正常穩健得多的報刊，它們同時在社論欄（如果還有社論的話）裡塞滿了關於社會該如何行事的偽善指示。我是否誇大其詞？那請解釋給我聽，下面的情形到底是怎麼一回事：今天有許多父母對他們的孩子感到害怕——那些可人的青少年、我們未來的希望——在父母們對他們發出愈來愈令人厭煩的不理性要求時，打從說「不」這個字眼起，受辱的暴怒，脫序的行為，侵犯的舉措，頃刻間便都宣洩而出。無須懷疑，上文我所說的「侵犯」，指的是身體上的冒犯。許多父母在自己的家宅裡，豢養著最可怕的敵人：就是他們的孩子。魯本・達理歐（Ruben Darío）頗為純真地寫道：「青年是上天所賜與的財寶。」換作在今日，他就不會這麼寫了。[1]

08／10／06

論費南多・佩索亞[2]

他是個通曉文字、懂得寫詩的男人。他鬻文為生，用文字換得美酒與豐饌。他天生稟賦詩思，宛若開天闢地頭一遭，就是要當詩人。這起於他稱自己為費南多，一個和其他人一般無異的小人物。有天，他想起來了，要宣告一次迫在眉睫的、超級賈梅士式（super-Camões）的登場。這個賈梅士可比之前那位本尊顯眼得多，不過既然他是個公認知所節制的人，慣穿一襲寬鬆的亮色長袍、蝴蝶領結、還戴著一頂無羽毛裝飾的帽子，於多拉杜斯街

1 魯本・達理歐（一八六七～一九一六），尼加拉瓜詩人，開啟南美洲現實主義文風。

2 費南多・佩索亞（Fernando Pessoa，一八八八～一九三五），生於里斯本，葡萄牙詩人與作家。

（Douradores）穿行而過，他可沒有說，這位超級賈梅士，實際上就是他本人。畢竟，超級賈梅士再怎麼樣，也無法凌駕前頭那位本尊，他只能等待著成為費南多．佩索亞，一個彷彿葡萄牙人之前從未知曉的現象。他的一生自然也是由每一天積累而成，而我們知道，儘管每一天看起來都很相像，但是日子從未重複，這就是為什麼，當費南多經過一面鏡子時，匆匆一瞥，看見鏡中有另一個人，[3]他卻絲毫不驚訝的原因。他以為那只是像平常一樣，是自己不留神、一時眼花的錯覺，或是因為剛才喝的那杯白蘭地（*eau de vie*），[4]搞得自己頭暈腦脹，但是他謹慎地倒退一步以便確定——以為就像以往所認定的，鏡子會映照出某物而並未出錯。然而這一次，確實出了問題：鏡子裡頭有個男人正在打量著他，而這個男人可不是費南多．佩索亞。這個男人個頭稍矮，面龐有些黝黑，鬍鬚刮得乾乾淨淨。費南多下意識地摸了摸自己的上唇，然後像個孩子般吐了口長氣：他的鬍鬚都還在臉上。透過鏡子裡映照出的影像，人們能想像出許多事情，但是絕不會想像鏡中影像會說話。而因為費南多和顯然不是他本人的這位鏡中人，不會永遠這樣一直望著對方下去，費南多．佩索亞開口了：「我叫李嘉多．雷伊斯。」鏡中人微笑頷首，並且消失不見。接下來一小段時間，鏡子裡空空蕩蕩，然後又有影像顯現：一位瘦削、蒼白的男人，彷彿是初來乍到這個世界那樣，在鏡子裡望著他。對於費南多而言，這男子必定是方才率先出現的那位；然而，他卻不作任何評斷，只說：「我叫做艾貝托．凱艾洛（Alberto Caeiro）。」鏡中人並未微笑，只微微點頭表示同意，隨即就離去了。接下來，費南多．佩索亞屏息以待，因為他聽人說過，凡事有二就必有三。第三個鏡中影像在幾秒鐘後來到，而鏡中人是出現的這幾位男人裡頭，看來健康較佳的一位，有種清楚明確的神態，表明他是一位在英格蘭受過訓的工程師。費南多說：「我名叫阿瓦洛．狄坎伯斯（Álvaro de Campos）。」不過，這一次他並沒有等到人像從鏡面消失，自己就先離去了，大概是厭倦了在這麼個空間、時間裡，扮演這麼多人吧。當晚，離天亮還有幾小時的時間，費南多．佩索亞醒來，好奇阿瓦洛．狄坎伯斯是否還留在鏡中。他起身攬鏡自照，發現只照出自己的臉龐。於是他說了：「我的名字是伯納多．索額利斯（Bernardo Soares）。」然後又回到床上去。正是在想出上述這些幾個名字以後，費南多認為屬於他、還有屬於荒誕的時代來臨了，所以他寫出了世界上最為荒誕的情書信札。他在翻譯和詩作上有了一日千里的成績，然後，他便死去了。他的朋友老早就對他說，還有似錦前程在等著他，可是他沒辦法相信他們——事實上，就是因為毫不相信朋友所言，以至於他不公平地決定，要在他人生的精華時段死去，也就是在四十七歲這年，如果你可以相信這檔事的話。在臨終前的某個時刻，他向人索討眼鏡：「把我的眼鏡拿來。」這就是他最後的、正式的遺言。直到今天為止，沒有人嘗試弄明白，到底是為了什麼他要索討眼鏡，這個臨終遺願，就這樣被忽略，或是遭到鄙夷；不過，在他生命結束前，想要討面鏡子，看一看裡面有誰，倒是很有可能的。但是，時間匆促，他沒來得及完成心願。事實上，當時房間裡甚至沒有鏡子。費南多．佩索亞這一輩子從來沒弄明白他到底是誰，不過多虧了他的疑問，我們能夠設

3 英譯注：葡萄牙文中的「人」拼作 pessoa。

4 白蘭地品牌名，法文直譯為「生命之水」。

法對於這是一個怎麼樣的人，了解得更多一些。

08／10／07

另外一面

事物當我們沒在瞧它們的時候，會是什麼模樣呢？對於每日思考這個問題的我來說，並不是那麼荒謬，這也是我孩提時經常問的問題，不過只是問我自己，而不去問父母和師長，因為我猜想，他們會對我的天真莞薾一笑（或者因為我更激烈一點的看法，嘲笑我的愚笨），然後給我那個不能說服我的標準答案：「當我們沒在看那些事物時，它們就是我們瞧著它時的那個模樣。」我總是覺得，事物在任何獨處的時刻，會是另一個模樣。稍後，在我到了自負又傲慢的青少年階段，並且以這種性格來評判童年時期發生的事物之時，對於這個在童稚時期折磨我多年的形而上疑問，我以為已經找出了一勞永逸的解決辦法：我認為，如果你能夠在一個無人的房間裡架設好一臺攝影機，並且自動拍攝圖片，靠著這個辦法，你就可以在事物察覺不到時，捕捉它們的真實樣態。當時的我，忘記事物比起它們看起來的模樣來得更加聰明，而且不會允許它們自己這麼輕易就中計上當：它們非常清楚，在每一具攝影鏡頭裡，都埋伏著一雙人類的眼睛……除此以外，就算攝影設備可以狡猾地捕捉事物的真實面孔，它們仍然有視覺、機械、化學、或者數位系統拍下的影像紀錄所無法到達的另外一面。而這個被隱匿起來的另外一面，在最後一刻，很諷刺地會被找到，也就是在被攝影的事物轉變成它的祕密層面，它孿生的黑暗姊妹時。當我們進到一間完全沉浸於深深黑暗的房間，並扭亮燈光時，黑暗便消失無蹤。所以，我們應當自問：「黑暗到哪去啦？」這樣問並不奇怪。而這個問題只能有一個回答：「黑暗哪也沒去，它就是光亮的另一面，那神祕的另外一面。」當我還是個孩子時，沒人早點告訴我這個回答，真是遺憾。在今天，光明與黑暗，黑暗和光明，相倚相生，我將全然知曉。

08／10／08

回到這個議題來

許多生命換來的教訓已經告訴我們：民主政治的用途是多麼渺小，就算其內部體制運作看來有多麼優良、穩定，假使它並非建構在有效率並且實在的經濟民主，和同樣不稍遜色的文化民主基礎之上，仍將是徒然無用。今天，像上述這樣，對過去的特定意識形態表達關切看來是迂腐陳舊的老生常談，不過，民主的三大要素是政治、經濟、文化，它們相輔相成而缺一不可，在其繁盛的高點，作為一種理念，代表未來、最能激發起熱情的公民旗幟，在近來的歷史中，一貫地能夠啟發良知、喚起意志並且感動人心；要是我們無法體認這點，就會對歷史的事實視而不見。時至今日，經濟民主的理念，已經因其本質的磨耗，不堪使用而慘遭放棄，被輕蔑地拋入公式的垃圾堆裡，讓道給了靠著下流手段獲勝的市場機制，甚至在其金融核心處於最嚴重的危機之時，也還是如此；與此同時，文化民主的理念也慘遭一種疏離而工業化的大眾市場文化所瓜代。我們不是在進步，我們正在走回頭路。而更荒謬的，是我們錯誤地認知民主便只限定在所謂政黨、國會和政府這些計量的數字與機制的運作，絲毫不去注意它們的實質內涵，並且放任它們扭曲、濫用選票所賦予它們的位置以及責任。

讀者們不能將我上一段裡所談的，歸結成我反對政黨的存在：我本人是它們當中的一分子。讀者們不該認為我憎惡國會或者它們的成員：我希望它們在各種事情上，都能運作得更為順暢、更負起責任。而讀者也不該以為我是那種天授神奇藥方的創造者，能夠讓人民從此以後免於受壞政府統治之苦，或是在各種鮮少能解決問題的選舉上浪費時間：我只是拒絕接受現行的民主模式會是統治與被統治的關係裡唯一可行的道路；這樣的想法，在我的心目中是扭曲而沒有條理的，也是那些特定政客（不一定總有良善初衷）普遍想要採用的，他們以這種方式，加上對社會發展的謬誤承諾，只是用來遮掩真正驅使他們的自我本位和殘忍野心罷了。我們明明餵養著這些禍害，卻表現得像是發明了一種萬物通用的萬靈藥方，能夠治癒在這星球上六十億居民的身體與靈魂：服用我們這款民主靈藥，一次十滴，一天三次，你就能永遠歡樂下去。而真相是，真正而且唯一致命的罪孽，就是偽善。

08／10／09

上帝與拉辛格[5]

上帝會怎麼看待拉辛格呢？上帝會怎麼看待由這位拉辛格宗座所主牧的羅馬天主教與

使徒的教會呢？據我所知（我還寧願知道得少一些），目前還沒有人膽敢提出這樣離經叛道的問題，或許是因為老早就知道，提問人現在不會、將來也永遠不能得到答案。如同在整整十五年前，有次我在一段形而上的徒勞探索當中所寫到的：如果神是宇宙的亙古寂靜，那麼人就是賦予這個寂靜意義的那一聲哭啼。這句話是收在《藍札羅特筆記本》這本集子裡的，而已獲得鄰國的神學家們多次摘引，他們都十分仁慈寬容，才會去閱讀我的作品。當然，若要認定拉辛格或是教會，已經由教宗嘗試著從預料之中的死亡裡拯救出來——無論是從飢餓裡拯救出來，還是由拒絕聆聽救恩，以及失去信仰作為根基的罪惡當中拯救而出，那都將必須證明有所謂上帝的存在——除去聖安瑟倫（Saint Anselm）曾經提供過若干假定的論據以外，這是一項最難達成的使命；即使連聖奧古斯汀（Saint Augustine）也曾告解道，想要嘗試去闡釋三位一體論，就有如「以水桶盡罄汪洋之水，傾注於砂粒之孔洞中」那樣的困難。如果上帝存在的話，該要感激拉辛格，理由是這位教宗最近屢屢表現出對天主教信仰脆弱情勢的關心。人們不上教堂望彌撒，他們不再相信教理，並且以父輩時便形成的偏見，作為精神生活基礎的行事準則；而他們的物質生活也同樣如此，這樣的變化，是和許多銀行家，在早先資本主義建立起來的那個年代所同時發生的，銀行家們都是嚴守教義的喀爾文教派信徒，每個人無不盡其所能地積蓄財富，作為他們在個人和職業上正直的證明，以抵擋各種次

5 即天主教教宗本篤十六世（Benidict XVI，一九二七～）的俗姓，教宗原名為：約瑟夫・拉辛格（Joseph Ratzinger）。

級房貸（subprime）的魔鬼誘惑。但我為何筆鋒突轉，從一開始的哲學性超驗主題，轉變成介紹當代銀行家的不法行為（這是客氣的說法）以及批判？因為最近聖公會在羅馬舉行教職人員會議，這個議題多少有些辯證性質。

這位聰明練達，並且在梵諦岡內外都十分活躍的拉辛格，他曾擔任過教廷信理部長，能夠擔任此職，即是接任教宗聖座的預兆，而信理部從前為人所知的名稱，就是宗教裁判庭。某些事物降臨在拉辛格身上，這些事物或許並不需要由他這樣身分的人來負起責任，在這裡我們理當尊重他的信仰，但同時也對他那種中世紀的思考不敢恭維。教宗憤慨於世風日下，對於教會放棄信仰感到挫折，於是他在彌撒中開了尊口，與同來望彌撒的教會聖職人員一起，發表了如下粗暴的言詞：「如果我們回顧歷史，吾人就要被迫承認，基督信徒這種輕信反覆、疏遠疏離的情狀並非特例。其結果是，天主雖然從未收回祂所允諾的救恩，卻必須頻繁地仰賴懲罰。」在我的村莊，人們總是習慣說，上帝用來懲罰人類的，既非棍棒也不是石塊，而這就是為什麼我們必須擔心害怕另一次大洪水的降臨，把所有的無神論者、不信上帝存在者、世俗主義者一舉淹斃，稍帶一併收拾那些在精神層面上破壞秩序的搗亂者。不過既然神的旨意無邊無涯又難以測知，所以說不定，現任的美國總統也早已經名列在專為我們而行的懲罰之列。只要上帝願意，什麼事情都是可能的。當然，這要在祂真的存在的前提底下。如果祂並不存在（或至少祂從未對拉辛格垂訓），那麼上面說的，都只是些故事，不再能令人害怕。他們說天主是永恆的，而祂有的是時間處理萬事萬物。或許祂是永恆的，只要不牴觸教宗，我們十分能夠容許永恆的上帝，只不過，祂唯一永恆的，便是永恆的不存在。

08／10／13

艾都瓦多·洛倫佐[6]

從一九九一年，我頑固地積欠一筆艾都瓦多·洛倫佐的債務，至今已經過了整整十七年了。這筆債有點特別，因為雖然對艾都瓦多這個債權人來說，不曾忘懷是很自然的事，然而對我這個債務人來說，竟然從來沒有否認過這筆債，也違反我的本性。然而，如果說我從來沒有假裝遺忘我的這筆欠債是事實，那麼也該說，艾都瓦多從來就沒有在這件事情上頭，用上他策略性的沉默，好讓我中計上當，因為他時不時就哪壺不開提哪壺地說：「所以，那些照片到底怎麼樣啦？」我的回應總是一樣：「噢，拜託，我這一向實在是太忙了，但是最糟糕的事情是，我還沒有把它們的沖洗複本寄出去。」而他，每次也和我一樣老套地回應：「總共有六張照片，你留下三張，剩下的給我。」「不，這樣太荒唐了，你該全部拿去。」我回答得十分虛偽，總是裝得寬宏大量。好了，現在是該我來解釋這批照片是怎麼回事的時候了。他和我，我們當時人在布魯塞爾，參加歐洲文化藝術雙年展（Europalia），我們像其

6 艾都瓦多·洛倫佐（Eduardo Lourenço，一九二三～）葡萄牙知名評論家、文化學者、作家，於一九九六年曾獲頒葡語系國家最重要文學獎項——賈梅士獎。

他好奇的人們一樣，徜徉在各展館間，並且對美不勝收的參展項目品頭論足。奧葛斯托・喀布里塔（Augusto Cabrita）準備好相機，[7] 全程陪同我們，以便隨時捕捉不朽的一刻。至於他所期待的時刻，是不是當我和艾都瓦多・洛倫佐站在那片巴洛克風格的繡毯背後，所呈現出的那種歷史感或神祕感場景？我實在不大清楚。喀布里塔指揮道：「來這裡。」身邊散發著攝影師在場所具有的強烈氣氛，我能夠想像，這是他們認定相當重要的場合。直到今天，我還是不明白，到底心中有什麼樣的小惡魔，讓當時的我不把這麼隆重的場合當一回事。我開始拉直艾都瓦多的領帶，然後又異想天開地認為，他的眼鏡不該這麼戴，努力想找出更適合的位置擺上，結果眼鏡實際上一直都沒有移動。艾都瓦多和我開始像小男孩那樣哈哈大笑起來，同時間奧葛斯托・喀布里塔趕緊抓住這難得的機會，拍下一張又一張照片。上述這些，就是照片的由來。幾天以後，奧葛斯托・喀布里塔（他在兩年後去世）把照片送來給我，覺得這些照片在我這裡，一定可以獲得妥善的保存和照顧。它們的確是被保管得不錯，或者不算是全然地保存不良，只不過，如同我前面所解釋的，都是半調子。

在我開始撰寫小說《所有的名字》（*All the Names*）一段時間以後，我開始覺得，沒有人比艾都瓦多更適合擔任發表會上、正式介紹這部小說的人選，一直到今天，我還是這麼認為。我把這個盤算告訴他，而他真是個好人，當即便爽快地答應了。新書發表會當天，奧提斯酒店（Altis Hotel）最大的會議廳擠得水洩不通，而艾都瓦多・洛倫佐卻毫無音訊。你可以開始感覺氣氛緊張——一定是發生什麼事情了。說到可能有事情發生，我們這位偉大的評論家可是出名的運氣不好，他可能是跑錯飯店了。這真是非常、非常地不幸，當艾都瓦多終於趕到會場，用世界上最冷靜的語調向大家宣布：他把講稿弄丟了。當場，眾人便發出「噢……」的驚恐聲，不過呢，當中可沒有我。當時，我對他有個一直讓自己靈魂不好受的可怕猜疑，覺得艾都瓦多．洛倫佐是想藉著這次機會，為照片那檔子事報一箭之仇。我錯了。不管身上有沒有講稿，這位老兄的表現還是一樣那麼棒。他先以若干想法做為開場，然後用一種誤導人的神態，評估這些構想，彷彿是一個人在思考著不相干的事情：先讓某幾個想法擱在一邊，以便再次審思；在一個無形的托盤上布置其餘的構想，讓它們自身發展出必要的內部連結，並且和其他被證明比第一次被提到時，更有價值的構想，互為連繫。最後的結果，如果能夠允許我用譬喻來形容的話，簡直就像是大巧不工，渾然天成。[8]

我的欠債日漸增加，擴展得比臭氧層的破洞還要大。歲月流逝，直到——永遠有一個「直到」告訴我們，船到橋頭會自然直，彷彿時間在歷經久候之後，已經失去耐性。這件事情，在我最近讀到艾都瓦多．洛倫佐的一篇論文〈無法追憶或者時間之舞〉（On the Immemorial or the Dance of Time）以後，很能說明這一點；這篇論文刊載於《葡萄牙文學與文化研究期刊》（*Portuguese Literary and Cultural Studies*）第七期，由美國麻塞諸塞州立大學普茲茅斯分校出版。對這篇傑出非凡的作品進行內容摘要，是對它的一種無禮冒犯。我會節制自己，並且向各位讀者擔保：我終於開始處理這批聞名天下的照片，艾都瓦多在幾天後就會

---

7 奧葛斯特．喀布里塔（一九二三～一九九三），葡萄牙攝影師兼電影導演。

8 原文的比喻是 a nugget of solid gold，直譯即為「整座金礦的天然金塊」。

收到沖洗後的複本，並且附上我們最崇高的友誼，和我最深刻的敬慕。

08/10/14

荷黑・亞馬多

許多年以來，荷黑・亞馬多（Jorge Amado）想要成為（而且也深諳如何成為）巴西的喉舌、巴西的意義，以及巴西的歡樂。[9]並不是經常有作家能夠像他這樣，成為整個民族的一幅肖像和一面明鏡。在這個國家之外，有非常大一部分的閱讀世界，在他們開始閱讀荷黑・亞馬多時，才展開對巴西的認識與了解。而許多人在荷黑・亞馬多的書裡，驚訝地找到對於巴西社會複雜、異質性格最清楚確切的證據，這種性格不只存在於種族的構成，也存在於文化的層面上。從前那種廣義而刻板的觀點，認為巴西可以機械式地化約成白人、黑人、黑白混血（mulatto）、和印地安人四大族群（雖然還不是很澈底，但是已經被更為進步的觀點所更正了，這是由於這個國家的社會各層面熱烈互動、交流的緣故），在荷黑・亞馬多的作品中，受到最嚴肅、同時也是最令人愉悅的駁斥。原先我們並不曉得早期葡萄牙移民的情形，對於德國與義大利的移民情況（來自不同的時期，各有不同的規模）也無所知，正是荷黑・亞馬多，將這個我們所知不多的主題，呈現在我們的眼前。如果你是透過歐洲人那雙受限於狹隘、帶有殖民主義色彩的眼睛，來看待吹撫過族群豐富多元的巴西文化的這一陣清風，你將永遠不能置信。事實上，從十九世紀到二十世紀，一直到當下，一群又一群的土耳其人、敘利亞人、黎巴嫩人以及每一位移民，離開他們原來的國家，將他們的身體與魂魄，搬遷來到這個誘人同時又險惡的黃金國度（El Dorado）——巴西。而荷黑．亞馬多在他的書裡敞開大門，歡迎他們。

下面，我想要提一本讀之令人愉悅的小書，當做例子，書名叫做《土耳其人的美洲探索》（*The Discovery of America by the Turks*），即使是最冷漠、最無動於衷的讀者，這本書也能夠立刻吸引他們的注意。這部小說一開始時，說的是兩位土耳其人的故事，但是荷黑．亞馬多說，他們原先並不是土耳其人，而是阿拉伯人，名字分別叫做拉端．穆拉德（Raduan Murad）和雅米爾．畢查拉（Jamil Bichara），他們決心移民美洲，追求金錢和女人。不過，要不了多久，這個故事就分岔出其餘的故事，出現了十多個其它的角色（雖然故事在一開始時，似乎承諾最後會統整起來），凶暴的男人、嫖客與醉漢，還有同時追求家庭和諧與性愛歡愉的女性們，他們全部生活在巴伊亞省（Bahia）的伊塔布那（Itabuna）這塊地方，剛好也就是荷黑．亞馬多的出生地。（這是巧合嗎？）這塊流浪漢和無賴棲息的土地，和伊比利亞半島相比，並不更為暴戾。我們身處在這塊擁槍自重的土地上，在這裡，可可豆大農園從前曾經一度像金礦般價值連城；人們靠著印地安人的大砍刀（machete）來解決爭議；無法無天的上校們施展著沒人曉得是怎樣攫取而來的權力；娼妓在窯子裡像貞節烈婦一樣，被嫖

9 荷黑．亞馬多（一九一二～二〇〇一），當代巴西最有影響力的小說家，作品譯為三十多種文字，一九六五年獲諾貝爾文學獎提名。

客追逐爭奪著。在這裡，人們心中所想的，不外乎是私通和積累錢財，不外乎是情人和買醉的機會。他們就是最後審判時，被打入地獄永受煎熬的芸芸眾生。此外還有……還有，在這整群聲名狼藉角色們的激烈故事中（對讀者來說頗為混亂），有種純真的氣息出入於其間，就和風吹水流一樣自然的蘊藉，同時又像雨後春筍那樣地蓬勃生長。儘管失之於過分概略和簡單，《土耳其人的美洲探索》這本書，是敘事技巧上的奇觀，理應和《朱比亞巴》（*Jubiabá*）、《奇蹟的居所》（*The Tent of Miracles*）、或者《暴戾之鄉》（*The Violent Land*）等量齊觀，[10]這本書在文學偉大景觀中占有一席之地。人們說，你可以管窺天，藉由手指認出身前的龐然巨人。那麼，這本小說就是荷黑．亞馬多，這位巨人的手指。

08／10／15

卡洛斯．富恩特斯

卡洛斯．富恩特斯（Carlos Fuentes）[11]，他是發明「曼查領域」（La Mancha territory）這個詞彙的人，這是一個可以表達出有關於連結伊比利亞半島和南美洲兩地，現存文化經驗中所蘊含複雜、多元性格的快樂說法。他最近甫接受在托萊多（Toledo）所頒發的「唐吉軻德文學獎」（Don Quixote Prize）。下面是我的賀詞，敬獻給我的朋友，這位作家，這位男子。

卡洛斯．富恩特斯的小說，我所讀過的第一部是《氛圍》（*Aura*）。儘管後來我沒有再回去重讀它，但是這部小說所給予我的強烈印象，直到四十年後的今日，都還讓我印象深刻、難以忘懷；那種讓我進入到一個前所未知世界的穿透感，伴隨著由寫實主義客觀風格與神祕魔法所混搭樹立起的一種氛圍，還有與它們對立的事物（讀到最後，並未如開始時看來那樣的對立），共同以極為特殊的方式，攫獲讀者的魂魄。他的作品僅僅與我偶然遭逢幾次，就能令我留下如此強烈而雋永的回憶。

在當時，美洲文學（我指的是南美文學）尚未在閱讀知識界裡獲得特殊的喜愛。在當時，我們被今日業已消褪的法國光芒（lumières）所懾，為之目眩神迷，從而帶著一種漠不關心的態度（這種虛假的冷漠高傲，到頭來卻反噬了自身）來看待格蘭德河（Rio Grande）南岸正發生的事情；[12]有一個趨勢使得上述的情形更加惡化，這種趨勢在西班牙境內相對自由地活動著，而在葡萄牙則近乎停歇。這就是，著作從來沒擺在書店架上陳列，而那些能夠幫助我們在少數可以取得的優秀文學作品中挑選出精品的稱職評論，又令人沮喪地極度匱乏，這當中，有些許空隙存在，這些縫隙，時常與上述諸如此類的怪事相搏鬥，並且持續不懈地努力下去。而事實上可能有另外一個說法：書本固然很少旅行，但我們自己則更吝於抬

10 在此所提到的，都是亞馬多的知名長篇小說。

11 全名為卡洛斯·富恩特斯·馬西亞斯（Carlos Fuentes Macias，一九二八～二〇一二），墨西哥作家，西班牙文世界極具影響力的小說家之一。

12 格蘭德河的兩岸，劃分美國德州與墨西哥邊界，為美墨兩國界河。

腿遷移。

我第一次到墨西哥旅行，是去莫雷利亞（Morelia）參加一場文學年鑑的年會。當時我沒有時間能逛逛書店，但是已經開始勤奮地細讀起卡洛斯・富恩特斯的小說來。我從關鍵作品開始讀起，比如《天空清澈之處》（*Where the Air Is Clear*）以及《阿提密歐・克魯茲之死》（*The Death of Artemio Cruz*）。對我而言，這位作家無庸置疑地具有最高藝術水準，以及少有的明晰概念。稍後，他另外一本傑出的小說，《我們的大地》（*Terra Nostra*）向我開啟了新的視野，而在此，我就不必再提更多其他的作品（《埋藏之鏡》〔*The Buried Mirror*〕則是個例外，這是任何對於瞭解南美洲的人而言，所不可或缺的作品，我一直偏愛這樣稱呼它），從那時候開始，我就把自己看作是《老葛林哥》（*The Old Gringo*）作者的熱烈愛好者了。我知道這位作家，而與他本人，尚緣慳一面。

現在請容我稍做一番懺悔。我這個人並不輕易受到驚嚇，可說是相當堅強，但是我第一次與卡洛斯・富恩特斯的相遇，卻不是那麼順利；當然我們總是禮數周到，就如人所預期的，是兩個具有良好教養的人，而我之所以被嚇到，不是因為他有任何的過錯，問題出在我，我一直抗拒接受某些對卡洛斯・富恩特斯來說極其自然的事情，這個事情就是他的穿著品味。我們都知道，卡洛斯・富恩特斯注重穿著，打扮高雅且品味良好，他的襯衫從沒起皺；可是，出於某種神祕難解的理由，我卻覺得我們這位作家不該這麼穿，尤其他是來自這個世界的那個部分。這是我的錯。卡洛斯・富恩特斯一向都正面迎向最嚴酷的批評指責，以及最嚴苛的道德標準，上述這兩項，他都做到了，不過，請再配上一條經過挑選的稱頭領帶吧。相信我，這可不是件小事。

08／10／16

費德里科・馬約爾・薩拉哥薩

法蘭克福書展開始了：世界各大傑出的出版業者在此聚頭，宣稱我們長期以來賴以為生、並且仍將繼續靠它生活的出版業，即將要面臨許多艱難時刻。許多出版社都到齊了，但有無數的中小出版業者無法前來、無法負擔展場攤位租費，而且還要和一個致命的預言搏鬥：十年之內，紙本書將會面臨終結，而由數位電子書接手市場。未來將會是何等模樣呢？我不曉得。雖然那將會使得古騰堡銀河（Gutenberg galaxy）至為艱困的一日尚未到來，[13]我在這裡還是願意向小出版業者致上一份頌詞。這些小規模的出版業者，例如西班牙的雙耳瓶（Ánfora）出版社，他們即將出版由我的朋友費德里科・馬約爾・薩拉哥薩（Federico Mayor Zaragoza）的書。[14]薩拉哥薩一直希望聯合國教科文組織能夠不只是一個英文字母的縮寫，或者是菁英的

13 古騰堡為活版印刷創始人，此處以「古騰堡銀河」借喻全球紙本書出版世界。

14 費德里科・馬約爾・薩拉哥薩（一九三四～），西班牙籍科學家、外交官、政治人物以及詩人。他於一九八七年至一九九九年期間，擔任聯合國教科文組織（UNESCO）總幹事。

地盤，換句話說，希望該組織以文化和教育作為基礎，成為真正能解決問題的討論平臺。我寫下這段文字，做為馬約爾・薩拉哥薩的著作《通往和平之路》（*En pie de paz*）一書的序言，這本著作的書名更像是一份誓詞，而我今天謹以謙遜之情，將它放在部落格上，做為獻禮，希望或許能使那些為了改善他人的生活而奮鬥不懈的人，數量能夠增加，因為那些藉藉無名的「他人」，是這個星球的主體。

通往和平之路

費德里科・馬約爾・薩拉哥薩將他良心上所受的痛苦，化諸為詩作。當然，他並不是唯一行此道者，但是對我而言，他與別人最根本的不同，在於這些詩作，事實上幾乎沒有例外的是對這個世界良心的一次籲求，這一次他所傳達給讀者的，並沒有早年那些有系統的樂觀幻想。說到世界的良心，這很容易被拿來當成是又一個空洞的姿態，歸類到那些近來已遭腐化的意識形態論述，以及左派的那些所謂特定思考裡頭去。但完全不是這麼一回事。費德里科・馬約爾・薩拉哥薩比大多數人都還要了解人類和這個世界；他不是習於變換理念的無常之徒——這些理念騎牆派，他們的注意力全都放在觀察風向往哪裡吹，然後一貫地把他們的論述，設定在他們認為最便利的地方，無論哪裡都行。當我說，在費德里科・馬約爾・薩拉哥薩的詩作裡籲求世界良心的時候，我指的是他向人們掏心置腹，向他們當中所有、以及每一個人，向那些迷途的、困惑的、受誤導的、昏沉的、受到蓄意矛盾訊息圍困的人們、那些試著不要吸入像氧氣和氮氣那樣、充斥在空氣中的謊言的人們，他的詩作向他們娓娓道來。

有些人會說費德里科．馬約爾．薩拉哥薩的詩作，已經為無窮盡的良善意圖提供了泉源。我不同意這樣的說法。他所餵養的是來自極其詩意的另一個泉源，在這裡，儲藏了他的寶藏：永無止盡、非凡的仁慈。他的詩作，比起簡樸格式所能容納的還要精緻，是典範人格的現身說法。這個人從來沒跟芸芸眾生脫節，他屬於大眾，一同呼吸，一同感受；費德里科的這兩種特質，已經到達了更高的層次。對於這個人，這位詩人，這位公民，我們虧欠他的實在太多，遠超過我們所能夠想像。

08／10／17

上帝作為一個問題

在「全世界最不可能發生的事情」這份清單裡，樞機主教洛可．瓦西拉（Rouco Varela）會閱讀區區在下部落格的可能性，[15]會排在接近「最不可能」的頂端位置。即便如此，既然天主教會還是繼續主張說奇蹟的確存在，那麼我便對於這樣的堅持保持信心，希望哪一天，這位著名的人士，他博學多聞而被染成紫色（empurpled）的雙眼，或許能看到下面這一段文字。比起世俗主義，這個世界有許多更為迫切的

15 洛可．瓦西拉（一九三六～）為西班牙天主教會樞機主教，一九九四年起擔任馬德里總教區大主教，他於一九九八年晉升樞機。

問題，在這其中，有的問題是紅衣主教閣下考慮對納粹和共產主義的浩劫所負起的責任，也正是在這裡我所要說的其中一個問題。所以，讀吧，樞機主教先生，讀吧。讓閣下的靈魂稍做些運動吧。

上帝作為一個問題

對於本文標題「上帝作為一個問題」這樣一種論述，會達成一個驚人奇觀的說法，我並不懷疑。至少在這一次，伊斯蘭教徒和基督教徒這對互為世仇的兄弟，會破天荒地達成共識，特別是上帝這個層面，這個包容萬物宇宙的頂峰，先是啟發了前者的創立，又讓後者至今仍錯誤地信奉著，以為自己能夠唯我獨尊。見到這個論述，就算是最善意的反應，也會哭喊著說，這是個難以迴護的挑釁、是對這兩個宗教的信徒無可寬宥的冒犯；而最糟的回應（如果還有比上述這個回應更糟的話），我將會被控以大不敬、誣衊聖教、褻瀆、不尊敬神等等罪名，以及任何其他能夠找得出來的指控，因而說不定，會遭受懲罰，成為我餘生當中不名譽的烙痕印記。如果我自己將名字歸在基督宗教的教徒名冊下，梵蒂岡的天主教廷勢必得中斷他們目前所耽溺的那種賽西爾．戴米爾（Cecil B. de Mille）式的大場面，[16]來處理將我開除出教的麻煩事；可是，一旦他們去履行紀律上的義務，他們便會發現，自己害怕這麼做。他們對於從事大膽行為，已經欲振乏力，現在，由犧牲者所流下的眼淚，已經浸淫宗教裁判所首次火刑的柴薪——我們希望，柴薪永遠被浸淫。至於伊斯蘭教，對於他們教內那些近代基本教義派、以及衍生而出的暴力組織（約略等同天主教基本教義派的帝國主義版本，其暴力程度相似）來說，他們日日瘋狂般地宣稱、最為特出的一句口號，就是要殺死不信真主的異教徒。或者，照這個意思，如果你不信奉真主阿拉，你就是隻骯髒的蟑螂；而雖然說，蟑螂也是真主旨意許可下所降生的活物，任何研發出迅捷有效撲殺辦法的穆斯林，都具有神聖的權利和義務，將其立斃於拖鞋底下，如此，穆斯林將能進入穆罕穆德的天堂，投向天堂美女（houris）那令人血脈賁張的乳房的懷抱。因此請容我這麼說：上帝，過去一向是個問題，而現在則本身就是問題。

就像其他人一樣，我對於所居住的這個世界所處的悲慘情形不可能無動於衷，因此讀了若干篇他人所撰，由政治、經濟、社會、心理、戰略、以及甚至是道德等層面不同撰寫動機的文字。在這些文字當中，侵略性的伊斯蘭運動業已生根，並且已將所謂的西方世界（並不僅限於此處）拋入一個迷惘、恐懼、甚至是極端恐怖的境地。能源需求相對較低的炸彈（它們幾乎都以放置於帆布袋中的方式，被攜帶到攻擊的場所去），只要在這裡或者那裡施放少數幾次攻擊，便足以撼動、甚至開始摧毀我們的光輝文明，並且將耗費大量心力與代價設立並且維繫、最後卻危疑不定的集體安全體系，帶往大規模的崩潰臨界點。我們曾經以為如鋼鐵般堅硬強悍的堡壘，到頭來卻成了最致命的弱點。

也許你會說，這就是文明的崩毀。或許是吧，但是對我來說卻不盡然如此。這個星球

16 賽西爾・戴米爾（一八八一～一九五九），美國好萊塢電影導演與製作人，擅長製作、拍攝大型宗教題材電影，如一九五六年的《十誡》。

上超過六十億的居民，全數都生活在（我們或許能準確地稱之為）「全球石油文明」當中，即便是那些以珍貴的「黑金」剝削他人的人，也無法逃脫這個文明的支配和掌握。這種石油文明開創了並且滿足了多元的需求（但誠如我們所知，並不公平），帶給阿拉伯人或非阿拉伯人、基督徒或穆斯林，和希臘、特洛伊人的古典文明等價齊觀的名聲，更別提那些無論身在何處，有車可駕駛、有怪手可工作、有雪茄打火機可點菸的人。很清楚的，這並不表示在此文明底下，所有人是一體均霑的，我們應該難以辨別古代文化和文明的遺跡（在某些例子上，或者不僅只是遺跡），現在已經涉入了一個以強制前進來進行的西方化（westernization）技術進程——這個西方化，只有在設法滲透到文化的個人與集體心態時，遭逢到巨大的困難。而基於某些理由，他們說，穿著袈裟不代表就是僧侶……

如果能夠實現不同文明之間的結盟，就代表降低全球衝突的這個目標已經邁出重要的一步；這一步，向來是遙遙無期，但是這樣想並不恰當，因為這並非全然不可行，這必須囊括不同宗教之間的對話，對於促成文明間結盟的任何可能性，上述各項，缺一不可……就如同我們無須懼怕，比方說，有朝一日中國人，日本人，或者印度人，完成了他們的計畫而接管這個世界，然後以和平或者暴力的手段，將不同的信仰散布到世界各地。現在讀者應該非常明白了：每當我談到不同文明之間的結盟時，我特別想到的，是基督徒和穆斯林之間的結盟，這對橫亙歷史、互為仇敵的兄弟，總是永恆又悲劇性地互相扮演處刑者和受害人的角色——這次是彼加害於我，下次是我加害於彼。

因此，無論你是否喜歡，上帝是我們的問題：上帝是橫擋在路中央的大石，上帝是仇恨的藉口，上帝是破壞團結的代理人。但是，在許多對這個問題所進行的分析裡，無論這些分析的本質，是政治的、經濟的、社會的、心理的、或者，是屬於戰略功利主義角度的，沒有人膽敢提及上帝，這個僅憑最初步的印象，就能察覺的問題。這猶如是一種政治正確，是對虔誠信仰的恐懼，或者是對既成局面的退讓順從，從而使得分析家們無法看見當前的頭緒何在，而這座迷宮裡，唯一的出口，難以迴避，又必須去面對的，就是上帝。如果我能告訴一位基督徒或穆斯林，這個宇宙是由超過四十兆個銀河星系所構成，而每一個星系都包含了超過四十兆個星球，而那位上帝，不論是阿拉還是其他的神，是造不出這個宇宙的，甚至沒有造出宇宙的理由，他們定會憤憤不平地回應，說在上帝（無論是阿拉還是其他的神）身上，沒有什麼事是不可能的。很明顯的，有一件事情是例外（儘管我不認為），那就是，透過調和遭遇最悲慘的動物物種——也就是人類——當中的穆斯林和基督徒，讓他們和平相處。據說，人類還是按照祂的意志、依照祂的形象而降生於世的。

在實體的宇宙間，愛與正義既不存在，刻毒殘忍也屬渺然。在四十兆銀河裡，以及每一個銀河當中的四十兆顆星球上，並不存在著一種統轄它們的力量。太陽每天從東邊升起，月亮每晚在夜空露臉，甚或消失在天空中，都不是由誰所造出來的。而既然我們被擺在世上，不知道為何來此、來此何為，我們就必須靠自己發明一切事物的意義。我們也同樣地發明了上帝，但是祂並未超脫於我們的思維之上，相反的，祂存在於我們的心中，有時候就像是死亡對生命的意義那樣，是生命中的一個事實。我們能夠說：「這是我們所發明的耕犁」，但我們卻不能說：「神創造了人，然後人又發明了耕犁。」我們沒辦法把上帝從心中抹去——

即使是像我這樣的無神論者，也沒有辦法做到。但是，至少讓我們能討論這件事情。說奉上帝之名而肆行殺戮，然後讓上帝成為劊子手，這樣說是沒有任何用處的。對於那些以神之名進行殺戮的人來說，上帝不只是會赦免他們罪過的審判者，更是有偌大威能的天父；在這些人心中，這位天父過去慣於提供宗教審判處刑的柴火，現在又要為種植於人心當中的炸彈提供準備。讓我們來討論上帝，這個人類的發明，讓我們來解決上帝這個問題，至少讓我們承認，這是個確實存在的問題——在我們全部都發瘋以前。而要是真能如此討論上帝，又能如何呢？或許，那將能夠使我們不再繼續互相殺戮。

08／10／20

違反人道的（金融）犯罪

我一直想在部落格裡撰寫一篇發生在我們身上、關於金融危機的文章，但是我必須撰寫另一個通訊媒體的邀稿。所以我在這裡向各位提供下面這篇文章，本文已經刊載於西班牙的報紙《公眾報》（*Público*）以及葡萄牙的《快報》（*Expresso*）週刊。

違反人道的（金融）犯罪

下面這個故事已經廣為人所知，而在昔日，當學校把自身看作是傳播理念的教育載具的時候，總是教導孩子們說，魔鬼會在我們所知不多（或根本無知）的事情裡試探我們，以這個故事作為範例，用來告訴我們，知之為知之，處事必須要謙虛和謹慎。阿培列斯（Apelles）會容許一名補鞋匠指出在他畫作人物中，[17] 鞋子部分的謬誤之處，但是這同一位鞋匠，卻不能對畫作人物裡的膝蓋的細節部分（比方說）有什麼意見。換句話講，術業有專攻，大家得各安其位。乍看之下，阿培列斯是對的：他是大師，他是畫家，他同時也是這方面的權威，而至於那位補鞋匠，當需要將鞋墊放在一雙靴子底部時，就是他登場的適當時機。而確實，包括最不學無術的人，到底有誰能夠在他所不知的事情上指東道西呢？如果某人還沒完成對某件事物必須的研究與了解，那他就該保持沉默，然後把做出最適當（對誰最適當？）決定的責任，留給那些有足夠了解的人來扛。

是的，乍看之下，阿培列斯是對的，不過也僅只是乍看之下而已。這位替馬其頓的菲利浦和亞歷山大大帝繪製肖像的畫家，在他有生之年固然被看成是一位天才，卻忘了這件事情裡很重要的一點：補鞋匠自己也有膝蓋，所以，他絕對有權利對膝關節發表意見，即使他只是想抱怨自己膝蓋關節的疼痛，也是一樣。到此，細心的讀者想必已經看出，上面所說的這些阿培列斯和補鞋匠的事情都無關本文宏旨。本文真正要說的，是正在搖撼世界、極其嚴重的經濟與金融危機；如果我們沒辦法看見未來的路，如果我們還無法感受到這個艱難的苦日子就要過去，或者這中間到底還需要多久的時間，我們就無法擺脫沮喪的感受，也不能展開災後重建，也不能開闢未來新的道路。

[17] 科斯島（Kos）的阿培列斯，古希臘名畫家，活躍於西元前四世紀。

為何會如此呢？這個遠古的故事，怎麼能解釋今天的劫難呢？好吧，為什麼不行？我們就是那位補鞋匠，在我們當中，那些損失慘重、頹然坐在通往偉大經濟與金融道路上的人們，瘋狂地要攫取更多的金錢、更多的權力，無論是用上任何合法或非法的手段，也不管手段是否合於常軌或是犯罪。那麼，誰是阿培列斯呢？阿培列斯正是那些銀行家、那些政客、那些保險業者、那些大投機客，他們在過去三十年間，和媒體共犯同謀，對於我們那膽怯的抗議，回報以傲慢的態度，並且認為他們自己擁有最高的智慧。這意思是說，即使是我們自己的膝蓋疼痛，我們也沒有談論、譴責、將這個傷害在公眾面前攤開、讓大眾指責的資格。那過去的三十年間，無疑是經濟市場帝國的時代，這個帝國理應是個自我平衡，而且自動修正錯誤的實體，在所有時候，都應該由永恆的命運掌管、安排並且保衛我們個人與集體的福祉，可是在現實當中，這個帝國卻一直向我們否定了這一點。

所以，現在怎麼樣了？是否金融界的天堂，與無數的帳戶，到頭來即將要打烊收場了？接下來是否將有無窮盡的、針對大量銀行存款來源的調查，針對公然金融犯罪陰謀的調查，以及針對那些內情隱晦投資（無非是大規模的洗髒錢、毒品交易的金額）的調查？而既然我們談到犯罪，……平凡的公民們，在見到那些引發金融地震，奪走我們的房子、奪走我們家人生命、奪走我們工作的人們，受到審判，遭受譴責時，是否會感覺滿意？誰將能解決失業者（我還未計算過，不過我確信，失業數字已達數百萬之眾）因為淪為金融秩序崩盤下的犧牲品，所帶來的問題？誰又將持續數月或者數年失業，靠著可悲的國家救濟金掙扎求生？而在同一時間裡，那些執行長和經營者們，則處心積慮把他們的公司帶往防火牆內，享受著億兆鉅萬的金錢，並且有確定不移的契約保障，這些契約都是由納稅人付費，與金融當局簽訂，而當局卻還假裝毫事不知！而對於那些活躍的共犯政府，誰又能調查它們？小布希，這個大自然在某個最糟時刻所造出來的惡意產品，會說他的計畫已經（或將會？）拯救北美的經濟，但是有許多問題，他必須要講清楚、說明白：你，小布希，是否知道在那些奢華會議室裡正在進行的事情？這些事情，我們已經在電影當中看見，不僅如此，連犯法的決策過程我們都如同親見，它們受到世界上每一部刑法的保障，這你是否知情？中央情報局和聯邦調查局，或者還有那數十個，在名不符實的美國民主體制下，業已繁殖增生的那些國家安全機構，致使來到這個國家的旅客，必須將他的電腦交給邊境警察官員檢查，並且讓官員拷貝硬碟資料，這些對你來說，到底有什麼好處？小布希先生是否知曉，他的敵人就在家園之內？或者是，他知道但卻不在乎？

在每一個角度來說，這些正在發生的事情，都是種違反人道的犯罪，而就此來說，這樣的犯罪應該在任何一個公眾場域被檢視，在每個人的良心裡面被譴責。我並沒有誇大其詞。種族滅絕、民族文化滅絕（ethnocide）、死亡集中營、酷刑、蓄謀刺殺、蓄意引發的饑荒、大規模的汙染、以及透過羞辱來壓迫受害者的認同，違反人道的犯罪並不僅限於此。違反人道的犯罪，也是現下那些金融和經濟霸權，加上美國和它們那些實際上默許犯罪的政府一同共謀，業已冷血地加害於全世界數以百萬計的人們。在這些受害人當中，有許多在失去了他們唯一（通常不夠生活所需）的收入來源——工作飯碗以後，還受到威脅，要奪去他們所剩下的一切金錢。

這些罪犯有名有姓，廣為人所知，然而他們搭乘豪華轎車出入於高爾夫球場，老神在在而甚至從不思及藏匿行蹤。他們將十分輕易就逮，但誰敢將這些歹徒繩之以法？任何對抗他們的行動，即使沒有成功，我們都將十分感激。因為這將會是一個徵兆，象徵誠實正直還未淪喪。

08／10／21

憲法與現實

葡萄牙憲法在一九七六年四月二十五日生效實施，這一天是革命的兩年之後，代表一段政黨惡鬥與社會騷動的混亂年代的結束。從那時起，憲法一共歷經了七次修正，最近的一次是在二〇〇五年。在增列多項修正條款以後，憲法看來不過是一次政治宣示罷了。憲法學者們不該在聽到我這樣說時，就氣得把他們的衣袍都給撕裂：我並未嘗試要貶低這些文件的重要性，我尚且將一九四八年起生效（或者，我們該說是潛伏）的《世界人權宣言》，一併列入考慮。如我們大家所知，修憲是一種更正運作的形式，是對於社會現狀的調整，它們所代表的，不只是國會多數的政治意願，能夠促成或者施加他們所欲；而另外一方面，或許是因為迷信或者惰性，在各國憲法，至少在它們當中的若干部分，某些早已不切實際、業已失去其原來意義的條款，仍然完整或部分地被保留下來，這種情形並不少見。沒有其它的解釋可以說明為何在葡萄牙憲法的序言裡，還保留著那句「開啟通往社會主義之路」，好似這句話不可碰觸，甚至猶如一塊修辭上的租借地。在這個由最殘酷的經濟與金融自由主義所宰制的世界，上面這句話是千人呼喊熱望的最後回聲，只能博君一笑，而這還是個含淚的微笑。憲法存在，而按照憲法的規定，我相信吾人應該據此來評斷我們政府的治理。如果政府，所有各國的政府，在各自的國家當中，閣揆們為了良善公民而遵循憲法，猶如日以繼夜，隨身攜帶著法規指南，那麼統治過去三十年的叢林法則，就不會製造出今天我們所看到的諸般後果。或許這個世界正在經歷的極度震驚，會引領我們看待吾人的憲法，不只是某項宣言而已。讓我們希望事情確是如此。

08／10／22

齊戈・博瓦基・德賀蘭達

與我們的世界平行的宇宙存在嗎？面對那些致力於科幻小說創作的作家所提出來接受公眾輿論檢視的諸多「證明」，不難相信他們的確（或不得不然地）承認這項大膽的假設，而我們也不得不承認這項質疑所帶來的好處。現在，先假定平行宇宙真的存在，我想，按照邏輯無可避免的，是吾人應當承認有平行文學、平行作家、平行作品的存在。生性尖刻的靈魂必定不會錯過這個機會，好來提醒我們：若要尋找平行作家，不必遠求；而儘管這些「作家」更適合被稱為剽竊者，實際上他們卻從未成為完全的抄襲者，因為他們感覺有義務在署上自己姓名的作品上，付出若干的勞力。全然的抄襲剽竊，要算是皮耶・梅納德（Peirre

Menard）這位仁兄幹的好事，根據波赫士（Borges）指出，他全文照搬《唐吉軻德》，一字不漏。而甚至，波赫士本人向我們警告說，在二十世紀，「正義」（justice）這個字眼，和在十七世紀之初時，意義早已大不相同了……[18]另外一種「代筆寫手」，是為他人撰寫文字的寫手，所以他們能夠享受在書背封套上看到自己名字的時候，那種實際上或是想像中的榮耀。正是寫出《布達佩斯》（*Budapest*）這部小說的齊戈．博瓦基．德賀蘭達（Chico Buarque de Holanda）的作者類型，[19]而如果我說這很明顯的只是因為，我們跟隨這位寫手的醜怪冒險（具有娛樂效果，同時也充滿憐憫），只是一連串無意識的重複過程，如果實際上這不是對另一個宇宙或者文學的重複，就確實是令其他作者，以及其他作品感到窘迫的一種複製。最令人感到不安的是一種持續向讀者襲來的眩暈感，讀者們在敘事時間上，一下子知道此刻身處何處，一下子又雲山霧緲，不知身在何地。這部小說會如此，看來並非有意為之，但是每一頁都表達了一個「哲學性」的問題，以及一項「本體論」的挑釁：到底什麼才是真實呢？在這個他們教導我說，這是「現實」的體制裡，我到底是什麼？我到底是誰？一本作品存在於世，湮滅不存，又再次面世。一個人寫了這部作品，另一個人在作品上署名，要是這部作品湮滅不存了，那麼上面這兩個人也將會消失嗎？而假如他們都消失了，是一併消失，還是只有部分不見？如果有一人存活下來，他將在這個宇宙存活，還是在另外一個？如果這個存活下來的我，不再是從前那個我，那麼接下來的我，又會是誰？在這部作品裡面，齊戈．博瓦基顯露了他卓越的膽識；他的書寫，是在峽谷的高空之中架起鋼索，並且從此處走到彼端。他所到達的這一端，我們感覺到他的作品有傑出的成就，展現高超的語言功力、敘事結構，以及一種即時感。當我說，在巴西有些新的事物，與這本書一同登場的時候，我不認為我會看錯。

08／10／23

施刑拷打者有靈魂嗎？

在過去幾天裡，加爾松法官（judge Garzón）已經成了千夫所指的撻伐對象。[20] 即使是為他辯護的人也會爭論說，他的人格特質本來就十分具有爭議性，就有如我們不得不和隔壁鄰居採取同一立場那樣……這件事情，是加爾松這個法官，和他那些相當具有個人風格的判決命令，已經令那些不管對於任何事情，都期待著會有公

18 這裡所談的是阿根廷小說家波赫士（Jorge Luise Borges，一八九九～一九八六）所著短篇小說〈唐吉軻德的作者：皮耶．梅納德〉（Peirre Menard, Author of the Quixote），以文學評論的體裁，討論法國作家梅納德在迻譯《唐吉軻德》為法文之時，究竟是全然剽竊，抑或兼有本身新構思的加入，如此是否能稱做「創作」？促使讀者反思「誰是作者」與文學詮釋的問題。

19 齊戈．博瓦基．德賀蘭達（一九四四～），出生於里約熱內盧的巴西籍歌唱家、作家兼詩人。

20 巴爾塔薩．加爾松（Baltasar Garzon，一九五五～），西班牙刑事法院法官，以調查西班牙內戰，以及佛朗哥統治時期的暴行著名。二〇〇八年十月，加爾松展開對於佛朗哥政權在西班牙內戰期間所犯下的反人道罪行的調查，因而引發爭議。

理正義的人們，感到最大程度的愉悅——或者更精確一點說，是來自於那些目前擔負起平反責任的人。在一些抱怨引起加爾松法官的注意以後，他隨即精神抖擻地投入了一項比他，加上全國的司法單位擺在一起，都還要巨大的任務：探究西班牙內戰，佛朗哥將軍體制（Francoism）的非法性質，以及那些捍衛共和國體制和整體生活方式的人們所該有的尊嚴。他曉得，或許他必須要從這個戰場上撤退，但是他將讓通往真相的門扉開啟，讓事實能夠被承認，讓死者身分能獲辨識，並且能夠體面地入土安息。西班牙過渡時期，這是一個經歷一切、所有希望都有可能實現的時代，但卻並不安全：由於軍事和社會上的佛朗哥主義開始抬頭，左派於是退縮讓步。但是，他們並沒有放棄，並沒有說：「我就在此畫上句點。」他們直言無諱，並且視死如歸，等待赴死那天的到來。加爾松已經行使他的職權來幫助這些人，對此，再沒有比歷經戰爭浩劫，而能活到今日的受害者們，來得更加喜悅的了。

加爾松法官沒有黨派之見。任何與人們相關的事情，他都不會置之不理，因而努力挖掘他認為是犯罪事體的真相是他職責所在，也必須如此。他同時也好奇，施刑拷打者是否擁有靈魂，這充分顯示出，他調查分析的取徑，是來自於施刑與受害者兩造雙方。幾個月以前，他要求我為他和記者維森特·羅密洛（Vincete Romero）所完成的一部集子，寫一篇序言。這本集子，容我再說一次，是對於施刑拷打者行為的調查研究。我極為熱誠地推薦由RBA出版的這本《施刑拷打者的靈魂》（*The Torturers' Soul*）——如果你已經買了書拿在手，便請來閱讀下面這篇我為巴爾塔薩·

加爾松與維森特・羅密洛所撰寫的序言。

施刑拷打者有靈魂嗎？

「靈魂需要為我們所做的任何、所有事情負責」這樣的想法，必定引導我們認定肉體的全然無辜，把軀體降低為受意志操縱、受到思想和欲望操縱的被動工具，因為這些意念自身的任何部分，都無法與肉體分開討論。一隻靜止不動的手，它的骨骼、神經、肌腱俱全，可以隨時而動，瞬即達成交付給它的命令，而對於命令的下達，手並不負有責任，無論這個命令，是向某人獻花，還是把菸蒂掐熄在某人的肌膚上。另外一方面，將我們所做所為的責任，歸因於實務經驗之外的精神整體，也就是靈魂；靈魂既傳達我們的良知，同時也是所作所為的審判官，結果使得我們陷入一個辯證上的惡性循環，到頭來，沒有任何嫌疑犯能夠對他的行為做出回答。是的，我們確實接受靈魂應當為行為負責，但是靈魂的哪個部位，可以讓我們將它戴上手銬，並且交付審判？是的，我們可以展示，究竟是哪隻手揮舞著那柄打破受害者頭顱的鐵鎚，但是如果殺人的那隻手，隨即（或者，無意識的）又拈了一朵花，我們如何能把罪責歸咎給它？這朵花，能夠赦免這柄鐵槌的罪嗎？

我在上面所提到的意志、需求、欲望（嚴格說來，這些同義詞無法分開），都難以在軀體的特定部位找到。這是非常確切的事情。舉例而言，沒人能夠聲稱，意志能夠在中指和食指之間被找到，而這隻手正和另隻手合作，正在絞殺某人。然而，我們都能想像，要是意志有歸宿之所，那必然，也只能是在腦袋之內，這個高度複雜的小宇宙（大腦皮質層約有五公釐厚，總共包含了七百億個神經細胞，分布在六道相互連結的層面裡），仍然有很大的部分的功能，等待進一步的研究。在任何時刻裡，我們都由頭腦做主，這是唯一我們能夠對自身聲稱的重要事實。那麼，意志是什麼？我不能想像，也不認為任何人可以想像，有什麼樣的論點，你能夠用來為聲稱意志的物質性（materiality）辯護，而提不出對此論點具備相同物質性的若干證明……

意志主宰論（voluntarism，或譯為唯意志論）廣為人所知的，認為意志是存在基礎的理論，意志是行動的根源，另外也是動物生命當中最重要的功能。早在古典時代，意志主宰論的趨勢，就能在亞里斯多德與斯多噶學派的哲學思想當中被找到。在當代哲學思潮中，叔本華（Schopenhauer，認為意志是世界的主體，但是超越了認知層面而存在）和尼采（Nietzsche，主張意志的力量是通往成功人生的信條）兩人都是意志主宰論者。這是件嚴肅的事情，而所有這些證明都需要有人（並不是筆者）能夠將上述這些針對意志所進行的哲學思考和這本書的內容連繫在一起，別忘記，這本書的書名，就是《施刑拷打者的靈魂》。為了我的榮譽感起見，或許我該就此打住，讓我的雙眼別盯著瞧。我隨手翻閱的一本字典，上面查找出的定義如下：「意志：決定從事行動與否的能力，根植於自由的權力之中。」如讀者所見，我可以決定做或者不做某件事情，而自由賦予我決定走上哪條路的權力，意志的定義，再沒有比這來得更清楚的了。既然語言詞彙已經讓我們習慣認定，自由意志是一組無庸置疑的正面概念，在此我們突然意識到一種出於本能的恐懼：那些我們給自由意志戴上的閃亮勳章，卻能夠顯現出它另一個完全澈底相反的面目。正是出於他的自由選擇（在這種情形底下用上「自由」這個詞彙，仍然令我們感覺震驚），魏地拉（Vedela）將軍出於自己的意志——我堅持重複一次，出於他自己的自由意志——成為世界歷史上，參與血腥而似乎永無止盡的刑求謀殺者的一分子。[21]那些施刑拷打的阿根廷鷹犬，也同樣出於他們的自由意志，來執行他們令人生懼的工作。他們是自己想要這麼做，並且也這樣做了。所以他們不可能被饒恕。也同樣不可能獲得國家和個人的和解。

知道靈魂是否存在並不是那麼重要。事實上對靈魂這件事最了解的人莫過於阿根廷天主教教士克里斯欽．馮．維爾尼赫（Christian von Wernich），[22]他於幾個月前，甫因屠殺罪名獲判終身監禁。他參與謀害了六條人命，對三十四個人施刑拷打，並且犯下四十二起綁架案件。如果我能夠以一個悲劇性的諷刺來作結，他甚至很可能在某個時間點，為他所殘害的受害人，親自施行臨終祝禮……

21 荷黑．拉菲爾．魏地拉（Jorge Rafeal Vedela，一九二五～二〇一三），阿根廷軍事強人，一九七五年於陸軍總司令任內發動政變，擔任軍政府總統，並大肆捕殺反對人士。一九八一年卸任，四年後被控「反人道罪」遭到逮捕，判決終身監禁；一九九〇年獲得特赦，然而二〇一〇年再次被判決終身監禁，二〇一三年病逝獄中。魏地拉始終拒絕為任內虐待、殺戮政治犯而認罪。

22 維爾尼赫（一九三八～）是德裔阿根廷牧師，在魏地拉軍事統治時期（一九七六～一九八三）擔任布宜諾斯艾利斯監獄常駐牧師，期間被吸收加入特務組織，參與多起拷打、綁架、謀害反對派人士的案件。

08／10／24

喬賽・路易・山佩卓

今天下午我聽到有人提起喬賽・路易・山佩卓（José Luis Sampedro）的名字，這是位經濟學者與作家，同時還是個睿智的人，他的睿智，並不是由年齡之中得來（雖然年紀也不無些許幫助），而是從對生活方式的反思之中獲得的。他上電視時，曾被問及他曾親身經歷過的一九二九年金融危機，當時他尚在稚齡，而隨後他就走向研究經濟的學術之路。對於這個提問，他給了很有智慧的答案，任何人有興趣了解究竟，可以在他的著作中找到答案（喬賽・路易・山佩卓，這人已經寫了很多書），或者上網去讀他的電子專欄。但他自己提出一個問題，而不是訪問節目的主持人的提問，至今仍然讓我印象深刻。這位大師問他自己，也問我們，要如何回答下列的事情：為什麼撥給銀行紓困的款項，給得這麼快、給得如此地無條件？而同樣款項的金額，是否能以同樣的速度，來響應援救非洲緊急情況的呼求、或者是對抗愛滋病……上述問題的答案，不需要我們花太久的時間，就能得出。我們能夠挽救經濟，卻不去拯救人，而人是理應擺在最優先順位的，無論他或她是誰、身在何地。喬賽・路易・山佩卓是一位偉大的人道主義者，同時也是清醒頭腦的標竿。這個世界並不像人們有時候所說的，全然缺乏像他這樣的正義之士，所以我們應該向他致上關懷的問候，並且遵照他所告訴我們的去做：干預，干預，再干預。

08／10／27

「當我有所成長，要向麗塔看齊。」

這位我有所成長後，想要看齊的麗塔，大名是麗塔・李威—蒙塔西尼（Rita Levi-Montalcini），[23]她因為對神經細胞的研究，於一九八六年獲得諾貝爾醫學獎。既然我已經獲頒一座諾貝爾獎了，對於「停止扮演我自己，只為了想要成為麗塔這樣的人」這件事，以求增益或減損我的榮譽（是增益還是減損，則見仁見智），我是沒有抱著任何野心企圖的。更有甚者，既然我已經到了一個年紀，在這種年紀，不管任何多麼充滿希望的改變，總是會犧牲我們最終或多或少接受的常規。

所以，為什麼我想要向麗塔看齊呢？這很簡單。在她接受馬德里康普頓斯大學（the Complutense University in Madrid）頒授的榮譽博士（Honoris Causa）時所做的演講，這位在明年（二〇〇九）四月，就滿百歲高齡的女士，做了若干的宣示（我們很慚愧，沒能得到她完整的即席講詞），讓我一會兒感覺驚異，一會兒又是感激，也不管如何難以想像，這兩種極端的情緒，當時是怎麼樣能夠聯合在一起的。她說：「我從未替己身著想。生或死，它們是同樣一件事。因為很自然地，生命之道並不在這具小小的軀殼裡。真正要緊的，是我們人

23 麗塔・李威—蒙塔西尼（一九〇九～二〇一二），義大利神經生物學家，一九八六年獲得諾貝爾獎，二〇〇一年起，她擔任義大利參議院的終身職議員。

生的道路，以及我們留給後世的訊息。這是吾人生存於世的關鍵所在。這是永恆不朽的。」而她也說：「對年華老去斤斤計較是荒謬的。我的頭腦比起年輕之時，表現得還要來得更好。沒錯，我的眼力不再那麼銳利，聽力甚至更糟，但是我頭腦的運作，始終順暢良好。重要的是，要永遠保持靈活的思考，嘗試用之以幫助他人，並且保持對這個世界的好奇心。」接下來的這些話，則讓我感覺自己彷彿已經找到了志趣契合的靈魂：「我反對任何形式的津貼補助，以及其改革。我從來不靠津貼補助金過活。在二〇〇一年，我沒有任何收入，財政上有很多問題，直到錢皮（Ciampi）總統提名我當終身職參議員才有改善。」[24]

不是所有人都會同意如此基進的主張。但是我敢說，許多看過上述文字的讀者，當你們有所成長後，也會想要向麗塔看齊。那就這樣去做吧。如果各位做如是想，我們就能肯定，這個世界很快地就會改變得更好。這難道不是我們一直所說、所想要做的嗎？麗塔就是我們效法看齊的標竿。

08／10／28

費南多．梅瑞爾斯與其公司

關於拙作《盲目》（*Ensaio sobre a Cegueira*）被改編成電影《盲流感》（*Blindness*）的幕後故事，[25]自從費南多．梅瑞爾斯（Fernando Meirelles）在大約一九九七年前後，向我的巴西編輯路易士．史華茲（Luiz Schwarcz）詢問，我是否有意出讓改編拍攝電影的權利開始，就充滿著各種高低起伏的情節。他的詢問收到了一個斷然否定的回答：不行。可是，位於德國法蘭克福郡巴特霍姆（Bad Homburg）我的作品經紀人辦公室裡，有一股洪流襲來，形形色色的製作人，從其他各國（特別是來自美國）寄送過來大量的信件、電子郵件、電話與簡訊，詢問的是同樣的問題。我讓他們也得到同樣的答案：不行。這是否是傲慢呢？不是的，這無關傲慢與否的問題；我之所以回絕，是因為我不確定，或甚至不敢奢望，拙作在改編過程中能夠獲得尊重。所以，幾年的時間就這麼過去了。然後有一天，電影製片尼夫．費契曼（Niv Fichman）和編劇唐．麥凱勒（Don McKellar）這兩位加拿大人士，由我的經紀人陪同，出現在藍札羅特，他們直接由多倫多過來，希望能將拙著拍攝成電影。他們屬於電影圈中的新世代，毫無賽西爾．戴米爾的影子，在我們坦白、沒有任何陷阱與保留的交談之後，我同意讓他們從事翻拍電影的工作。我們這時還不知道，這部電影將由誰來出任導演。在我被徵詢對費南多．梅瑞爾斯出任導演的看法以前，正式開拍恐怕還要再等上幾年。我已經全然忘記在遙遠的一九九七年發生的事，我只記得答覆說我認為他是不錯的人選。我已經看過他執導的《無法無天》（*City of God*）和《疑雲殺機》（*The Constant Gardener*），並且頗為欣賞，但是我還是無法將這位導演的人和他的名字連繫起來……

24 此處指的是一九九九年至二〇〇六年擔任義大利總統的卡洛．錢皮（Carlo A. Ciampi，一九二〇～二〇一六）。

25 英譯注：由瑪格麗特．茱兒．柯斯塔（Margaret Jull Costa）譯為英文，在英國以《盲目》（*Blindness*）為名出版。

而現在，我們終於盼到了這部電影的大功告成。片名取作《盲流感》，[26]是希望在國際巡迴上映時，能使人們更容易將電影與原著連結起來。我對於這個決定，沒有任何異議。今天在里斯本，我的《盲目》將以影像和聲音呈現於世。觀眾裡有為數眾多的媒體記者，我希望他們能給予這部電影好的評價。明天就是試映會了。在我們談論及這些最近發生的往事插曲時，一時之間，琵拉爾——這位在所有我認識的人們當中，最為務實和客觀的一位——有了一個想法。她說：「根據我的理解，這部作品預料到了今天我們所遭受的危機的諸多後果。那些在錢財耗盡以前，絕望地從華爾街一間間銀行逃離的人們，和小說與電影裡，一個個移動著、盲目而沒有方向感的人們，毫無不同。差別只在於，現實中的人們，並沒有醫生的妻子，來引導和保護他們。」請來思考這個想法，這位來自安達魯西亞（Andalusia）的女人，或許是對的。

08／10／29

新資本主義？

幾天以前，我們幾位來自不同國家、抱持不同政治立場的人們，簽署了一份我刊載於下方的聲明。這份聲明是一次喚醒的行動，是一次抗議，是表達面對當前金融危機的警告，並且提出可能的解決之道。我們不能成為共犯。

新資本主義？

改變集體與個人之間經濟關係的時刻已經到來了。正義的時刻已經到來了。

金融危機正再次摧毀我們的經濟，猛烈地襲擊我們的生活。金融秩序崩解的次數在過去十年間，愈來愈頻繁而且劇烈。東亞各國、阿根廷、土耳其、巴西、俄羅斯，對新興經濟體的屠殺，證明了這不只是發生在經濟生活表面的偶然事故，同時也在其體系內部的最核心之處，留下了烙印。

這些烙印痕跡，最終製造了當代經濟生活的災難性緊縮，而且被用來當作解聘與經濟不平等情勢擴大的合理化藉口，乃至於標誌著金融資本主義，同時還有我們所居住生活的全球經濟秩序，最為可靠的關節之處，全都遭受撼動。是以，急速劇烈地轉換當前的情形，乃是當務之急。

在歐盟執委會主席杜朗・巴羅索（Durão Barroso）與小布希總統的會談中，[27]他主張當前的經濟金融危機，應該要導引出一個「新全球經濟秩序」，只要這個新秩序是由民主的各個原則來領導——正義、自由、平等與團結在其中永遠不被拋棄，那麼這個新經濟秩序，就

26 原片名《*Blindness*》，臺灣上映時片名為《盲流感》。前述《無法無天》和《疑雲殺機》也都按照臺譯片名。

27 巴羅索（一九五六〜）全名為喬賽・曼紐爾・杜朗・巴羅索（José Manuel Durão Barroso），屬於歐洲人民黨，曾任葡萄牙總理，二〇〇四年起擔任歐盟執委會主席，五年後（二〇〇九年）獲選連任。

是可被接受的解決方案。

市場法則導致了一個混亂的狀態，讓紓困的數十億元，落到了罪犯而非受害者的手裡。換句話說，「紓困」就意謂著「利益私有化，損失國家化」。這是一個機會，以有利於社會正義的觀點來重新規範定義全球經濟體系。先前，這些罪犯們不肯資助對抗愛滋病的戰鬥，也不肯慷慨解囊支持餵養飢民的糧食，……最後，在真正的金融風暴當中，卻有足夠的資金來拯救廢墟裡面的這同一批人，而這些人過於偏向網路交易公司和泡沫產業，業已將「全球化」這棟世界經濟的堂皇建築全然摧毀。

這就是為什麼，當（時任）法國總統薩科齊（Sarkozy）談到許多的努力是要落實保護那些以「新資本主義」為目標的利益團體時，他實在是大錯特錯的原因！至於小布希總統，如同大家或許會期待的，也會同意「市場自由」應該被保障（卻沒有取消農地補助！）……

不！現在紓困的對象，應該是我們，是我們公民！而我們應該以速度和勇氣，來支持將一場經濟戰爭，轉變為全球發展的經濟，在這個轉變過程當中，這種每天有三十億元落入投資者之手的同時，每天卻有超過六萬人死於飢餓的悲慘情景，這應該要被打倒。這個全球發展的經濟，將會掃除此刻正在發生的，對自然資源的濫用剝削（石油、瓦斯、礦、煤），並且在重新組織的聯合國的監督之下——這包括了國際貨幣基金、「為了重建和發展」的世界銀行、以及世界貿易組織——來運用規範。上述這些國際組織，不應該是各國高層的私人俱樂部，而應該是聯合國的機構，使用無論是個人、人為或技術的一切必要途徑，以有效行使司法和道德的職權。

新的經濟秩序，投資在可循環能源、糧食的製造（土耕和水耕的作物）、水資源的儲存與分配，乃至於在健康醫療、教育、住屋方面的投資，或許最後能夠達成民主，並且讓每個人受惠。錯誤的全球化，以及市場經濟所犯下的錯誤，必須停止！公民社會將不容許有默從的旁觀者存在，而如果必需的話，更將以在指頭尖端所擁有的現代溝通管道，集中運用所有公民的權力。

新資本主義？不！

改變集體與個人之間經濟關係的時刻已經到來了。正義的時刻已經到來了。

——連署人：

費德里科．馬約爾．薩拉哥薩／法蘭西斯柯．阿特彌爾（Francisco Altemir）／喬賽．薩拉馬戈／羅伯托．薩維歐（Roberto Savio）／馬力歐．蘇亞雷斯（Mário Soares）／喬賽．維鐸．庇內托（José Vidal Beneyto）

08／10／30

問題

「而我問那些政治經濟學者還有道德論者，他們是否已統計出飽受煎熬的人數：那些處境悲慘、過度勞累、道德墮落、被人當孩子、為了可鄙的傲慢、為了無法克服的不幸、為了

澈底的窮困而飽受煎熬的人。為了製造一個富人究竟需要多少這樣飽受煎熬的人？」——艾爾美德（Almeid）

NOVEMBER

2008

08／11／03

謊言，真相

在美國總統選舉的前夕，我認為下面這個小小的觀察，於時機而論，並不算是不恰當。一段時間以前，一位葡萄牙的政治人物（後來執政），曾經對準備好洗耳恭聽的人們說，政治主要是不把真相說出的藝術。最糟的事情，是在他這麼說之後，根據我所知，竟然沒有一位政治人物（無論左派或右派），出來更正說，不，絕不是這樣的！真相應該是政治最初以及最終追求的目標，唯一的原因，就是如此才能同時挽救真相與政治——政治能追索真相，而真相可以挽回政風。

08／11／04

不是戰爭的戰爭

這是怎麼一回事呢？在一九七五年三月，以及隨後的這個月，關於西班牙政府對葡萄牙感到不快的謠言，已經在我們之中傳開。在當時，西班牙政府是由卡洛斯．阿利亞斯．納瓦羅（Carlos Arias Navarro）當政，根據他的判斷，由於葡萄牙發生「康乃馨革命」的緣故，已經使得危機浮現。該年三月十一日，由史賓諾拉（António de Spínola）將軍所煽動和領導的右翼軍事政變失敗，[1]所立即引發的後果，就是包括貿易聯盟在內的左派政治勢力，重振旗鼓。對此情勢，阿利亞斯・納瓦羅顯然感覺十分惶恐。在他與美國常務副國務卿羅伯特・英格索（Robert Ingersoll）會面時，[2]提出「葡萄牙對西班牙構成嚴重威脅」的想法，這不只是因為當時情勢仍在發展之中，更由於葡萄牙或許會獲得與西班牙敵對諸國的支持。根據阿利亞斯・納瓦羅的說法，情勢再發展下去，下一步或許就是戰爭。在與西班牙總理會面後，英格索馬上給國務卿亨利・季辛吉（Henry Kissinger）上了份報告：「倘若情勢需要，西班牙已經準備要投入一場對抗共產主義的戰爭。該國實力雄厚，並且繁榮昌盛。阿利亞斯・納瓦羅並未要求協助，而確信將能取得其友人的合作與諒解，因為這不但符合西班牙的利益，也符合所有志同道合者的利益。」四月九日，在另一次與美國駐西班牙大使威爾斯・史岱伯勒（Wells Stabler）的會談當中，阿利亞斯・納瓦羅表示：「西班牙軍隊從內戰的經驗中，已經了解到共產主義的危險，而其絕對團結一致。」

而這算怎麼回事呢？當我們在這裡，憂慮著如何克服內部的風風雨雨，百轉千迴地為葡萄牙建立一個更有意義的未來，而其他的勢力卻打算從外部來對付我們；我們的鄰居，我們的兄弟之邦，正與美國共同陰謀策畫一場戰爭，這場戰爭或許不但會毀滅我們，也將使西班

---

1 安東尼奧・德・史賓諾拉（一九一〇～一九九六），葡萄牙軍人與保守派政治人物，二次大戰期間參加德蘇戰爭，戰後於葡萄牙非洲殖民地鎮壓土著獨立浪潮。他於一九七五年康乃馨革命之後，短暫出任葡萄牙總統，政變不成後流亡巴西，以迄逝世。

2 羅伯特・英格索（一九一四～二〇一〇），美國商人與政客，一九七四至七六年於尼克森、福特兩位總統之下擔任副國務卿。

牙遭受重創。自從佛朗哥與希特勒會談——他們同意共同分贓葡萄牙各殖民地，你拿一塊，我拿一塊——之後，入侵的陰影就再清楚不過地在我們的頭頂盤旋不去，這個威脅，或許只需要美國一個點頭，說聲同意，就可能成真。

我還需要告訴各位，這並不是我撰寫小說《石筏》（*The Stone Raft*）的理由嗎？

08／11／05

關塔那摩

就在我撰寫此文的同時，美國的選舉人團投票，尚需要幾個小時才能見出分曉。在這個早晨的幾小時以前，對於下一任美國總統的預測人選，還不會開始浮現。假使出現的是最不討喜的結果，由麥肯（John McCain）參議員勝出，那麼我正在撰寫的這篇文章，就活像是一篇由一個想法與他所生活的世界澈底脫節的人所寫出的作品，同時也是一篇澈底忽略和這個星球上各種重大目標交織在一起的政治現實的文字。特別是由於麥肯參議員是一位戰爭英雄（正如各式宣傳永不厭倦的傳誦，可憐的小老百姓如我者，從來不敢去反駁這點），是越戰退伍軍人，他絕對不會撤除設置在關塔那摩（Guantanamo）軍事基地的集中營和虐囚監所，也不會去拆除這個軍事基地，把所有的物品，以及占據的空間，原原本本地交還給它合法的擁有人，也就是所有的古巴人民。因為，無論你是否喜歡，雖說穿著袈裟的未必就是僧侶，但是身著軍服的將軍，是絕對不會放下兵權的。撤除？拆除？是哪個天真的人，會有這樣的想法？

可是這確實是眾人憂慮之所在。就在幾分鐘之前，一家葡萄牙廣播電臺想要知道，如果是在由巴拉克．歐巴馬（Barack Obama）——如我們當中的許多人在一年半以來，所夢寐以求的——出任美國新總統的情況下，我將建議新政府採取的第一個行動。我很快就能做出回答：撤除在關塔那摩的軍事基地，撤回駐守的海軍陸戰隊，摧毀由集中營（我們別忘了還有虐囚監所）所代表的羞恥標記，翻向歷史新的一頁，並且請求古巴的寬恕。與上述這些同時進行的，是解除對古巴的封鎖，也就是美國試圖（但始終無效）套在古巴人民頭頸上，用來扼殺古巴人民意志的絞索。那麼這次大選的最後結果，或許就能讓美國人民得到新的尊嚴與敬重——讓我們希望它將會如此。但是我要提醒那些假裝不去注意關心華盛頓從這當中學到這寶貴教訓的人們：古巴的人民在這幾乎五十年的時間裡，是日日夜夜都在進行愛國抵抗的。

不過，是否確實不可能像上述所說的那樣，只要一個行動，就能完成所有事情？沒錯，或許這確實是不可能的，但是，拜託，總統先生，至少起來做些什麼吧！和您在參議院的迴廊裡所聽到的相反，關塔那摩這個島不只是地圖上的一個小點。總統先生，我希望有朝一日，你會願意訪問古巴，與住在那裡的人們見面。至少，我可以向你保證，那裡沒有人會想傷害你。

08／11／06

一百零六年

安．尼克森．庫柏（Ann Nixon Cooper），也就是歐巴馬在當選總統後，第一場演說當中所提及的這位高齡一百零六歲的女士，或許會和她當年在公車上，拒絕起身將座位讓給白人男子的事蹟一起，在美國閱聽大眾所鍾愛的人物當中，躋身一席之地。這位女士的英雄事蹟，被記載下來的並不算太多。歐巴馬所告訴我們關於安．尼克森．庫柏的事蹟，並不包含眾目睽睽之下的英勇氣概，而是發生在日常生活當中，這些沉默的舉動所能給予的教訓，與那些形諸於文字相比，並不遜色。一百零六年以來，她靜觀世事變遷，看盡變亂動盪，看興旺與衰敗，看人們失去信仰，看他們欣慰活著，勝過於一切事物。到了昨晚，這位女士又見到了一幅景象：一位來自與她相同族群的人，他的頭像，出現在成千上萬支持者所高舉的標語海報上頭，她明白（不可能不明白），新的局面已然來到了。或者，她只是把這一幕放在心裡反覆懷想，希望她的喜慰能夠被認可，能夠被確證。老人們有時候就是會這樣：他們會突然一改常態，力反潮流，提出不合時宜的問題，並且頑固地維持冷場的緘默。身為非洲裔黑人，身為女性，身為窮人，安．尼克森．庫柏曾經遭受各式各樣的奴役。她活在一個屈順的人生裡面；外面世界的法律或許會改變，但是它們對於她心底所恐懼的事情，卻無能為力，就好比她自己，以及其他女人的遭遇：永遠被男人虐待、被利用、被羞辱、甚至被謀害。她見過女人和男人同工卻不同酬；她們必須一肩扛起家庭的重責大任，雖然這些責任是必要的，卻使她們的努力難被看見；她曾見過女性們堅決踏出的步伐，是如何橫遭阻礙，而她們又是怎麼樣繼續跨步向前，或者是在巴士上拒絕起身讓位——我們在這裡應該再提一次羅絲．班克斯（Rose Banks），這位非裔女性，大名也同樣載於史冊。[3]

一百零六年以來，她看盡世事變遷。或許她所見到的現在這個世界，就像我的祖母所見到的那樣，老邁、可愛、窮困，然而美麗。或許在昨晚歐巴馬演說裡對我們訴說的這位女士，已經感受到至為喜慰的平靜，這種美好，或許我們有朝一日也將會明白。不過，我們還是要恭賀總統當選人，因為他對安．尼克森．庫柏致上了敬意，可能她並不需要，但是我們卻需要。當歐巴馬談到安．尼克森．庫柏的同時，我們明白在她的故事裡，字字句句都讓我們更好，更有人性，向四海之內皆兄弟的理想，更靠近了一步。是否能讓這種感覺持續下去，關鍵就掌握在我們的手上。

08／11／07

文字

很幸運的，天底下所有事情都有文字可以表達意涵。而同樣幸運的，是「給予」這個字

---

3 作者在此將同樣拒絕讓座給白人男性的蘿莎．帕克斯（Rosa Parks，一九一三～二〇〇五）的姓名誤植為羅絲．班克斯，將於下篇更正。

的意思，指的永遠是給予者應該雙手給予，如此他的手中才不會留有理應屬於別人的東西。就像不應該為施行仁慈而感到羞愧，所以正義永遠不該忘記最重要的，就是歸還，權利的歸還（restitution of rihgts）。而所有一切，都要從有尊嚴的生活為基礎開始。如果我被要求，要在施捨、仁慈與正義之間排出先後順序，我會將仁慈擺在首位，其次是正義，最後才是施捨。因為仁慈已經在正義與施捨之間，劃出各自恰如其分的範圍，也由於一個公義的司法體系，當中已經包含了足夠的施捨慈愛。而在既沒有仁慈，也沒有正義的時刻，施捨才會出現。

08／11／09

蘿莎．帕克斯

是蘿莎．帕克斯，不是羅絲．班克斯。這個在記憶上令人遺憾的失誤（不是第一次，也確然不會是最後一次），讓我犯下一個在複雜的人際關係網路裡，所可能犯下最嚴重的錯誤之一：張冠李戴，誤植姓名。除了向耐心讀完上列幾行已加以節制文字的讀者們致意之外，我並不需要向誰求得寬恕，但是在我立刻意識到我犯下多麼嚴重的錯誤時，我已經飽受因為這個錯誤所帶來強烈窘迫感的懲罰了。我甚至暗自盤算，想要裝聾作啞，由它去吧，但是我拒絕了這個誘惑，而在這裡坦承我的錯誤，並且承諾，此後我會更謹慎地查證每件事，即使那些對我而言十分篤定的事情，也是一樣。

根據老生常談的智慧，亡羊可以補牢，而或許這是真的。所以我才有這個機會，可以回來談談蘿莎．帕克斯，這位時年四十二歲的女裁縫，於一九五五年十二月一日，在美國阿拉巴馬州的蒙哥馬利郡（Montgomery）搭乘巴士時，拒絕聽從司機要求把座位讓給一名白人的指令。她隨即因為這項行為，被控以擾亂社會秩序的罪名而入獄。應該要講清楚的，是蘿莎．帕克斯當時正坐在公車裡劃定給黑人的席位上，但是因為白人座席已被坐滿，那名白人便想要她的座位。

作為對蘿莎．帕克斯入獄的回應，馬丁．路德．金恩二世（Martin Luther King, Jr.），一位尚未打響知名度的浸信會牧師，起來領導對蒙哥馬利巴士公司的抗議運動，並且迫使該公司終止原先在車輛內所實施的種族隔離政策。這是一個信號，隨即引發了其他對於種族隔離政策的抗議運動。一九五六年，蘿莎．帕克斯一案終於上告到聯邦最高法院，並宣告巴士上的種族隔離政策違憲。蘿莎．帕克斯從一九五〇年起，就是「全國有色人種協進會（National Association for the Advancement of Colored People）」的會員，這時她發現自己已經轉變成為民權運動的一個象徵，她在餘生當中，為了這個運動繼續奉獻心力，於二〇〇五年時逝世。如果沒有她的努力，今天巴拉克．歐巴馬或許還當不上美國總統。

08／11／10

殺害一個人的關鍵

因為在上一篇文章中，我提到了馬丁．路德．金恩，這提醒了我，有一篇約刊載於一九六八或六九年的文章，題為〈殺害一個人的關鍵〉（Recipe for killing a man）。我在此重新刊登這篇文章，作為對這位真正的革命志士的頌詞，他為了隨後美國種族隔離政策具有決定性質的終止，開啟了一條康莊大道。

殺害一個人的關鍵

根據各自的比例，拿取幾十公斤的肌肉，骨頭，以及血液。然後把它們和諧地安置在頭、軀幹、四肢上面，並且在其中填充以內臟，還有血管、神經網路。要小心避免造物主會犯下的錯誤，導致畸形的外表。至於皮膚的顏色，倒是無關緊要。

給這個棘手又精巧的產品一個名字：男人。按照緯度，該年的季節，以及年紀，給予熱或者冷的感受。當你準備好要把這個原型版本在市場發售時，給他們灌輸若干特質，能使他們有別於市場上的存貨：勇氣、智慧、敏感、耿直、對於公義的愛好、仁愛的胸懷、對周遭以及陌生人們的尊重之心。次級產品將或多或少的，擁有其中一項上述的特質，而與之相反的性格則具有主導地位。中庸之道使我們認為這些產品的性格，不論全然正面或是全然負面，都是不恰當的。不管怎麼樣，請注意，在這種情形之下，膚色仍舊沒有任何的重要性。

但是一個人是由他個人的專屬標籤所歸類的，以便把他和那些已經下了生產線、跟他相像的夥伴，做出區分；並且把他分配到一棟大建築裡居住，這棟建築叫做社會。他將占住「社會」這個建築的這層或那層，但是他將很難能夠更上一層樓。往下沉淪是可以的，偶爾甚至是上下起伏不定。這棟大建築的各個樓層，都含括許多家庭，分配的標準，有時候是依據社會地位，其他的時候則是根據職業。透過各個管道之間來回運動的，稱作習慣、風俗，以及偏見。在這些潮流當中游泳是很危險的，雖然有若干人在他們的生涯當中，還是這麼做了。這些人，他們當中有人在肉身誕生之時，就擁有那些幾乎臻於完美的特質，或者是那些審慎挑選這些特質的人，是無法以他們肌膚的顏色來區分的。他們當中，有些人是白人，有些是黑人，有些是黃種而有些是棕色皮膚。而當中很少有古銅色肌膚的人，因為他們正瀕臨絕種。

人的終極命運，正如我們在這個世界開闢之初，便已經知道了的，就是死亡。在生命終結的那一剎那，死亡對每個人都一樣。可是在最靠近死亡的時刻，卻大不相同。有些人可以像睡著了一樣，輕鬆簡單地離世；有些人死於緊握著眾多疾病當中的一項不肯放手，委婉來說，叫作不肯原諒；有些人遭受刑求拷打，死在集中營；有些人在原子武器爆炸的瞬間蒸發；有些人死在捷豹轎車的車輪底下；有些人死於飢餓或者是消化不良；有些人，也可能在下午時分，死於來福槍管之下，你絕不會想到，光天化日，死亡已經悄然逼近。但是人的肌膚顏色，依然是沒有任何的重要性。

馬丁．路德．金恩和我們之中的任何一人，沒有什麼差別。他擁有我們所知的各項美德，而無疑地也有若干缺陷，但是瑕不掩瑜，無論如何不能減損他高貴的品德。他任重道遠——而且當時他正在半途，他正在和習慣、風俗以及偏見的洪流對抗，和那幾乎令他滅頂的洪流對抗。直到那來福槍的槍聲響起，提醒了我們這些缺乏心眼的人們：肌膚的顏色，確實事關生死。

08／11／11

老者和年輕人

有些人會說，冷嘲熱諷的犬儒心態是一項折磨著老年人的疾病，是一個人在最後時日當中受苦的病痛，是一種意志的僵化症狀。我不敢說這個診斷是澈底錯誤的，不過我想說的是，用這種方法來規避我們的問題，未免太過方便，就好似說，當前世界情況之所以如此，純粹是因為「老者年邁」這個事實……到今天，充滿希望的年輕人，從來沒有成功地讓這個世界變得更好，而老年人日益增加的尖刻，也並沒有讓世界變得更糟。當然，這個世界，這個可憐的老世界，不需要為自身所遭受的禍害負責任。我們所稱為世界局勢的，就是我們自己的局面，悲慘的人類境遇，無可避免的，就是由曾經青春過的老年人，終將老去的年輕人，以及那些不再年輕、卻也還沒老去的人所構成的。那誰該被譴責？我曾聽人說過，我們所有的人都應該受到譴責，沒有人可以誇耀說自己是無辜的；可是我感覺這樣的聲明，看似想要均衡地散布公義，卻只是在稀釋和掩蓋某些想像中的集體罪責、那些真正該被譴責的人所應負起的責任。這樣做，不是為了世界局勢，而是在掩蓋真實的人生狀態。

我寫下這篇文章的那天，有數以百計的男人、女人和孩童，搭乘脆弱不堪的船筏來到了西班牙和義大利，他們總是以為自己來到了想像中的天堂，那富裕的歐洲。這些小艇當中的一艘，來到加納利群島當中的耶羅島（Hierro），帶上岸的，是一具孩童的屍體，而一些遭遇海難的人們說了，在這次航途當中，超過二十位的同行者殉難了，屍體被拋入海中……拜託，請不要向我提起尖酸刻薄的犬儒心態……

08／11／12

教條

最具傷害性的教條，實際上並不是那些已經清楚昭告於世的，就好比像那些宗教的教條，因為它們訴諸於信仰，而信仰本身卻並不知曉，並且無法討論。真正糟糕的，是那些根本就未渴望成為教條的世俗理論，卻被轉化成為教條。比如，馬克思本人，並不固執己見、死守教條，但是很快地，就冒出一堆偽馬克思主義者，將《資本論》（*Das Kapital*）轉為新的《聖經》，使活潑的思想淪落為貧瘠的評注和偏執的詮釋。後來發生了什麼，想必讀者都已經目睹了。有朝一日，如果我們能夠衝破限制思想的古老鐵籠，並且蛻去那層阻礙我們成長的舊皮囊，我們就能再見到馬克思。或許經由馬克思主義者重讀過後的馬克思思想，能夠幫助我們在思考活動上，打開一條康莊坦途。然後我們便必須開始尋找一個基本問題的解答：「為什麼我的思考，會是現在我思考的方式？」換句話來說，「意識形態是什麼？」這些問題乍看之下，重要性似乎不高，但是我卻覺得，事情再沒有比這還來得要緊的了……

08／11／13

R. C. P.

文章標題的這三個字母，是葡萄牙廣播俱樂部電臺（Rádio Clube Português）的葡文縮寫——我不認為會有任何葡萄牙人不曉得它的意思。今天，十一月十三日，我寫下這篇短文的日子，該廣播電臺決定要以部分節目時段來做《盲流感》的首映介紹——這是部以我的小說《盲目》改編、由巴西製片費南多．梅瑞爾斯執導的電影。永遠都有好想法的琵拉爾，覺得我們應該去這個廣播頻道做一次禮貌性拜會，並且向「敞開的窗戶」（Janela Aberta）——這個還在討論中的節目的名字——的主持人致意。我們在極度保密的狀態下前去了，相信給了他們一個不是很愉快的驚訝。而我們所沒有預料到的，是他們回報給我們的驚喜，比起我們所給予他們的，要好上這麼多。兩位主持人都看不見——他們的雙眼由一塊黑布蒙住……有很多時刻，他們設法要愉快地活動著，這只是許多時刻當中的一個。我要在這裡記下我的感激，以及對於他們所給予的友誼，我深刻認可的證明。

08／11／16

八十有六

人家告訴我說，接受訪問是有意義的。我一如往常，傾向對這樣的說法抱持懷疑的態度，這或許是因為，我已經厭倦聽到自己講話。接受訪問，也許對其他人來說算是新鮮的事情，隨著時光的流逝，於我而言，已經成為一道老是回鍋的陳年舊菜。或者還要更糟，我的嘴裡還留有苦澀的滋味，這確乎是由於在我的生涯當中，曾從我的口中說出少數幾件合乎情理的事情，到最後卻變得毫無重要性的緣故。而這些事情為什麼應該要有重要性？蜜蜂在蜂巢裡面振翅嗡鳴，又有什麼重要性？牠們用這樣的方式來彼此溝通交流嗎？或者這是個自然界的單純效應，只是活著的必然結果，而不帶有早已存在的意識或意圖，就像一株蘋果樹結下纍纍果實，絲毫不擔心是否會有人過來吃掉蘋果，是這樣嗎？那我們又是怎麼樣呢？我們說話，和我們流汗，是基於同樣的理由嗎？我們真的只是因為這樣嗎？汗珠蒸發了，被洗刷掉了，消失了，遲早會回到天空的雲端裡。而文字呢？它們到哪裡去了？有多少文字會留存下來？又能留存多久？而留存下來，到底是為了什麼？我曉得，它們是閒置空轉的文字，被一個即將年登八十有六的老頭子給挪用了。當我思及我的祖父傑羅尼莫（Jerónimo）時，這些文字或許並未被蹉跎，他在生命最後的幾個小時裡，和他親手栽種的幾株樹道別，擁抱它們，並且流下眼淚，因為祖父知道，經此一別，人、樹再無相見之時了。這是個值得效法的榜樣。所以我擁抱我已經寫下的這些文字，我希望它們的生命能夠長久，並且能在我已無法寫作時，繼續我的文章事業。除此之外，再沒有別的回應了。

08／11／18

活著，非常之活著

我確實試著用我自己的方式，作一個務實的清心寡欲者（stoic），可是將萬事漠不關心作為幸福的條件之一，從來就不是我人生的一部分；而如果說，我執著於追求精神和平此事為真的話，那麼我還沒有將我自己從激情當中解放出來（這不表示我要解放），也是確然無疑的事情。我試著讓自己習慣這樣的想法（沒有太多的戲劇性）：我們的肉體，不但有朝一日必然腐壞，而且確實在這個層面上，我們的肉體每時每刻，都正在腐壞當中。然而，假如每個姿態、每個文字、每個感情都可以在每個時刻裡，否認它必然死亡的歸宿，死亡對我又有何哉？事實是，無論我因為這個或那個理由，必須談及死亡的時候，我感覺我自己還活著，非常之活著……

08／11／19

洪水般湧入

我才剛從里斯本的「阿勒特鳩之家」（Casa do Alentejo）回來，在那裡我參加了一個活動，和巴勒斯坦人民團結在一起，向犯下愚蠢罪行的以色列爭取完整的主權和自由。我在那裡提出一項建議：從明年一月二十日開始，也就是巴拉克．歐巴馬開始執政的第一天起，支持巴勒斯坦人民的訊息，應該如洪水般湧入白宮，要求立刻解決以巴衝突。如果巴拉克．歐巴馬想要洗刷美國種族主義的惡名，他應該對以色列採取同樣的態度。六十年來，巴勒斯坦人民已經遭受到國際社會無論是默許，還是明目張膽的冷血共謀對待。現在是到了要停止這一切的時候了。

08／11／20

所有的名字

今天早晨有很長一段時間，我在出版社裡為許多本《大象的旅程》（*The Elephant's Journey*）簽上名字。大部分的簽名贈書會留在葡萄牙，當作送給朋友和同事的禮物，但是其他部分會遠渡重洋，到遙遠的土地去，像是巴西、法國、義大利、西班牙、匈牙利、羅馬尼亞，以及瑞典——在瑞典收受這本贈書的人，分別是阿瑪迪歐．巴特爾（Amadeu Batel），我們葡萄牙的同胞，斯德哥爾摩大學（Stockholm University）葡萄牙文學教授；還有凱伊爾．艾斯普馬克（Kjell Espmark），他是詩人、小說家，以及瑞典學院（Swedish Academy）的會員。在我於這部小說上題詞給凱伊爾．艾斯普馬克的同時，我想起他曾告訴我和琵拉爾，當時我獲得諾貝爾文學獎的幕後祕辛。《盲目》已經迻譯為瑞典文，而且令學院會員印象良好，事實上，印象實在太好，以致於使他們幾乎已經作下決定：一九九八年度的諾貝爾文學獎，就是要頒給我了。然而如此情形，卻使得我在前一年出版的另一本小說《所有的名字》（當然在原則上，這本作品不應該成為學院作出頒授決定時的任何阻礙），浮現出一個問題，這個問題來自於我的評審們的顧慮：「那要是這本新小說寫得不好怎麼辦？」他們於是責成凱伊爾．艾斯普馬克去找出答案，授予他全權，以這本小說寫作時所使用的語言來閱讀。艾斯普馬克確實對葡萄牙文有一定的熟稔，他以最高的紀律，完成了這個任務。在八月中旬，在字典的協助下，當這個任務可能會有更多要求協助的請求，往返於瑞典沿海的小島之間時，他逐字讀完這本小說，這個關於職員何西和他所深愛、卻從未謀面的女人的故事。結果我通過考試了：這本小書絲毫未比《盲目》來得遜色。呼！[4]

08／11／22 在巴西

我們正啟程往巴西，在那裡等著我們的，是有如威脅臭氧層的酸雨那樣沉重的節目。然而我相信，還是可以安排一些機會，好讓我和讀者的對話不致於因為我必須缺席一星期，就要被迫中斷這麼長的時間。在巴西，我們知道物資方面不會有任何匱乏之處，如果要說有什麼問題的話，那就是可用的時間實在太缺乏了。我們看著辦吧！請祝我們一路平安，並且請發發好心，在我們不在家的時候，替我們看顧這頭大象。[5]

08／11／23

牲畜

要到達巴西並不容易，甚至要從機場離開，也不簡單。機場擠滿了對我們充滿不信任的人，男女都有，好似在我們的臉上，確實寫著恐怖主義的過往前科記錄，或者有潛在恐怖主義分子的危險，譴責我們吧！這些人被稱為安全人員，而且十分諷刺的，根據我個人以及我身邊的人過往經驗來判斷，沒有任何的旅客會對於安全人員出現在身邊，感覺到一丁點的安全。我們所遭遇到的頭一個問題，是出現在我們登機的隨身手提行李遭到檢查的時候。由於我還正處在從先前罹患的疾病恢復的狀態中（很幸運的，目前我已經康復了），必須每兩星期一次，接受定期的藥物治療，所以我在機場通關的時候，必須隨身攜帶一張醫療證明。我們出示了這張證明，上頭有符合規定的印戳和簽名，認為只需要一分鐘，我們就能順利通關。但事情並非如此。這紙證明先是由一位「安全人員」（是位女性）非常賣力地逐字透讀，她又認為最好讓她的上司也瞧瞧，上司讀得眉頭都糾結在一起，或許他試圖在字裡行間找到若干啟發吧。接下來，開始了一段推和擠的遊戲。這位女性「安全人員」，兩或三次

4 英譯注：這是薩拉馬戈的新小說，葡萄牙文版於二〇〇八年由卡米歐（Caminho）出版。英文版本由豪頓・米福林・哈爾寇特（Houghton Mifflin Harcourt，美國）和哈維爾・賽克爾（Harvill Secker，英國）出版。

5 英譯注：為了《大象的旅程》所進行的新書宣傳行程。

憂慮地宣稱說：「我們必須要徹查。」她這樣說，背後有上司力挺，上司重覆了不只兩或三遍，而是五或六遍。他們要徹查的物事，就擺在他們眼前，一張關於藥物治療的紙，上面根本沒什麼可看。這場熱烈的討論，到了我因為不耐與煩躁而發話後，才畫下句點，我說：「好吧，如果你們非要檢查，那就檢查，然後快點搞定。」這位上司搖頭並回應道：「我已經檢查過了，但是這瓶藥罐必須要留下。」這瓶「藥罐」——如果我們稱這個塑膠優格瓶是藥罐的話——被拿出來，加入那些先前遭沒收的危險爆裂物的行列。當我們離開的時候，我一直在思考機場安檢人員的重責大任，照這樣來看，最後將會交到夜店保鑣崇信會（Worshipful Company of Nightclub Bouncers）的手裡……

然而，最糟糕的還沒有來到。在超過半小時的時間裡，我不知道有多少與我們同行的旅客，像塞進罐頭的沙丁魚那樣，被硬塞到一輛預備載我們前往登機的巴士裡頭。在巴士上超過半小時以上的時間裡，我們被擠得寸步難移，巴士車門還敞開著，以便使早晨的冷冽空氣可以任意地流通。沒有一句解釋，沒有任何道歉。我們被當成牲畜來看待。要是這架航班後來不幸失事，或許很可能會有人說，我們這趟巴士之旅，活像是趟載送牲畜前往屠宰場的旅程。

08／11／24

兩條新聞

在巴西，在一個個專訪的空檔之中，我得知了兩條新聞，當中一條是壞的、非常不好的消息：風暴意外地摧殘了聖保羅市（São Paulo），而在短短幾分鐘的肆虐之後，留下了碧晴如洗的天空，感覺像是什麼也沒有發生過，卻造成了南邊五十九人死亡，數千人民無家可歸，他們今晚沒有屋頂可堪遮風蔽雨、度過一宿，也沒有棲身之地。不管我們讀到這類的故事多少次，都沒有辦法無動於衷。恰好相反，每一次聽到新的自然災害，我們的痛苦與不耐就又增加一些。而我們要問一個無人可回答的問題，即使我們知道有一個答案存在：在我們知道，對於所有的自然現象，都可以找到解決方法，來安頓我們的生命安全時，我們還要活多久，或者最貧困的人還要活多久，才能不用單靠上天的慈悲恩賜，免去風雨乾旱？我們還要把眼光避開多久，猶似人命無足輕重？在我目前身處的巴西，在該國的聖塔卡塔琳娜（Santa Catarina）喪生的五十九條人命，根本無須這樣死去。這是我們都知道的事情。

另外一條新聞，是西班牙國家文學獎（Spanish National Prize for Letters）已經頒授給璜．哥耶提索羅（Juan Goytisolo）。[6]我回想起他住在藍札羅特島時，和莫妮克（Monique）、哥梅茲．阿奎列拉（Gómez Aquilera）一起，談論著他們的作品，以及寫作的使命。莫妮克已經不在了；她沒能見到哥耶提索羅終於獲頒國家文學獎，在我們讀過他的頭一本作品這麼久之後（而這本作品直到最近才剛出版）。璜，我要向你送上一個擁抱，還有我的恭賀之意。

6 璜．哥耶提索羅（一九三一～二〇一七），西班牙小說家、文學評論者、詩人，自我流放，居住於摩洛哥的馬拉克什（Marrakech），並逝世於此地。

08／11／25

網際網路的無邊頁面

我們才剛從聖保羅的一個記者會裡出來——照他們的說法，這叫作媒體聯訪。

我很驚訝，有好幾位媒體記者想要問我關於身為部落客的看法，當時我們的背後是一張大規模展覽的巨幅海報，這場展覽由瑟薩．曼立克（César Manrique）基金會策畫，在大竹富江文藝機構（Tomie Ohtake Institute）展出，[7]最重要的參展人與贊助者都來參與，我的新書介紹會也在該展覽的展出活動之列。可是許多記者卻對我選擇在「網際網路的無邊頁面」上寫作，感到興趣。讓我們說得更清楚些，是否正是在網路頁面上，我們所有人彼此看來都相似？這是否是我們行使公民權利時，最緊密的一件事？當我們在網路上書寫時，是否更加地友善而容易接近彼此？對此，我只是提出上述的問題，並沒有答案。而現在，我十分樂於在網路上書寫。我不知道在網路上書寫，是否表示更加地民主，我只知道自己現在的感受，就像是有著一頭狂野長髮、戴圓框眼鏡的小伙子，在他二十來歲時，向我問這樣的問題。對於在部落格書寫文字，毫無疑問是民主的。

08/11/27 活得很好的一天

琵拉爾和我，我們還在巴西，並且為發生在聖塔卡塔琳娜的悲劇，深深受到震撼。隨著這場災難裡，從那些滿目瘡痍而絕望的倖存者那裡，向我們傳遞過來的，不僅是死亡和失蹤的人數持續上升，富有人情味的故事也隨之出現。我們透過管道和盧拉（Lula）總統聯繫，[8]和他一起訪問受災區域。他到那裡去，必須帶著大量的安慰同行，以求能夠說服人民：國家在這種時刻，是派得上用場的。安慰可以是言語上的，也可以是行為上的，身為人類，我們二者都需要。他們告訴我們說，在公司行號上班的人們，自動自發地組織起來，收集各項物資幫助受害者。對於那些和我們一樣，沒有親身經歷過這類悲劇的人來說，像這類的行為也可以撫慰我們。這些自發救災的人們，讓我們相信出版社那位年輕女子，心繫於她從未謀面過人們的命運，這樣的情感是真切可信的。這樣一幅世界景象，是可能出現的。

今天下午我在巴西文藝學院（Brazilian Academy of Letters）介紹了《大象的旅程》。在該院前主席艾伯托・達寇斯塔・席爾法（Alberto da Costa e Silva）的開場白裡，他說我們所

7 大竹富江（一九一三～二〇一五）是日裔巴西藝術家。

8 指魯易斯・伊納西歐・盧拉・達席爾瓦（Luiz Inácio Lula da Silva，一九四五～），左翼的巴西勞工黨政治人物，於二〇〇二年參加生涯第四次總統競選時獲勝，擔任第三十九任巴西總統，於二〇一〇年底卸任。

有人是一座座的圖書館，因為我們保存了所讀過的文字，像是自己身體裡最好的那部分。艾伯托和我是老朋友了，這也是這位前任學院主席、大使願意擔任開場引言人的原因，因為他和這部作品素有淵源。我們事先和學院的會員們見面，出席者還包括像克麗歐奈絲・柏拉丁立（Cleonice Berardineli）和泰瑞莎・克麗絲汀娜・希爾岱拉・達席爾瓦（Teresa Cristina Cerdeira da Silva）這樣大方允諾出席的好朋友，她們不是學院成員，但是仍屬於精神思想上的傑出人物，也是社會進步發展所實在需要的人物。在那之前我們和齊戈・博瓦基在一起，他才剛完成一部新作。如果這部新作像《布達佩斯》那樣，我們就可有本大部頭書要讀了。齊戈既是歌手，是音樂家，也是作家，他是那種多才多藝的人，既有出色作品，又是一個好人。今天毫無疑問的，是貨真價實、非常值得的一天。

08／11／28

性教育

「性交易剝削是一項對人類十分重要的議題，吾人對此無法採取偽善的立場。我們必須說服這世界上的父母，家庭中的性教育，就和桌上的食物同樣的重要。如果我們無法在學校裡傳授性教育，我們處在青春期的孩子們，就將會像街頭上的動物那樣，去探索性知識。我們必須要根除宗教的偽善，而且這是對所有的宗教一體適用。」

上面我引述的這段話，是出自於巴西總統盧拉・達席爾瓦之口。他當時正在一場全球性的會議上發言，這個會議討論全世界各地所面臨的，兒童和青少年遭到性交易剝削的問題，這已經是第三次召開會議了。瑞典王后也在會上發表演說，呼籲各界起來行動，終結縱容青少年濫用網路的行為。上面兩則談話，都提到了影響社會最脆弱部分的嚴重問題，特別是對那些居住在地球上最貧困區域的兒童與青少年危害甚鉅，在這些地方，缺乏學校，家庭觀念根本不存在，而人們則受二十四小時不停放送著性與暴力的電視控制。誰又能聽見這些在「國際防制性交易剝削會議」（Congress against Sexual Exploitation）上面說出的真知灼見呢？

本來，我想談談《大象的旅程》在聖保羅市的新書發表會，可是今天這個題目出現在我眼前，我覺得應該優先討論。書的事情，我們留到明天再說。

08／11／30

文化書坊

昨晚從巴西離開時，我們裝進行囊的，是對一間可愛書店的記憶——這是個書的聖殿，現代、有效率，而且美麗。這間書店名叫「文化書坊」（Livraria Cultura），位於國家聯合購物中心（Conjunto Nacional）。這間書店當然是供人選購圖書的所在，但同時也是一個令人印象深刻的角落，這麼多的書籍以吸引人的姿態擺放著，好似這不是堆放書的處所，好似我們正在看待的，是一件藝術作品。文化書坊本身就是一件藝術品。

我作品的巴西版編輯路易士．史華茲曉得我會受到這個奇景所吸引，這也就是他帶我到這裡來的緣故。我同時也深受「公司書屋」（Companhia bookshop）感動，看到該書屋那還在成長中的書架上，擺滿了重要的典籍，永恆的經典與新書一起，在書店裡到處陳列。而舊經典與新流行一起，呈獻於讀者面前，留給讀者一個困難卻有趣的兩難，不知道該如何抉擇。

昨晚在聖保羅，有場不錯的送別。在赴大竹富江的寓邸晚宴以前，我們去看了一場名為「夢的濃稠度」（Consistency of Dreams）的展覽。今天一整天，在參觀這項展覽的七百位民眾之中，我們是最後一批；瑟薩．曼立克基金會在費南多．哥梅茲．阿奎列拉主持下，把和《大象的旅程》作者相關的一切（在藍札羅特和里斯本時就已經見過了），組合在一起。阿奎列拉應該要高興：他自己的作品就像這些作品所歸屬的大陸上那樣為人熟悉，就像文化書坊那樣引人興致、鐘錶般精準、美麗。有時候好消息是會一直累積的，我們相信這件事。

DECEMBER

2008

08／12／01

不同之處

我在這裡已經說過之前的巴西之行，帶著諸多的見證：見證我們所經歷的快樂時光，見證我們所聽到和說出的話，見證那些新的和舊有的友誼；以及見證對於聖塔卡塔琳娜那場悲劇的回響：那些傾盆豪雨，那些土石流，埋葬了上百名猝不急防人們的丘陵，就像自然災害的慣例，看來總愛挑最窮的窮人下手，讓他們淪為犧牲者。現在，我們回到里斯本，而這看來是做個總盤點的好時機了，總結所有發生的事情——除了敘述我的感覺以外，因為在我一生當中，我已經表露出夠多的感覺了；這一次，這些事情將只用一個廣泛而扼要的句子來概括：「一切都不錯。」如果我還能寫出任何作品來，我沒辦法想像它們能夠接受比帶領我們前往巴西的《大象的旅程》這本書，所能接受到更好的歡迎了。

昨天我在這裡寫了若干句子，稱頌聖保羅市的文化書坊裡的宏大規模。我想回到這個題目上繼續討論，首先要再次提到的，是這間書店帶給我們（琵拉爾和我）那幾乎眩暈的衝擊，實在是實至名歸，同時也帶來一些不那麼正面的思考，這是比較以下兩種書店以後，所產生的必然結果：一種是活力，並不只是一味地商業化，因為在這種活力裡面，承襲了許多購書人表現出的美好氣質；另一種則是難以救藥的陰鬱，讓我們這裡的書店變得灰暗，這樣每下愈況，是被大多數在書店中工作的人，他們的低標準和不充分的職業訓練所造成的。我們姊妹鄰邦的書籍銷售產業，是一項嚴肅而且結構完整的事業，這不只要歸功於它們本身的眾多優點，還包括了一定程度的國家支持贊助，而這點是我們所無法望其項背的。巴西政府是該國書籍的主要大盤購買者，像是一種公家的贊助者，總是準備妥當，舒緩出版界的財政重擔：當政府增加圖書館藏書、促進出版活動、以及組織各項活動以鼓勵愛好閱讀的風氣（如我過去所得到的機會那樣，培養自己的閱讀習慣），他們提倡的策略相當有效。而在葡萄牙這裡的情形，可謂是全然相反。在這裡，許多方面都還未善加利用，還在等待某些信號，等待行動的計畫，還有（如果我能夠借用商場用語），在等待一張支票。就像俗語所說的，錢不是萬能，沒有錢卻萬萬不能。[1]總理先生，這句話對書籍，對其他心靈與精神上的產業，也同樣適用，而你卻早已經心有旁騖，無暇顧及文化事業。這對我們來說，更是十分糟糕的事。

08／12／03

所羅門回到貝倫了

今天下午，這頭叫作「所羅門」的大象將要回到貝倫（Belém）[2]。這意思是說，這個文學上的角色（也是命運安排這些事情的方式），將要出現在當初那頭活生生的大象，在

1 原文為：Money is what you need if you want to buy melons. 直譯即為「當你想要買瓜時，你所需要的就是錢。」

2 貝倫是立於葡萄牙里斯本港邊的五層防禦箭塔，與建於十六世紀初期，其地位在葡萄牙有如美國紐約的自由女神像。

十六世紀動身離開的那個地方。真實的所羅門從這裡出發到維也納，中間經過卡斯德羅洛德里哥（Castelo Rodrigo）、瓦拉多利德（Valladolid）、羅薩斯（Rosas）、熱內亞（Genoa）、帕多瓦（Padua）以及其他橫越阿爾卑斯山的地方，最後在皇帝馬克西米連（Maximilian）的宮廷中，結束餘生。

作家安東尼奧．梅加．費耶拉（António Mega Ferreira）和身兼教師的作家曼紐爾．馬利亞．卡爾希羅（Manuel Maria Carrilho）將負責來領導這項對話，或許還會有書以此作為主題，不過如果其他的議題也進來插一腳，我根本不會感到訝異，因為這是我們三個，按照一些媒體的說法，正處在目前新聞事件報導焦點的緣故。是的，我一點也不會在意，如果介紹這頭大象，可以成為一個談論這個世界的機會；這個世界在許多接縫之處，都劇烈地分化撕裂，因為從大象所羅門的時代起一直到現在，連狀況最好的裂縫，都沒有縫合的跡象。為了要避免夜晚日漸深長，我不介意介紹這頭大象。

08／12／04

給任何可能感興趣的人

我呈獻了《大象的旅程》這本小說，並且趁著這個機會，我要說，我的心都和這本新作相繫在一起了。呼！

08／12／04

薩維亞諾

許多年以前在那不勒斯（Naples），思忖這座城裡許多街道中的一條可能會有什麼事情發生，我的好奇心在一爿咖啡座中被喚醒，從這個咖啡座探尋整個世界，好似它在幾天之前，才剛剛開張。咖啡座的木雕色澤明亮，鍍金的鉛環光彩閃耀，地板清潔乾淨——總之，這裡不但是視覺的享受，也是嗅覺和味蕾的一場盛宴，我點的那杯咖啡，滋味絕佳，就可以證明這一點。侍者問我這客人從何處來？從葡萄牙來，我回答；而他神態自若，全然像是對我提供一條有用訊息的模樣，說道：「這裡是克莫拉的地盤。」很驚訝的，我乍聞此話後，從嘴裡蹦出的，只是聲「啊？」這聲回應，根本不會讓我表明態度，但是卻嘗試掩蓋我胃裡突然傳來的陣陣翻攪轟鳴。站在我面前的這人，也許就只是個單純的侍者，對於他老闆們的犯罪行為，並不負有特別的責任，但是常識提醒我，對於他任何過分的親切友善態度，保持著警戒和懷疑，現在我可不再是個輕鬆寫意的客人了。我不能明白，這種再明顯不過的罪惡暗示，是如何伴隨著最友善的微笑，向我提出來。我買單付帳，離開，在走出這條街以後加快步伐，好似後方有一班張牙舞爪的雇傭刺客，已被派來獵殺我。直到走了三或四個街角以後，我才開始冷靜下來。或許那咖啡座的侍者是個罪犯，但是他沒有傷害我的理由。他顯然很滿意於他告訴了我，這位地球上的居民，一個必須知道的事情：整座那不勒斯城，都掌握在克莫拉的手中，那美不勝收的灣岸風光，不過是欺騙世人的偽裝；而那塔朗泰拉快舞

（tarantella），則是送葬的遊行隊伍。

好幾年過去了，但是這段插曲依然留存在我的記憶當中。而現在，它好像是昨天才發生過那樣，又重新浮現在我的腦海：那色澤明亮的木雕，光彩閃耀的鍍金鉛環，還有和黑幫沆瀣一氣的侍者，他臉上的微笑，或許這人根本不是侍者，而是咖啡廳的經理，深受犯罪組織克莫拉的信任，他自己就是個黑幫成員。我想到了羅貝托・薩維亞諾（Roberto Saviano），[3]他因為撰寫了一本著作，譴責區區一個犯罪組織，竟能綁架整座城市，以及居住在其中的人們，因而收到了死亡威脅。我想到了羅貝托・薩維亞諾，這個克莫拉犯罪組織想殺之而後快、將他的頭顱擺在托盤上的人，而不禁去想像，是否有一天，當我們能夠從噩夢裡醒來，那噩夢是許多人的真實人生，他們因為說出真話而備受迫害，他們說出的，是真相，除此之外，別無它物。面對羅貝托・薩維亞諾，這位作家兼記者的勇氣與尊嚴，我感到卑微，感覺自己的渺小，幾乎是無足輕重。這個人，已經將生命的藝術發揮得淋漓盡致。

08／12／09

聖塔菲大街（Santa Fe Street）

這條街道確實存在，位於智利的聖地牙哥。就是在那裡，皮諾契特（Pinochet）的手下包圍一座一層樓的透天房子，[4]那是卡嫚・卡斯提羅，和她的共同參與政治活動的生命伴侶，米基．安立奎斯（Miguel Enríquez）的住處（或者說，是避難所）。安立奎斯是「革命左派陣線」（Movement of the Revolutionary Left）的主要領導人，一向支持並且與薩瓦多．阿連德（Salvador Allende）保持合作。[5]現在這個政黨，已經成了背叛民主憲政的軍政府首要逮捕迫害的對象，而軍政府則準備讓自身成為南美洲有史以來最為獨裁的政權。米基．安立奎斯在圍捕中遇害，而卡嫚．卡斯提羅當時已有孕在身，也身受重傷。很多年以後，卡嫚．卡斯提羅以撼動人心的真誠與寫實，在檔案裡記錄並且重構了那段日子，我們何其有幸，今晚能在國王劇院（King cinema）欣賞這部紀錄片。這部紀錄片，先要感謝其製片人的智慧與細心，在品質上努力追求到最高境界。後續的感想，容稍後再說。

3 羅貝托．薩亞維諾（一九七九～）義大利南方那不勒斯的報導文學作家，出身富裕的醫生家庭，卻勇於揭露那不勒斯當地黑金政治腐敗現象，撰有《蛾摩拉——罪惡之城》，極為轟動，並翻拍成電影，但卻因此受到死亡威脅，至今仍由警方保護。

4 全名為奧格斯托．喬賽．雷蒙．皮諾契特．烏加爾特（Augusto José Ramón Pinochet Ugarte，一九一五～二〇〇六），智利軍事強人，於一九七三年發動政變，推翻民選左派政府，自任總統，至一九九〇年還政於民，於選舉中失利下臺。一九九八年，皮諾契特出國治病，在英國倫敦遭到逮捕，實施軟禁直迄逝世。

5 薩瓦多．阿連德（一九〇八～一九七三），智利社會主義者，於一九七〇至七三年間，擔任智利總統，後遭政變推翻，阿連德遭到皮諾契特將軍的部隊擊斃（另說為開槍自殺）。

致敬

08／12／10

今天在阿勒特鳩之家舉行的活動，於傍晚六點開始。正如本文標題所表示的，這是一個致敬的活動。向誰致上敬意呢？並沒有特定的對象，葡萄牙文人整個群體，都在致敬之列。接受致敬者，按照字母順序排列，以詩歌朗誦來紀念他們的，是二十位作家、演員，以及媒體人，他們已經慷慨地投注了時間與才能，來促成一個理念的落實，這就是喬賽・薩拉馬戈基金會的誕生。選定的日子——也就是今天，二〇〇八年十二月十日，是一位葡萄牙作家獲頒諾貝爾文學獎的同一天，在領獎的演說中，他表達了自己深自理解，這項殊榮不但應當和所有與他同時的作家分享，沒有例外；也應當與那些先於我們的人分享，按照賈梅士的話來說，就是那些已經掙脫死亡暴虐統治的人們。下列的人名，將被朗誦，或是唱出：艾特羅・德克恩托（Antelo de Quental）、安東尼奧・維耶拉神父（Padre António Vieira）、維多尼諾・尼莫希歐（Vitorino Nemésio）、喬賽・卡多索・派爾斯（José Cardoso Pires）、魯伊・貝羅（Ruy Belo）、索菲亞・德梅洛・布瑞納（Sophia de Mello Breyner）、佩卓・侯曼・德美洛（Pedro Homem de Mello）、米基・托爾加（Miguel Torga）、以賽・德凱洛茲、娜塔莉亞・柯麗雅（Natália Correia）、大衛・茂羅—費耶拉（David Mourão-Ferreira）、艾瑞・多斯・桑多士（Ary dos Santos）、卡米洛・卡斯特羅・布朗科（Camilo Castelo Branco）、曼紐爾・達方斯喀（Manuel da Fonseca）、艾爾曼達・尼傑瑞羅（Almada Negreiros）、喬賽・哥梅茲・費耶拉、塔薛拉・德帕士可（Teixeira de Pascoaes）、拉烏爾・柏蘭道（Rual Brandão）、費南多・佩索亞、賀黑・德西那（Jorge de Sena）、阿奎里諾・李貝諾（Aquilino Ribeiro）、艾爾梅達・賈瑞希特（Almeida Garrett）、路易士・賈梅士、卡洛斯・德奧立維拉（Carlos de Oliveira）、以及費南多・納摩拉（Fernando Namora）。這支榮耀的隊伍，應當由所有人共同來向他們致上敬意。

08／12／11

巴爾塔薩・加爾松（之一）

就算天氣相當惡劣，寒冷而又伴隨著間歇的陣雨，今晚的國王劇院依舊是座無虛席。卡嫚・卡斯提羅原來擔心她的影片過長（片長兩小時半），會使得觀眾感到意興闌珊，但是她的擔心完全是多餘的。沒有任何一位觀眾起身離開，而且在影片的末尾，隨著觀眾沉迷在影像所帶來的魅力，以及那在智利軍事獨裁底下倖存的「革命左派陣線」成員所作的毛骨悚然的證詞當中，卡嫚受到全場觀眾起立鼓掌，為她喝采。我們這些來自基金會的人，都為擁有這樣的觀眾而感到驕傲。之前我就對觀眾的素質抱有信心，而實際的情況，卻還遠遠超過我最樂觀的預期。

當我在寫作本文的同時，超過二十萬份的《世界人權宣言》，已經透過在里斯本的《每日新聞》（*Diário de Notícias*），和在波爾圖（Oporto）的《新聞時報》（*Jornal de Notícias*）

這兩份報紙的讀者手中流通散布。而今天，十二月十一日，該是巴爾塔薩．加爾松登場的時候了，他特地從馬德里趕來，準備要談論的，是人權，以及在智利、關塔那摩所發生的事情。加爾松法官的講座，勢必會像昨天傍晚所舉行的，向葡萄牙文人致敬的活動那樣成功，同樣也是在阿勒特鳩之家舉行，傍晚六點開場。這是一個增廣見聞的大好機會。是的，增廣見聞的好機會。

08／12／12

巴爾塔薩．加爾松（之二）

巴爾塔薩．加爾松法官在里斯本上了一堂課，這堂課有關於「法律是什麼」，或者說，是「法律應該是什麼」。事實是，他在昨晚的講座中所講的內容，由基金會整理，從最嚴格的意義來看，是正義。而常識則是：犯罪行為必須接受懲罰，受害者和犧牲者必須獲得補償，法庭必須要追根究柢，探索埋藏於令人戰慄的表象背後所埋藏的真相。因為通常在表象背後，隱藏的是明顯歸於犯罪者（特定人物或團體）的經濟利益，宣稱要施行法治的國家，自然不能放過他們。誰知道他們那些人，是否會對違反人性的罪行負責（稱它們為犯罪，這是我唯一可以描述國際金融與經濟危機的方式），或許最後到頭來，他們不會像給人們帶來痛苦的皮諾契特或魏地拉，或者其他恐怖的獨裁者那樣，遭受到逮捕？誰知道呢？

巴爾塔薩．加爾松法官讓我們明白，為了永遠不去為惡，一次也不能滑向卑鄙罪惡的重要性。他本人就曾經有一次踐踏過人權的紀錄，那是在關塔那摩，此舉使他多年來全心投入於法律和正當性的努力付諸流水。不論是政府還是公民，我們絕對不能和小布希政府所製造出來、腐蝕半個世界的混亂同流合汙。

聽眾出席踴躍，他們帶著敬意，跟隨著這位法官所揭櫫的論點，並且反覆思索。然後，向他鼓掌喝采，人們像不但聽見了顯露而出的事實、而且還是強有力的聲音那樣，向他鼓掌，而如果這不是用作赦免卑鄙惡行的遁詞，這個聲音會是世界所需要的。

本基金會感到十分滿意：我們已經盡己所能來提醒人們。《世界人權宣言》目前不受尊重，而公民們必須起來要求，讓這份宣言不再形同一紙虛文。巴爾塔薩．加爾松已經盡到他的一己之力，這在今夜的里斯本，再清楚不過，對此，我們只有感到無比的欣慰。

08／12／15

波赫士

瑪利亞．兒玉（Maria Kodama）已經返抵葡萄牙，[6]出席一場慶祝荷黑．路易士．波赫士紀念碑落成的儀式。在舉辦紀念儀式的歐可．鐸希戈（Arco do Cego）公園萬頭鑽動。一個交響樂團演奏起阿根廷國歌，而接著演奏的，卻不是葡萄牙國歌，而是馬力亞．達方田

6 瑪利亞．兒玉（一九三七～）是日德混血阿根廷作家，波赫士的遺孀，原為其祕書，現定居於布宜斯諾艾利斯。

（Maria da Fonte）紀念歌，這首曲子是為紀念一八四六至四七年的革命而作，在民間及軍事儀式上演奏，直到今日。

這座紀念碑外形簡單，一整塊上等品質的花崗石，搭配上一個開放空間，當中有一隻金手模型，取材自波赫士正握住筆的右手。這個紀念碑園區的設計，簡單明瞭又能啟人深思，並且遠比半身胸像或全身雕塑來得討喜，因為我們很容易就會對胸像或雕像感覺厭倦，見賢而不再思齊。我一時之間，即席想到了幾句話，關於這位《虛構集》（*Ficciones*）的作者，這位我認為是「虛擬寫實文學」（virtual literature）的創造者，將書寫和現實分離，以求能更清楚地追尋那難以清楚看見的謎霧之影。這個下午是個好的開始，而瑪利亞．兒玉也很開心。

08／12／16

最後一擊

大笑是不由自主的。在看見堂堂美國總統，在麥克風前縮起身子，以求閃避從他頭頂飛過的一隻鞋子時，對於臉部負責笑容動作的肌肉來說，是一個絕佳的運動時機。這個人，以他深不見底的愚昧無知，以及迭次出現的荒誕語言聞名於世，在過去八年裡，已經讓我們大笑不知幾回。同樣是這個男人，也以其它令人難以恭維的特質，例如像是他根深蒂固的病態偏執，提供了我們千百種鄙視他的理由。他和他的手下，是謊言與陰謀的共犯，他們以扭曲的心靈，聯手將國際政治淪落為悲慘的鬧劇，使單純的尊嚴成為純粹的嘲弄目標。如果將這個事實說出來，就算令人苦惱的場面天天上演，小布希還是不配作這個世界的領袖。我們已經忍受過他，而且我們已經忍受到一個程度，以至於巴拉克・歐巴馬的勝利，會被許多人看作是一種老天賜與的公義。正義一如既往那樣，遲來，但是具有決定性。不過臨了，我們還是需要最後一擊，仍舊需要那些皮鞋，在一位來自伊拉克電視臺的記者，看著這具說著謊言、厚顏無恥的皮囊就這麼站在他面前時，猛力投擲出皮鞋；這一擊可以採取兩種方式來進行：一種是那些鞋子應該穿在腳上，而被踹的對象身上，應該在背上高低不同的部位，畫上標靶；又或者穆塔澤姆・阿爾・凱迪（Mutazem al Kaidi，希望他的名字能流芳後世）已經找到了另一個更激烈且有效的方法，透過嘲弄，來表達他的蔑視。踹上幾腳不見得會稱心如意，但是嘲弄卻可以永世流傳。我投嘲弄一票。

08／12／17

話語

想要召開記者會而沒有說隻字片語，幾乎是不可能的——通常記者會裡會說出很多話語，有時候還太多了。琵拉爾堅持建議我，應該發表簡短的回應，將不適合放在這裡的冗長演說，濃縮成洗練簡潔的句子。她是對的，但這樣做不符合我的天性。我認為每一個話語，都需要另一個話語來協助解釋。事情已經到了以下這個地步：由於我已經這樣做了一段時間，我預期哪些問題將會被問及，並啟動一個程序，預先累積那些記者最可能會感興趣的相關知識題材，讓事情變得更輕鬆。這其中的樂趣，就在於我讓自己任意啟動上面的其中一個程序。毋須擔心每個問題將必須建立起的準確主題結構，也無論是否想要這麼做，我張口說出第一個字，接著第二個字，第三個字，像小鳥的籠門剛被開啟，不真的知道，或者真的根本不明白，它們將帶我到哪裡去。這樣的說話方式，成了一種冒險，溝通轉變而為尋求條理的探索，對於任何在傾聽的人，他們要在話語中尋求一條理解的路徑；我一向了解，溝通不是限定而瞬間完成的，通常需要回顧來時路，以求能夠明白剛才表達的是什麼。在所有這些當中，最為有趣的，是在演說裡面發掘——而不是侷限在闡明和弄清我的思緒、我個人對作品的看法——最後總是能顯露出那些被隱藏的事物，那些只能從直覺預感裡得出的感受，都突然成為直接明白的證據，第一個感到訝異的，就是我自己，這種感覺，就像一個長期在黑暗中的人，突然在光線前睜開眼睛那樣。總而言之，透過我說出的話語，我在獨自前行時學習。這是個不錯的結論，或許是對這個討論所產生的可能結論裡，最好的一個，而且最後，還成為一個簡短的收場。

08／12／18

出版業者

伏爾泰沒有出版經紀人。不但他沒有，與他同時以及之後很長一段時間裡的所有作家，也都沒有經紀人。出版經紀人就是不曾存在過。當時，這項生意（如果我們要這樣稱呼它的話），只在兩位對話者之間運作：作者和出版業者。作者寫出作品，而出版業者顧名思義，就是將作品付梓問世，在這兩者中間，沒有任何中介者。這是一個純真的時代。我的意思並不是說，出版經紀人是（以及持續會是）那條誘惑人犯罪的大蛇，生下來就是要讓原來和諧的天堂走上邪路，而這個天堂在現實之中，根本就不存在。但是，無論是間接還是直接，出版產業開始考慮自身與發展暢銷商品的鍊結，並凌駕於出版與傳布品質優良作品的意願之上，出版經紀人，就是這種顧慮所製造出來的產物。作家，總歸來說是一群天真的人，容易受到豺狼或鯊魚般經紀人的愚弄，這批人追逐著數額龐大的預付版稅，以及亮眼的促銷活動，好像他們以此為生似的。但是實情卻並不是這樣的。預付版稅只是戶頭裡的一筆款項，而至於促銷活動，根據經驗，我們都曉得現實與期待之間的差距永遠是那麼地深遠。

這些想法不外乎是在巴希李歐．巴爾塔薩（Basílio Baltasar）於上個月以「出版業界預期已久的死亡」為題發表的講座中，所散發出的熠熠光芒。這篇講詞是附在《祖國》（*El País*）日報那篇對知名出版經紀人安德魯．懷利（Andrew Wylie）的專訪下頭。我說他「知名」，他確實是，不過當中有若干理由並不好聽。我沒有這個膽量，在這裡也不會越俎代庖，替巴希李歐．巴爾塔薩總結他中肯、清晰的分析；他的各項論點開始於前面提到的，懷利高呼「出版業微不足道，什麼都沒有」，這提醒了我，羅蘭．巴特（Roland Barthes）曾經宣稱說，作者已死……好吧，畢竟，作者還沒有死去，而一個熱愛其作品的出版業的復甦，就掌握在出版業者自己的手裡，端看他或她是否願意罷了。而在作家這邊所能掌握的事情方面，我熱誠地推薦巴希李歐．巴爾塔薩的講座，這篇講詞應該要出版，並且附上隨之而來的辯論才是。

08／12／22

加薩

就如所有人都知道的，聯合國（United Nations）顧名思義，理應團結所有國家，可是在現實中，收效甚微，或者微不足道。對於居住在加薩走廊（Gaza）的巴勒斯坦人而言，他們的存糧即將告罄，甚至已經吃完，又要說些什麼呢？因為，這就是拍板決定執行封鎖禁運的以色列人，決定讓事情成為這個模樣，他們很明顯地已經下定決心，他們要開始迫使在那裡被視為難民的七十五萬人口，陷入飢餓之中。這些人已不再有麵包可吃——麵粉已經用罄，食用的油、豆、和糖也都如此。自從十二月九日起，聯合國所屬的貨運車隊，上頭載滿了糧食，一直在等待以色列軍隊批准，讓他們進入加薩走廊，這項許可申請將再一次地遭到否決，或是被延宕，直到那些挫折、饑饉、絕望的巴勒斯坦人嚥下最後一口氣為止。聯合國？聯合？以色列人仰仗著國際社會的共犯默許，或者是怯懦，笑著在各種勸告、決策、抗議聲中，在他們選擇的時機，以他們選擇的方式，做他們選擇要做的事情。封鎖禁運執行得如此澈底，以致於書籍和音樂器材都不得運入，彷彿這些產品會讓以色列的安全蒙受威脅風險。如果憑揶揄奚落就可以殺人，那將不會有任何一位以色列政治人物還能夠立足於世，任何一名以色列士兵也復如此，還有那些心狠手辣的專家、那些在仇恨中培養出來的人們，他們高高在上，傲慢地俯瞰這個世界，這種態度根植於他們的教育之中。當我們看到信徒們的表現時，就更能了解《聖經》裡的上帝。耶和華（Jehovah），或雅威（Yahweh），或不論你怎麼稱呼祂，這位上帝是個殘忍又偏狹的神，因為祂讓以色列人永遠存在。

一年之始

08／12／23

我「亡故」於二〇〇七年十二月二十二日的晚上，凌晨四點鐘之時，而且直到九個小時以後，一直都沒有「復活」過來。一次全面器官衰竭，身體機能的停止運作，帶領我來到生命的最後門檻，在那裡，說再見已經太晚。我什麼都不記得了。琵拉爾在場，我的小姨子瑪麗亞也在身旁，她們兩人佇立在一具沒有生命的軀殼旁，這具皮囊業已喪失所有的力量，靈魂似乎也離它而去，比起一個活著的人，這具軀殼更像是一具無法康復的屍體。今天她們告訴我，在那幾個小時裡發生的事。我的孫女安娜（Ana）在當天下午抵達，女兒薇歐蘭蒂（Violante）隨後來到。她們的祖父和父親依然躺在那裡，猶如蠟燭上那蒼白微弱的火焰，她們鼻中的氣息就能讓它熄滅。我後來得知，當時我的軀體正準備要運往紀念圖書館供人瞻仰，書本會環繞在我的身旁，也有其他的花朵相伴（如果我能這樣布置的話）。我從鬼門關脫逃了。接下來，如我的醫生所告訴我的那樣，有一年的時間，極為緩慢地恢復健康，使我重新獲得活力，和思考上的敏捷。那放諸四海皆準、名叫「工作」的靈藥，也讓我再次精力充沛。向人生繼續邁步，而不是朝向死亡，我已經完成了我自己的《大象的旅程》，且還在部落格上寫作，為各位讀者效勞。

08／12／24

耶誕節

耶誕節，在落雪的國度
在愜意的家園裡，又一次
感覺到今日保存的
是之前已經遠去的感受

那顆向全世界挑戰的心，
還有那家園——如此真實！
是以我的思緒，如此深刻，
我所覺知的熱望就此誕生。

而這是何等自由，何等雪白

風景對我，全然陌生
從玻璃窗外看去，
那將是我從未見到的家園！

——費南多．佩索亞

08／12／25

晚餐

許多年以前，最早可以追溯到一九九三年，我在《藍札羅特筆記本》裡寫了若干句子，得到了伊比利亞半島這邊一些神學家的賞識，特別是璜．喬賽．塔瑪友（Juan José Tamayo），他從那時起，就十分慷慨地與我訂交，結為朋友。那些句子是：「如果神是宇宙的亙古寂靜，那麼人就是賦予這個寂靜意義的那一聲哭啼。」很清楚的，這並不是個公式化的想法，蘊含適度的詩意，稍微帶有挑釁的意圖，還隱含著言外之意，即無神論者也十分能夠探索神學的微妙路徑，甚至是以最基本、最簡單的方式，也是一樣。在這個慶祝基督誕生的日子裡，我已經有了另外一個想法，這個想法甚至更加具有挑釁意味，確乎相當之離經叛道，用下面的這幾句話，便可以交代。如果，耶穌在最後的晚餐裡，對他眾位門徒說：「這是我的身體，這是我的血。」是真實的，那麼就能夠合理地推斷說，那生生不息的晚餐，這場諷刺譏誚的饗宴，荷馬式的縱酒狂歡、盡情吃喝，以求能躲避足以致命的阻礙，所帶來的危險；而在形式上，這種「最後晚餐」將會是多重性質的——同時具有實質和象徵性意義：信徒以他們的神作為食物，將祂狼吞虎嚥地吃下，消化祂，排泄祂，直到下一個耶誕夜，直到下一個耶誕晚餐，接踵而來的，是那永不飽足的飢餓儀式，同時是屬於神祕和物質意義上的飢餓。現在，且讓我們來瞧瞧，神學家們將會怎麼說。

08／12／29

太座的兄弟姊妹們

他們毫無缺點，好吧！是幾乎沒有缺點。他們大聲說話，而且從不厭倦，他們熱愛討論，尤其喜歡為了討論本身而進行討論，他們通常會拉幫結派，用詞生猛，不過偏重於形式，而非實質內容。他們當中那五位女士，發出許多噪音，音量甚至要壓過他們裡面的十位男士。對男士們來說，話題從來就沒有被充分地討論過。他們永不放棄。格瑞那達的口音時常讓他們討論的內容，變得難以理解。這並不礙事。無論我如何質疑，他們都宣稱彼此能完全理解對方在說些什麼。他們擁有非常特殊的幽默感，通常能正確地傳達到我這裡來，而且還時常讓我自問，剛才那個笑話是什麼。這些男朋友和女朋友們，這些丈夫和妻子們，這個將我包括在內的團體，我目瞪口呆地觀察著；而既然我們打不過他們，索性便加入他們的合唱裡，除了少數例外時，我才會保持謹慎的沉默。二十年以來，我從來沒見過上述的爭辯會引發任何一人的怒氣，或者是需要家庭協商、調解的場面。無論先前是如何驟雨傾盆、雷霆大作，天空最後總是碧晴如洗。他們或許並不完美，但是，沒錯，他們都是好人。

新書

08／12／30

我的心思現在放在下一本新書上頭。當我在談話中間，釋放出這條新聞的時候，我不可避免地會被問及的問題（姪子歐爾墨〔Olmo〕昨天就問了），便是「新書的名字會是什麼？」對我而言，最舒適便利的應對之道，就是回答說，我還沒想出書名，只有在將要完稿時，我才會從在書寫過程裡浮現的幾個可能選項裡（假設屆時已經有了若干選擇），作出決定。這樣回答確實很舒適便利，但是並不老實。實話是，甚至早在我寫下新書的第一行以前，我就已經知道了；從「這本小說該叫什麼名字」這個念頭首次找上我之時開始算起，我已經曉得將近三年了。所以，有人會問為什麼還要遮遮掩掩的呢？因為書名這個字（書名只有一個字）本身的意涵，就會將整個故事給透露出來。我老是習慣這樣說，任何沒有耐性閱讀我作品的人，只要把目光瞥向書前題詞，他們就能曉得所有內容。我還不知道目前正在撰寫的新作，是否會有書前題詞，或許沒有。有書名就足夠了。[7]

7 薩拉馬戈於本文中提及的新作，於二〇〇九年出版，書名為《該隱》（*Cain*）。

08／12／31

以色列

這不是個很好的兆頭：未來的美國總統一而再、再而三的反覆重申，聲音沒有絲毫的顫抖，說他要和以色列維持「特殊夥伴關係」，這會使兩國更緊密地聯合，特別是白宮將會對於以色列政府所實施的各項鎮壓政策（稱「鎮壓」還算溫和了），給予無條件的支持（為什麼不一併支持以色列轄下受統治的人民？）；而這些政策，除了以各種可能的方法，製造出許多巴勒斯坦殉難烈士之外，根本別無用途。倘若巴拉克．歐巴馬對於和行刑者與戰爭罪犯一道喝茶這個念頭不感覺厭惡作嘔的話，那就祝福他吃得下飯吧。但是之後，他就不能倚靠誠實正直人民的支持了。在他之前的多位總統，也做同樣的事，而不需要更加合理化這個「特殊夥伴關係」，在這個關係裡，遮掩了許多美、以兩國聯手，共同炮製出許多打壓巴勒斯坦人民族權利的恥辱事跡。

在巴拉克．歐巴馬整個競選過程裡面，無論是否出於他個人的經驗，還是一種選戰政治策略，歐巴馬想給予人們一種印象：他是位用心的好父親。這讓我想對他建議：今晚在女兒睡前，告訴她們一個故事，這個故事是關於一艘船，載運著四公噸的醫療用品前往加薩走廊，想要緩和當地人們所遭受的可怕衛生問題。而這艘船（它的名字叫「尊嚴號」），又是怎麼樣因為未獲准許只得逕自靠泊碼頭這樣的藉口（恕我無知，我一直有印象，認為加薩走廊海岸是屬於巴勒斯坦人民的……），遭到以色列海軍攻擊，而致沉沒。而如果，他的兩個女兒其中之一，或者是兩個人一起，告訴他說：「爹地，別說下去了，我們已經知道什麼是特殊夥伴關係了，就是同夥犯罪的意思。」他不該為此感到訝異。

JANUARY

2009

09／01／05

計算

這些都值得嗎？這些評論、這些意見、這些批評，都值得嗎？世界變得比之前更好了嗎？而我呢？我現在又是如何？這是我所期待的嗎？我是否滿意自己的作品？對上面所有這些問題，或是當中的幾個，如果給了肯定的回答，就會很清楚地顯示出那不可饒恕的盲目。而如果一概給予否定的答案，那又會表示什麼呢？一種過分的謙虛？過分的聽天由命？或者只是曉得，所有人類的成就，不過是當初所想像的蒼白陰影？他們說，當米開朗基羅（Michelangelo）已經完成摩西塑像的時候——讀者可以在羅馬的聖伯多祿鎖鏈堂（San Pietro in Vincoli）裡，看見這尊雕像——以手上的榔頭敲擊雕像的膝蓋，大聲呼喊：「說話啊！」用不著說，摩西是不會說話的。同樣的，這幾個月來我在這裡所書寫的，並沒有任何話語，也沒有雄辯的文字，能夠超過它可能書寫的範圍——更精確地說，就是作者想要喃喃詢問的話語：「拜託，說吧，如果你來此是為了某種事物，告訴我你是誰，你來此何為。」它們保持緘默，並不回應。所以，該怎麼辦？對於話語文字追根究柢，是每一位寫作之人的宿命。一篇文章？一個故事？一本作品？好吧，那就這樣吧；因為我們已經曉得，摩西是不會回答的。

09／01／06

不負責任的薩科齊

我從沒有花太多思慮在這位紳士上頭，而我想，從今天開始，如果可能的話，我要開始讓自己更少去想這個人。而本來不應該是這樣的——如同我從網路上所看到的消息，上述的這位薩科齊先生，正在巴勒斯坦，這塊飽經磨難的土地上，從事一項和平任務，這項值得讚許的努力，乍看之下完全值得表揚，並且祝願他能夠成功。如果他不是再一次地又使用兩種勢力和兩種措施之下的老策略，他本該能得到我的讚許和祝福。在一個顯然是出自偽善動機的政治動作下，薩科齊譴責哈瑪斯（Hamas）組織發射火箭攻擊以色列領土，認為那是不負責任，且是不可饒恕的行為。現在，我並不想為哈瑪斯的這些行動求取赦免，根據我所讀到的報導，他們正為了每一步戰爭手段幾乎都歸於全然無效，而受到懲罰，他們所發射的火箭，充其量不過是破壞少數住宅，以及摧毀若干圍牆罷了。既然講難聽話傷害不了他，薩科齊先生理當譴責哈瑪斯組織。不過，有一個條件。那就是對於以難以想像的規模、對付手無寸鐵的加薩走廊平民百姓，從而犯下可怖戰爭罪行的以色列地面和空中部隊，他那正確的告誡，應該同樣地適用在他們身上。對於這個可恥的薩科齊，他似乎還沒從《拉魯斯百科全書》（*Larousse*）裡，找到適當的詞彙來勸誡。可憐的法國。

09/01/07

“No nos abandones”

「別拋棄我們」，我將這句話寫成西班牙文，放在標題，因為這是這句話本來的語言。這篇文章的標題，也可以叫作「馬科斯的沉默」（Silences of Marcos），這是一個足以解釋一切的題目。今天這篇文章所提到的，就是那位神祕的（儘管確實存在）「副司令馬科斯」（subcomandante）。[1]在我一生當中，能夠像他這樣，得到我如此崇敬的人，著實不多；而在他們當中，會使我如此翹首期待的，可謂絕少。我從未對他說起如此崇仰之情，這是基於一個簡單的理由，有些人寧可選擇不去提起若干感受：那些感受，就是人能感受到，並放在心底的那些事情。看起來，這是由於羞怯的緣故。當薩帕塔（Zapatistas）民族解放運動成員從拉康頓（Lacandon）叢林裡出來，穿過大半個墨西哥，最後來到首都憲法廣場（Zócalo Square）的時候，我就在現場，是百萬民眾其中的一員。我感受到激勵的興奮，希望的脈搏在我整個身體內衝擊激盪著，希望改變，希望讓自己變得更好，更加地不自私自利，更能夠讓自己投入改變之中。馬科斯演說，他提到了恰帕斯（Chiapas）每一個民族群體的名字，而當每個名字被提及的時候，猶如千萬印第安原住民的魂魄，脫出墳塋，重新化身為人。我不是在書寫文字，那來得太過容易，我正在嘗試（相當笨拙地）以筆墨描繪一件沒有文字能夠表達的事情，這是一個時刻：人轉變而為超人，而隨即，在一瞬間，又回復到極度的人道與人性之中。

那日隔天，在一所校園不是太寬闊的大學裡，舉行了一場集會，吸引數千人參與，集會裡所談的，是恰帕斯的現在與未來，以及印第安社群的奮鬥典範，有朝一日看到它遍及整片美洲大陸，是我的夢想（那些容易神經緊張的讀者可以安心，它並未真的發生）。站在講臺上的人，有卡羅斯・孟斯華（Carlos Monsivais）、伊蓮娜・波尼亞托斯卡（Elena Poniatowska）、曼紐爾・華斯奎茲・蒙塔邦（Manuel Vázquez Montalbán）、以及在下我。我們全都上臺發表談話，不過所有的人都在引頸期盼馬科斯的發言。他說得簡短，但是十分強而有力，幾乎使每個人的情感，超出所能負荷的能力。當大會所有活動結束，我走過去擁抱馬科斯，就在這時，他在我的耳邊輕聲說道：「別拋棄我們。」我以同樣的低聲回答：「我寧可放棄自己，也不會讓這事發生。」從那天起，我就再也沒有和他見過面。

馬科斯應該在國會發表演說，我本來是這麼認為，也常這麼說。後來根據領導階層的決定，上臺發表講話的是指揮官以絲帖（Comandante Esther），而她也的確表現得可圈可點，感動了整個墨西哥。但是，我還是要重申，在我心目中，馬科斯才是該發表演說的人。由他來發表一場演說，所得到的政治影響，足以讓薩帕塔運動攀向其事業的頂峰。當時我這麼相信，現在我仍然這樣相信。時光流逝，革命進程的路線有所改變，馬科斯走出了拉康頓

1 「副司令馬科斯」是薩帕塔民族解放運動的主要領導人，這個運動被認為是切・格瓦拉（Che Guevara）死後，後現代革命的典範，起初是訴求少數民族自決，以及反抗經濟壓迫。至於總是以面罩遮面的「副司令馬科斯」，其真實身分仍然眾說紛紜。

叢林。近年來他保持澈底的沉默，留下我們來看管那些話語，而只有他才會曉得，要怎麼說或寫出它們。我們思念他。一月一日那天，在歐文提克（Oventic）有一場聚會，慶祝並且追想革命的起頭，當年在這一天，從聖克利斯托華─德拉斯卡薩斯鎮（San Cristóbal de las Casas）開始，歷經高低起伏的艱難旅程。馬科斯並未前往歐文提克──他甚至沒捎來訊息，也無隻字片語。當時我無法明白，現在也還是不解其故。幾天以前，馬科斯宣布在新到來的這一年，將採取新的政治戰略。如果是昔年的策略都已經無法發揮功效，讓我們希望就是這樣吧。最重要的是，讓我們希望，他別再陷入沉默了。我有什麼權利說上面這些話呢？這項權利，純粹來自於一個從未拋棄他們的人。是的，一個從未拋棄他們的人。

09／01／08

從大衛的石頭到歌利亞的坦克

這篇文章曾經於幾年之前刊載過。它寫作的背景是在二〇〇〇年，第二次巴勒斯坦暴動（second Palestinian intifada）期間。我大膽地想：這篇文章在今日並未過時，而以色列對於加薩走廊人民所犯下的犯罪行為，更合理化它的「復活」。下面就是這篇文章。

從大衛的石頭到歌利亞的坦克

好幾位研究聖經歷史的權威宣稱說，《舊約聖經．撒母耳記上》成書於所羅門王的時代，或者是在稍後，無論如何，必定是在「巴比倫人囚虜」之前。[2]其它同樣稱職的學者們爭論說，不但是〈撒母耳記上〉，連〈撒母耳記下〉同樣也寫於自巴比倫展開流亡之後。上面這兩篇的寫作，都遵循《舊約聖經．申命記》當中記載的所謂秩序（Deuteronomic order），即一種歷史、政治、宗教的複合結構：神與祂所揀選的子民之間的結盟，子民對神的不忠，神降下的懲罰，子民的哀懇，神的寬宥。如果這些珍貴的經文真是起自於所羅門時代，我們可以說它們迄今已經有了將近整整三千年的歷史。如果寫作這些經文的作者，是在猶太人結束囚虜流亡生涯之後不久，便開始撰寫，那麼我們就必須將它的歷史減去五百年的時間，上下相差不會超過一個月。

之所以如此關注時間上的準確性，只有一個目的，那就是要提供一種論點：在《聖經》裡非常著名的故事，也就是小牧童大衛（David）和非利士人（Philistine）的巨人戰士歌利亞（Goliath）之間的那場決鬥，人們在向兒童講述時，至少已經有二十或三十個世紀，都把故事給說錯了。隨著時間流逝，愈來愈多的人們對這個題材感到興趣，超過一百個世代以

[2] 當時大衛王所傳下的以色列王國一分為二，即北邊的以色列王國，和南邊的猶太王國。西元前五八六年，巴比倫帝國攻下猶太王國，先前以色列已遭亞述滅亡（西元前七七二年），大批猶太菁英遭到俘虜，帶往巴比倫，直至七十年後波斯征討巴比倫，猶太人方始解放，這段時間，史稱「巴比倫囚虜」。

上，信徒們——猶太人和基督徒——全盤接收這完全導人於誤途的神祕故事，絲毫不加以批判，將身軀脆弱、卻敏捷的金髮大衛，與身長四尺、秉性殘忍的歌利亞，兩方之間的力量，作了極不平等的對比。這種力量上的不對等，固然極為明顯，卻由一項事實中獲得彌補，這項事實，後來成為這位以色列人的優勢，那就是大衛是位狡慧的年輕人，而歌利亞則是個愚蠢的胖子。前者實在過於精明，以至於在和非利士人對決以前，他在靠近小溪南岸之處，拾起了五粒圓潤的小石，放進他牧羊時攜帶的小囊中；而後者則十分愚蠢，以至於並未意識到，大衛已經配備了一柄手槍。不過，神話故事的喜好者可能會憤慨地抗議說，那根本就不是手槍，而是把彈弓，一把牧羊小童身上粗陋的彈弓，亞伯拉罕的僕役們業已無數次使用它來守護他們的羊群。沒錯，事實上它看來確實不像手槍：它沒有槍管，沒有握柄，沒有扳機，也沒有彈匣——它所有的，不過就是兩條薄卻堅韌的細繩，尾端一小部分，綁在彎曲的皮革上，再由大衛巧匠般的手，將小石置於其上，遠遠地發射出去，如子彈般快速，且威力強大，它擊中歌利亞的頭顱，打倒他龐大的身軀，由這位熟練的彈弓射手，奪取他的配刀，將頭顱割下。這個結果，並不是因為這位以色列人至為狡獪，設法誅殺了非利士人歌利亞，然後好將勝利獻祭給撒母耳的軍隊與這位活生生上帝的緣故；純粹是因為大衛攜帶了遠距離攻擊武器，而且知道怎麼使用它。這個完全出乎意料之外的歷史真相，只非常謙遜地教導我們，歌利亞甚至沒有傷害大衛的機會；而在能手所編織出來的幻想神話故事裡，三十個世紀以來，一直以這個空想的傳說來餵養我們，說小牧羊童戰勝了獸性的巨人戰士，讓歌利亞頭、身上，由重銅鍛造的頭盔，護胸甲，腿上的鎧甲與手持的盾牌，全然歸於無用。就我們所能總結出來，由這個具有教育意義的故事自身所透露的，是在往後使大衛登上猶太人與耶路撒冷王位，並且將他的聲威拓展到幼發拉底河濱的迭次戰役中，他再也沒有使用過彈弓和小石了。

時至今日，他也不再使用彈弓和小石。過去五十年來，大衛的力量和規模已經成長到完全看不出和高大的歌利亞有分別的程度，所以或許有人會這麼說——弄清這個使人暈眩的事實，沒有任何害處——他已經成為一個新的歌利亞了。今天的大衛，就是昔日的歌利亞，不過，是一個不再攜帶笨重而終歸無用的銅製武器的歌利亞。一頭漂亮金髮的大衛，搭乘直升機飛臨遭占領的巴勒斯坦領土上空，對著沒有武裝的目標發射火箭；往昔身材嬌小的大衛，現在搭載著世界上威力最強大的坦克車，攻擊並摧毀一切他途經所見之物；從前那位情感充沛奔放、唱著拔示巴（Bathsheba）讚美詩的大衛，現在替這位名喚艾利爾・夏隆（Ariel Sharon）的巨大罪犯人影，[3]添補血肉，讓它成形：夏隆發出「詩意」的訊息，說是為了之後要和其倖存者談判，必須先摧毀巴勒斯坦人。簡而言之，這就是以色列自一九四八年以來一貫的政治策略，只稍作了若干戰略上的調整罷了。他們陶醉於「偉大以色列」這樣一種彌賽亞救世主式的想法，終將使最為基進的猶太復國主義獲得實現；他們受到一種醜惡、根深蒂固的「確信」所毒害，認為在這個災難頻仍的荒謬世界，有一個民族受到神的揀選，而因此能自動獲得神的授權與合法性——同樣在這個名義之下，在他們一切行動中，那來自於偏

[3] 艾利爾・夏隆（一九二八～二〇一四），當時的以色列總理，二〇〇六年初中風無法理事，辭去總理職務。

執、意氣、以及病態的排他種族主義帶來的，過去的恐怖與今日的恐懼——合理化，並且取得神的授權；這種想法教育並且訓練人們：任何他們曾經、正在施加，以及即將施加於他人身上的痛苦（特別是巴勒斯坦人），將永遠難以和他們在猶太人大屠殺（Holocaust）當中所遭受的悲慘相比擬。猶太人時不時就去抓搔傷口，不讓它止血結疤，讓它永難痊癒，然後他們在世界面前誇示傷口，猶如一面旗幟。以色列已經將耶和華在〈申命記〉當中說「伸冤在我，我必報應」的可怕話語，變成他們自己的信條。以色列希望我們，我們所有人，為了猶太人大屠殺，而直接或間接地感覺罪惡；以色列要我們拋棄那最基本的價值判斷，讓我們成為受它意志操控的溫馴應聲蟲；以色列要我們在法律上承認，他們事實上已做下的事情，能夠絕對地免於罪責。按照這些猶太人的觀點，以色列因為曾在奧許維茲（Auschwitz）集中營遭受折磨、被毒氣殺害、燒成灰燼，就能夠永遠不接受審判。我懷疑這些猶太人，是否就是死於納粹集中營的猶太人？是否就是在集體大屠殺中慘遭屠戮的子民？是否就是那些暴屍於猶太限居區（ghettos）街頭，任憑腐爛的同族後裔？我好奇一個遭遇如此巨大不幸的民族，難道對於她的後代子裔做下的這些可怕事情，不會感到羞恥？我懷疑，不論他們所遭受的苦難是否為事實，都不應該拿來作為讓其他民族受苦的理由。

大衛的石頭如今已經易手，現在拋擲石塊的，是巴勒斯坦人。而扮演歌利亞的，則是另外一方，他們士兵的武力和裝備，是世界戰爭史上所僅見，當然，他們的北美洲朋友例外。是的，當然，那殺害平民的自殺炸彈恐怖攻擊……是的，恐怖，無疑應當受到譴責；是的，毫無疑問，但是，如果以色列人不能明白，到底出於什麼原因，會讓一個人願意以自己的肉身，化作同歸於盡的人肉炸彈，那他們還有很多教訓等待學習。

09／01／11

和加薩站在一起

群眾示威並不受到那些當權者的歡迎，他們時常頒布禁令，或施行鎮壓。幸運的是在西班牙並未如此，歐洲規模最大的示威抗議，便已經走上了此地的街頭。對於這點，我們應當讚許這個國家的人民，跨國間的團結一致從未徒託空言，而將要在預定於星期天在馬德里舉行的大規模群眾活動當中，表達出來。這項示威抗議活動針對的目標，是由以色列政府對加薩走廊人民所執行的，不分青紅皂白的罪惡軍事行動，這是一項對於所有基本人權的冒犯，加薩走廊地區的人民遭受到殘酷無情的封鎖禁運，剝奪從食物到醫藥協助在內的一切生活必須物資。以色列政府是抗議的直接目標，但不是唯一的對象。請每位上街頭抗議的示威遊行者，都要牢記於心：巴勒斯坦人民在過去六十年來，持續遭受到以色列的暴力、羞辱、與蔑視對待，而這些暴行，卻沒有受過任何干預。對於以色列持續在實施的，針對苦難的巴勒斯坦人民那緩慢但有系統的種族滅絕，就讓群眾的聲音，在那裡吼出來，我必定會站在群眾當中，一起吶喊。然後讓那些聲音穿越歐洲，一路向東傳去，到達整個約旦河西岸的占領區。在他們的地方，日日夜夜忍受折磨的人們，他們所期盼於我們的無逾於此。讓這個聲音無止盡地響徹下去。

09/01/12

讓我們猜猜看

讓我們來推想看看，在一九三〇年代，當納粹開始獵殺猶太人時，德國人民就走上街頭，以能夠被銘載於史冊的抗議行動，要求他們的政府停止迫害行為，並且公布保障弱勢族群的法律，無論他們是猶太人，共產黨員，吉普賽人還是同性戀者。讓我們來想像：在這塊歌德（Goethe）曾經生活過的土地上，這個歐洲民族的男男女女們，為了聲援這個高貴而勇敢的行動，走上他們所在城市的通衢大道和廣場，在柏林、在慕尼黑、在科隆、在法蘭克福，匯入同聲呼喊的抗議聲浪裡，會是什麼樣的情景。我們已經知道上面所述並未發生，甚至不可能發生。德國人民（只有極端少數的例外），無論是否漠不關心，無動於衷，還是暗中抑或公開地與希特勒共謀，他們並未採取行動，沒有表明態度，對於那些在集中營和火葬場裡遭受屠戮的人們，並未以隻字片語施以援手；而歐洲的其他國家，為了這個或那個理由（例如，初萌芽的法西斯主義），被認為縱容納粹殺手，這意味著任何抗議的嘗試，都會遭到懲戒，或者處罰。

今天則不同了。我們擁有表達意見的自由，擁有集會遊行的自由，以及其他許多我不曉得的自由。我們可以成千，也可以上萬地走上街頭，我們的安全，則總是由統轄我們的憲法來負責保障，而我們能夠要求終結加薩走廊的苦難，或者是將主權歸還給巴勒斯坦人民，賠償他們在六十年來，所遭受的精神和物質傷害，其中影響最惡劣的，莫過於以色列軍隊的諸多侮辱或是挑釁舉措。我想像中那一九三〇年代的示威抗議，可能會遭受到暴力鎮壓，在某些情形下，鎮壓的力道還會非常猛烈，而在今天，至少我們的示威，還能倚靠媒體報導的特權——而立即隨之而來的，是忘卻的過程，忘卻付諸行動。德國納粹主義拒絕更改或調整其路線，而一切事情就如歷史所記錄的那樣發生。現在則輪到以色列軍隊了，按照哲學家葉沙雅胡・雷博維茲（Yeshayahu Leibowitz）所指控的，[4]他們擁有一種「猶太納粹共有心態」（Judeo-Nazi mentality），如同服從政府和軍隊中層層上級的指揮那樣，他們全然遵照種族滅絕的信條來行事，而這種信念，卻曾經拷打過、以毒氣殺害過、焚化過他們的祖先。甚至，我們還可以這麼說，在某些方面上，他們已經青出於藍，超越了他們的師傅。至於我們，我們將要繼續地抗議。

09／01／13

安吉爾・龔薩雷茲

一年以前的一月十二日這一天，安吉爾・龔薩雷茲（Ángel González）在馬德里的一家醫院裡辭世。當時我正在藍札羅特，為了和奪走他生命同樣的疾病而住院療養當中。我回覆

4 葉沙雅胡・雷博維茲（一九〇三～一九九四），以色列公共知識分子，哲學家，尤其以對猶太復國主義的博學意見聞名。

一通來自報社的電話，他們希望能從我這裡得到關於這個不幸新聞的些許話語。單從文字上頭看，我的對話者想必難以聽到我情緒中強烈的波濤起伏，我說，我失去了一位朋友，他是西班牙最偉大的詩人之一。為了表達對他的追思，今天，我請各位讀一首他的詩作。

〈看來如此〉（So It Seems）

我的批評者指控我的現實主義，
我的親屬們，在此同時，則歸咎於
與之相反的我的缺陷；
他們說，我全然地
欠缺現實意識。
對他們而言，無疑的，我是個惹人討厭的陰森人物：
這個國家的文本分析家，以及我的親戚們，
看來我欺騙了他們全部的人——
我們和他到底有什麼牽扯！

容我引用若干例證：
幾位我所摯愛的姨媽無法克制情緒，
淚眼汪汪地看向我。

其他幾位，則更羞澀一些，一如我孩提之時那樣，
為我烹煮米糕，
痛悔的微笑著，向我說道：
「長這麼高了，
如果你的父親還能夠看見的話……」
話聲嘎然而止，不知還有什麼可說。

然而我確實知曉
她們那含糊不清的姿態裡
隱藏了
一種真實而無可救藥的悲憫
在她們的注視裡有潮溼溫潤的光芒
又從她們羞怯膽小的假牙裡洩露出來。

而還不僅止於她們。

在晚間，
我的老姨媽柯羅提爾蒂從她的墓裡回來

在我面前搖晃著她細瘦的手指
一再反覆地告誡說，
「你無法一直活在美好的事物裡頭！你以為生命是怎麼回事？」

輪到她了，
我業已辭世的母親，她的聲音既脆弱又哀傷，
預告我這一生的可悲收場：
瘋人院，療養院，禿頂，淋病。

我不知道該對她們說些什麼，而她們
回返原先的沉默。
就像先前，同樣的沉默。
就像我仍童蒙之時。
看來如此
看來死亡還未從我們之間通過。

09／01／14

總統們

一個是小布希，他即將交棒下臺，而且應該再也不會掌權；另一個是歐巴馬，正要上臺執政，而我們希望他別讓我們的期盼落空；還有一個，巴特勒總統，他毫無疑問的，會繼續陪伴我們一段時間。正是這個人，讓我和琵拉爾在這些天裡，投入若干時間，收看最後一季的《白宮風雲》（*The West Wing*）；在葡萄牙，這部影集習慣被稱作《總統的手下》（*The President's Men*），這個片名明顯帶有沙文主義色彩，因為該劇中有若干重要角色其實是由女性擔綱。傑德．巴特勒（Jed Bartlet）一角由馬丁辛（Martin Sheen）飾演（記得他主演的電影《現代啟示錄》〔*Apocalypse Now*〕嗎？），我們對這位總統的關注與興趣不曾消減，這既是因為戲劇之中本身具備的衝突與張力的緣故，同時也是為了本劇裡含有少許的教育元素，它們持續告訴觀眾，美國政治的實際運作之道，既有良善一面，又會令人戰慄。巴特勒總統的第二任總統任期即將屆滿，所以也正要退場。我們現在觀賞到劇裡總統大選的中段，這場大選充滿了各種下流骯髒的選戰步數，不過到最後，將由當中較好的那位候選人勝出（我們已經曉得結果了）而宣告終結。這位西語裔候選人，有著清晰的理念，和無可挑剔的道德操守，他的名字是馬修．桑多士（Matthew Santos）。[5]當然，這樣的劇情，令人無法不和巴

5 此角由吉米．史密斯（Jimmy Smith）飾演，在《白宮風雲》第六季尾登場、第七季全季演出。

拉克·歐巴馬當選總統聯想在一起。是否編劇們有預言的本領?因為在這兩位西語裔和非洲裔的總統之間，實在是沒有什麼差異。

09／01／15

扔擲石頭與其他令人恐懼的事

這條新聞引發軒然大波。沙烏地阿拉伯的穆夫提（Mufti，教長），也是該國的最高宗教權威當局，方才頒布了一個律法裁決（fatwa），「容許」十歲的女孩合法婚嫁（「容許」還算是委婉說法，精確的字眼，應該是「強制」）。前述的這位穆夫提（我得在禱告裡記住這人）解釋此裁決的理由：因為對女性來說，這是「合乎公義」的決定，這推翻了之前一直有效的裁決認定，即女性合法婚嫁的最低年齡為十五歲，阿布都爾·阿濟澤·艾爾·阿許夏卡（Abdul-Azeez aal ash-Shaikh，也就是這位教長的姓名）認為是「不合理」的。至於為何前者「合理」，而後者「不合理」?當中的理由，我們絲毫無從得知;他甚至也未曾告訴我們，是否考慮過這些十歲女孩的意見。確實，沙烏地阿拉伯的民主最顯著的特徵，就是全然地缺乏民主，但是在這個案例上，有些十分敏感的層面，或許已經製造了例外。無論如何，戀童癖人士必定感到十分開心:雞姦在沙烏地阿拉伯是合法的。現在，再看看更多引發軒然大波的新聞。在伊朗，兩名男子因為通姦而被人投擲石塊，而在巴基斯坦，五名女子因為自由選擇，與男子成婚，遭到活埋……我必須在這裡打住，因為我實在無法承受了。

09/01/19

其他的危機

金融危機、經濟危機、政治危機、宗教危機、環境危機、能源危機；即便我尚未將所有的危機全部列舉，我覺得也已經將當中最重要的羅列於上頭了。然而還有一樣隱匿無蹤，這項危機在我心目中，更是十分要緊。我所指的，就是正在蹂躪這個世界的道德危機，請容我舉出幾個例子以資佐證。道德危機就是以色列政府所正在遭逢的情況，如果不是這樣，就無法解釋該國在加薩走廊的殘酷作為；道德危機就展現在烏克蘭和俄羅斯政府高層那受到汙染的心靈，冷眼看著半個國境內的人們受凍至死；道德危機就是當今歐盟正在經歷的事情，他們沒有能力去發展、制定一項合乎基本道德信念、而又立場一致的外交政策；道德危機就是人們趁罪犯資本主義肆虐之時，以其貪腐贈與來從中牟利，然後現在他們才來抱怨那個早該預料到的災難。這些只是少數幾個例子罷了。我十分清楚，在這些日子裡談到倫理與道德，會引來犬儒者、投機分子、還有那些機靈人的輕蔑與譏諷。但是我已經說了我所要說的話，相信在我的話語裡，必定能找得出說這些話的理由。讓每一個人都捫心自問，然後告訴我們，他在心裡面找到了什麼。

09／01／20

歐巴馬

他們殺了馬丁．路德．金恩。有四萬名警力今天部署在華盛頓，以確保那樣的事不會再次在巴拉克．歐巴馬的身上重演。我說這種事情將不會發生，好像防止最不幸事情發生的權柄就握在我手上似的。這事若發生，將會像是同樣一個夢想，竟被謀殺兩次。或許我們都是這種新政治信念的信仰者，它突然在美國爆發開來，猶如一場仁慈的海嘯，席捲了面前的一切，將麥穗從粗糠裡分離出來，將麥桿從穀粒裡分離出來；或許我們到最後，依然相信奇蹟的存在，像某種在最後一刻出現拯救我們的外來力量，將我們從其他事情中，正在摧殘世界的海嘯裡拯救出來。卡謬（Camus）總習慣說，倘若某人想要被認可，他只需要說自己是誰便已足夠。我不是那麼樂觀的人，依照我的意見，主要的問題在於我們該如何確實定義自己是誰，以及達成認知的途徑為何。然而，不管是隨機表露還是精心設計，歐巴馬在各式各樣的演講與專訪裡，已經告訴我們夠多關於他的事情，而透過這些訊息中流露出的可信度和真實性，讓我們能更親切地了解他，就此，我們能夠永遠地懂得他。這位今天正式就任的美國總統，將會解決，或者嘗試要解決那正等在他面前的諸多龐大問題；或許他能辦到，或許不能，而他毫無疑問的，將面臨無法滿足預期的時刻，我們必須要原諒包容他，因為凡是人都有出錯的時候，不經一事，怎能長一智。而我們將永遠不能寬宥的，是倘若他敢於否認、歪曲或者篡改任何一個他所說過、寫作的字句。譬如，他或許無法為中東局勢帶來和平，但是我們將不會允許他以導人於誤途的演說，來遮掩其失敗。總統先生，我們都曉得那誤導人的演說是怎麼回事；請仔細思考你讓自己進入的，是什麼樣的局面。

09／01／21

來自何處？

這個男人來自何處？我正在問你的，並不是他的出生，他的雙親是誰，他所學為何，或者他為自己與他的家庭規畫了何種人生。上面這些問題的答案，我們多多少少都知道一些，我手邊就有一本他的自傳，這是本嚴肅而真誠的著作，也寫得很有智慧。所以，當我問及巴拉克．歐巴馬這個男人來自何處時，我所表達的，是在這段時間內，屬於我個人的茫然疑惑——在我們生活的這個世界，這個有著上千種犬儒，絕望、死亡、恐懼感覺的世界——已經產生了一個人（他是個男子，這個人也可以是女子），大聲疾呼，宣揚價值的重要，宣揚個人與集體的責任，宣揚對工作的敬重，同時也宣揚要尊敬較我們先來到這個世界的那些人們。這些概念，一度曾是人類和衷共處的最佳紐帶，如今已經長期飽受掌權者的鄙夷，而就是這同一批人，從今天開始（我確實相信這一點），將會很快地打扮自己，以新面目出現，然後用各種聲音，大肆叫嚷說：「我也是，我也是！」在歐巴馬的演說裡，他告訴我們一些理由（這些「必要」的理由），讓我們不受上面這些聲音的欺瞞矇騙。比起當前我們所詛咒的模樣，這個世界可以更好。基本上，歐巴馬在演講裡告訴我們的，就是「世界是可以有所不同的」。我們當中有許多人，長期以來一直在倡議這個想法。或許對於我們來說，這是一個嘗試以及決定世界將如何不同的大好機會。這將會是個起點。

09／01／22

再談以色列

以色列以暴力手段強行勒索巴勒斯坦人民的基本權利以及領土的過程，一路上肆無忌憚，並且伴隨著那被錯誤地叫作「國際社會」的默許或者是冷漠對待。向來批評本國政府總是十分謹慎的以色列作家大衛・葛羅斯曼（David Grossman），最近加強批判火力，他前陣子發表了一篇文章，說以色列不明白憐憫為何物。這一點我們早就知道了。以《摩西五經》（Torah）當作背景，[6]下面這幅恐怖而令人無法忘懷的畫面，被賦予了新的意義：在第一次巴勒斯坦暴動期間，一名猶太士兵抓獲一個向以色列軍隊坦克車投擲石塊的巴勒斯坦年輕人，將他的手骨擊得粉碎。該說幸運的，是他沒有將那隻手橫生切斷。沒有任何措施，也沒有任何人，甚至包括職責就是維護秩序的國際組織，例如聯合國，出面設法阻止歷來以色列政府和其武裝力量對於巴勒斯坦人民的迫害、甚至是犯罪的行為。從目前在加薩走廊發生的事情看來，情勢並無任何好轉的跡象，而是每下愈況。面對巴勒斯坦人民的英勇抵抗，以色列政府調整了若干原來的策略，相信應該使用任何可派上用場的招數，從選擇性的暗殺，到毫無選擇的狂轟濫炸，想要以此來折辱巴勒斯坦人民那可歌可泣的抗敵勇氣。每一天他們的死亡人數都無止無盡地增加，而每一天立即還以顏色、重新復原的，是他們依舊存活的消息。

09／01／23

是什麼？

「你是誰？」和「我是誰？」這樣的問題，回答起來很簡單：被問及這個問題或是自問的人，將他的生命故事說出，如此就算是將他自己介紹給其他的人了。很難簡單回答的問題，則是另一種不同的問法：「我是什麼？」不是「誰」，而是「什麼」。問自己這樣一個問題的人，不論是誰，都會面對一張完全空白的頁面，而更糟的是，沒有任何一個字，能夠讓他書寫在這個頁面上。

09／01／26

柯林頓？

哪一位柯林頓（Clinton）？是身為丈夫，現在已經成為過去、走進歷史的柯林頓先生？

6 摩西五經（Moses）是指《舊約聖經》的前五卷，即〈創世紀〉、〈出谷紀〉、〈利未記〉、〈戶籍紀〉與〈申命記〉。希伯來人統稱此五書為妥拉（Torah），即「律法」之意。

還是身為妻子的柯林頓夫人？姑且不論她已經是位十分具影響力的參議員，根據我的看法，她的故事才剛剛展開。讓我們單看身為妻子的這位。她接受巴拉克．歐巴馬的邀請，出任國務卿之職，將會讓她頭一次擁有絕佳的機會，向世界以及她自己，證明她的價值。當然，如果她能夠當選美國總統的話，就能獲得比這還要偉大的機會。不管怎麼樣，就像我家鄉的人們說的：如果你沒養狗，帶隻貓去打獵也能勉強湊數，更何況我認為大家都會同意，雖然同屬貓科，這位新任國務卿可不是隻小貓，而是一頭猛虎。雖然對她，我從未有過「她是特別的好人」這樣的印象，我仍要祝願希拉蕊．黛安．羅德漢（Hillary Diane Rodham）勝利成功，首先是願她能確實履踐她的承諾與責任，並且以尊嚴作為她任內一切行事的基石。

上面這些，只是對於今天我決定要討論的主題所作的緒論介紹。細心的讀者想必已經注意到，當我寫出國務卿女士的全名時，我寫的是希拉蕊．黛安．羅德漢。這並非無意為之。我這麼做的原因，是為了強調「柯林頓」這個姓氏並不是她誕生時冠上的姓氏，為了證明她不姓柯林頓，同時也為了強調一個事實：無論是因為社會習俗還是政治上的便利，終究都無法改變事實的真相，那就是她的名字叫作希拉蕊．黛安．羅德漢；或者如果想要省事點，簡稱為希拉蕊．羅德漢，這名字也比那過時、下臺了的「柯林頓」來得有魅力。他們夫婦倆都與我素不相識，而且我確信，他們從未讀過我所寫下的任何一行文字，但是請容許我，提出一個小小的建議——不是給前總統的，他並不怎麼理會建議，尤其當有好的建議時，更是如此。我這個建議，是給新任國務卿的。拿掉柯林頓這個夫姓吧！這個姓氏已經開始像一件肘袖裂開、磨損不堪穿用的舊大衣；恢復妳的娘家姓羅德漢吧！我擅自揣想，這是妳父親的姓氏。如果他仍然在世，妳能想像他會多麼為妳感到驕傲嗎？作個好女兒，把這樣的幸福帶給妳的家庭吧！並且把這種喜樂帶給那所有視冠夫姓為一種義務的女人們——她們的個人認同被貶抑，而強調女性的順從——讓她們知道另有一條路可供選擇。

09／01／27

羅德漢

我昨天貼文，建議希拉蕊．柯林頓改回自己的娘家姓，除去預料之中（與之外）被這篇文章所喚醒的關注之外，昨天我的大膽之舉沒有引來任何的反應。沒有來自外交管道的抗議，國務卿本人沒有發表聲明，看來似乎也沒任何人引用、提及我在《紐約時報》裡寫的那些文字。明天我將改換討論的主題。然而在同時，我將會讓自己安頓下來，並且仔細思量這一切。

09／01／28

喬華希．桑切士

我的雙眼對我來說已經不那麼有用處了。當我鍵入字母時，我就看見了它們，在電腦螢幕的白色頁面上，一個接著一個地組成文字，它們是好的或壞的意思，向任何正在閱讀我文字的人，表達確切的意見，發自於我內心的確切想法，而上述這些，或許我能稱之為眼界，看世界的眼光——如果這個世界能容許自身被知道的如此之少的話。許多我所能看見的，只因為其他人早在我之前便已看見，所以我才能看見。我苦於一種悔恨的折磨，這種悔恨是我讓自己的生命之中，能先我而洞見事物的人，著實太少。大多時候，我並不在保護膜裡面，但是我很清楚，自己的四周圍繞著一批人，他們決心不讓我受他們所說言語的衝擊，而他們可能是對的，或許這對於我的工作會產生負面的影響。我不知道。我所確實知道的是那道我有時能感覺到、圍繞在我身邊的牆，實際上比它看來的要脆弱許多，經常受到無情現實的暴力摧殘。攝影家喬華希・桑切士（Gervasio Sánchez）的近作《塞拉耶佛》（*Sarajevo*）就是一個典型的例子。我想要向他表達深深的感激，因為我能夠透過他的眼睛看見世界，而我自己的眼睛，能派上的用場，又如此之少。而我也感謝他個人與職業的忠誠，使他寫下「戰爭是難以言傳的」（war cannot be told）這樣的一句話，讓我們這些寫作的人，心中不存任何妄想幻念。

09／01／29

證言

事情看來進行得不錯。這位並非彌賽亞，但是名叫巴拉克・歐巴馬的美國總統，在今天簽署了《薪資公平給付法案》（Fair Pay Act），生效實施。推動、催生這個法案的是一名女子，她是位工人，在發現生涯工作所得竟只因身為女性而遭到扣減時，她對其雇主公司提出訴訟，並且打贏官司。這位白人女性名叫麗莉・利德貝特（Lilly Ledbetter），猶如一場接力賽跑那樣，將手上的證言交棒給了下一位跑者：一個有著穆斯林名字的黑人，也是美國第四十四任總統。[7]突然之間，這個世界對我來說更為清晰，更加充滿希望。拜託，請別對我否定這個希望。

[7] 歐巴馬的中間名為胡笙（Hussein）。

FEBURARY

2009

09／02／02

麵包

巴達隆那（Badalona）那位身分至高無上又尊貴的公訴檢察官，[1]是否曾讀過《悲慘世界》（*Les Misérables*）這部小說？還是他屬於那類堅持相信人的一生必須嚴格恪遵法律不得有違的人？很明顯，上述這是個修辭學上的問題，我只是在切入題目時才用上它。所以讀者就會曉得，前述所提及的那位公證人，於法律上完全站得住腳，就好比維多．雨果（Victor Hugo）小說筆下所述的眾角色之一，就是那位公訴檢察官。這部小說的主人翁，尚萬強（Jean Valjean，檢察官大人，您認得這個名字嗎？），被控企圖唆使行竊（或者是他本人下手偷竊）一片麵包。這個罪名，幾乎讓他付出了終生監禁的代價，多虧了因他屢次試圖脫逃而連續加諸於身上的懲罰刑期，當中有些顯然頗為成功。尚萬強遭受一種病痛的折磨，這種病痛特別容易侵襲監獄裡的受刑人，或許能將它稱之為一種對自由的焦慮、一種對自由的渴望。在我們今天會稱為「大部頭」的書籍當中，這部小說是沉重的，並且十分確定，不會引起那位檢察官大人的興趣，他或許已經過了能欣賞《悲慘世界》的年紀了。閱讀這部小說，應該在人年輕之時，在犬儒心態還沒有養成以前；很少成人會對於尚萬強的貧困和反英雄式的冒險抱持興趣。上面一切，還有一個可能性，就是我可能搞錯了：要是我們這位檢察官大人根本就讀過《悲慘世界》呢？如果真是這樣，請容我提出一個問題：這是怎麼回事？他竟然膽敢（如果「膽敢」這個措詞對你有些強烈，請自行選換合意的用詞）對一名在巴達隆那

「企圖」偷取一條法國麵包的行乞者（我故意用「企圖」一詞，因為實際上他只偷取了半條），求處一年半的刑期？為什麼？是否這位檢察官頭顱裡，本來該裝上腦袋的地方，只放了一部法典？拜託，請好好地向我解釋，這樣我才能馬上開始準備我的辯護辭，以免有朝一日，我發現自己必須走上法庭，面對像他這樣的人。

09／02／03

達沃斯

我已經閱讀了相關報導，說今年在達沃斯（Davos）召開的會議，[2]並不成功。有很多人並未現身會場，而危機的陰影則冷酷無情地凍結了那些出席會議者臉上的微笑；研討會乏人問津，或許是因為出席者沒人真正知道該說什麼，擔心日後即將來臨的鐵證般事實，會讓他們目前提出的分析與提案顯得十分荒謬，無論他們費盡多少心力才把這些文案擬具出來，最後甚至只能卑微地期待會出現意外。尤其當中有許多的談話提及理念的闕如，這令人感到不安；而與會者甚至乾脆承認，「達沃斯精神」已經死去了。從個人角度來說，我從來沒看見過在表象之上，有任何表徵或者任何相似程度最低的事物，能夠顯示出此種「精神」。至

1 原文作「notary」直譯為公證人，此處參酌文意，統稱為公訴檢察官。
2 達沃斯是瑞士東部小鎮，世界經濟論壇（World Economic Forum）在此召開，故又稱「達沃斯論壇」。

於所謂缺乏理念這件事情，我很驚訝直到現在才被提出來，因為那裡從來不曾有過理念（或者是恕我直言，任何我們願意承認那是理念的事情），這是任何人都可以指出來的事實。超過三十年以來，達沃斯一直是新自由經濟學派（neocon academy）傑出的象徵，而據我所能回憶的，在這個天堂般的瑞士飯店當中，沒有出現過任何一個聲音，指出這些經濟與金融服務業所走的道路究竟有多麼危險。陣陣的風已經颳起來了，而他們當中卻沒有人願意去留意，風暴即將來襲。而現在他們才對我們說，他們已經江郎才盡了。讓我們等著看，要是有其他的理念形成，現在他們所行的那條路線，就再也沒有謊言可以搪塞我們了。

09／02／04

銀行家

對這些銀行家我們還能做些什麼呢？他們告訴我們：回溯到十六與十七世紀，至少在中歐一帶，銀行金融系統的創始人們，大部分都是喀爾文教派的信徒，這些身懷強烈道德規範的人們，至少有段時間裡，都抱持著值得讚賞的良心顧慮，在他們的職業崗位上誠實正直的工作。這段時間一定為期不長，因為金錢的無邊權力，很快就將其腐化。逐漸地，銀行大幅度地改變了，而且總是變得更壞。現在處在一場影響全世界金融體系的經濟危機當中，我們開始體會到那最不舒服的感受：那些率先能夠從金融風暴當中脫離的人，竟然都是我們的銀行家閣下們！各國的政府，都在遵循一個荒謬的邏輯，急著將銀行從危機的損失中拯救出來，而這場危機，絕大部分該由那些依然故我的銀行家們負起責任。數百億、數百兆元從國庫裡被拿出來（或者從銀行客戶的帳戶裡提出來），只為了要協助數百間大型銀行擺脫經濟困難，讓它們恢復主要的功能，也就是提供信貸。看來已經有頗為嚴重的徵兆，也就是這些銀行家自己另有見識，他們擅自認定這些錢都是屬於他們的，原因很簡單：錢掌握在他們手上，而如果手頭上擁有的這些還不足夠，他們便回過頭來，冷酷無情地向政府施壓，讓現金很快地投入市場流通，這是拯救數以千計的生意免於倒閉，以及數百萬雇工免於失業的唯一方法。事情現在十分清楚，銀行家都是些不可信任的人，這更坐實了他們挖肉補瘡、據以自肥的可鄙。

09／02／05

阿道夫·艾希曼

在一九六〇年代開始之初，那時候我在里斯本的一家出版社任職，負責編輯一本名為《六百萬種死法》（*Six Million Dead*）的書，講述的是阿道夫·艾希曼（Adolf Eichmann）的故事，他是猶太人滅絕計畫（共有六百萬人）的主要執行人，一直在納粹集中營裡有系統地執行這項計畫，將猶太人帶往萬分痛苦卻十分科學的終點。就如同我對以色列國家機器迫害、鎮壓巴勒斯坦人所採取的批判態度，我譴責他們的主要論點，一向就是站在道德的角度上來看這件事情：貫穿猶太人歷史，他們所遭受的那種無可言說的痛苦，特別是「最後解決」（final solution）的那個部分，理應讓今天（正確說來是六十年以來）的以色列別去犯下對巴勒斯坦人民所做的殘橫暴行才是。以色列人尤其需要的是一場道德革命。抱持著這個堅定信念，我絕不會否認猶太人大屠殺的存在。我只盼望能將這個信念延伸，適用在那些遭受每一種暴虐、羞辱和暴力手段相向的巴勒斯坦人身上。只要有事實的支持，這畢竟是我的權利。我是個自由作家，就如這個世界允許我的，能夠自由表達對這個世界的看法。在這個問題上頭，我所能獲得的資訊遠不如教宗（或一般稱之為天主教會）能夠取得的。但僅憑一九六〇年代早期以前所得到的資訊，便已足夠我討論之用。梵諦岡在處理宣誓效忠聖庇護十世的天主教傳統教士（Lefebvrist）問題上頭，看來完全一樣，態度含混不明，對我而言教廷應受譴責；這群教士之前遭開除出教，但是現在由教宗敕令赦免其罪。[3]教宗拉辛格從來就不是個我在知識上能夠認同的人。我認為他不過是個盡了相當大的努力去掩飾、甚至是隱藏心裡面真正想法的人。這對教會團體來說不算反常的行為，但是這等行為一旦出在教宗身上，即使像我這麼一個無神論者，也應該有權利向他要求，拿出直接、前後一致、並且必不可少的良心。而一個能夠自我反省檢討的人，同樣是不會走錯路的。

09／02／06

沈拜奧

非常高興能見到他。他仍然像從前那樣，是個一貫清醒、機智並且敏感的人。二十年前我們在非政府機構的選舉裡並肩作戰，[4]接連獲勝之後，我們舉杯相慶。他贏得了里斯本市政委員會主席之職，這個職位讓他能夠一展鴻圖，並且時刻創新，而與此同時，我則繼續履行身為聲望不振的市民公所主席，這樣一個不太幸運的任務。我們勇敢地穿梭於里斯本的大街小巷、廣場市集之間掃街拜票，不過我們卻讓自己盡量看來不顯眼（我懷疑，這是出自於謙遜）。前面已經提過，我們贏了，雖然真正的贏家是所有里斯本市民，他們應該會為自己的選擇感到驕傲，因為沈拜奧（Sampaio）後來成為國務委員會（National Council Chamber）的最高等級代表。[5]接下來他連任兩屆共和國的總統，他天生就具備進行教養對話的人格特質，留下了鮮明的印記，對於公開自由的凝聚共識多所著重，並且從不忽略下面這個事實：政治，或者是為鄉里服務的事，應該要忠誠，並且始終如一，否則它將淪為私人或是黨派利益操縱的工具，而不需擁有最清廉的名聲。我們約好等彼此都更有空閒時，要再聚首，我希望在最近的未來，這個相互的承諾就能實現，儘管由他所擔任首席代表的「世界文明聯盟」（Alliance of Civilizations）所籌畫的活動，最近十分活躍。

3 此指的是教宗本篤十六世於二〇〇九年一月，發布赦免令，將四名之前遭開除出教的主教復職一事。由於四人之中，包括了主張納粹屠殺猶太人為「虛構」的英國籍神父理查．威廉遜（Richard Williamson），因而引發軒然大波，連教宗出身的德國也發表對梵蒂岡此舉的抗議聲明。

4 原文如此（nongovernmental）。

5 荷黑．佛南多．布蘭科．德．沈拜奧（Jorge Fernando Branco de Sampaio，一九三九～）於一九九六年起，自二〇〇六年止，連任兩屆葡萄牙總統。

你知道荷黑．沈拜奧從不口出虛妄之語，而我們曉得，他的話我們能夠相信，因為他發言直抒胸臆。

09／02／09

教廷至上（Vaticanadas）

或又稱為梵蒂岡主義（Vaticanism）。在看見那些樞機教士和主教們，個個都身著華服時，我實在難以忍受，這玷汙了貧苦的拿撒勒人耶穌，因為他只卑微地穿著未經裁縫、以最廉價布料製成的及膝束腰短袖外衣。這之所以要緊，並不是因為整件事情看來十分地不合情理，雖然，這很難不使人想起費里尼（Frederico Fellini）在他的電影《八又二分之一》裡頭，為了愉悅他自己，也為了取悅我們，才華洋溢地置入一段身著教會服裝的瘋狂遊行。這些紳士很顯然相信，能夠以權力來掩飾他們的所作所為，這種權力能夠存續下來，要歸功於我們的容忍。他們稱自己為上帝在人世間的代表（但是他們既從未見過祂，也絲毫不能證明祂的存在），無孔不入地在全世界施放著自己的虛偽。姑且不論他們是否總是在說謊，每一個他們說出或寫出的字眼，背後都有另外一個字眼的意思，足可以限定、否定它，能夠腐化或者扭曲它。我們當中許多人，在長大以前，對上述這些都已經司空見慣了，要不是變得冷漠、無動於衷，不然就是更糟，態度變得輕蔑。出席教會禮拜和彌撒的人數正在快速減少，已經是老生常談的事了，不過這倒是讓我能夠指出，即使是在非信徒當中，習慣進到教堂裡，欣賞建築、雕刻、繪畫之美的人數，也正在下跌——總而言之，上述這些背景，說明了其教義的虛偽，以至於蒙受價值崩盤的結果。

這些高級教士和主教，當然還包括統轄他們的教宗，於當今之世，實在不能逃避任何責任。他們像寄生蟲一樣生活在文明社會裡，對自身所居的這個社會也不負有義務。天主教會現在就像是那艘巨大、卻終究不能免於沉沒命運的鐵達尼號；教宗和他的侍祭們，沉浸在昔日他們能夠行使實際權力的時光中，這要多虧了從前世俗政治勢力和教會之間的犯罪共謀，而現在正不惜一切手段的，包括攻擊道德的黑函在內，嘗試要將他們的手伸進各式政府組織裡頭去，特別是針對那些基於社會或歷史因素，當梵蒂岡機構堅持要涉入其所有事務時，難以拋棄其順從態度的組織。這種（宗教？）形式的脅迫令我不好受，尤其當它威脅要癱瘓西班牙政府的時候，更是如此，因而已經使得該國政府不但必須面對教廷差來的特使，還得處理自己國內的一堆「教宗們」。而更有甚者，作為一個人，一個知識分子，一個公民，對於教宗和他手下那批同謀者，針對西班牙人民全心選出的羅德里奎斯．薩帕德羅（Rodríquez Zapatero）政府所做的事情，我感覺深受冒犯。[6]現在看起來，很需要有一個人站出來，把皮鞋對著這些高級教士的面，當頭扔過去。

[6] 薩帕特羅全名為荷西．路易斯．羅德里奎斯．薩帕德羅（José Luis Rodríguez Zapatero，一九六〇～），西班牙社會勞工黨黨魁與內閣首相，於二〇〇四年大選中獲勝，上臺執政。他領導的西班牙左派政府，於二〇〇五年七月立法，宣布同性戀婚姻合法化，引來天主教會的抗議與譴責。

09／02／10

席吉佛瑞多

席吉佛瑞多．羅培茲（Sigifredo López）是哥倫比亞國會議員，遭到武裝割據叛亂的「哥倫比亞革命軍」（Fuerzas Armadas Revolucionarias de Colombia—Ejército del Pueblo, 簡稱 FARC）綁架為人質，[7]長達七年之久，直到最近才重獲自由，他的獲釋，首先特別要歸功於該國參議員，同時身兼社會人道救援運動「哥倫比亞和平」（Columbians for Peace）主席的派達德．柯多帕（Piedad Córdoba）女士不懈的勇氣和堅持。席吉佛瑞多．羅培茲的獲釋，同時也要感謝一系列事前無法預料的情況：他是十一位遭到綁架挾持的國會議員中，唯一的倖存者，其餘十位都於最近遭到恐怖主義組織謀害身亡。席吉佛瑞多設法脫逃，而如今終於重獲自由。在一場於卡利市（Cali）舉行的記者招待會裡，他感謝派達德．柯多帕，讓所有人都聽到他的呼喊，而他那強有力的話語和形象，也傳遞到我們這裡來，感動了我。這麼說，並不是要吹噓我自己克制情緒的能力。我確實很容易哭泣，而這與我的年齡沒有關係。但是在這一回，當席吉佛瑞多為了表示對派達德．柯多帕的感激，將她比擬為拙作《盲目》當中那位醫師的妻子時，我就必須破一回例了。請設身處地，在我的立場想想：橫亙在這些話語和形象與可憐的我之間，那幾千公里的距離，一下被潰堤的淚水所驅散了，而除了琵拉爾的肩頭，再也沒有別的地方，好讓淚珠能自由地滑落。作為一個人，以及身為一個寫作者，我存在於世上的價值，因為這項救援運動，完整地被證明出來了。謝謝你，席吉佛瑞多。

09／02／11

無神論者

讓我們面對下列各項事實。幾年以前（已經是很久之前了），知名的瑞士神學家漢斯·孔恩（Hans Küng）寫下這一則箴言：「宗教從來不曾使人們更加趨近彼此。」再沒有話語比這句話來得更加實在了。這並不是說（甚至連這麼想，也是很荒謬的），你沒有權利在任何宗教當中，從最廣為人所知的，到鮮少聽聞的，選擇最能吸引你的一種來信仰，或者追隨戒律和教義（不管它們是什麼），毫無疑問地借助於信仰，本身就是自身的終極正當理由，並且很明顯的（如我們所熟知），完全不接受基本的理性推論的權力。憑信仰之力可以移山，的確是可能的，即使沒有實際上發生過類似的事蹟來驗證，因為神看來從未打算進行這樣的實驗，或者是運用祂的諸多威能來從事這種改造地質的任務。我們所確實了解到的，是宗教不但無法讓人們彼此更加靠近，確實存在於這些宗教當中的，還是一種相互敵對的狀態，儘管在所有那些假冒為善的基督教（pseudoecumencial）演說裡，標舉出不少機會主義，將炒短線的策略與戰略理由，看成是長短期有利可圖的機會。自從世界是這個模樣開始，事

7 英譯注：哥倫比亞革命軍是反政府的游擊武裝力量，其勢力有時控制整個哥倫比亞農村地區。

情就是這麼個樣子，而且沒有清楚的前景指出世界可能會有任何程度的改變。除開一種明顯的觀點，那就是如果我們全都是無神論者，這個世界將會變得更加和平。當然，江山易改，人類的本性難移，意見紛歧的其他動機永遠都不虞匱乏，但是至少我們能夠從「相信自己的神是市面上其他貨色裡最好的」，以及「天堂前面那間五星級的飯店裡等著我們」這些幼稚而荒謬的觀念裡釋放出來。還不止如此，我相信我們會開始重新創造哲學。

09／02／12

就像我們通常說的

對於感到困惑的人們，就像我們通常說的：「學著了解你自己」——就好像獲得自知之明，並不如最困難的第五級心算那樣難以達成。同樣的道理，我們通常提醒那些冷漠、無動於衷的人說：「想要，就去拿」——就好像這個世界汙濁的現實還不夠有趣，還要勸人們，每天將上面那句話的兩個動詞的位置顛倒來行事。很類似的是，通常用來勸那些舉棋不定的人，我們會說：「從頭開始」，猶如這個起頭，明顯就是一團亂麻的線頭起點，而我們可以解開它，直到最後整個糾結的線路清楚地展現在我們面前。在前者與後者（也就是起點與終點）之間，我們好似手上握有一條連綿不絕的滑順絲線，沒有纏結需要解開或鬆脫，在糾纏如麻的現實生活之中，這是無法想像的事。而如果讀者允許我換上一個相反效果的措詞，那糾纏如麻的，便是我們的人生。

09/02/13

中國羽毛

在西方世界裡，有一種古老的烹飪術：將一隻活生生的龍蝦擲入沸水中，並在鍋中烹煮它。顯然，如果將一隻已死的龍蝦分而食之，最終其風味就會改變，並且還會大為走樣。有那麼些人還堅持說，甲殼素在被烹煮時的鮮亮紅顏色，只有在極高的水溫時才會出現。對此，我並不清楚；我會提到這些，只是因為我曾經聽人說過這些，而我其實連怎麼樣以滾水將一顆雞蛋煮熟，都不甚瞭然。有天我讀到一則檔案，裡面講述的是如何餵養食用的肉雞，以及如何緩慢地將其宰殺以及方法，而這一切幾乎讓我嘔吐。還有一次，我無法將記憶從腦海中抹去，當時我讀到一篇雜誌上的文章，提及兔子被使用在美容化妝品工業當中，這提醒了我，為了使我的雙眼不受洗髮精的刺激，它的配方首先要被注入到這些小動物的眼睛裡去，這和黑心肝的「死亡博士」（Dr. Death）將石油注射到受害者的心臟，並無分別。今天在我閱覽的報紙上，出現一則短文，告訴我說，在中國，用來填充枕頭的鳥類羽毛，是從活生生的禽鳥身上硬扯下來的，它們還沒來得及清潔、消毒，就被運送出去，用來愉悅文明的西方社會，因為他們曉得，什麼對我們最好，什麼又是最新的時尚流行。對此，我不下任何評語，因為沒有必要：這些羽毛自身已經說明了一切。

09／02／16

家庭暴力

我通常被說成是一個悲觀的人。然而除了我從前是如何表露出這樣的態度，以及除了我通常強調，懷疑我們人類在道德上任何有效且實在的進步與改進之可能性，這和我激烈的懷疑態度相符，可是實際上，我寧可選擇樂觀看待，即使是只剩下一個希望，也就是那直到今天，日日都升上來的太陽，明天也依然會升起。太陽明天依然會升起，但是總有不再日出的一天。這樣的文章開頭，反映出我受到家庭暴力這個議題所激發出的思量，家庭暴力指的是女子遭受男子瘋狂惡劣的對待，無論這男子是她的丈夫、未婚夫還是情人。在歷史當中，女人始終被迫屈從男性的權威，降格成為奴僕一樣的物品——男性的奴僕，她唯一被賦予的照料責任，就是讓因為勞動工作而筋疲力竭的男子，恢復充足的體力，以便能再次回到工作崗位上。甚至到了今天，即使她在家庭外頭擁有使用一切地方的權利，免受任何侷限，並且投身於那些一度被認為只有男人才能從事的活動，雖然我們仍然不願去面對這個事實，但是看來絕大部分的女性，還繼續活在堪稱是中世紀的人際關係系統裡面。她們被毒打、被凌虐，遭到性剝削，在傳統、習俗、義務底下遭到奴役，而在其中，她們毫無選擇的機會，並且持續匍伏在男性的暴虐專制之下。甚且，當時候一到，死亡的陰影便在謀殺的威脅當中襲來。

各級學校假裝無視這樣的現實，這並不足為奇，因為我們知道，我們教育系統的教導能力，已經大開倒車，成了一道陰影。家庭，這個所有矛盾衝突的理想處所，所有自私自利心態的搖籃，永遠失敗的機制，現在正遭受有史以來最為嚴重的危機。這種情形起於一項基本原理，即我們所有人早晚都會死去，而女人自然也不能置身事外。在某些精神失常者的想像裡面，死在你的丈夫、未婚夫或是情人之手，無論用的是槍還是刀，或許沒有任何事情能比這還能證明他們相互間的愛：他謀害，而她身亡。在人心裡最幽微陰暗的角落，所有這些事情確然都是可能的。

我們能做些什麼？其他人或許知道得比我們多，但也許並非如此。既然我們居住的這個脆弱的社會，竟對於施行家暴者處以與社會永久隔離的刑罰感到震驚、反感，那麼這項刑期至少應該增加到最高上限，並且不得因在獄中表現良好而獲得任何減刑的機會。表現良好？拜託，請別逗我發笑。

09／02／17

在我們門前死去

如果他們夠幸運的話，在藍札羅特這棟房屋的大門，就能成為新家的入口。在特古伊斯海岸（Costa Teguise），他們只差二十碼，就能到達海岸，毫無疑問的在他們之間，開始有了歡樂的笑容和愉悅的話語，因為終於要到達安全的避風港了，但在這個時候，一陣突如其來的強風，傾覆了他們的小筏。從非洲海岸出發，他們已經橫渡了超過五十里，或許就在距離獲救僅剩二十碼的距離，面臨死亡。在超過三十名試圖偷渡者當中，大部分都是年輕人或青少年，他們極度地困窘，迫使他們勇敢面對危險的深海；二十四人溺斃，裡面包括一名有身孕的女子，以及數名幼兒。六人獲救，多虧了勇敢的兩位操筏者，他們犧牲自己，跳入水中，將他們從死亡的手裡搶救回來。

上述這些，是我所能找到最簡單、最直接的字句，來描述關於在這裡所發生的情況。我不曉得還能多說些什麼。今天我詞窮無語，並且被悲傷的情緒所淹沒：這樣的悲慘狀況還要繼續多久？

09／02／18

義大利人將要做什麼？

我承認像標題這樣的問題，對於有心人來說，聽起來可能是某種冒犯。這是什麼意思呢？這只是個訴諸於全民的呼籲，懇求他們說明，並且負起責任：為什麼在每次可獲得的機會裡，他們用手裡的選票，為那個由貝魯斯科尼領軍、罪行劣跡愈見明顯的右翼政黨加冕？因為這樣，貝魯斯科尼已經大權在手，成為義大利的老大，以及數百萬義大利人的主子。而事實正如我已經表明的，所有人當中感覺最受到冒犯的，正是在下我。是的，就是我本人。不但我對義大利的熱愛被踐踏，我對該國文化與歷史的摯愛也遭到冒犯。就算我堅持期盼，這場噩夢終將結束，而義大利會重返從威爾第（Verdi）那裡得到啟發的高貴精神。在威爾第的時代，這種精神是最佳的象徵，而現在則遭到侵犯。對於那些意圖指責我，無端將音樂與政治混為一談的人們，我會說，每一位有文化教養並且高貴的義大利人，都會了解我不但是對的，而且有憑有據，能證明我是正確的。

我們才剛得悉華特．文特洛尼（Walter Ventroni）宣布辭去黨魁一職的新聞。這確實是條受歡迎的新聞，因為他原來所領導的民主黨，早變成了個可笑的空殼子，既沒有政綱，也缺乏政見，該黨已經完蛋，是政壇的累贅。我們對文特洛尼所寄予的諸多厚望，因為他在意識形態上的空洞模糊，以及他人身特質上的軟弱，而歸於破滅。在野左派的聲勢衰微，雖然說文特洛尼不是唯一該負起責任的人，但是主要的責任，應該由他來承擔，因為他本來據說該扮演的是救星的角色。希望他能安息。

不過，局面並非全盤皆輸。或者，事情就像作家安德理亞．康密爾烈利（Andrea Camilleri）與哲學家保羅．佛羅雷斯．德卡伊斯（Paolo Flores d'Arcais）在《祖國》刊載的一篇文章裡，已經告訴我們的那樣。就在數百萬義大利人業已厭倦看到他們的國家，每天都在阻撓公共輿論對當局的譏刺之時，我們還有工作要做。由「反貪腐掃除黑手黨」運動（Clean Hands）當中聲名鵲起的前任地方首長安東尼奧．狄派特羅（Antonio di Pietro）所領導的這個小黨，[8]可能可以將當前義大利這個令人作嘔的局面，扭轉為一種集體醒覺的淨化，透過對公民行動的駕馭，讓義大利社會變得更好。現在到了要立即奮起的時候了，讓我們由衷希望，此其時矣。

8 英譯注：他發表了反對黑手黨的宣言。

09／02／19

蘇西

如果我能夠，我想關閉這個世界上所有的動物園。如果我能夠，我想發布禁令，禁止馬戲團使用動物表演。我不是唯一這樣想的人，但是我情願這麼做，儘管那將冒著遭受那些依然喜歡欣賞動物們栓在柱上，或是鎖在籠裡，無法依照牠們的本性，自由走動遷徙的那大多數人們所產生的憤怒，抗議、以及責罵的風險。這是在動物園裡的情形。比起動物園來，還要更叫人沮喪的，是讓動物在各種荒謬項目中演出的馬戲團秀：穿著裙子的可憐小狗、海豹必須使用牠們的鰭狀肢，表演出鼓掌的動作、馬在韁繩上披著羽毛、猴子騎腳踏車、獅子跳火圈、受過訓練的騾子，懂得追逐身穿黑衣的侏儒、大象被迫在金屬球上，不安穩地玩著平衡遊戲。孩童們的父母親「這整個表演看起來是多麼地有趣，孩子們都很喜歡。」這些父母如果要完成整件事情的教育意義，就應該在這些動物的訓練（折磨？）期間，帶孩子去見證施加於這些可憐動物身上的巨大痛苦，不幸的牠們淪為人類無情殘忍底下的受害者。父母親們同樣會說，逛動物園也具有相同的教育啟發意義。或許過去是如此，雖然我對此相當懷疑。不過現在早已今非昔比了，這多虧了在電視上，一直找得到關於動物生態與習性的大量紀錄片。如果這就是所謂的教育，讓孩子們以這種方式受教育，會是更好的方式。

如果有人問我為何如此主張，我會馬上將理由告訴他。在巴塞隆納動物園，有一頭孤單的母象，已經諸病纏身，即將痛苦地死去；在牠所罹患的各種疾病裡面，大部分屬於腸道感染，遲早會侵襲那些自由受到剝奪的動物們。在情感上，這頭母象所遭受到的額外痛苦，並不難想像，而這種痛苦，更因為最近她姊妹的死去，而更為加深：蘇西（Susi，這是那頭寂寞而悲傷的母象的名字）和她的姊妹，原先共同住在一個悲慘而狹窄的區域裡。蘇西踏足行走的是混凝土地面。對於這些擁有敏感足部的生物來說，這是最糟糕的材質，牠們或許還保有那踩在非洲大草原踏實土地上的殘存記憶。我十分清楚，比起一頭母象的福祉，這個世界還有許多更加尖銳的問題，更需要我們去操心，但是巴塞隆納所享有的好名聲，卻必須承擔若干的義務，而不管我的意見是否只屬於個人的奇談怪論。我要說，這恰好就發生在牠們其中之一的身上。妥善地照顧蘇西，包含給牠一個遠比現在這個僅堪棲身的鬱悶狹閉空間，或者是對牠而言如同地獄般的混凝土地面，來得更有尊嚴的生命終點。這些話我該對誰說？巴塞隆納動物園園長嗎？市政府嗎？還是向加泰隆尼亞自治政府（Generalitat of Catalonia）說呢？

09／02／20

帕可（Paco）

當然是伊巴涅斯（Ibáñez），不然還有誰？在任何時間、任何地點，聲音一傳到耳裡，我就能認得出來是他。我首次知道他的聲音，是在一九七〇年代早期，那時我人在巴黎，有個朋友送了張他的唱片來，這是一張黑膠唱片，多年來科技的突飛猛進，讓它看來澈底的老舊、退流行，可是我還是將它保留著，視為無價之寶。我並非誇大其詞：在那段政治迫害的時期，在葡萄牙的家裡，這張唱片對我來說，似乎是魔法製成的，它的聲音幾乎超越宇宙萬物，帶給我西班牙最佳詩歌的響徹光彩，而那個聲音（帕可那清楚明確的聲音）是詩歌的完美載具，是人類最深摯的博愛，最為出類拔萃的象徵。今天，當我在自己的書房工作時，琵拉爾播放了他最近的一次錄音，內容是安達魯西亞的詩歌。我停下手上正在寫的文章，讓自己沉浸在這個愉悅的時刻，以及回想起我第一次聽到他嗓音的那個剎那，這個愉悅的回憶裡。隨著年歲增長（必定與它有關，而僅此這回，年齡是件好事），帕可的嗓音多了一種特殊而醇和的質素，新鮮的表達力量，還有那能夠開啟你心扉的溫暖。明天星期六，帕可．伊巴涅斯將選在普羅旺斯（Provence）海岸的阿吉列—聖—梅爾（Argelès-sur-Mer）開唱，以表達他對西班牙共和黨人的敬意與懷念。他的父親就在這些西班牙共和志士當中，並且在一座法國設立，用來監禁避難至此的西班牙共和分子的集中營內，飽受各式各樣的折磨、羞辱、以及虐待。對他們來說，「甜美的法蘭西」（*la douce France*）苦澀難堪，[9] 有如最惡劣的死敵。誠摯盼望帕可的歌聲能夠舒緩這些受苦的迴聲；希望他的歌聲能夠對所有聆聽者，開啟一條通向人類博愛精神的道路。這是我們所有人真正需要的事情。

09／02／22

給安東尼奧．馬查多的信

安東尼奧．馬查多（Antonio Machado）逝世於七十年前的今天。在鄰近他安息之處，科盧耶（Collioure）墓園的一處地方，設有一個信箱，每天都收到寄給他的來信，信裡面充滿了人們對他永不厭倦的熱愛，彷彿還是拒絕接受那寫出《卡斯提爾的原野》（*Campos de Castilla*）詩篇的詩人已經死去。這些人是對的，很少有人能像他這樣，依然活在人們心中。下面這些文字，成篇於馬查多逝世五十週年，為了在都靈（Turin）召開的國際研討會而作，這場會議是由帕布羅·路易斯·阿維拉（Pablo Luis Avila）和吉昂卡羅·德浦利提斯（Giancarlo Depretis）所籌畫安排，我個人也忝列參與者之中。又一封寫給安東尼奧·馬查多的信。一切好似今天才發生的那樣清晰，我記得這人名叫安東尼奧·馬查多。那個時候，我十四歲，到學校去學些後來極少派上用場的事物。當時的西班牙，正陷於戰火之中。交戰雙方當中，有一邊被稱為紅軍，而另外一方，如果厚道一些說，代表他們的標誌，就像是天氣晴朗時，天空呈現出的顏色。我國的那位獨裁者，對藍軍至為喜愛，所以他下令各報在刊載報導時，都採用這類詞彙來形容、表達，以至於讓這位天真的人相信，每一場戰鬥都以他朋友的勝利作為終結。我曾有一張地圖，用別針將光滑紙面做成的小旗子插在上面。插旗的地方，是戰事的前線。這件事情能夠證明，在我甚至還沒有閱讀安東尼奧·馬查多的作品以前，就已經認識他了；有些事情，我們必須體諒，因為在當時，我青春正茂，極度年輕。有一天，當我想到我的地圖可能會被葡萄牙武裝部隊中，專責新聞審查的官員發現，我便把地圖連同上面的小旗子一起丟棄。我這未加思索的行為，使自己被一種魯莽、一種年輕的躁急主導，而安東

9 英譯本如此。

尼奧・馬查多完全不應該受到如此對待，到了今天我仍然深自悔恨。然後年歲流逝，青春歲月過去。我究竟是什麼時候想起的，已經記不清楚了，但是在某一個當下，我知道了：馬查多是位詩人；我對這件事感到極為興奮，開始閱讀他寫下的所有文字，並不抱著在未來能因此取得酬賞的虛華期待。就在那個時刻，我同時也了解到，他已經死去了。所以，很自然的，我在科盧耶，安上了一面旗子。如果我是正確的，現在是我們在把這面小旗子安在西班牙的心臟上的時候了。不過，我們可以讓馬查多的遺骨，就留在現在它們安息之處。

09／02／24

左派

我們是對的，對於那些主張在一切都還來得及時，打造一個更好世界的人來說，也是正確的。可是，我們或者是不懂得如何與他人溝通吾人想法的內容本體，或者我們突然遭遇由猜疑所砌成的高牆，或是由意識形態上的先入之見，以及社會或是階級偏見所構成的障礙，如果上述這些困難還不足以澈底阻止我們，在最糟的情形下，它將藉著引發我們當中許多人各種的懷疑與憂慮，來終結打造更美好世界的努力，並且證明其自身的窒礙難行。如果有朝一日，這個世界能夠很成功地變成一個更好的地方，我知道這只能是透過我們的行動，才能夠達到的結果。讓我們更加意識自己在歷史上的那些過往，並更加感到驕傲，因為已經有諸多事例，證明謙遜是吾人最糟糕的顧問。讓我們聽見人們大聲地說出「左派」這個字眼，並且愈來愈高亢。讓其他人傾聽，並且記下來。

這是我在閱讀「尤卡迪左派團結陣線」（United Left of Euzkadi）的選舉宣傳小冊後，[10]所寫下的感想，但是我所寫下的這些文字，同時也是提給我身屬國家的左派以及世界上所有的左派。任憑這個世界正在經歷的到底是什麼，左派仍舊沒抬起頭來，好像他們已經沒有這權利似的。

09／02／25

公義的形式

在二〇〇五年七月二十五日這一天，一位名叫尚・查爾斯・德孟尼茲（Jean Charles de Menezes）的巴西公民，在倫敦地鐵隧道的月臺上遭到倫敦市警察的殺害，據警方的說法，他被認定是恐怖分子。他走進隧道候車區，安靜地坐下來，看來他似乎還有時間，打開從車站入口處取得的免費贈閱報紙，然後警察突然衝出，將他橫生拖到月臺上。[11]他們將他打倒

10 英譯注：巴斯克地區（Basque country）。

11 英譯注：尚・查爾斯・德孟尼茲事實上是被按倒在車廂的地板上，並且被近距離平射七發子彈擊斃。當時車廂當中相當擁擠，所有的目擊證人在作證時，均堅持在便衣警探開槍將其擊斃以前，警方沒有作任何預先警告。

在地，然後對他射擊十槍，當中七發射進他的頭顱。案發第一日，蘇格蘭警場恁事不做，卻一再阻撓正當調查的進行。他們沒給外界任何交代。起訴程序蓄意將警方人員排除在外，不使他們牽涉入案，法官則不許本案的陪審團回到認為警方有罪的裁決。因此，你要準備好，要是有一天，當一頂白色假髮出現在你面前（就像電影情節裡上演的那樣），慈祥地對著戴上假髮的人說，像你這樣正直的人是怎麼看待這種公義的形式的。

09／02／26

水獺狗

當賈梅士於十四年前，穿著黑外套，戴著白項圈，出現在這些人當中時，就讓牠和所有其他犬科種類的範例樣本，做出了區隔，所有那些在屋裡的人類，則宣稱他們已經推測出這名初來乍到者的種類：牠是一隻捲毛獅子犬。我個人卻獨獨堅持，牠不是法國捲毛犬，而是隻葡萄牙水獺狗。既然我尤其不是個犬隻的專家，所以我的認定如果有錯，也就不那麼令人覺得驚訝；可是當屋子裡的其他人都宣稱，他是隻獅子犬時，我還是堅持自己的看法。隨著時間推移，「是獅子犬還是水獺狗」這件事情，不再繼續是件有趣的事。這隻一直陪著派普（Pepe）和葛麗塔（Greta，牠們倆已經升天，到狗狗天堂去了）的水獺狗，就只能是賈梅士了。對於牠們能夠賦予我們的愛而言，狗兒的生命實在太短，而在我們投注以大量關愛的三隻狗兒裡頭，碩果僅存、仍然在世的牠，已經十四歲了，老年犬隻的各項病痛，業已開始侵擾著牠。這些毛病像開始出現時那樣，都不嚴重，可是昨天牠讓我們大大緊張了一陣：賈梅士發著高燒，無精打采，在角落裡蜷縮成一團，而且一次又一次地，發出高亢而怪異的哀鳴。一切看來都很反常，儘管看起來全身乏力，牠卻踱到花園盡頭去，然後開始扒土，挖出一個小凹洞；在琵拉爾的想像裡，這個動作是所有的症狀裡，最不好的兆頭。很高興的是，這個糟糕的階段過去了，至少目前看來是這樣的。獸醫沒找出什麼嚴重的毛病，而賈梅士像是要安慰我們似的，很快就恢復牠原本的矯健、牠的胃口、還有牠個性裡很棒的幽默感；現在牠歡天喜地得像朵花似的，和女伴博麗（Boli）一起散步，博麗常常待在我們的屋子裡。

巧合的是，今天有一則新聞，提到歐巴馬答應女兒要飼養的犬隻，正好是另一隻葡萄牙水獵狗。這無疑的，必然是葡萄牙的一場重大外交勝利，從這場勝利裡面，我們的國家應該能在和美國的雙邊關係中，汲取最大的利益，出人意料的，這是因為一位我們最直接、最顯眼的代表（我甚至想說，是我們的大使——派駐白宮的大使），而加快事情的進展。新時代已經上路。我現在十分能夠確定，倘若琵拉爾和我回到美國，海關警察將不再會扣押我們的電腦，只為了要取得電腦硬碟的資料備份了。

MARCH

2009

09／03／02

岡薩羅・塔瓦瑞斯

在葡萄牙新一代的浪漫風格小說家當中（所謂新一代，即意指年紀約在三十到四十歲的那一代），我們擁有岡薩羅・塔瓦瑞斯（Gonçalo M. Tavares），他是當代極為傑出和原創的作家之一。他身為這部體裁龐大、令人印象深刻的小說作者，主要是歷經長時間而又仔細嚴謹的辛苦勞動，才得出的成果，在舉世並未加以注目的情形下，完成了這部《華勒里先生》（*O Senhor Valery*）；好幾個月來，我將這部小說置於床旁小几上，作為睡前讀物，現在它在葡萄牙文壇上一躍而起，其獨特的想像，澈底地打破當前想像小說的成規俗套。除此之外，在語言的使用方面，他還是一位非常獨特的大師，對於方言運用的態度，可以毫不誇張地說（這麼說，對於這位我們當前極為欣賞的年輕小說家而言，沒有絲毫的輕蔑之意），他已經成為小說創作分界的基準，現在是以「前岡薩羅時期」和「後岡薩羅時期」來作為劃分了。我覺得，這是我所能提供給他的最好讚譽。我已經預下斷言：從現在起三十年後，或甚至更早，他必然會得到諾貝爾獎，而將來會證明我的這番預測是正確的。我唯一的遺憾是，等到這個時刻來臨時，我將沒辦法在他身邊，給他一個恭喜祝賀的擁抱。

09/03/03

選舉

一如既往，總有人獲勝，有人落敗。這些選戰十分乏味，而且，或許它們最大的罪過，是完全能夠預測其結果。一旦公布得票數，幾家歡樂幾家愁。所有寬厚、欣然接受結果的公民們都是勝利者，其中也包括了落敗者，儘管敗選帶來的痛苦，使得後者的情緒欠缺適當的表露。當選者並未將勝利歸功於上帝，時至今日，這麼做已經老套，不過他們在第一時間，就將會去親吻主教的手。

09/03/04

觀察，復原[1]

若你看得到，就仔細看

若你能仔細看，就好好觀察[2]

1 英譯注：在葡萄牙文中，不定詞「reparar」有下列各項意涵：修復（repair）、復原（restore）、賠償（compensate）、承認（admit）、注意（notice）、觀察（observe）、批判（criticize）。英譯者按：同時也是翻譯者的夢魘。

2 英譯注：小說《盲目》的書前題詞。中譯按：此處照中文版譯文。

這兩句話是幾年以前，我寫在《盲目》上頭的。今天在西班牙，根據我小說原著改編的電影發行上映，我在「八又二分之一書店」（bookshop Ocho y Medio）提供的購物袋上，發現這兩句疊句，然後在同一家出版社的費南多．梅瑞爾斯重新改版上市的美麗著作《切．格瓦拉：革命前的摩托車日記》（*Diario de Rodaje*）的護套上，[3]再次發現了這個疊句。有時候，我習慣這麼說：「任何沒有耐性讀完我作品的人，只要看看書前題詞，他們就能曉得其他部分的內容。」今天看著這個疊句，我不知道為什麼，突然之間，對於迫切恢復視力，對抗盲目，我有了深刻的理解和洞穿的眼力。我之所以能如此，是不是因為我剛才已經看見了那些書中未被實際寫下的字句？或者，是否因為今天的世界變得更加需要對抗陰暗？我不清楚。但是，若你能看得到，那就好好觀察吧！

09／03／05

再一次觀察和復原

昨天，在與我的摯友，兼各種疑難雜症的治療者，路易士．華斯奎茲（Luiz Vásquez）交談當中，我們聊到費南多．梅瑞爾斯執導的電影，現在正於馬德里上映；我和琵拉爾沒辦法出席欣賞，雖然我們預定前往觀賞，但是一場突如其來的感冒讓我不得不回到床上躺好，或有如於不久之前的時代，他們習慣優雅地說，「從紙堆之間抽身」。我們的談話開始於論及大眾對這部電影的反應，根據路易士和其他幾位值得信賴的影評家的看法：極為正面，他們的感想評價，回到我們這裡來，證明了他們值得我們信任。我們很自然地開始討論這部小說本身，路易士提議我們來檢視卷首的題詞（若你能看見，就仔細看／若你能仔細看，就好好觀察），按照他的看法，既然能「看見」，這個動作就等同於前一個，那麼前一個指令就可以省略，如此也不會使整個疊句的意思有所偏差。他的想法是正確的，我無法否認，可是我卻還有其他理由，讓我對此有所保留，譬如說就視覺的過程，一共經歷三種時態，雖然連續但各自獨立：有可能雙目能「看」（see），卻沒「見」（look）到任何事物；也可能見了卻並未觀察；這要視每個階段中，我們所能投入的注意程度而定。我們都熟悉一個人低頭看腕錶，然後不到一秒鐘，有人向他詢問時間，他就必須再看一次。這就好像是在我的腦海中靈光乍現，對於這知名的卷首題詞初次的來源若有所悟。當我還是孩童時，「觀察」這個字（或以視覺來說，是「復原」），對我並沒有多少意義，而甚至想當然耳地認為對它頗為熟悉。它之所以成為我主要興趣，是因為有一天，我的一個叔叔（我想，這位叔叔必定是法蘭西斯柯·狄尼斯〔Francisco Dinis〕，也就是我在《微小的回憶》〔*Small Memories*〕裡提到的那位），[4]要我留意公牛們保持頭向上的姿勢，於是我了解了。我的叔叔對我說：

[3] 英譯注：切·格瓦拉所著《摩托車旅行日記》，也是梅瑞爾斯執導電影的片名。書店和出版社的名稱，以費里尼的電影名稱，叫作「八又二分之一」。中譯按：本片臺譯為《革命前夕的摩托車日記》。

[4] 英譯注：英文版由瑪格莉特·茱兒·柯斯塔（Margaret Jull Costa）翻譯（哈維爾·賽克特，二〇〇九年）。

「牠瞧著你，而當牠瞧著你時，牠在『看』你，而這次，事情有些不一樣，牠是在『觀察』你。」這是我為路易士講述的故事，他聽完後便在爭論中讓步，根據我的猜測，並不是因為我已經成功地說服了他，而是因為他自己也慢慢回想起類似的情景。曾經有那麼一頭公牛，就是這樣高抬著頭盯著他瞧，那種神態並不只是單純地瞧，同時也在觀察。終於，對此我們一致表示同意。

09／03／09

三月的第八天

在今晚的電視新聞裡，我看見橫跨大半個世界的婦女上街示威，我為此再一次問自己：我們所居住的，到底是怎麼樣一個卑鄙邪惡的世界，以至於讓生活在這世界上一半的人們，必須上街遊行抗議，只為了爭取那原本理應屬於所有人的權利……

官方資訊透露有許多機構承認女性員工較男性員工的薪資給付，低了整整十六個百分點；毫無疑問，這個統計數字已經被篡改過了，以迴避在性別之間依舊存在的極高差異。他們說，行政管理的政策在由女性來執行時，總是表現較佳，但是各公司的管理階層卻怯於提出建議，應該要有超過四成，或是接近半數的成員由女性出任；以至於在接連而來的崩潰降臨時（就如同冰島的例子），那些女性們能夠受到徵召，出來接手各銀行，乃至於接掌國家。他們更說，在利馬（Lima），為了消除大眾交通營運系統內部的貪汙問題，將要聘雇女性來出任保全警衛人員，因為女性不收取回扣，也不索求賄賂。我們知道，社會如果少了女性的付出便無法運作；也知道要是沒有了和女性的對談，這個星球將會離開常軌，而所有的家庭以及那些居住於內的人們，在沒有她們的情形下，將無法享有原來的生活品質，然而男性卻頻繁地忽略女人，不關注她們的所作所為，或就算是去注意了，依舊沒有意識到，這對於他們另一半配偶的意義——即使男性已經不再扮演模範的角色了。

我持續收看婦女上街示威遊行的畫面。她們清楚自己要的是什麼，那就是不被羞辱，不受妨礙，不遭鄙視，以及最後，性命免於遭到謀害。在工作生涯裡，她們要的是適度的尊重，這為的是她們的工作，而不是為了那每一天她們所忍受的家庭暴力。

我聽人說過，在我作品當中最強有力的角色都是女性，而我本人也相信這樣的說法。有時候我認為，我筆下敘述的這些女性所設立的典範，就是我本人會想追隨的。有時候，她們不過就是典範罷了，實際上她們並不存在，但是有一件事情，我十分確定：和這樣的女性在一起，我們就不會有當今世界這樣的混亂局面了，因為她們總是會記得作為一個人類的意義到底在哪裡。

09／03／10

多羅、杜羅

超過三十年以前，當時我還是個勇敢無畏的年輕作家，[5]充滿了希望，就在正要邁入我人生的第六個十年的邊緣，我徘徊漫遊到了米蘭達・德・多羅（Mirando do Douro）這塊土地上，這裡是那場難以忘懷冒險的出發處，即將構成我《到葡萄牙的旅程》（*Journey to Portugal*）當中費心寫下的記述。[6]這個書名並不是偶然為之，而是意圖使讀者從翻閱第一頁起，就明白本書的主題是一場到某個地方去的旅程，以這本書來說，就是到葡萄牙去。為了強化我原來打算的目的，我離開我原生的國家，經由蒙梭（Monção），然後花上一個星期的時間，從西班牙的加利西亞（Galicia）一路旅行到萊昂（León），直到我的眼界裡，終於不再有更多原先熟悉的景象時，我向誕育我的土地出發，尋求未知的際遇。我記得在一座橋梁的中段駐足，那是夾處在河兩岸的中間——一邊是多羅（Douro），另一邊則是杜羅（Duero）——然後徒勞無用地嘗試，或者假意比劃幾下，想找出兩國國界那一線之隔。這條國界線看來是分隔，實際上，最終是聯繫了我們兩個國家。這景象隨即觸動了我，構思了這本書的絕佳開場，將要從那知名的「聖安東尼曉諭河中眾魚」（*Saint Anthony's Sermon to the Fishes*）的光澤開始，那是安東尼奧・維耶拉（Antonio Vieira）神父向游在多羅水域的魚群宣教，詢問牠們，是否知曉自己身處之地是哪一邊，由是表達出了（然而很明顯的，是一種姿態）一種純真的友誼，同胞之情，以及在西班牙與葡萄牙雙方之間，相互合作的夢想。

我並沒有完全陷入那種烏托邦式的提議。就在這條河流的同一個部分，環繞的是同樣的水域，來自河流兩岸，一百七十五位周邊社區的代表一起聚會，針對各項合作發展計畫，以及未來切實可行的提案，討論出如何創造出協同努力的機會。或許沒有任何一位出席代表，聽過我對安東尼奧．維耶拉神父布道的這番解釋，但是在這三十年裡，這個地方的精神一直在召喚著他們，現在他們來了。歡迎，歡迎你們大家。

09／03／11

常識

全球的媒體報導了下面這則新聞：歐巴馬公開聲稱要終結對許多疾病研究進展之中的意識形態障礙，這些疾病為個別的人們招來許多折磨。有些報導強調歐巴馬總統此項宣示是在科學的基礎上所做出的科學決策，是根據專家確實可稽的經驗和報告，而並不是以意識形態和政治考量作為考慮。歐巴馬或多或少表露出下面這個意思：即去壓制、或是改變科學發現或者結論，或是以信念或信仰為基礎，推動技術的研究，都是不正直、不誠實的罪行。然而對另外一部分的人來說，真正莫大的罪惡是幹細胞的研究，這也是為什麼梵諦岡的日報《羅

5 原文如此。

6 英譯注：前揭書，第一部，第五頁的折頁。

馬觀察者》（*L'Osservatore Romano*）試著想提醒我們，人類的尊嚴應該和人類存在的每一個時期步調一致，無論這背後可能意味著什麼。當美國的主教們評論說，歐巴馬的宣示是政治凌駕科學與道德的一場可悲勝利，其著實蘊含若干言外之意，因為它用上了各種的變形，包括那些教義、信仰與玄祕。

所以，正當我們所討論的是宗教領域時，我應該坦承，今天我十分高興能讀到這些報導，因為這對於許多深受如阿茲海默症、帕金森氏症以及糖尿病等疾病折磨、困擾的人們而言，不啻是幸福的徵兆。對於他們來說，今天是個大日子；對於常識來說，今天是何等的重要。

09／03／12

親吻這些名字

在阿根廷舉行軍事獨裁時期受難者紀念碑落成儀式時，充任解說的遺屬母親帶著我們去看——幾乎是在提到自己兒子名字時，這些母親的話裡都帶著驕傲——「看這裡，這是我兒子的名字，那裡是璜．吉爾曼（Juan Gelman）的，[7]這裡刻的是我一個姪子的名字……」它們是被銘刻在石頭上的姓名，一批被親吻了上千遍的姓名，而我也親吻了它們，就如同在當代歐洲所犯下最惡劣的暴行之後，[8]馬德里的人們親吻那些受害者的姓名那樣，那天是在三月十一日，距今已是五年之前，我們永難忘懷的日子，因為那驚駭恐怖如此深入，直插入西班牙社會的心臟之處。確實，我們如此做，是為了確保永不再忘記引發攻擊的原因，並且永遠不再讓這次攻擊所使用的手段重演，這種手段叫作恐怖，他們抗爭時唯一懂得的手段。願他們遭到詛咒。

在今天，人們可以看到這些母親們擁抱著、受難者凝視著彼此，或許他們所期望的，並不是見到其他確實在場者，而是想看見那些消失身影的人。我還記得前一陣子，當我們聽聞這個令人傷感而美麗的場面時的情景。琵拉爾要求我記起這個回憶，帶著它去擁抱受難者，並且親吻這些被銘刻於石頭之上、也烙印在我的記憶裡面的名字。

在西班牙文裡，意在「團結」的行動是一個動詞（solidarizarse），每天都在現在、過去、以及未來這三種時態裡變化轉換。一個屬於過去的團結記憶，可以強化當前對團結的要求，同時也能為未來的團結打好基礎，回到其自身最高的榮譽，並且將之展現出來。三月十一日，因此不只是痛苦和眼淚的日子，同時也是西班牙人民的團結精神達到最高頂峰的日子，這樣的精神所展現出的高貴尊嚴，深深打動了我，即使到了今天，每當我一想起來的時候，依舊深為感動。美麗並不只限於我們所稱美學的範疇裡面，它同樣能夠在道德擔當裡面被找到。這就是為什麼我曾經說，這塊土地上的人民，遭受了如此的悲劇所傷害，卻還能有

7 英譯注：年輕阿根廷詩人，一九七六年魏地拉將軍奪權時，流亡海外。

8 此處指的是二〇〇四年三月十一日於馬德里發生的恐怖攻擊事件，該市的大眾交通系統，包括地鐵與通勤電車，於當日分別遭受恐怖分子以背包炸彈攻擊，造成兩百人死亡，一千五百餘人受傷。

如此美麗的面容，即使在世界任何地方，都很難與其相比。

09／03／13

來自一輛計程車裡的民主

這位舉世聞名、以其綽號「騎士」行走江湖的義大利政治家貝魯斯科尼，方才絞盡他精緻又稟賦特異的腦汁，想出一個念頭，使他絕對能夠躋身於偉大政治思想家之前列。他所想要的，是迴避那冗長、乏味、又曠日費時的國會辯論，並且加速參、眾兩院的議事流程，此即無論參議員與眾議員的人數多達數百位，於立法的過程中大部分的時間裡，他們除非張嘴呵欠，不然都吝於開啟其尊口，因此國會的領袖們，現在已經取得其成員的各項權力，在某次機緣當中，廢除了這項礙事的累贅。我必須得承認：對此我完全沒有意見。主要政黨的議員代表們（讓我們這麼說吧，四個政黨當中的三個）齊聚在一起，同搭一輛計程車到餐廳去，坐定於桌側，做出那些必要而適當的決策。在他們之後將抵達的，是那些小黨的代表們，他們騎著自行車到來，在餐廳的露天陽臺上繼續用餐，或者是在鄰近的食品販售部那裡邊吃邊討論。再沒有別的事情，比起上面這樣，更具有民主的本質了。他們甚至能夠在路上展開討論，要移除那些個無能、傲慢、並且矯揉做作的機構（我們稱呼這些機構為國會，或是議院）——這些機構永無止境的冗長討論，以及龐大的支出，從來沒有獲得過人民的批准。而我可以告訴各位讀者，如果就這樣一個接一個地刪減裁撤下去，我們的民主就會回到古希臘的情況了。當然，在這一次，我們連希臘人也將一併擺脫。很清楚的，這完全不是「騎士」會當回事，認真思考處理的事情。但是真正的危險在於，我們最後也會將把貝魯斯科尼給選出來的人民，不當一回事。

09／03／15

主席女士

這個部落格已經將近要完成開板以來前六個月的工作。只要老天允許，未來我會投注更多的時間，刊出更多的部落格文章。今天，恰好是琵拉爾的生日，我想要談談她。這個話題，想必對於任何想要看到我們相守在一起將近四分之一個世紀以來，所有我所說過、寫下有關她的話語文字的讀者來說，必定不會感到驚訝。可是這一次，我比往昔還更想要見證的，是她對我有多麼重要；她對我的意義，不但是我所深愛的女子（對於這點需要坦承，我們於此如數家珍），更由於她的聰明才智，她的創造能力，她的纖細敏感，以及她的頑強不屈。多虧了她，我這個作家的生涯，已經實現了潛能，完成了比作為一個成功作家還重要的人生：一個人道持續抬頭的生涯。而我的人生裡，只欠缺一件事情，即使欠缺這件事情對我而言，是不可想像的：某個能夠超越我的職業活動領域，或者自身能夠生生不息的概念及其產物。這就是「薩拉馬戈基金會」的誕生。基金會的誕生，完全要歸功於琵拉爾的辛勤努力，若不是有她在，她的作為，以及她那特殊的天才，這個基金會的未來是沒有辦法想像的。所以我將這項她一手創建的工作，它的命運、它的進步與發展，都交由琵拉爾來執掌。再也沒有任何人，比她更能勝任這項工作了。這個基金會像是一面鏡子，在其中我們可以看見自己，但是那握住鏡子的手，那使之安穩妥當的手，是琵拉爾。我所給予她的信任，在世上是獨一無二的。我幾乎很想這麼說：這就是我的遺願、遺囑了。不過，讓我們別害怕死亡這事。我離死亡尚遠，擔任基金會主席的這位女士，不會准許我就此死去的。我曾經逃離過死神的魔掌一次，當時也多虧了她的照料，而現在，她該要保護捍衛的，是基金會的生命。為了保護基金會，如果必須，即使得罪每一個人，反對每一件事情，都在所不惜。

09／03／23

一位富內斯

打從我們中斷由加拿大到古巴、中途在哥斯大黎加與薩爾瓦多停留的旅程，距今已經過去許多年了。今天我想談的，就與後者有關。我每次出外旅程中，總會接受許多訪問，而當中最有意義的一次，就是接受馬丁．富內斯（Martin Funes）的專訪，現在他已經是薩爾瓦多的總統當選人了。之前我從未見過他，而遇上這樣一位稱職的媒體人來從事訪談，是我所未曾預料到的樂事，他還未被一位新來乍到的作家，深具說服力的指控道，那曾以殘暴手段肆行鎮壓的體制當中的道德問題；而身為武裝部隊的最高統帥，他也不需為濫權、粗暴行為、以及國家和最有權勢、毫無疑問掌控國家經濟命脈的大地主家庭所犯下的暴行直接負責。相反的，他是一位見多識廣、有教養的對談人，不只是他對於薩國人民長期所遭受的折磨，能夠娓娓道來；同時也觸及變遷過程當中的諸多潛在問題，這些問題，目前在薩爾瓦多社會中，還未從政治與社會的地平線清楚浮現。我們沒再見過面，不過從那次訪問之後（包括了當中有若干時期，後來證明對我們兩人來說，在個人與政治上，都是艱困的時段），琵拉爾一直和梵妲．琵納托（Vanda Pignato）密切地保持魚雁往返，她是毛利西奧（Mauricio）的妻子。[9]她們之間的通信往來，看來像是目前唯一正在持續更加頻繁的事情。

另外一位富內斯，出現在波赫士一本小說的書名之中，他是一位天賦異稟，能夠記住所有事情的男人，所有他看到和感受過的事實和影像，從黎明微曦的曙光，到湖泊漣漪蕩漾的微波，都能夠一一記下。我在此只想請求薩爾瓦多的新任總統，不要忘記在他勝選當晚，對數千名終於看到他們希望成真的男男女女們所說出的每一個字。請不要欺騙他們，總統先生（Senhor Presidente）：[10]南美洲的政治，是一部充滿挫折與欺瞞的歷史，人民早已厭倦謊言詐術，現在是改變這一切的時候了。我們現在已經在丹尼爾．奧蒂嘉（Daniel Ortega）的作

---

9 毛利西奧是富內斯的正式名字，前文提到的馬丁則是一般慣用的暱稱。

10 英譯注：《總統先生》是瓜地馬拉諾貝爾文學獎得主米格爾．安赫爾．阿斯圖理亞斯（Miguel Angel Asturias，一八九九～一九七四）的知名作品，講述一位政治人物在政壇的興起與墜落，以及其間的各種惡行醜事。

為上面，[11]看到他也同樣在往這個方向前進。

09／03／24

狼來了！

在大多數的情形下，歷史通常從每個家庭的祖父輩那裡流傳下來，對於我們省裡夜班工作的人來說，是一項絕對可靠的來源，它不僅只是天真孩童們的基本消遣，同時還是一個完整教育體系的最基本元素——在某些層面上，歷史是見證過往的先驅者，是誓言將只說出真相實情的證人，完全的實情，除了真相之外別無其他。對於將上面這個將歷史比擬成證人的說法，我唯一的疑慮，是來自於我對司法審判體系欠缺實務經驗；並且，我對於各式各樣人類本質的呈堂展現，缺乏好奇心——這個缺陷使我很少想對發生於旁人身上的事情一探究竟，甚至包括了本世紀劣跡最昭彰的犯罪事項，亦復如此。現在要說的，是個曾經從祖父輩那裡流傳下來的故事，或許是當時在山腰上孤獨守夜時所想出來的。話說有天，一個年輕的牧羊人突然決定大聲喊叫：「狼！狼來了！」他喊叫的聲音很大，以至於村裡所有人都急忙趕來搭救，他們帶上棍棒、還有上次戰爭時遺留下來、各種奇形怪狀的槍械，要保護放羊的少年以及他的羊群。可是，狼並沒有出現，那小伙子於是說了：「狼聽到大家叫嚷，一定是跑掉了。」這話並非事情真相，但是卻頗帶有一種具說服力的神態。我們這位放羊的少年，滿意於他撒謊欺騙村人所得來的結果，決定再來一次這樣的實驗，而又一次，村民們在聞訊後，果然又馬上趕來。這次不但沒有狼的影蹤，連牠的氣味也不曾聞到半點。然而到了第三次，就沒有人願意出門了：因為很明顯，放羊少年滿嘴都是謊話，所以讓他喊去吧，很快他就會膩了。這回狼真來了，如牠所願地抓走許多羊隻，而那個放羊的小伙子逃到一棵樹上躲著，無助絕望地看著這場災難上演。雖然這個故事可能不是今天我們選定要討論的主題，卻十分要緊地提醒了我們自己，在許多場合當中，我們也有這樣叫喊著「狼來了！」的時刻。有更多的人，在狼出現在我們面前那一刻之前，壓根不相信狼來了，而狼最終的確是來了。我注視，並且追索這匹狼，看見了一個詞：「危機」。

最近新聞報導，為數甚多的葡萄牙人已經決定開始學西班牙文；讓我們看看，在這則新聞之後，將會發生什麼事情，並且認真關注這個決定。我害怕那些急著要捍衛每一項民族風俗的愛國人士，將會開始大聲叫嚷，說他們已經發現狼的蹤跡。我同意他們已經發現了什麼，而他們所發現的徵象，正是生活在我們這個半島上、來自這裡或別處的人們，彼此需要更加靠近在一起的理由。歷史，當它也如此期望時，會以非常殘酷的方式，向前推進。

11 丹尼爾・奧蒂嘉（一九四五～）為尼加拉瓜桑地民族解放陣線（Frente Sandinista de Liberación Nacional）領導人，於一九八四年總統選舉中獲勝，擔任尼加拉瓜總統至一九九〇年爭取連任時，落敗下臺。他於二〇〇六年第四次參選的總統選舉中捲土重來，重登總統大位。

09／03／25 明天就是千禧年

幾天以前我讀了尼古拉・利多克斯（Nicolas Ridoux）所寫的一篇文章，他是《少即是多：清減哲學介紹》（*Less is More: Introduction to the Philosophy of Decline*）一書的作者。這讓我回想起來，大概幾年以前，在我們當下所生活的新千禧年前夕，我參加於西班牙的奧維耶多（Oviedo）舉行的一場會議，會中有若干作家提出來，要我們起草提出給新千禧年的各項方向與目標。對於我來說，要即席討論整個千禧年，野心似乎太大了些，所以我提議說，我們該把討論延遲到隔天進行。我還記得當時提出一些具體的建議，其中就有一項，在利多克斯的《少就是多》一書當中也被提出來討論了。我找了找電腦硬碟裡的存檔，然後決定檢索、回復我在那天所寫下的文字。那個時代，由現在看來，比起任何時候都來得更加意義重大。

就未來而論，我認為吾人所討論的範圍，以不逾明天較為妥適，因為我們深信，屆時我們依然活著。實際上，如果在西元九九九年，這樣一個遙遠的年分裡，在歐洲的某個地方，少數幾位哲人和為數眾多的神學家，到處致力於祈求上帝開示，一千年以後的世界，將會成為何種模樣，我可以很確定地說，沒有一樣事情他們的預測是正確的。不過有一件事，我覺得或許他們多少說對了：今天那些困惑的人們，對於他要走向何處，既無知覺也欠關心；

而過去各世紀裡那些惶惑不安的人們，則相信世界末日迫在眉睫，在這兩者之間，基本上並沒有不同。藉由上述的比較，我可以清楚地預見，或許甚至是在未來一百年內，而不是一千年，將來的人們與今天的人們相比，將會有多大程度、範圍的不同。換句話說，比起一百年後的人們，或許我們和一千年前生活在這顆行星上的人們，要來得更為相似、接近……如今這個世界確實即將走向終結，儘管在一千年之前，當時世界依舊繁榮興盛。

就「世界是否即將終結」，或者是在「明天太陽是否依然升起」這樣的主題上一直打轉，為什麼不去思考明天呢？為什麼不去思考這個我們知道仍將慶幸於活在世上的明天呢？相較於多少個對於第三個千禧年，那些大而無當的提議，這些建議本身就比其他事物更快歸於塵土，我們何不下定決心，提出若干簡單的想法，附上一些普通才智之人就能理解的方案呢？如果沒有更好的提議，我想要建議，讓我們從下列幾件事情作為開始：（一）向後發展，而不是向前發展，這意謂那些生長在當前發展模式底下，被遠遠拋在後頭的人們，應當成為現在發展所著重的第一線；（二）開創新的人類責任意識，讓這種意識與人權的行使相互依賴；（三）像採收糧食者一樣，簡單生活，因為我們所繼承和製造出的物資、這個行星上的商品與果實，並非永無窮盡之日；（四）化解下面這個矛盾：儘管我們一再聲稱，人們彼此之間愈發親近，可是證據卻顯示，我們每天都感覺愈來愈孤立；（五）減少存在於知識豐富者與那些所知較少者之間的差距，在目前，這種差距每天都在增加擴大。

我想，明天我們將如何，以及大多數明天之後的日子，都將會取決於我們怎樣回答上述這些問題。為了即將到來的嶄新世紀，更別提那即將進入的新千禧年。

所以，讓我們再回到哲學去吧！

09／03／26

一個關於顏色的問題

下面這段對話，來自於一支電視上播出的汽車廣告。一名六歲，或可能已經七歲的小女孩，坐在一輛汽車的副駕駛座上，問她正在駕駛汽車的爸爸：「爹地，你知道我們班同學艾琳（Irene），她是黑人嗎？」她的父親回答說：「當然啊。」然後女孩又回應說：「我不知道……」如果上面這寥寥數語，不算是對心肌的當頭一擊，很肯定的，它們會有另外一個名稱：對心靈的刺激。有傳言說，這支廣告裡的對話，完全出自於一位行銷天才的發想，可是在我這裡，我那不滿五歲的姪女茱莉亞（Julia），當她被問及是否有黑人居住在提亞斯（Tías，我定居的區域），她回答說：不曉得。而茱莉亞是華裔。

通常我們會說，從幼兒和未斷奶的嬰兒嘴裡說出的，都是真相。然而，根據上述這個例子，事情顯然並非如此，因為艾琳確實是黑人，而在提亞斯也有不少黑人婦女。真正的問題，與通常一般認為的情況相反，而無論與我們持相反立場者，多麼努力嘗試要說服我們，絕對的真相是不存在的：真相是多重的，而只有謊言才是全球性的。這兩個女孩沒看見黑人女性：她們看見的，是人類，和她們自身一般無二的人類，所以從她們口中說出的，是「另一個」事實真相。

可是，薩科齊先生的想法，顯然和她們不一樣。現在他又想出一個念頭，下令實施種族普查，這項普查，意在提供對法國社會的「X光透視」（這是他的表達方式），顯示出每一個外來移民所居何處，據說這樣做，是為了使外來移民無所遁形，而更能證明各項反歧視的政策運作之良好順暢。依照一個廣泛被認同的看法，良法美意往往為通往地獄的大門鋪好道路。我相信如果這項提案獲得通過，付諸實行，法國最後到達的地方，一定是地獄。不難想像（過去已經提供了大量的例證），這項普查將會如何被用來證明，這是一項更精緻、更新的歧視，是一項不合情理的需求。我正在認真考慮，要求茱莉亞的父母帶她到巴黎去，擔任薩科齊先生的顧問……

09/03/27

棘手的麻煩事[12]

並不是沒有人提醒過：當心，歐盟可能變成麻煩的燙手山芋，它同時處在更危險以及更荒謬的風險之中。對於那些總是從最草創初始，便染指此一集體合作組織所做出的每一個嘗

12 英譯版標題為俚語「一麻袋的貓（A Sack of Cats）」，意指麻煩棘手事項，在此同時指歐盟本身，以及為歐盟運作帶來麻煩和問題的輪值國捷克，和因撤軍問題陷入政治、外交危機的西班牙。

試的那些同樣老套的國家本位主義、個人無窮野心的政客，及那些腐敗的心靈（這麼說還是最低程度）而言，想要讓歐盟能順暢運作，完全是緣木求魚；除非依照智識上的正直誠實原則，以及相互的尊敬來治理它——我重複一次，上述這些極度負面的特徵結合在一起，要使歐盟到頭來不會變成一個最醜陋可笑的怪物，是不可能的。這就是現在伴隨著捷克總理米雷克·托波拉內克（Mirek Topolanek）的橫加干預所發生的事情：他當選任期六個月的歐盟輪值主席，卻辭去他所屬國家的總理職務，這是個令人感到困窘的矛盾，他原先在總理職位上，以最粗鄙不文的詞彙痛罵美國總統，指責歐巴馬將經濟送向「通往地獄之路」（或者，比較溫和地說，是「送向災難」），是以，這很清楚地顯示出他所希冀及支持的政策方向：回到舊日極端自由主義的路子上去，並且無論涉及的層面多麼淺薄，都拒絕任何傾向於接受社會民主黨人介入的嘗試。如同我們所見，托波拉內克先生還真是人道精神的健全希望啊！

巧合的是，幾天前，西班牙政府總理羅德里奎斯·薩帕德羅發覺自己置身於整列反對黨國會議員的猛烈炮火之中，而之所以被抨擊，不是因為西班牙軍隊即將由伊拉克撤退，因為撤軍一事業已計畫超過一年之久，而是由於薩帕德羅未能做到最基本的要求：事前將撤軍決定通知北約諸盟國以及美國。但是現在我的問題是：歐洲議會計畫要怎麼做，才能夠對托波拉內克先生以及他的反動言行，統統給解釋清楚，而同時也說明他是一個粗魯和無禮的人呢？

09／03／30

拉波薩・鐸・所爾

在距離此地遙遠的彼端，連清晨升起的旭日，都有所不同。生活在巴西北部羅賴馬州（Roraima state）拉波薩・鐸・所爾（Raposa do Sol）原住民保留地的印第安人是這麼說的。他們業已經由該國的聯邦高等法院正式承認，明確准予其完全擁有、並且無限制使用那構成保留地的千餘平方公里土地上的一切。這項裁決沒有任何疑義：所有非印第安人，必須立即離開拉波薩・鐸・所爾，連同要一併撤走的，還有好幾家稻米產銷公司。長年以來，它們入侵這塊地區，安營紮寨，蔑視原住民的各項權利。時間回到二〇〇五年，盧拉總統當時已經下定決心，要將這片土地還給原住民，並且迫使稻米公司離開該地，可是羅賴馬州當局卻站在稻米公司這邊，而且告上高等法院，意圖訴請判決，指稱總統此項政令違憲。四年之後，高等法院達成決議，為這項訴訟劃下句點。不是所有事情都能如此順利進展。在不遠的過去，曾經受到廣泛討論的階級鬥爭，那看來被置於歷史的字紙簍的階級鬥爭，到了最後，至今依舊存在。我們歐洲人向來看待南美洲各項問題，都是以管窺天，傾向於忽略存在於該地的各種差異，並將南美事務簡化為一個單純的狀態，無論過去與現在，實際的情況從來就不是如此。在拉波薩・鐸・所爾，原住民社群中的富有者，和非原住民以及稻米產銷公司的人打交道是家常便飯的事情。我們今天所歡慶頌揚的對象，不是他們，而是那些窮苦之人。

往南邊看，就在「奇蹟之城」（Marvelous City）這裡，[13]舉辦著森巴和嘉年華慶典，可是本地的情況卻絲毫未變得更好。該市最新的想法，是構築一道三公尺高的混凝土圍牆，將貧民窟（*favelas*）給圈圍起來。我們已經見識過柏林圍牆，我們也看到了那加諸於巴勒斯坦土地上的圍牆，而現在看來輪到里約熱內盧了。與此同時，有組織的犯罪在每條街道上蔓延，黑道的勢力橫向縱向的，已經將觸角伸進了國家組織，滲透入社會之中。貪汙腐敗的力量看來所向無敵，所以我們還能做些什麼？

09／03／31

分形幾何圖形

就如同莫里哀（Molière）筆下的那位朱爾丹先生（M. Jourdain）書寫自己也不明白意思的散文那樣，[14]在我生涯中也有那麼一個時刻，發現自己深深牽扯進某個像分形幾何圖形（Fractal Geometry）一樣神祕的事件當中，而要為我的無知稍加辯護的是，對於這種情況，之前我毫無相關知識。這件事情發生在一九九九年的某個時候，當時一位名叫璜・曼紐爾・賈西亞—魯易斯（Juan Manuel García-Ruiz）的西班牙幾何學家，寫給我一封信，引起了我的注意，而那不規則幾何圖形的例子，出現在我的小說《所有的名字》當中。被拿出來討論的那一段，如同下引：

從天空看下去，大眾墓園（General Cemetery）看來有如一株遭砍伐而傾倒的巨樹，有著短而粗胖的軀幹，由原來的核心墳墓群構成，從同一個生長點，四枝粗厚的樹枝伸展出來，然而之後，在接連不斷的分岔分枝之下，在你所能見之處延伸出去，套一首從中獲得靈感的詩句裡來形容，樹枝形成了一個枝葉繁盛的華蓋，在這當中，生與死，就像現實之中，鳥兒與葉片層層交疊那樣，交纏旋繞在一起。[15]

我還沒有去思考要換工作的事情，不過我所有的朋友都看出來，在我的精神裡面，有一個新的信念意識，有點像是通往大馬士革（Damascus）的那條皈依之路那樣。[16]

短短幾天，我和不少於一個連的世界頂尖幾何學家們摩肩擦踵。我了解到，那些他們付出相當大的努力之後方才達到的成就，我則是透過一次突如其來的科學直覺，靈光一閃，得以到達他們的境地，理解他們在說的事情；老實說，儘管很多時日過去了，我為了這個理解

13 英譯注：奇蹟之城（A Cidade Maravilhosa）是里約熱內盧（Rio de Janeiro）的別號。

14 莫里哀，本名尚—巴蒂斯特．波克蘭（Jean-Baptiste Poquelin，一六二二～一六七三），法國喜劇作家、演員，莫里哀為其藝名。朱爾丹先生是其一六七〇年作品《貴人迷》（*Le Bourgeois gentilhomme*）當中的角色。

15 英譯注：按照瑪格麗特．茱兒．科斯塔的英文翻譯本（哈維爾，一九九九年），頁一八六。

16 此指《新約聖經．使徒行傳》第九章當中的故事：原名掃羅（Sual）的羅馬官員迫害基督信徒，在往大馬士革途中，耶穌向他顯現，責問他為何逼迫基督，自此掃羅目盲，至大馬士革城中，亞拿尼亞（Ananias）將其治癒。掃羅就此受洗信主，改名為保羅（Paul），成為宣教最力的教會使徒。

所耗費的元氣，至今都還未恢復過來。現在，十年之後，在我看見這本名為《不規則和諧》（*Fractal Harmony*）的著作時，同樣的感覺又回來了。作者就是璜・曼紐爾，以及他的同事赫克托・蓋瑞多（Hector Garrido）。書裡的圖例都相當特別；而行文中那種科學的精確性，又與其格式和概念所展示出來的美感，極為般配。去買這本書，給自己一場知識和視覺的饗宴吧！這個推薦的來源，相當具有權威性……

APRIL

2009

09／04／01

馬哈默・達維許

今年的八月九日，將是偉大的巴勒斯坦詩人馬哈默・達維許（Mahmoud Darwish）逝世的頭一週年紀念。如果我們這個世界能夠再敏銳和睿智一些，倘若這個世界可以更加覺察它所製造出的若干個體有著崇高莊嚴的生命，那麼達維許的名字，在今天就能像聶魯達（Pablo Neruda）在世時那樣，廣為人知並受人敬慕。達維許的詩作根植於他生命之中，根植於巴勒斯坦人民長期的苦難和恆久的渴望之中，有著格式上的美麗，通常迴避以三言兩語輕描淡寫某些難以形容的形而上場景，而像是一篇篇日記，讓讀者在淚眼婆娑間，可以一步步地去追尋——既深刻而又同時帶有歡愉的時刻（即使只是少許）——在過去六十年間，巴勒斯坦這個民族所備受的種種痛苦、浩劫，而直到現在，苦難都還看不見盡頭。閱讀馬哈默・達維許的文字，除開那難以忘懷的美學體驗，是踏上那條沿途崎嶇、不公義且恥辱的苦傷道（Via Dolorosa），[1]在遍及巴勒斯坦人居住的土地上，都遭受到以色列人殘酷的暴行。按照以色列籍作家大衛・葛羅斯曼所描述的，在這裡，以色列是劊子手，於圖窮匕現的那個時刻，所有的同情憐憫都與它絕緣。

今天在基金會的圖書館裡，我為即將在馬哈默・達維許忌辰當日，於拉馬拉（Ramallah）螢幕上播出的紀錄片，[2]朗讀他的詩作。我受邀去該地朗讀詩作，不過由於未能確定我的身體是否能負擔如此長途的旅程，我們還不確定是否能夠成行；要是能夠成行，想必以色列警方是不會感到愉快的。要是到了拉馬拉，我會回想起在那裡發生的事情：在七年前，我們給予對方如兄弟般親切的擁抱，以及那些我們交換的話語，而今是再難重演了。生命在有些時候，會從一個人的手中，延伸到另外一個人身上。這就是在我和馬哈默．達維許的偶遇裡，所蘊含的意義。

09／04／02

G20[3]

對於這個名叫「G20」的四不像怪物，我只有以下三個問題：

1 這是「苦難之路」的拉丁文，原指耶穌被釘上十字架前，頭戴荊棘冠冕、遭受鞭打，被兵丁押解於耶路撒冷街頭示眾遊街所行經的路線。

2 拉馬拉是位於耶路撒冷以北十公里處的巴勒斯坦城市，前巴勒斯坦解放組織主席阿拉法特（Arafat，一九二九～二〇〇四）即安葬於此。

3 「G20」是「二十國財長與央行行長經濟合作論壇」（Group of Twenty Finance Ministers and Central Bank Governors）的簡稱，由八個主要工業國經濟體（美、日、德、法、英、義、加、俄）與另外十二個重要經濟體（包括中國、歐盟、巴西在內）組成，是目前全球經濟合作的主要對話機制。

為了什麼？要做什麼？都是為了誰？

09／04／03

伊基克的聖塔瑪莉亞

聖塔瑪莉亞（Santa Maria）是一所學校的名字，所以很自然地會去推想，學校因之而起名的這位聖人，在天堂上面卻絲毫不運用那賦予她的權力，去干預、阻止這個事關違礙教義的情況發生。這個地方的名字叫伊基克（Iquique），一度曾經是智利北部極其重要的海港，當地富產硝石，即硝酸鈉與硝酸鉀的混合物，「直接從地獄裡出來」——毫無疑問的，這是數千名在智利和鄰近國家從事開採、提煉硝石行業的人，所共有的念頭。現在，我們回到一九〇七年。就如同無可避免的宿命，由於資本理所當然地宰制著所有事情，對於窮苦人們的過度勞力壓榨，已經來到人們再也無法負擔的最大程度。發動罷工是可以理解的反應。從山區裡開礦的社區開始，首先下來了幾百名，後來是數千名工人，他們於伊基克的聖塔瑪莉亞學校聚集在一起。在隨後的幾天時間裡，這些罷工者試圖想和政府進行談判，但不成功，而政府在外國資本家的壓力之下，決心不計任何方法，要結束這場抗爭。在十二月二十一日這天，超過三千名人民——當中不僅有礦工，還包括了老人、婦女，以及幼兒孩童——遭到集結在此進行鎮壓的武裝部隊，行凶般地橫加屠戮。在智利的史書上，向來不乏黑暗的頁面，而在這些黑暗的歷史記載當中，這場屠殺無疑是最具悲劇性，也最為荒謬的一頁。

幾十年過去，智利作曲家路易斯．艾德維斯（Luis Advis），這位自學出身、才華橫溢的音樂家，為奇拉帕永（Quilapayún）這個音樂團體，譜寫了《給聖塔瑪莉亞的清唱劇》（*Cantata to Santa Maria*）。本劇曲首先於一九七〇年代早期於觀眾面前呈演，即使在今天它依然是智利新音樂傳統（New Chilean Song tradition）以及南美洲新音樂運動當中的典範之作。我手邊有一張演奏錄音的DVD，音樂劇全長九十分鐘，由安地斯排笛（Andean flute）所奏出的樂聲開始，並且加入合唱團嘹亮的歌聲。我也親身參與其中。二〇〇七年十一月，在我入院治療的前幾天，他們來找我，錄下代表他們發出的聲明。我提醒觀眾說，現在螢幕中所看到的不是喬賽．薩拉馬戈，而只是他的鬼魂。再也沒有關於我的圖像，能比在那個時候被錄下來的畫面，更令人震驚的了。我幾乎想請求他們，將上段錄影刪除，但是這個活著的幽靈畢竟還在世，而且生命的存在是無可否認的事實。無論如何，出於對三千名死者的尊敬，我應該節制謙遜，不容許自己再誇大個人的痛苦遭遇。讓我們就到此為止吧。

09／04／06

一只懷錶

有一位我新近認識的朋友，才剛送給我一只懷錶作為禮物。這不是什麼老舊品牌，而是一塊歐米茄（Omega）的懷錶。他曾向我保證說，他會上天下地，為我找來一只，而他果然達成了這個諾言。讀者或許會說，要實現這個承諾並不是什麼太大的挑戰：確實，只需要到距離最近的一家鐘錶行就成，然後在店家提供選購的諸多款式當中——從最古典的設計到最新潮的品味，包括所有的變款改版，甚至從令購買者難以想像的新款裡面，挑選一樣出來。這件事情看來十分簡單明瞭，但是讀者請想想，尋找一只一九二二年分歐米茄懷錶的可能性（該年是我的出生年分）。讀者們可以在任何一間現代鐘錶舖裡自己去試試，然後告訴我結果。店員大概會這麼想：「這位仁兄的腦袋裡，可能裝了不少問題噢！」

我的這只懷錶是有發條的那種，每天都需要上緊發條，以便維持動力。它有十分素淨的外觀，我相信，這是來自於構成這只錶的材質：銀。它的錶面是一個清晰的典範，能夠撫慰沉思的心靈。而這支錶的機械裝置，則由兩層蓋面來保護，其中一個是密封墊蓋，使任何細小的微塵顆粒，都不能穿透到裡面去。至於這只懷錶最糟糕的部分，我所能說的，就是它開始引發了一場良心危機。出現在我面前的第一個問題就是：「我該把它放哪裡？我該讓它永遠被鎖在抽屜底層，不見天日嗎？」不行，我可不是這樣一個心腸冷酷的人。「那麼，之後我該使用它？」我已經有一只錶了，很明顯是只腕錶，而同時帶上兩只錶，則十分荒謬，更別提將懷錶擺在背心專為它設計的口袋裡，那在今天會成為笑柄的背心。最後，我決定把它當作一隻家裡的小寵物來看待。它被擺在鄰近我工作的書桌旁的小几上，度過它的日子，並且認為自己的確是一只開心快樂的懷錶。而且為了加強我們之間的關係，我已經決定在往後的旅程當中都帶上它。至少它值得受到這樣的對待。它已經有些微跑快時間的跡象，不過這是我所能找出它唯一的毛病，而且也好過跑慢時間。

給我這份禮物的朋友，是喬賽．米蓋爾．科瑞耶亞（Jose Miguel Correia），他住在聖塔倫（Santarém）。

09／04／07

對於危機的進一步解讀

傳統價值所需要的宏大外觀，叫做教堂；現代迫切的當務之急則需要另一個宏敞的外觀，稱作商業購物中心。商業購物中心不但是新的教會，也是新的大學。它在我們人類新心態的構成過程當中，占有重要的一席之地。廣場、花園、或者街衢作為公共空間，人們可以在當中聚會，這樣的想法觀念遭到廢除。購物中心是這種新的心態底下，所創造出唯一安全的場所，擔心被排斥，憂懼遭到消費天堂拒斥，以及，經由這層意思延伸下去，擔憂遭到購物商城大教堂的除名。

而我們現在所害怕的是什麼？危機。

我們將回歸到城鎮廣場，還是回大學裡面去嗎？或者是回到哲學裡去呢？

09／04／08

閱讀

這種所謂我的文字風格的東西，表現出對於十六和十七世紀口語葡萄牙文的極大仰慕和尊敬。讓我們打開安東尼奧·維耶拉神父的布道書，並且確認他所寫下的一切，都充滿了韻味和格律，宛如這些特質不是外來，而是語言本身所固有的質素。

對於當時的人們如何說話，我們並非全然確定，但是我們曉得他們如何書寫。當日所使用的語言，處在一種流暢接續的狀態之中。我們或許能將之比擬為一條河流，一方諸水匯聚之所，以強勁的勢頭挪騰移動，明快而又有節奏，即使其過程偶爾會遭受若干轟鳴喧鬧的小支流打擾。

今年的許多假日即將來到，這是絕好的時機，讓你自己沉浸在維耶拉神父筆下，那如河流般順暢的語言裡面。我這裡不是在分送忠告給任何人，不過我可以大方地承認，我自己打算沉潛到他那最棒的散文當中去，潛得十分深，深到可能我會在那幾天裡消失蹤影。有沒有人有興趣想加入呢？

09／04／13

拉奎拉（L'Aquilla）[4]

我讀到一則新聞，是關於義大利的阿布魯齊（Abruzzi）發生地震的消息，當地停水停電、極度絕望的災民正在自問，為什麼命運揀選了他們和這塊土地，作為這樣一場大災難肆虐的處所？這是一個可能永遠不會有答案出現的問題，但是每當不幸前來叩門的時候，我們卻無可避免地會提出這個問題，好似在宇宙之中，有某個角落，有某個人該為我們的不幸負責。大多數時刻，當死亡降臨時，除了凝視死亡的面孔，我們幾乎沒有餘暇能做別的事。或者甚至還不到這樣的地步：當炸彈於我們面前十步之遙爆炸；當小舟在就要抵達海灘之時，突然間裂為片片殘骸；或者當滾滾洪流將根本不能視為阻礙的房屋與橋梁，橫掃殆盡之時；或者當土石流或是山崩，將整個社區掩埋之時，在死亡面前，我們幾乎都沒有多餘的時間。我們都會自問：為什麼是我們？為什麼是我？而不會有任何的答案出現。雅克・布雷爾（Jacques Brel）也曾問道：「為什麼是我？為什麼會是現在？」──然後死去。[5]我們會說，這是他的命運，而「復活」這個字眼並未寫入其中。同樣也該知道的是，老實說，這個世界並不是被造來復活之用的。這就是我們所需要知道的一切。

09/04/14

波

讓我們恭喜這隻葡萄牙水獵犬，牠現在已經入住白宮了。我不曉得「波」（Bo）這個美國第一家庭所起的名字，他們將會怎麼發音，不過我希望他們將這個名字，按照法文來發

4 拉奎拉是義大利中部的一座城市，約有居民八萬，二〇〇九年四月六日，該地發生芮氏規模六點三地震，造成兩百九十人死亡，一千五百餘人受傷，許多歷史建築也遭破壞。

5 雅克・布雷爾（一九二九～一九七八），比利時創作歌手、製作人。

音，就好像在「O」這個字母上頭有著一撇，讓整個名字讀起來不失美麗。此時牠的肖像會在全世界傳播，大丹犬和博美狗會帶著妒意舔著嘴脣，而此時我們這位葡萄牙同胞，老早就帶著全然合理的愛國榮耀，要準備慶祝牠的勝利了。不管怎麼樣，讓我在此時，向各位讀者表達一項我個人嚴肅的保留意見：從來沒有聽說過，一隻水獵犬的頸項上會戴著花圈，活像個呼拉圈舞者。波才六個月大，還不全然懂得牠有幸降生的這個犬科世系究竟是怎麼回事。如果白宮也有意願的話，我們或許會考慮將我們親愛的賈梅士短期借出（不是長期出借，因為那樣會讓我們思念牠），擔任白宮第一狗的導師，教導牠在各個時候都應該要具備的儀態，如此才能當一隻有尊嚴的葡萄牙後裔狗狗。這是葡萄牙的責任（*Portugal oblige*）。

09/04/14

哥倫比亞在藍札羅特

這個國家在我的腦際浮現時，是以一位他們國民當中最具高貴尊嚴的人作為代表：他是哥倫比亞公民、前任國會議員席吉佛瑞多・羅培茲・托邦（Sigifredo López Tobón），由長達七年的人質生涯當中脫困，甫滿兩個月，在遭到綁架的那段期間，他在哥倫比亞叢林裡，熬過最惡劣的環境折磨，還伴隨著哥倫比亞革命軍游擊隊（FARC）施加於人質身上的種種非人待遇，而使得整個遭遇更加惡化。席吉佛瑞多・羅培茲是遭到叛軍游擊隊員綁票的十二名國會議員之一，其他的十一人在最近已經遭到處決。席吉佛瑞多因為有反抗行為而被單獨囚禁，之後他伺機逃出。縱然這個人有千種理由來憎恨這個世界，以及叛軍的處刑者，他並沒有拉高音調講述自己的不幸遭遇（這顯然是他最不去強調的部分），然而他在敘述FARC的駭人暴行時，卻無法克制自己渾身的顫抖——那些謀殺和拷打，還包括看到那些被鎖鍊拴在樹上的二十二名士兵，他們就這樣被囚禁了十二年之久……

琵薩．曼立克基金會的大廳裡座無虛席，只剩下站位。在將近兩個小時的時間裡，我們經常處於一個高張的情緒裡面，難以用文字形容。在場有些人哭了，因為聽聞了這些向我們透露出來的駭人真相，其震驚之情難以承受；也有些人（至少我就是）因為聽到了這些，讓我們陷於無邊的哀傷情緒之中，而這些事情既沒法補償，也沒有救贖之道。那些FARC游擊隊員過去以及現在，持續使用鏈鋸割下身為同類的人們的肢幹，殘殺他們的同胞，這樣的慘景，有人可以想像嗎？

09／04／16

宏偉的騙局

這是一件嚴重的事情，十分嚴重。我最近聽說葡萄牙高速公路的興建過於浮濫，路線不少於九條，估計全長約五百六十公里。倘若我們在此暫停，去想想要建造供這些奢華車輛交通運輸的高速公路，每一公里所需的實際造價，還要加上這些用路人在國內生活所能享受到的一切商品，我們就無可避免地得出結論，一定有人已經竄改了預算帳目，或者至少是利用它們來對我們進行施詐、欺瞞。

根據法律，或者在這件事情上，看來是由法律所通過的規則：一條高速公路要開通，事前對於交通流量需有一定程度的精確預測，以求使我們別掉入「他從這裡來，他從那裡去」這般會鬧出笑話的陷阱，就譬如在連結里斯本和艾爾瓦斯（Elvas）的例子（那可不是笑話，而是貨真價實的高速公路），喚起了對於一個時代的鄉愁，在那個時代裡，這條路線遵守著當時尚為節制的國家政策，運輸大批民眾前往皇庭大酒店（Pousada），享用該地以布拉克風味（Bras style）所烹調的鹽漬鱈魚料理。我附上必要的修正：無論有或沒有鹽漬鱈魚，這個情況仍持續存在，還要加上另外八條高速公路。

當他們向葡王若望五世（João V）稟告，[6]國王陛下想在瑪弗拉（Mafra）裝設的鳴鐘，到底所需價錢為何時，國王簡直不能克制自己，並且以滑稽突梯的暴發戶口吻說道：「就用這個價格，給寡人買兩個！」不是太久以前，當葡萄牙要主辦歐洲盃足球冠軍賽時（後來他們竟然很丟臉地，沒能贏得比賽），必定有人會想提出：我們須要建設一定數量的體育場館，因為目前我們所有的場館著實太少。我可以想像出那個對話的場景：高層大人物問道：「你認為需要增設幾個場館？」工程師回答說：「我認為三或四個應該足夠。」「你是什麼意思？三個或四個？」這位顯貴人物恚怒地脫口而出：「我們至少需要十或十二個場館，而且如果我們沒能向歐盟搜刮乾淨、提領足夠的預算，那我們就肯定會被看成蠢貨。」不過，要再一次說，若非有人被最後決算的帳目矇騙，就是有人在關於帳目的部分欺瞞了我們。

當我們計算葡萄牙境內貧困人民的人數時，這些數字層層堆疊攀高。根據最新一次的統計，窮人的數量達到兩百萬之眾。那就是說，在我們歷史上宏偉的騙局，又多了一個紀念碑……現在我可以聽見，那些鳴鐘正被敲響。

09／04／17

和達里歐・弗在一起[7]

許多人在卡札・格瑞那達（Caja Granada）銀行演講廳和達里歐・弗（Dario Fo）見面，他們來此，為的是要參加國際合作獎（Prize for International Cooperation）的頒獎典禮，這個獎項，如果我沒有弄錯的話，已經頒授了十年之久，而今年的得獎者，則由達里歐・弗和我共同獲得。我本人也應該到場——就像邀請函上那浮雕圖案的文字所說，是為了要與在現場的大家共同分享這個歡樂的時刻。很可惜，我難以成行，不過拜現代通訊科技之賜，我幾乎是即時地和頒獎場面同步，大部分我的要求，也獲得頒獎單位體貼的採納，安排由格瑞納達大學的校長代表我上臺受獎。從一些方面來說，達里歐・弗和我是受邀代表「七日七月文化

6 若望五世（一七〇六～一七五〇年在位），佩德羅二世（Peter II）之子，布拉甘薩王朝（Braganza）的第四任君主，年少即位，便掌握大權，任內使葡萄牙於對外爭霸戰爭中重振聲威，然而對內亦好大喜功，窮極奢侈之能事。若望五世同時也是薩拉馬戈小說《修道院紀事》（*Memorial do Convento*）筆下的人物。

7 達里歐・弗（一九二六～二〇一六），義大利劇作家、劇場導演、諷刺小說家，一九九七年諾貝爾文學獎得主。作品被翻譯為包括中文在內的多國語言版本。

季」（Festival of the Sete Sóis-Sete Luas）到此，[8]因為我們很榮幸地，擔任該文化季委員會的榮譽主席。國際合作獎這個獎項，在其歷史之中，有一個益發為其價值增輝的傳統，那就是得獎者照例聲明放棄獎金，並轉為贊助文化或社會福利機構；我們將獎金捐給了文化季委員會，它將使用這筆款項，在佛得角（Verde Cape）的大里貝拉縣（Ribeira Grande）興建一座文化中心，而就如我預先錄好的得獎感言裡面所描述的，佛得角是一個迷人的國家。在這些活動之後，我覺得我們所有的人，包括那些不克出席者，從卡札・格瑞那達國際合作獎頒獎典禮上頭，得到滿心的喜悅。

09／04／20

賣弄

有些字，例如像「審慎」（discretion），「保留、儲備」（reserve），「克制、約束」（restraint），「謙遜」（modesty），以及「合宜、得體」（decency）等，總是能在字典裡找到。然而我擔心它們當中有若干字，遲早將會像「esgártulo」這個字，以及其他許多已遭此下場的單字那樣，[9]面臨從國家學術院（National Academy）編輯的詞典裡移除的哀傷命運，它們因為明顯或持續地乏人使用，而成為這些廣博浩瀚典籍裡頭的累贅。我不記得曾經提過「esgártulo」這個字，更別提在書寫時曾用上它。與此相反，「保留、預定」（reserved）這個字，雖然在用於形容人時，也步上如前所述的後塵，逐漸停止流傳通用，然而它仍然被認定有長久且有用處的生命，是一個預訂代理經銷和購票時派得上用場的字，沒有上述以及如航空訂票的基本服務，這個字就會失去作用。這甚至不需要我們訴諸於特殊類別的保留，也就是由耶穌會教士（Jesuits）所創發的心靈戒律，這種保留，像是在做完全相反的事情之前，先訓誡、說教一番，由這種宗教儀式散布、繁衍，直到它遍及了人類社會，到達了成為一種生存條件的程度。

我這麼說，可絕不是在說教，因為要是我這麼做，就只是在浪費時間——浪費我自己的時間，以及我所忖度的，浪費了若干我讀者的寶貴時間。我們完全知道，肉體是軟弱的，那麼，無論人們如何吹噓靈魂所應具備的那些力量，更加脆弱的，就是靈魂；因為人類就是各種的可能、以及令人愉悅的引誘交會聚集的最佳領域，這些可能以及誘惑，人類的肉體很自然地會遵循、繼承下來，以及他橫跨各個世紀，甚至是數千年以來，受到編造以及改進的事情。充分來運用它吧！讓拒絕所有引誘的他，率先扔出第一塊石頭吧！這整件事情起於褪去身上的衣衫，傾向更加輕薄短少的風格，使得布料纖維愈加地透明，隨每個階段推進，露出的肌膚面積愈來愈多，直到最後完全向全裸靠攏為止：完全赤裸的軀體，公開地在若干指定的海灘上展示。沒有任何人對此表達憂慮。在這件事情當中，如同我筆下已經表達過的，

---

8 在葡萄牙文中，「Sói」為太陽，「Luas」是月亮，這個文化慶典的名稱，如直譯即為「七個太陽與七個月亮」。

9 英譯注：譯者們相信，這個字的意思是指「無期徒刑」，但是，由於它已經從字典裡移除，因此他們也無法肯定。

確實存在著某件事情，而這件事物，絕不是天真無辜的。亞當和夏娃也赤身露體，而和《聖經》告訴我們的截然相反，他們對於事實如何，有很清楚的認識。

對於這種顯著又普遍的景象，為了要讓它同時達到聚焦和轉移世界注目的效應，我們在不期然間，明顯地催生出一個愛好自我裸／暴露（exhibitionist）的社會。演員和觀眾之間的分野，於此已不再判然兩分：參與節目的觀眾不只是看和聽，同時也被人觀賞，受人聆聽。這裡只舉一個例子：電視的權力，有很大的一部分，是由這個所謂「真人實境秀」的醜陋共生關係所餵養。在這些節目裡，來賓們（這就是我被迫要付費收看的內容）長篇大論地講述他們悲慘不幸的人生，描繪他們遭遇到的背叛與邪惡，他們自己以及他人所做下的無禮惡行，這當中包括（如果這樣的陳述，被視為是這種景象之所必須的話）他們最親近和最親愛的人們。沒有任何隱瞞——沒有任何保留，沒有羞恥、禮貌，也沒有節制。感謝上帝賜給他們這種實境秀的觀眾，必定不在少數，他們說道，現在是拋掉那些老掉牙詞彙的時候了，該是到了打開他人房門、窺視私人住家隱私的時候了，無論這有多麼令人反感，也在所不計。毫無疑問的，有些人一定會再三堅持道，這就是生活在民主制度底下所享有的好處。只要真正至關緊要的事情還繼續被隱藏著，他們什麼話都能講得出口。這是多麼厚顏無恥。

09／04／21

睡袍

當我如同一朵初綻放的玫瑰離開醫院時，我帶了兩個令人滿意的消息一道回家。其中一個，是我終於從長達數月支氣管炎襲擊的魔爪下，得以逃出生天；這個毛病一路高低起伏，時好時壞，始終拒絕離去，現在總算被迫捲起鋪蓋，尋找下一個宿主去也（希望它一個宿主也別找到）。第二個滿意，源自於完全不同的層面。它如此碰巧的，發生在藍札羅特小島上這家小小的醫院裡——這麼說，無疑將令我所有的讀者感到訝異：醫院一共聘雇了十七、八位葡萄牙護士，當中大部分來自於米尼奧（Minho）地區。同時也很湊巧，為了辦理出院，我必須接受胸部X光檢查，根據他們所說，這項檢查可能是決定病患是否已經恢復健康、適合出院的關鍵報告。我當時身上正穿著今天我們慣稱為斜針織內衣（jersey）的貼身衣物，在被要求脫下後，我會將它擱在椅背上。負責協助的這位護士，是位來自費爾奎拉（Felgueiras）的葡萄牙人，他必須檢查攝影感光金屬底板是否已經淨空，為此，必須到隔壁的房間來操作。他一面進行檢查，一面對我說：「整個流程只需要幾分鐘，之後我就把你的睡袍（*Camisola*）拿過來給你。」

我想，當時我一定感動得渾身發抖。已經足足三十年，或許還更久，我沒有聽人說過「*Camisola*」這個字了，而在這裡，在藍札羅特，距離我的故鄉兩千八百公里之遙的地方，一位來自費爾奎拉的年輕護士（那個當下，我完全不曉得他在說些什麼），正在告訴我：葡萄牙語言依然存在。這還真要感謝支氣管炎！

09/04/22

論這樣一幅不可能的肖像

下面這段文字，是我為費南多・佩索亞肖像展覽之導覽手冊所撰寫的引言。這項展覽由卡羅斯特・古根漢基金會（Calouste Gulbenkian Foundation）於一九八〇年代初期舉辦，我想可能是在一九八五年。由於這樣一篇文章，放在部落格上，看來似乎不算太過不合時宜，我便將它貼上網發表。[10]

如果費南多・佩索亞不是詩人，而是一位藝術家，甚至更棒的是，倘若他還是一位肖像畫師，在他的筆下，會畫出什麼樣的自畫像呢？正面朝向鏡子，或者可能是側身，以四分之三的視角，斜著身子研究他自己，就好像有人躲藏起來卻窺視著他自己，疑惑著該採取哪種表情以及要維持多久？他自己在不同時期的各幅肖像，如果按照我們手上仍存有的，他在不同階段所拍攝的相片，以及他從出生到死亡，接續起來漫漶不清的圖像，隨著他每個下午、夜晚，以及清晨那慣常起始於聖卡羅廣場（Largo de São Carlos），終於聖路易醫院（hospital of São Luis）的散步路線，將是何種面目呢？而阿瓦洛・狄坎伯斯，[11]那位在英格蘭的格拉斯哥（Glasgow）受過訓的海軍工程師，是什麼模樣呢？或者，是艾貝托・凱艾洛，他既無前者的學歷，也沒有工作足以餬口，在如花綻放的青年時期便死於結核病，他會以何種面目出現呢？又或者，是李嘉多・雷伊斯，這位流亡海外的醫師，除了近來明顯蓄意造假、內容含糊不明的報導，一切關於他的蹤影皆無從查考，他的肖像是什麼面目呢？[12]或再一次的，是伯納多・索額利斯，這位里斯本下城（lower town）圖書館館長的助理，又是什麼面目呢？還有其他像貴德士（Guedes）或茂拉（Moura）這樣，在難以計數、可信又復可能的場合中，被召喚出來的人們，他們的面孔又是如何呢？在畫中，他是否會戴著帽子出現？他的雙腳會交叉嗎？手指上夾著香菸嗎？是否戴著眼鏡？他穿著那件寬鬆的長袍充作雨衣，還是只披在肩上？可能他採取了某些偽裝，比如刮去了鬍鬚，因而使其下的肌膚露出，這些地方會感到赤裸和寒冷嗎？他的身邊，會環繞著各種符碼嗎？比如：卡巴拉學派（Kabbalah）的典籍，黃道十二宮的星座符號，飛過特霍河（Tejo River）上方的海鷗，石頭碼頭，藍色的馬匹和黃色衣裳的騎師，預兆死亡的墳墓？抑或，他根本沒有這樣滔滔不絕的言詞，那他是否會枯坐於畫架之前，張望著空白一片的畫布，而不能舉起手來，畫下任何一筆？還是，他會攻擊畫架，或倚靠其上，為自己辯護，等待另一位畫師前來，好替他完成這幅不可能的肖

10 英譯注：*Fernando Pessoa: A Galaxy of Poets, 1888-1935*, Servicio International da Fundação Calouste Gulbenkain (Lisbon: 1985).

11 英譯注：這個名字，以及下文之中出現的各個名稱，都是佩索亞知名的「異名」（heteronym），於他的作品中反覆出現。

12 英譯注：薩拉馬戈的小說《詩人雷伊斯逝世的那一年》於一九九一年譯為英文出版。

像畫作嗎？畫中何人？或者，此畫裡所繪為何？

從這個名叫費南多．佩索亞的個體當中，揭露出若干我們業已證明在賈梅士的身上見到的事情。上萬幅肖像——或為素描，或為著色，甚至模塑——到頭來卻使得路易斯．華茲（Luiz Vaz）難以辨認。[13]甚至所剩者也無足輕重：低垂的眼瞼，山羊鬍，一頂月桂葉所織成的冠冕。很容易便能預見，費南多．佩索亞將踏上相同的道路，最後難以辨識；並且，如果考慮到當前這位藝術家肖像的多重性、多樣性，受到我們對於圖像的貪婪欲望所驅使，並且因我們所有的新科技而加快其步伐，那麼這個有著多重異名、早已自陷於他想像世界當中的各種生物而無法自拔的人，勢必會較那只有一幅畫像、卻有多重聲音的人，更快進入全然的闃暗之中。或許，這終將證明（誰又知道呢？）對於一個詩人來說，最好的下場，就是失去原來填補他臉龐輪廓的實質本體，那些隨著時間和空間，日趨磨耗損壞的光彩和皺摺的肌膚，都淹沒在他所能夠寫下的字裡行間；彷彿在那張不明確、缺乏特徵的臉龐上，還留存有更多事物足堪描繪、汲取，想必有朝一日，將連最細微的附加物都不復尋覓。這位詩人只應被銘刻於諸多記憶之中，以至於，當某位青少年告訴我們，他的身上擁有這世界上所有的夢想，彷彿他才是古往今來，第一個擁有夢想並且昭告天下這項事實的人。有許多理由，可以將所有上面這些語言，都當成是一種詩的習作。

同時，我們這位藝術家，還繼續畫著費南多．佩索亞的肖像。他仍然處在起步的階段，而且他仍舊不確定該選擇哪一種表達方式。目前所能看到的，是一筆纖細的綠，當這個顏色在畫布上展露的時候，看起來恰好頗有一隻狗的外形，伴隨著黃色的騎師與那藍色的馬匹，於是便認定，這綠色是騎師和他的馬交會在一起時，所發生的物理和化學結果，本身也和專業精神和品味有關。但是這藝術家，他最大的疑慮，並不在於對顏色的各種選擇；這是個老早就被印象派畫家們永遠解決的疑難，只對古代的人們（那些時代久遠的過去）造成麻煩——他們無法了解，一種顏色裡面，還包含著其他各種顏色。不，我們這位藝術家，他最大的疑慮是（也必須要是），他是否該採取一種虔敬的態度，是否該像聖徒路加（St. Luke）那樣，跪著為聖母馬利亞畫像？還是該將這人看成如旅館女佣眼中，那個可悲、無家可歸、荒謬的傢伙？他寫了若干可笑的情書，而且，假如可以的話，他會在畫他自己肖像的同時，對著自己縱聲大笑。因此，那綠色的線條，不過就是騎師黃色的腿擱在賽馬藍色的腹脅上，所產生的效果罷了。直到樂團指揮高高舉起指揮棒以前，音樂無法湧起波濤，無法使人倦怠或令人憂傷；同樣的，藝術家童年回憶裡的商鋪店員，也無法開始微笑。關於這條綠色的腿，有一種模稜兩可而天真的含糊，帶有能將它自己轉為一隻綠狗的能力。這個手執畫筆的藝術家，讓自己深陷於一連串的浮想連翩當中：對他來說，腿和狗不過都只是綠色的別名罷了，而較之上述，許多更加奇妙的事情證明都是可能的，絲毫不足為奇。沒有人知道，當這位藝術家作畫之時，腦中有多少的奇思妙想此起彼落。這幅肖像是完成了，將會被拿去和那上萬幅的肖像，或者是更早之前的圖像相提並論。畫中人的表情、動作，可以是虔誠的屈膝，也可以是譏諷的冷笑，不過無論出於何者，都無關緊要。這幅畫作當中的每一種顏色，

13 賈梅士全名為路易斯・華茲・賈梅士。

所有這些筆觸，彼此都層層交疊，剎那間接近一種不可見的狀態，這是種絕然的黑暗，即使是最細微的光線，也沒有辦法穿透出來，甚至，連同太陽那樣的璀燦流光，與這種於永遠消失之前、存在的時間像眨眼那樣短暫的黑暗拮抗，都會敗下陣來。在某個不確定之處，猶疑於崇敬和不敬之間的人，就是費南多・佩索亞。甚至，連同這樣的一種講法，或許也屬於兩可之間。阿爾貝・卡繆（Albert Camus）在寫出下面這段話之時，顯然有欠深思：「如果有人想被認可，只需說出他是誰，就已足夠。」在大部分的事例裡面，能夠發生的最糟情形，就是有人真的敢如上述，膽敢只拿出他們出生證明上頭載明的姓名，便大膽地要求世界的認可。

在費南多・佩索亞的例子裡，這甚至根本不是一條可走的路。對於他來說，同時以凱艾洛和雷伊斯這兩個名字行走於世仍嫌不夠，他還額外加上了狄坎伯斯以及索額利斯。此刻，他已不再是位詩人，而是一位即將要完成他的自畫像的畫師了，他應該畫出什麼樣的面容呢？在畫布上頭，他將會簽下哪一個名字呢？他的署名，會在畫作的左端，還是右端？如果每一幅畫作都是一面鏡子，那麼映照出來的是什麼？是誰？以及，是為了誰？到最後，他的手臂高舉，手中握著一枝細木棒，讓我們推測一下，大約是一枝鉛筆的長度吧，不過我們也有理由懷疑：木棒上沒有沾染綠色，藍色，或者黃色的油畫顏料；實際上，根本就看不到任何顏色，任何繪畫。這正是絕然的黑暗，在這闃黑當中，多虧了他親手製成的作品，費南多・佩索亞使他自己處在完全不可見的境地之中。

而仍舊有許多畫師，將會一如既往地，持續作畫。

09／04／24

愛德華多．加萊亞諾

在全世界的報紙專欄和廣播、電視上頭，出現一件令人振奮的事情，那就是當雨果．查維茲（Hugo Chávez）接近巴拉克．歐巴馬的時候，手上拿著一本書。[14]這很明顯的，任何具有最低程度常識的人也會曉得，在高峰會議進行的中途，向美國總統索取親筆簽名，可不是個精心挑選的好時機。然而，如同後來透露出的消息顯示，索取簽名並不是查維茲要做的事情。相反的，他是進行了一次時機巧妙的雙邊領袖晤談，所提供給對方的，就只是手上那本愛德華多．加萊亞諾（Eduardo Galeano）所著的《拉丁美洲：被切開的血管》（*The Open Veins of Latin America*）。很明白的，[15]這是一個具有重大意義的動作。查維茲或許是這樣想的：「這個歐巴馬對我們全無所知，這本書面世的時候，他才呱呱墜地沒多久吧，不過，加萊亞諾還是能夠讓他學會些事情的。」讓我們期盼事情的進展會如他所願。不過，這個事件最令人感興趣的部分，不但是之後《拉丁美洲：被切開的血管》一書立刻在亞馬遜網站上賣到缺貨，瞬間由銷售排行榜底部那極少量的數字，一躍而居暢銷新書排行榮耀的新高點——

14 雨果．查維茲（一九五四～），一九九九年至二〇一三年擔任委內瑞拉第五十二任總統，在外交議題上，以勇於對抗美國霸權著稱。

15 愛德華多．加萊亞諾（一九四〇～），烏拉圭資深記者，作家，長年關心南美政治、社會議題。

從大約第五萬名，一下子翻升到第二名；而與此同時，出現了許多負面評論，它們的論調看來十分和諧一致（這個現象在一些低級扒糞的報紙上，尤其明顯），全都致力於拆穿揭露加萊亞諾的著作，偶爾有赤裸裸的暗示，催化對這類說法的認同，不過大部分的意見都堅持認為，除了遭到根基於有問題的基礎所產生的分析玷汙，並且強烈地受意識形態偏見所影響之外，本書最大的問題，就是完全脫離當前正在發生進行的現實。縱然，《拉丁美洲：被切開的血管》一書出版於一九七一年是不爭的事實（距今已幾乎有四十年），可是除非作者是如諾斯特拉達姆士（Nostradamus）之流，[16]身負驚世藝業，能夠想像未來，設法預測出業已和過去這些年完全不同的二〇〇九年現實生活，否則那些指責，就是厚責作者之舉。撇開這些意圖誤導又不負責任的評論，他們對於本書的指控，聽來就好像在十七世紀時，指控貝爾納爾・狄亞斯・德爾・卡斯特羅（Bernal Díaz del Castillo）所著的《征服新西班牙信史》（*The True Conquest of New Spain*），[17]裡面充滿意識型態偏見，而使原先便不佳的措詞分析更形嚴重那樣，同屬荒謬絕倫。事實上，任何想要了解美洲、[18]想要了解十五世紀以來美洲大陸歷史梗概的人，都必須要閱讀愛德華多・加萊亞諾的著作。上面這類指控，以及那些一窩蜂湧來的批評，當中呈現出的問題，是他們根本就不懂歷史。至於現在，我們只需要等著看，歐巴馬會如何活用他從《拉丁美洲：被切開的血管》裡學來的教訓。至少，他確然是塊當好學徒的材料。

09/04/27

穿黑衣的男孩們

我的一個好友，藝術家索菲亞．甘達利亞（Sofia Gandarias）告訴我，幾年前她因為工作的緣故必須到斯里蘭卡（之前稱為錫蘭）一趟，當時她驚訝地發現：走上街的年輕男性全都身著黑衣。她當時覺得這並不是種姓制度或特殊族群所穿著的特定服飾，至少沒有成年男子身穿一樣的黑衣。經過詢問一個年輕小伙子，然後又向幾位成年人探詢以後，她終於得出了答案：為什麼他們要穿上如此不尋常服裝的原因。這些年輕人的家人都已經被說服，將他們的孩子交到基進的伊斯蘭民兵手上，這些民兵組織信仰的是最極端的版本，也就是所謂的「聖戰」（jihad）。[19]或許，這是為了要讓他們在未來能成為伊斯蘭革命當中的殉教烈士，

16 全名為米歇爾．德．諾斯特達姆（Michel de Nostredame，一五○三～一五六六），法籍猶太裔預言家。其以詩歌體裁撰成的預言集《百詩集》（*Les Propheties*），被若干研究者認為命中後來數百年世界歷史的發展。

17 貝爾納爾．卡斯特羅（一四九二～一五八四），十六世紀的西班牙士兵與作家，曾參加西班牙征服美洲的軍事行動，晚年寫成《征服新西班牙信史》。「新西班牙」即今日的墨西哥、中美洲、美國加州、德州等地。

18 英譯注：當然，中美洲和南美洲也是亞美利加大陸的一部分。而它們對於北美洲將「美洲」這個應當屬於全體的名稱（取自早期印第安的繪圖師亞美利哥．韋斯普奇〔Amerigo Vespucci〕），據為己有，有深深的不滿。

19 西方世界一般認為「jihad」即為「聖戰」（holy war）之意，不過在阿拉伯語中，這個詞字面上的確切意義，實際上指的是「奮鬥、努力」。

換句話說，就是讓他們穿上全身塞滿爆裂物的裝備，成為自殺攻擊的人肉炸彈，在市集街肆，夜店酒吧，或者是停車場上——任何能夠將死傷人數擴大到極致的場所，將自己引爆。我不清楚，這些年輕小伙子的母親以及父親，是否獲得了金錢上的補償，又或者他們之所以同意，是因為獲得肯定的承諾，說他們的孩子將立刻身登天堂，蒙阿拉寵召。我同樣也不清楚，這些穿著黑色短袖束腰外衣的年輕男孩們，是否仍然正處於待命狀態，等待指定的時刻來到，或者早已不在人世。對於這些，我完全不清楚。而我要在這裡停筆，不是因為言語窮盡，而是這個話題已經令我感到厭惡。

09／04／28

記憶

我們靠記憶維繫生活，要是沒有了記憶能力，我們不會知道自己是誰。上面這句話，在很多年以前便在我的腦海湧現出來，對當時正遭受大量的記者會和訪談包圍的我來說，不但立即象徵著一個顯露的真相，意謂著當中有一種不容置辯的真實性質，同時也具備著一種形式上的均衡，在其元素中展露和諧（或者是我如此認為），能夠使我的聽眾和讀者們極為輕易記住它們。我很自豪地說（我要很愉快地加上一句：這樣說不算是太過分），我很驕傲能成為這句話的作者。而這句話，任憑我也同樣具備的謙遜，時常在我的耳邊，以全然的嚴肅對我耳語提醒道，我所說的也如同太陽會在東邊升起一樣，是非常確定的事情。換句話來講，這是十分明顯的事。

好吧！即使是看來最明顯不過的事情（就如同這件事情看來的那樣），也無法在任何特定的時刻，放諸四海而皆準。這件例外的事情，就是我們的記憶：根據最近的資訊顯示，記憶時刻處在全然消失的風險之中，換一種表達的方式，就是即將加入瀕危物種的名單裡面。而根據刊載於一個如《自然與學習記憶》（*Nature and Learn Mem*）般地位崇高的科學期刊裡的文章，[20]裡面透露出諸多消息來源：一個名為「ＺＩＰ」的分子最近被發現（不了解這個簡稱的意思），它能夠去除、抹滅所有的記憶：好的和壞的，快樂或是有害的，無論生命有多長，它能將記憶從大腦裡抹去，免於長期囤積回憶的重擔。新生的嬰孩沒有任何回憶，而現在，我們也能夠達到這種狀態。人們經常說，科學帶來進步，這無論如何是荒謬的——我在這件事情上頭，不要這種科學。我在構成「我」這個人的回憶當中長大，也已經習慣於帶著這些回憶生活，對於這樣的我，並沒有一丁點的不滿意，即使是我過往的行為並未總是正確。我和所有的人一樣，都是這顆行星上的生物，有著才能、本領，也有缺陷、汙點，既犯下錯誤，也做成好的決定，所以，請讓我繼續當現在的我。和所有的回憶一起生活，這才是真正的我。我不想忘卻我的任何回憶。

20 英譯注：此係作者誤憶，文中提到的期刊正確名稱為《學習與記憶》（*Learning and Memory*）。

09/04/29

豬流感（一）

對於這個題目，我全無所知；而在我童年和青少年時期，和豬一起生活的直接經驗，在這裡派不上用場。別的不說，我的家庭就混雜著人類和動物一起生活。不過，我非常仔細地閱讀報紙上的文章，也收聽和收看廣播、電視上面的報導，而多虧了老天庇佑的閱讀分量，幫助我更能了解這個所謂舉世流行的傳染病其源頭的起因；或許我該在這裡記下一些事實，以便依次來啟迪讀者。很長一段時間以來，我們的病毒專家已相信，中國南方的密集農業體系，就是病毒發生突變的主要起源，在其中，病毒基因時常透過季節性的漂移，以及偶發的交換，而發生突變。距離《科學》（*Science*）雜誌刊載出那篇重要的論文，已經有六年的時間，在那篇文章中論證，經過多年的安定之後，北美洲的豬流感病毒已發生了演化上的劇烈突變。由大企業集團操控的工業化豬隻產銷過程，打破了中國自然發展出來的病毒演化壟斷局面。在最近這幾年裡，美國農經綜合企業裡的豬隻產銷部門，已經轉變成一種類似石化工業的產業，全然不像在學校教科書裡，仍然陶醉地描述的那種鄉村農家的畜牧場。

例如，在一九六六年，美國共飼養了五千三百萬頭豬，分布在大約一百萬個鄉村農場裡面。今天，一共有六千五百萬的豬隻，集中在約六萬五千個工業化農場當中。這象徵一個由傳統豬舍轉變為今日巨大的排泄物地獄的過程，在現在的飼豬場裡，豬隻浸泡著自身產出的糞肥，和令動物窒息的高熱，致病的媒介能夠如同光速般地傳布，數以千萬計的動物被堆疊起來，而其損害的範圍，已經遠遠超出了牠們的自我免疫系統。

毫無疑問的，這種新型流感的起因，不可能是單一原因造成的。然而這不是應該被忽略的事情。我將會回到這個題目上，繼續討論。

09／04／30

豬流感（二）

現在，讓我們繼續昨天的話題。去年，由佩尤研究中心（Pew Research Center）組成的一個委員會，出版了一份聲明，討論在「工業化農場裡的畜類產銷，該值得注意的，是病毒的持續散布所帶來的極度危險，數量過於龐大的牛、羊群，在新病毒透過突變或基因重組的過程，增加了新品種病毒的機會，這類新病毒，更具備有傳染人類的效率與能力。」該委員會同時也凜於下列的事實：業者在養豬場中雜亂無章地使用抗生素（其價格較使用於人身上的抗生素低廉），是直接造成葡萄球菌大量發展出抗藥性的主要元凶，與此同時，也巨幅增加大腸桿菌和紅潮單細胞原蟲（pfiesteria，這種單細胞生物在美國北卡羅萊納州的河口，造成數百萬條魚死亡，以及數十名漁民感染）殘留於排泄物當中的機率。

無論如何改善環境，都要感謝針對這種新致病威脅的研究。不過即便如此，環境的改善，仍必須和像產銷豬、牛肉的史密斯菲爾德（Smithfield）公司、產銷雞肉的泰森牧場（Tyson Farms）公司這類主流禽畜肉類生產大集團巨獸般的權力搏鬥。該研究委員會提及，在調查過程中，遭受部分上述肉品產銷大集團有系統的阻撓，這其中包括以停止支付薪水為手段，打壓和該委員會合作的農場稽核員，以求公然隱瞞這項威脅的存在。這就是吾人在擁有高度全球化的工業，並讓其具備廣泛政治影響力之後所造成的後果。這也是在位於曼谷，一家名叫卜蜂（Charoen Pokphand）的巨型家禽養殖場裡所發生的事情：該廠能使調查偏離原來焦點，不去追究其造成禽流感在東南亞散布、流傳的責任。現在看來，各方嘗試找出對於豬流感的起因，其指責的尖銳矛頭，已經嚴重撼動豬隻產銷工業的高牆。這不是說豬隻產銷工業永遠渾然不覺自己已經成為千夫所指的對象：在墨西哥，已經有傳言指出，此次爆發豬流感疫情的震央，就位於韋拉克魯斯（Veracruz），史密斯菲爾德公司在該地擁有規模最大的畜牧養殖場。不過，事情最重要的層面永遠是全盤的局勢，而不是枝節的事件：在豬流感這件事情上，世界衛生組織防制流行傳染病的失敗策略、世界公共衛生情勢進一步地走向惡化、各大跨國巨型製藥公司在最基本、關鍵的藥物上，所採取的箝制做法、以及這個工業化規模的豬隻產銷體系，因為全然地漠視環境生態，而引發全球性災難。

如同我們已經見到的，感染將持續擴大，並且其途徑遠較一株病毒（且假設它是會死亡的）進入一個市民的肺部，從而使市民陷於大企業為了物質利益而毫無顧忌設下的圈套之中這樣簡單的進程，來得複雜許多。牽一髮而動全身，所有的環節都正遭受感染。頭一個因豬流感而宣告死亡的（而且已經死亡許久了）是榮耀與正直。老實講，有誰能想像，向一家跨國公司索求榮譽，會是什麼場面？現在，誰才能拯救我們？

MAY

2009

09／05／01

賈維爾・歐提斯

然而，又一個人離開了。當各種情勢使得我結束原來在里斯本的長期居留，來到這個非洲沿岸的小島生活，感謝琵拉爾，她沒有讓我等待太久，便讓我結識了一個由媒體記者所組成的團體，他們讓我印象深刻，在某個程度上，是因為他們與我在自己國家裡所慣於見到的，非常不同。他們的名字是曼紐爾・文森（Manuel Vincent），勞爾・德爾・波索（Rual Del Pozo），璜・荷西・米拉斯（Juan José Millás），以及賈維爾・歐提斯（Javier Ortíz）。高超的文字功力，世所罕有的銳利洞察能力，還有那高度的幽默感，都是他們共同具備的若干特質，賈維爾・歐提斯雖然和他們一樣，也是同道中人，不過他在最近已經辭世了。在四人當中，賈維爾是最活躍於政治的一位。他從來不隱藏自己身為左派的一員，也不減弱他表達理念的力道，並且在捍衛最為強烈的意識形態立場上面，有著赫赫戰功。當他還在西班牙的《世界報》（*El Mundo*）裡擔任記者的時候，便十分特立獨行，拒絕做最低程度的讓步，即使這樣的退讓能夠讓他從中獲得好處；與此同時，他還敢於和《世界報》定下的親右翼路線針鋒相對。該報總編輯佩卓・拉米瑞茲（Pedro J. Ramírez）採取這種親右路線，好讓《世界報》得以獲得總理荷西・馬力亞・阿斯那爾的力挺、翼護。現在他走了，對於我們慣常問的問題：「賈維爾・歐提斯會把這件事情做成什麼模樣的新聞？」再也得不到任何答案了。

我們之間的關係，在我接受他的專訪時（這個專訪甫出版不久），到達一個特別幸運的程度。我的專訪和其他受訪者，如諾姆・杭士基（Noam Chomsky）、詹姆士・佩特拉斯（James Petras）、愛德華・薩伊德（Edward W. Said）、以及安東尼・賽古拉（Antoni Segura）擺在一起，集結成名為《巴勒斯坦存在！》（*Palestine Exists!*）一書，由佛卡（Foca）出版。由於我才剛從以色列返回（在該國，我一路都跟在一場政治醜聞的各項蛛絲馬跡後面），[1]而正準備啟程前往美國（我將於該國發表一本著作，並接受若干專訪），所以我和賈維爾進行的專訪，完全是在電子郵件上面進行的，訪問進行之時，我正在大西洋上頭飛行，隨後又在北美大陸的東西兩岸之間奔波來去。這就是我如何見識到賈維爾・歐提斯的聰明才智、傑出高超的辯證技巧、以及當中最至關緊要的，他高尚的人文關懷的經過。很少人知道，賈維爾親自撰寫自己的訃聞，這是一篇十分嘲諷和除魅的文字，早應該在每一份報紙的頁面上刊載。許多報紙沒這樣做，著實令人為它們感到羞愧。現在，是向他致上我滿臉笑容的時刻了，而我臉上這樣的笑容，是我個人一點小小的心意，用來追悼他的死去。

訃聞：賈維爾・歐提斯，報紙專欄作家

身兼作家和新聞記者的賈維爾・歐提斯，昨天因心臟病發作而逝世。這樣的離世方式，是死者本人，也就是這篇訃聞的執筆者，十分清楚將會發生的事情，這也是他可以預見的

---

[1] 作者提及的政治醜聞，即二〇〇八年底，以色列總理歐麥特（Ehud Olmert）遭到爆料，指其收受多種非法政治獻金，歐麥特隨後辭去總理職位，但繼續以看守政府身分執政至二〇〇九年三月改選為止。

結局，再也沒有其他的事物，比起一場心臟病發，要更加地無可避免了。只要你能夠繼續呼吸，你的心臟能持續跳動，他們就不會宣告你已死去。

這就是我們要一路走下去的人生（好吧，他不算，因為他不可能走下去了）。賈維爾・歐提斯是來自伊倫（Irún）的瑪利亞・艾斯特維茲・沙耶斯（María Estévez Sáez）這位學校教師的第六個兒子，父親則是來自馬德里的荷西・馬利雅・歐提斯（Jose María Ortiz），他是一位管理部門的主任。他的祖父是一位來自格瑞那達的紳士，渾身警察模樣——這相當合理，因為事實上，他的確是一位警察；而那位有教養又迷人的淑女，是他的祖母，姓蘿賽倫（Rosellón）；外祖父來自奧倫塞（Orense），是位正直謹慎的關稅官員，天生稟賦書法的才能，外祖母是來自哈洛（Haro）的一位孀婦，她的第二次婚姻嫁給了賈維爾・艾斯特維茲・卡提勒（Cartelle），前兩個如前所述的名字和姓氏，也就是本文裡最近過世的人所承襲的基督徒名字。倘若上面提到的這許多位先人曾經遺留給後代子孫些許的福澤的話（很明顯的，他們有），那必定是展現在他們提供了的證明：族群間的融合會帶來好處，這和另外有些人時常宣稱的相反（不過請留意，許多不同淵源的先祖，卻合力造就出這個身材短小、童山濯濯的巴斯克男子）。

賈維爾・歐提斯的童年是在聖賽巴斯提安市（San Sebastián）度過的。由於在這裡誕生的緣故，他認為這座城市是他與生俱來的窩。基本上，他致力於觀察周遭的一切事物，特別是女生的胸部——既然現在人都已經死了，我們就能揭露他這個天真無知的祕密了，並且，他還努力學習一些深奧難懂的課題，像是秘魯沿海的各個城市名稱，而這些名稱，直到嚥下最後一口氣為止，他都還能夠背誦。耶穌會的教士們努力想拉他走向正途，但是他卻很早就知道，自己其實應該成為一名共產黨員。這種覺悟澈底打亂了他出任神職的任何機會（儘管到那時為止，他還信誓旦旦地承諾要往這條路上走），特別是在他很不高興地注意到，特定的神職人員正對於干涉他的私人生活，感到相當有興趣的時候。

他的第一篇文章，刊登在大學校園實習報紙的頁面上，而且，這是一篇訃聞（此巧合真是令人好奇），在這篇文章當中，已經清楚地證明，他之後所從事的這個新聞媒體事業，是可以將未來事件逆轉、回頭的；[2]這是一個很罕見的情況，即使他們能試著把最不可能出現的情況，都考慮在內，也沒有辦法在事前看得出來。

他十五歲時，由於對人類諸多的不公不義感到厭倦（其中一樣，就是男性十分執著於湊近瞧女生乳房），他決心要成為馬克思與列寧的信徒。在接下來的好幾年裡，他必須再三訴諸馬、列之名以替自己的行為辯護，即使這樣做，會招惹來佛朗哥手下，那批過度活躍的政治警察滿腔的怒火。

從那時起，他便真誠而狂熱地，將自己投入到宣傳小冊這種崇高的文字類型裡面去。日日夜夜，年復一年，從無間斷。他時常改換住址，這麼做不總是出於他自己的選擇——在此，我們掉轉筆鋒，特別提及他入獄坐牢或是流亡在外的許多時期：首先是在波爾多，然

---

[2] 本句原文為 his career in journalism could well be reversible，直譯意思是「他的記者生涯，原來是能夠很好地逆轉的」。考慮上下文意思以及作者係自寫訃聞、回顧其生涯事業後，做此調整。

後是巴黎，都未曾澆熄他那澎拜洶湧、投身於政治運動的熱情。他聲稱這樣無可遏止的熱情——無論這聽起來有多麼荒謬，是他從閱讀狄更斯（Dickens）的《匹克威克外傳》（*The Posthumous Papers of the Pickwick Club*），以及皮奧．巴羅哈（Pío Baroja）的《狂野的悖論：冒險，發明以及神祕化》（*Adventures, Inventions and Mystifications of Silvestre Paradox*）二書當中所獲得、養成的（這是事實）。

波爾多，巴黎，巴塞隆納，都包括在那些極度貧困的日子裡，身處黑（市）的時期。有些時候，他甚至沒有工作，在馬德里、畢爾包（Bilbao）、阿利坎特（Alicante）、桑坦德（Santander）……漂泊著，[3]他到過數不清的地方，混跡在數不清的小酒館裡，而無論在何處流浪，他一刻也沒停止寫作。他替《挺立！》（*Zutik!*）、[4]《為人民服務》（*Servir al Pueblo*）、《道路》（*Saída*）、《解放》（*Liberación*）——以及《海洋》（*Mar*）與《地中海雜誌》（*Mediterranean Magazine*），還有《世界報》寫稿，另外寫出十多本著作、主持無數廣播節目，以及少量的電視節目……為了持續寫作，他終於超越友情邀稿的藩籬，為所有人而寫。

閱讀《讀者文摘》（*Selections from the Reader's Digest*）和其他受該刊物運作模式所導引的美國刊物時，深受感動，我決定有朝一日要計算出他筆下的字數總長有多少公里，所以他有天應該將所有的文章，以單行十二號字全部列印，張掛起來。我這項統計的最後結果是十分確定的：這些文字會永遠繼續排列下去。

在感情的問題上（這件事情，如果還說他欠缺一定程度的經驗，那是不公平的），他也同樣任性而善變。他總是說：那願意與他共度一生，最棒、最關心他、最高貴的女子，是最先和最後出現在他生命當中的那兩位。而儘管他真正的最愛是出現在他人生的中途：他的女兒安妮（Ane）。

而死亡將會十分粗魯地，把所有這一切終結。要感謝一場心臟病發，這在前面已經解釋過了。終於，有個位置空出來了。至少，這一定有著什麼意義。

附記：賈維爾・歐提斯，專欄作家，一九四八年一月二十四日，生於多諾斯蒂亞（Donostia，聖賽巴斯提安市的巴斯克語稱呼），於昨日，在寫完上面這篇訃聞之後，在阿利坎特去世。

09／05／02

開除

我希望那些正在攻擊維托・莫瑞拉（Vital Moreira）的人，[5]能夠很快被辨認出身分來。

3 除馬德里外，這裡提到的城市，全係西班牙各省首府。

4 巴斯克分離組織「巴斯克祖國與自由」（Euskadi ta Askatasuna，簡稱為ETA）的機關刊物。

5 維托・莫瑞拉（一九四四～），葡萄牙律師、前共產黨人，原於科英布拉大學（University of Coimbra）法學院任教，一九七〇年代中期開始參加選舉。

到底他們是誰？是什麼原因，讓這些人在每一個層面煽動、唆使如此令人厭惡的舉動？這些人是否有政黨背景？毫無疑問，最後面的那一個問題，我們最能夠對其清楚闡明，給出清楚的答案。他們稱維托．莫瑞拉為叛徒，而這件事情，無論喜歡與否，很明顯的與五一勞動節遊行中，那場針對二十年前、維托．莫瑞拉離開共產黨而起的可鄙插曲，有絕對密切的關係。現在我們所有人，正在見證若干極為熟悉的事物，這是一場最欠缺真心誠意的示威抗議，一方面既沒有為行動的理由提供藉口，另一方面，如果你是被冒犯的那一方，也沒有被要求提出辯解。一時之間，突然沒有人真正有興趣知道，攻擊他的人都是些什麼人；這群人實在夠格稱得上是過去揮舞海盜大旗（blackjack wielders）的繼承者，他們之所以能在政治上扮演重要的角色，純粹是因為擎在手中揮舞著的棍棒。我對掀起論戰沒有興趣，而只是基於心理衛生的理由，想要知道這群施暴者，和這個在過去四十年間，我曾經積極參與的共產黨之間，到底存在著怎麼樣的組織關係？他們也是黨的積極分子嗎？或者他們只是黨的支持者或同路人？假如只是支持者，黨是拿他們沒有什麼辦法的，但是倘若他們是黨內的積極分子，當然能夠處分。例如說，黨儘可以將他們開除黨籍。對這個想法，黨的總書記要怎麼交代？還是說，這群教唆者是來自政治領域之外，因為當前的危機令他們走投無路，驅使他們相信，葡萄牙社會黨（Socialist Party）和這位競選歐盟議會席次的獨立候選人，就是他們的敵人？對於在街頭上發生的事情，我們太容易過度簡化地去看待它，對於在政府內閣裡的事情，同樣也是如此。

雖然維托．莫瑞拉的名字列在候選人名單上面，可是在下這位諾貝爾文學獎得主卻從來沒能與他在歐盟議會裡見上一面。或許有人會說這是他的錯，誰讓他總要在選舉主流議題之外遊走呢？但是也值得一提，從來不曾有任何時刻，有任何的壓力，施加在他的身上，要他必須做出額外的舉措。甚至連葡萄牙國民議會也沒因為我傑出的辯才而獲得什麼好處……我這不是在抱怨，因為如此反而能讓我有更多的時間將精力放在我的作品上，不過，我衷心盼望，這不是因為他們也將我看成是叛徒，而是因為，雖然有時我不同意黨的政治決策，我一直是黨有紀律的戰士。舉例來說，在稱作里斯本下議院（Lisbon Chamber of Deputies）的這部分國會，我們應該將名單分開呈遞，這份名單是要交到山塔那．羅培斯（Santana Lopes）手上，[6]很明顯的，這是為了要確保沒有人玷汙了地方自治公約的純潔。有人想要這麼說：「願神證明我們是無罪的。」因為，我們本身沒有能力這麼做。

09／05／04

班內德提

這是令人十分震驚的事情：班內德提（Mario Benedetti）住院了，據說他的病情相當危

6 山塔那．羅培斯（一九五六～），葡萄牙社會民主黨政治人物，於二〇〇四至二〇〇五年間，出任內閣總理。現任國會議員。

急。[7]在去年一月，一個寒冷的日子裡，幾乎毫無預兆，安吉爾・龔薩雷茲撒手離我們而去，而現在，於距此遙遠的蒙得維的亞（Montevideo），馬力歐・班內德提的性命危急，這個消息傳抵這裡以後，我們的心中充滿了無止盡的掛念。我們感覺到，在那裡，我們什麼事也幫不上。按照舊時的方法，拍發一封電報過去嗎？透過彼此共同的友人，致送慰問的訊息嗎？為他朗誦一段祈禱文，祈求他早日康復，即使如此做將可能會激怒我們這位反對教會的馬力歐嗎？琵拉爾找到了解決之道。究竟，馬力歐・班內德提是怎麼樣一個人呢？他的過去，就是現在這個樣子，始終如一。那麼，他所操持的許多職業、身分裡面，對他而言，最重要的是哪一個呢？他是一名詩人。所以，琵拉爾說，讓我們從他詩集的扉頁裡，舉高他的詩句，創造出字句的雲朵，詩句的聲響，以及詩句的樂章，這是班內德提創作出的字句，聲響與樂章，它們將橫越大西洋，並且像一列奏著音樂的守護天使，在醫院那必定還未敞開的窗前盤旋，托住沉睡中的他，並且將笑容放在他甦醒時的面龐上。

我們應該要感激他的醫生們，在這世界上，藉由我們所朗頌吟詠的多首班內德提詩作，所有將我們個人的貢獻連結到一起，我們也對於他的康復，略盡一己微薄之力。馬力歐・班內德提的情況，現在已經好多了。所以，就讓我們來閱讀一首他的詩作吧。

09／05／05

論一位聖人

有首詩歌的疊句說，聖人們不願顯現神蹟，至少在天主教會這天或那天、決定要確認他們可以這麼做之前，他們不會顯現神蹟。如果上帝要為這些聖人掛保證，那麼唯一剩下的問題就在於這些人的檔案，必須湊足充分的事證，而且還要證明它們是值得信靠的。這樣看起來，最近才甫由聖母瑪利亞的羅馬天主教會宣聖為聖人的努諾·阿爾瓦雷斯·佩雷拉（Nuno Álvares Pereira），[8]在其生涯之中便展現了一次神蹟，僅只這一次，便已足夠令教宗拉辛格將其擢升至祭壇的最高位；對教宗來說，任何老奇蹟，其效力與新近發生者等量齊觀。一個正在炸魚的女人（那真的是條魚嗎？），眼睛被油鍋裡濺出的一滴沸油灼傷，造成一處類似潰瘍的傷口，不但十分疼痛，而且那隻眼睛還有失明的危險。這個女人當即祈求這位方才受聖母瑪利亞冊封為聖人者的協助，傷口遂馬上痊癒。至少，這個神蹟故事是梵諦岡審議聖人

---

7 馬力歐·班內德提（一九二〇～二〇〇九），烏拉圭媒體作家、小說家、詩人。他被公認為當代西語世界中，最偉大的詩人、作家之一。

8 努諾·阿爾瓦雷斯·佩雷拉（一三六〇～一四三一），葡萄牙將領，二十三歲為大將，帶領葡萄牙人於阿托雷羅、阿勒祖巴洛特二次戰役中告捷，擊退西班牙卡斯蒂利亞（Castilla）王國的統治，曾擔任葡萄牙王室總管，一四二三年放棄塵世功名利祿，退居修道院隱修，於一四三一年復活節當天逝世。一九一八年教宗本篤十五世（Benedict XV）封其為真福（Blessed），二〇〇八年教宗本篤十六世冊封其為聖人。

資格的委員會，在宣福禮的審核過程裡，所逐步推論出來的。其結果就是，在進入天堂的名單上頭，我們很快又將要擁有一名葡萄牙籍的聖人了。

努諾．阿爾瓦雷斯．佩雷拉，這名葡萄牙王室大總管，永遠是葡萄牙學校教育體制的基礎教材──從孩童進入小學就讀的第一天開始，他的事蹟就被拿來作為鍛造我們國家未來主人翁公民精神與愛國情操的素材。這些，畢竟都是美好的往日回憶了。努諾．阿爾瓦雷斯．佩雷拉是一位所向披靡的驍勇戰士（讓我們回想起阿托雷羅〔Atoleiros〕和阿勒祖巴洛特〔Aljubarrota〕戰役吧），一面道德上的明鏡，一個獻身於祖國、對於君王絕對忠誠的崇高典範，他所表現出的每一個行為，每一個舉動，都是對於這個世界的暮鼓晨鐘；我們無須等到安東尼奧．維耶拉神父所諭示的第五帝國（Fifth Empire）到來，[9]或者是補鞋匠班達拉（Bandarra）的預言實現。[10]然而，這個純潔無瑕的年輕人，其生涯之中卻掩藏了一個正在蔓延擴散的汙點，但無論在任何時候，我們都習慣於為他避諱，選擇將眼光投向相反的方向，不去正視這項瑕疵：努諾．阿爾瓦雷斯．佩雷拉是一位十分富有、窮極奢侈的人。這都要歸功於國王若望一世（João I）因為感激他的服務，所慷慨賞賜給他的酬勞，在他的一生當中，不斷地獲得資財與封邑，他所擁有的土地，已經到達了較諸國內其他所有貴族都來得多的地步，甚至包括比國王本人直轄的土地在內還要多（無論這看起來是多麼地令人訝異）。這種情況持續發展，直到有一天，若望一世了解到，倘若事情再這麼繼續下去，他的江山很快就要易主了。這件事情如果發生在今天我們這個時代，國王只消將其財產強制徵收即可，但是在他的時代，國王所能想出最好的解決辦法，卻是將所有他賞賜給努諾・阿爾瓦雷斯・佩雷拉的一切，全都贖買回來；他同時還向下面這些人買回賞賜：馬庭・瓦斯奎茲・德庫那（Martim Vásques da Cunha）、若望・費南德斯・巴伽柯（João Fernandes Pacheco）、巴伽柯的兄弟，洛博・費南德斯（Lobo Fernandes）、艾格斯・柯侯（Egas Coelho）、若望・哥梅斯・德席爾瓦（João Gomes da Silva）以及其他貴族。這位王室大總管為人所知的就是他凡事愛從中作梗的個性。根據佛尼奧・羅培斯（Fernão Lopes）的記載，[11]當佩雷拉發現自己被迫要動身前往艾斯崔摩斯（Estremoz）時，他致書給「若干人，甚至包括在戰爭時期曾與他共事，抑或為其朋友與僕役者、若干已經聚集在該地者，以及那些伯爵所談論者，言及：國王陛下如何將原先所賞賜與他、作為酬賞其勞績的領地收回，[12]領地乃伯爵一生事業所繫，他的榮耀和他所擁有的土地數額直接畫上等號，是以伯爵

9 第五帝國為十七世紀時，葡萄牙人結合航海時代與神學（多半來自《舊約聖經・但以理書》與《新約聖經・啟示錄》）所創制出的歷史分期概念。在葡萄牙人於各地建立起商業貿易殖民地之後，他們將古希臘時代稱為第一帝國，羅馬帝國為第二帝國，羅馬帝國分裂為二之後的基督教世界為第三帝國，英國崛起於歐洲之後則為第四帝國。而第五帝國則將由葡萄牙民族率領，團結俗世上的精神與文化，打破不同的疆域，等待彌賽亞救世主的降臨。十七世紀以後，隨著葡萄牙海上霸業的分崩瓦解，「第五帝國」的概念亦逐漸式微。

10 岡薩羅・班達拉（Gonçalo Anes Bandarra，一五〇〇～一五五六），葡萄牙作家與預言家，他關於彌賽亞降世的預言，深刻影響到後來的維耶拉神父，以及費南多・佩索亞的作品。

11 佛尼奧・羅培斯（一三八五～一四五九），葡萄牙宮廷年鑑檔案史家，其著名作品為《葡萄牙全史》（*The History of Portugal*），現今只餘斷簡殘編。

12 英譯注：以諷刺的拼法 *el-Rei*。

對於領地遭受削減，以致名譽減損一事，極難忍受，因此，他冀望自此之後，將離開葡萄牙王國，務期能一如既往，以其生涯永遠侍奉國王，並追求其財富……」他並未執行這項計畫；特霍邊關並未見紅流血；努諾．阿爾瓦雷斯．佩雷拉甚至連葡萄牙也沒有離開；但是，歷史在此留下了一個謎團：在他說出上述那番話的時候，甚至在他說將來要「移居」的時期（移居去哪裡？為什麼移居？和誰移居？）當中，到底我們這位王室大總管，此刻心底所想的究竟是什麼？他會永遠服侍國王？在這個問題上，佛尼奧．羅培斯告訴我們的就這麼多，而我們自己則排斥去思考下面這個念頭：努諾．阿爾瓦雷斯可能轉而去服侍卡斯蒂利亞國王……所以在教宗冊封他為聖人這件事情上，還存在著若干蹊蹺：當今教宗應該以努諾．阿爾瓦瑞茲（Nuno Álvare）這個名字為他宣聖……[13]

新的人

09／05／07

在文化層面上，以戰爭作為號召來動員人們，比起以和平作為訴求，要容易得多。綜觀歷史，人們每一提及戰爭，就認為那是有效化解衝突歧見的手段，而那些掌權者，則時常利用任何短暫和平的插曲，為未來的戰爭做準備。但是，戰爭卻總是以和平的名義發動。那些祖國的孩子們，總是為了要確保明日的和平，卻犧牲在今天的沙場上。

歷來言之於口、載之於文，並且讓人所深信、舉世所共知的，是人們無論受過多少戰爭傳統的薰陶，在他的靈魂深處，依舊保有一顆渴求和平的心。這就是為什麼，許多窮兵黷武者總是拿和平來進行道德敲詐與勒索：但是沒有人，沒有人肯承認，他們是為逞一己私欲而進行戰爭。與此相反的，所有人，所有人都宣稱，他們之所以發動戰爭，目的是為求得和平。這就是為什麼，在每一天，在世界的每一個角落，即使走向戰爭使得人們的家園面臨毀滅的威脅，他們依然投身於戰事的原因所在。

剛才我提到了文化。或許，如果我說的是一場文化上的革命，可能意思會表達得更清楚一點；雖然我們都曉得，這樣的說法是老掉牙的表達，時常在扭曲其意義的計畫裡迷失，充滿各種自相矛盾和牴觸，或者被引領，走上了歪路，陷入各種投機冒險當中，而其利益則與文化完全悖反。無論如何，它所造成的騷動和影響，遠超過僅僅上述所及。空間已經開拓，視野已經擴展，即使對我而言，了解與宣稱一場在文化層面上的革命，已經足以擔當起為了和平而進行的革命，能夠將受過戰爭訓練的人轉變成為受到和平的薰陶，這樣的時機已經非常緊迫了，因為和平需要適當的教育、陶冶。這確實需要由偉大的心靈，以及因此而來的文化上的人道革命所共同組成。而這終將意謂著，那廣受討論的「新人」（new man）即將降臨。[14]

---

13 英譯注：以西班牙文拼法拼出的姓名，例如卡斯蒂利亞（姓名最後的葡萄牙文 s 換成西班牙文拼法的 z）。

14 英譯注：在各種討論「新人」的作品當中，以馬克思與切．格瓦拉最為頻繁。

09／05／08

書展

今年我將不會動身參加里斯本國際書展，這場書展與法蘭克福書展全然不同，也和在瓜達拉哈拉（Guadalajara），或甚至是在馬德里所舉辦的書展，也並不相同。這是因為我們的書展是在一個吸引人的地點舉辦的，這個地方從前曾一度是山丘，儘管在這些日子以來，拜橫行無阻的都市化之賜，山丘原有的弧度都已經被消磨殆盡。但是，你還是能夠看到河流在這城市的底部流過，而我們這座以龐巴菱式樣（Pombaline style）打造出的城市，[15]有著優美的全景，因為這座城市是以現代和理性，作為其建設準繩的，而正因如此，很容易就能觀察出原本規畫當中的理性精神，儘管後來的都市計畫者，偏愛將暗處點亮，而他們幾乎也為此付出代價。

他們告訴我說，今年書展時，不但天候和暢而且氣氛較諸以往要更加地活潑明快，好像外頭這世界的一切不幸——經濟危機，貧窮，蕭條，都沒有發生似的。他們說，身處在經濟危機當中的人們，會花費更多時間在閱讀上，而看起來會計師們都能夠證實這種看法。這讓我很愉快地想著，在經濟危機的時代裡，人們想要知道何以我們會走到如此境地，而這些求知若渴的讀者，本身就有如泉源活水。

我喜歡里斯本國際書展。我喜歡花上幾個小時，坐在椅子上為讀者簽名，看著為此而來的各色人們，他們通常都會帶著禮物來到，而且通常都是考慮周到的禮物。我喜歡抬起頭來，凝視在各展館間穿梭來去的人們，或許是試圖想尋找在書的扉頁之間所包含容納的人類存在感。我喜歡在下午方始時的那種溫暖以及隨後的勃勃生機：這感覺好像是一篇抒情文章穿過我的身體，而使得我這個最不懂抒情的人，變得善感起來。我覺得書本對於我們的健康，與對我們的精神靈魂一樣有益，它們幫助我們成為詩人或科學家，去了解天空中的星辰，或者是去探索深埋在那些字裡行間的抱負志向，它們當中有些部分，會在某個傍晚，從書頁裡逃出來，在我們人類中間行走，或許是在我們大部分人當中遊走。

我對於無法出席今年的里斯本書展，感到深深的遺憾。

09／05／11

施刑拷打

就我所知（雖然，我所知道的可能很少），沒有動物會拷打另一隻動物，至少同種類的動物之間，不會加害相殘。同樣也千真萬確的，貓會沒完沒了地折磨一隻落入牠爪下的老

---

15 龐巴菱式樣是十八世紀葡萄牙建築特色，由第一代歐瑞拉伯爵（Count of Oreira）的姓名龐巴（Pomba）而來，他於一七五五年里斯本地震之後，負責主導該城的重建，由是而得名。龐巴菱樣式以提高抗震能力、實用作為總體設計精神，去除不必要的裝飾和花俏的設計，反映出理性主義的抬頭。素雅的磁磚鋪面為其主要呈現風格。本書英譯版作「Piombaline」，疑誤。

鼠，因而感到愉悅而滿足，而惟有進行貓科動物特有的浸軟食物方式、咀嚼其皮肉之後，這隻小老鼠才會被完全吞落肚腹內。但是，了解這些事情的人堅持說（關於各位讀者了解貓和老鼠到什麼程度，我不甚清楚），貓科動物就像水準最高的餐館老闆，追逐那夢寐以求的三顆星評價讚譽，牠們一心只想尋求增進菜餚風味的方法，這靠著牠們以無情的力道，咬穿動物的膽囊，而終於能夠如願以償。由於大自然是如此富於多采多姿的種類和變化，任何事情都可能發生。然而人類的本質，卻很少有不同與變化，這和一般常識所推想的大相逕庭。在過去，人類已經施行拷打與折磨；今天依然如此，而讓我們對此不抱疑慮的說，在即將來到的未來裡，也還將會繼續拷打、折磨下去，從拷打所有的動物開始，無論是家禽與否，接著便施加在他自己的族類身上，受刑者的極度痛苦，帶給施刑者一種特殊的愉悅。

對於那些堅持認為這個世間還存在著他們膽敢稱之為人性、仁慈的事物的人而言（他們的雙眼肯定是往天堂上看），這個最近發生的教訓十分嚴峻，並且狠狠打醒若干他們最親愛的幻夢。在這些施刑拷打的案例中，我們所能想像最嚴酷的一個，最近引起了大眾關注。施刑者是阿拉伯聯合大公國總統兼阿布達比大公（emir of Abu Dhabi）的兄弟。阿拉伯聯合大公國是世界上極富有的國家之一，是石油的主要輸出國。這場酷刑拷打的不幸受害者是一位阿富汗商人，他被控弄丟了一船穀物，價值四千歐元，而這正好是謝赫・阿爾・那雅安（Sheikh Al Nayan，這頭禽獸的名字）名下的貨物。[16]

實際上發生了什麼情形，可以改用簡單幾句話來交代，因為如果要完整地陳述，會占用一本頁數不少的書那樣的篇幅。在這段四十五分鐘的錄影影像裡，放映的是一名身穿阿拉伯白長袍的男人，先是用電擊棒（就是那種用來電宰肉牛的設備）猛擊受害者的睪丸，接著繼續往受害者的肛門挺進。接下來你可以看見，他將香菸打火機的內容物，倒在這受害男人的睪丸上，然後縱火焚燒，隨即又在皮開肉綻的傷口上撒鹽。如同最後一擊，他兩次三番地以一輛四輪驅動越野車，反覆輾壓這個不幸的男人。在錄影畫面裡，你還可以聽見骨頭碎裂的聲音。是的，正如你所見，這是人類無止盡暴虐冷酷歷史的又一個篇章。

如果真主阿拉再不管管祂的子民，這件事情的結局將會十分淒慘。我們已經有了一本被拿來當作犯罪手冊的《聖經》，現在輪到《可蘭經》上場了，而這本經書，正是謝赫・阿爾・那雅安在他有生之年裡，所日日誦念的。

勇氣

09／05／12

派翠西亞・柯勒斯尼可夫（Patricia Kolesnikov）是一位阿根廷記者——以我之見，比起身為阿根廷人，她更是一位媒體記者，不過上述只是一個小小文人的奇想——將她的職業擺在國籍之前，猶似以一個世界來代替另一個。幾年前，在她的乳房發現了惡性腫瘤，而她以身為一位女性所獨具的勇氣，正面迎戰它。這些字眼，不會被我用來吹捧或是縱容溺愛人類種族的另

16 「謝赫」在阿拉伯半島，實際上是「教長」或「首領」的稱號。

外一半性別。我提到這些，單純只是因為我就是這麼認為：在痛苦和磨難之中，女人比起我們，要勇敢得太多。那個因為膝蓋擦傷而嚎啕大哭的孩子，永遠是男生，無論多少歲月在其中流逝，也無論將來還有多少時光將至，嚎哭是有效果的：女人把奶嘴放在他的嘴裡，就算她沒能成功地讓他徹底安靜下來，至少也堵住了他的抱怨，降低他哭鬧的音量，到達她和別人的耳朵所能忍受的程度。受苦的男性企圖引來關心注意，而受苦的女性則避免這麼做。

當她戰勝了癌症，派翠西亞寫了本書，把書名取做《我的癌症正傳》（*The Biography of My Cancer*）。我並不喜歡這個書名，也這麼告訴她了，不過她並不在意。在這本書裡（在葡萄牙，由卡明諾〔Caminho〕出版），她回顧了這條極為艱難的抗癌道路，不曾展現出任何程度的自得自滿之情。而且，或許是要證明那些堅持說猶太人有獨特幽默感的文字是正確的（因為派翠西亞是猶太人），她本來將故事說得非常嚴肅、一本正經，說得令人心頭揪在一起，甚至說得令人害怕，但是她卻有辦法將故事講述得能讓讀者會心一笑，突然咯咯笑出來，或者是不可遏抑地放聲大笑。再往下讀，派翠西亞．柯勒斯尼可夫已經搖身一變，成了述說矛盾情境與黑色幽默的箇中能手了。

派翠西亞目前已經成功地回到工作崗位上，並且還把她的所思所想都放在網路上，供所有人閱讀、鑑賞以及從中獲得啟發。大家已經在網路上閱讀和欣賞這些文字。而現在，讀者另外還能知道，身為她朋友的我，極為理所當然地為她寫下這些文字，這最少是根據她所應得的標準而寫的。但是其他人（她的讀者們）將會透過他們的尊敬和仰慕，來擴大這個標準。感謝她的勇氣。

09/05/13

腐敗的英國作風

你可以閱讀它，然後選擇不予置信。下面這則消息，讀來讓人產生急迫的動機，想要發起公眾連署認捐，以便收集若干的零錢給英國的國會議員們（無論是保守黨還是工黨），幫助他們，度過這個月底口袋沒剩幾枚英鎊的難關。這讓人不禁興起一個疑問：「噢，大不列顛帝國啊！你從前在何處？今日又在何處？」在不甚遙遠的過去，他們曾經統領半個世界，而如今不過幾條街外的距離，他們正伸長著乞討的手，請求選民的施捨。這卻並不是因為他們無法溫飽。僅就我們所知的部分，沒有任何跡象顯示，有任何一位國會議員，無論男性或女性，曾經因為腹中飢餓在辯論過程裡昏過去。事情根本還沒有到這樣的地步。但是，像國會議員雪莉兒・吉倫（Cheryl Gillan）這樣，購買兩罐狗食罐頭，要價總額八十七便士，竟要國家買單，我們要說什麼呢？或者像國會議員大衛・威列茲（David Willetts）這樣，叫人來更換二十八顆燈泡，然後將帳單交給國家去支付，我們該怎麼說？再或者，是亞倫・鄧肯（Alan Duncan），他修整自己家的庭園，卻用納稅人的錢買單，我們又要怎麼說？[17]這樣的

17 雪莉兒・吉倫（一九五二～），英國保守黨籍國會議員，同時入閣擔任威爾斯（Wales）事務大臣。八十七便士約等於新臺幣四十元。大衛・威列茲（一九五六～），英國保守黨籍國會議員，內閣國家教育與科學大臣。亞倫・鄧肯（一九五七～），英國保守黨籍國會議員，內閣國際發展與合作大臣。

例子，可以這樣一直不停地列舉下去。

這宗大不列顛的醜聞，外界的觀感益發惡劣，已經到了首相戈登．布朗（Gordon Brown）都認為自己必須出來道歉的地步，他必須代表國家不分黨派的全部政治階層，為這些犯下如此嚴重而丟臉的行為、敗壞政治人物名譽、濫用公家資金作個人開銷的國會議員，去請求人民的諒解。確實，對於這樣一件丟臉的事情，是該必須有所交代，而在這整件事情裡，要不看到任何鬧劇的徵兆，是很困難的。在我來說，我個人想出了一個辦法，那就是找出當今之世的現代版羅賓漢（Robin Hood），和他簽約，加入政府團隊，由他來劫貧濟富，以使這個國家的民意代表，在各種小額款項支出上，不缺現金可用。其實在很多例子裡，款項的支出根本就不是小額，例如保守黨領袖大衛．卡麥隆（David Cameron）便將其第二個住處總額達九萬兩千歐元的裝修花費，交由政府來支付。相信我，此事解決之道已然在望，而羅賓漢在需要提出紓困方案時，也不失為是一個合適的候選人。

09／05／14

索菲亞．甘達利亞

對於找尋「上帝在哪裡？」這樣一個令人苦惱（雖然這麼說頗為矯飾）問題的答案，那些因為教宗在奧許維茲集中營一事上所表達的立場，[18]感到震驚與羞愧的信徒們，去看看索菲亞．甘達利亞的展覽吧，這個展覽以其極度完美的簡潔，來回應上面這個問題：「上帝不在這裡。」上帝沒有讀過卡夫卡這件事情，看來大概就和教宗拉辛格也沒有讀過一樣，是非常清楚明白的。他們倆也從沒有撥空去讀普利摩．李維（Primo Levi）的作品，這個與我們時代十分接近、根本無須借用譬喻來敘述恐怖屠殺的作家。[19]如果各位讀者准許我斗膽建言，我會建議教宗把眼睛睜開，去看看索菲亞的展覽。更甚者，我推薦他注意聽好畫家本人所提供的解說，因為她除了極為明瞭自己的作品，更加知曉我們自己造成的這個世界，我們自己造成的人生——無論是信徒還是非信徒；那些懷抱著希望，以及那些什麼希望也沒有的人們，以及依違於兩者之間的人，還有造出奧許維茲集中營的人，以及在這所有一切苦難當中，追問「上帝身在何處」的人們。而更好的情況是，我們自問自己身處何處，到底是什麼不可療癒的痼疾，使得我們無法走向另一條不同的生活道路？如果你願意，可以將上帝一起帶上，但是不必有絲毫的義務，去信仰他們。人類獨特而真實的自由，是屬於人的精神，而這樣的精神，是不受非理性的宗教信仰與迷信的汙染。這些信仰有時雖然看來頗具詩意，卻會扭曲我們對現實的認知，並且冒犯最基本的理性意識。

我持續密切注意索菲亞．甘達利亞的作品已經有很多年了。她在藝術上的才能，令我深為驚異。她的稟賦所帶來的力量，那種將她內在世界的視野轉化到畫布上的高超技巧，伴

18 參見本書二〇〇九年二月五日〈阿道夫．艾希曼〉。

19 普利摩．李維（一九一九～一九八七），義大利猶太裔作家，他是奧許維茲集中營的倖存者，曾被關押在裡面十一個月，故他無須使用譬喻，便能形容恐怖的實況。

隨著她所生活與學習過的一切記憶，以及諸多她汲取自他人，而內化轉為己用的回憶，他們是：卡夫卡、普利摩・李維、羅亞・巴斯托斯（Roa Bastos）、波赫士、里爾克（Rilke）、布萊希特（Brecht）、漢娜・鄂蘭（Hannah Arendt），以及其他更多的人。總之，他們正凝視著人類精神深處的那口井，那口他們感覺到有墜落危險的井。

09／05／15

到底要多久？

約在兩千五百年以前，相差不到幾天，或是一到兩個小時，西賽羅（Cicero），我們這位好人，正在羅馬元老院（或可能在室外的廣場上）憤慨不平地抗議：「加蒂藍（Catiline）哪！你到底還要糟蹋吾等的耐心多久？」他對這個陰謀策畫暗殺他、並且濫用不屬於他權力的狡詐之人，反覆提出上面這個問題。歷史至為奇妙，也至為慷慨，以至於她不但從距今遙遠的過去，透過我們所傳承下來的記述，向現實提供了絕佳的教訓，以使我們的統治能夠臻於更好的境地；同時她還以簡潔的文字，來達成上述的目標；若干簡潔的句子，出於某些理由或原因，深深地根植於大眾的集體記憶裡。上面我所引用的這個句子，就好像才剛剛宣布的瞬間，又或者像是歷史上某個熟悉的時刻那樣，是如此地深刻鮮明。西賽羅是位偉大的雄辯家，也是一位擁有多項才能秉賦的羅馬護民官（tribune），只是令人好奇的是，在西賽羅的這個案例當中，我們看到他所選用的，是最平凡無奇的措詞，好像是在一位母親要責備自己毛躁不安的小孩時，脫口而出的話語；而這其中只有一個顯著的差異：前面所述的加蒂藍，這位羅馬之子，無論做為個人或是身為政治人物，他都算是頂尖的惡棍。

義大利的歷史，足以令任何人感到驚異。它就像是一大長串的念珠，由一位位天才所串連，其中包括畫家、雕塑家、建築家、音樂家、哲學家、作家以及詩人；在他們當中，有些頗能鼓舞人心，有些則令人眩惑。這是一個由傑出人物組成的無止盡名單，他們合力創造出人類有史以來所能思索、所能想像，以及所能達到的最佳貢獻。而與此同時，他們之中也從來不缺像加蒂藍這類的人物，因為沒有任何一個國家，能免於遭受靈魂上的麻瘋病所侵襲，從而製造出那些行徑如此扭曲的人。在現今的義大利，那名叫貝魯斯科尼的人便是今天的加蒂藍。他已不需要攫獲權力，因為權力業已歸屬於他；而他更擁有遠過所需的金山銀海，足以買通所有可能需要的共謀者，當中包括法官、參眾兩院的國會議員。看起來，他已經成功達成將義大利人民分化為兩個陣營的豐功偉業：一邊是希望能夠喜歡他的人，另外一邊則是已經喜歡他的。他已經頒布了一系列新法令，授權他有斷然對付非法移民的權力。這些法令製造出一批維持治安的巡守民兵，他們和警察合作，共同壓迫那些沒有合法身分證明文件的移民。而且為了斬草除根，不留漏網之魚，還禁止非法移民的孩子循正當管道申請入境。加蒂藍，那位歷史上的加蒂藍，恐怕也沒法做到這樣的地步吧。

我前面提過，義大利的歷史足以令任何人感到驚訝。或許下面這個例子，便足以令人訝異：還沒有任何義大利人，連最細微的修正也沒有，重複西賽羅的話語（或者，至少是聲音還沒有到達我的耳際）：「貝魯斯科尼啊！你到底還要糟蹋我們的耐心多久？」試著說出這個質問吧！它會產生效果的，而義大利可能會再一次的，令我們所有人驚訝。

09／05／18

查理

最近有天傍晚，我在電視上看了一些卓別林（Charlie Chaplin）的老電影。有兩或三個片段，是從他作品裡名為《朝聖者》（*Pilgrim*）的長片裡擷取出來的，背景設定在第一次世界大戰的壕溝裡，這樣的題材呈現了一個他電影裡反覆出現的主題：無罪的卓別林被警方追緝。看的時候，我沒有笑過，一次也沒有。我對自己的反應感到訝異，彷彿自己違背了一項莊嚴的誓約，所以我努力試著在八十年後的今天，盡可能地嘗試回想起來：當我還是個六或七歲的孩子，到里斯本兩間最受我們歡迎的戲院看戲時，卓別林的電影到底有幾次讓我咯咯發噱或是哈哈大笑。在我生涯中的那個時期，我的偶像是兩位丹麥喜劇演員帕特與帕塔冏（Pat and Patachon），他們才是引我發笑的好搭檔。我繼續凝視自己的內在，猶似一個從不打算搬家或是改變意見的人，正在練習那樣，我得出了一個意料未及的結論：最終，卓別林不是一位喜劇演員，而是悲劇演員。無論怎麼觀察，在他的電影裡全都是悲傷，全都是愁悶沮喪。卓別林電影裡的那張臉本身，是全然的黑白分明，配上塗抹石膏粉的皮膚，黑色的眉毛與鬍鬚，眼睛則像是一抹瀝青。這張臉要是放在最經典的悲劇演員雕像當中，絕對合宜。而它比起其他的悲劇演員，還多了一樣事情：卓別林的笑容，不是快樂開心的笑，與開心完全相反。我敢說（甚至，我知道這麼說可能引來的風險），卓九勒（Dracula）的那副尊容都要好過這張笑臉。[20]要是我是個女人，有個男人這麼對我笑，我會馬上逃走。那些前排牙齒太大、太過端正、太過潔白，令人驚駭。況且還有那僵直緊閉的嘴脣，好一副醜怪的面容。我事前就知道，大部分的讀者在這件事情上，都不會站在我這邊。可是事情的實際情況是，人們一旦認定卓別林是個喜劇演員，就不會再好好端詳他的那張臉了。所以對於我所說的這些，請再好好地考慮一番。不帶成見地再看一次他的臉，仔細的觀察他的五官，一次看一個，暫時忘卻那指尖上的舞蹈，然後告訴我，你在裡面看出了什麼。如果卓別林能夠的話，他會將所有他的電影作品帶往悲劇的結局。

09／05／19

詩人與詩作

我們現在正見證的事情，不會發生在每一個人身上，只會偶爾出現，也不會永遠持續下去，但是它的確發生了：當一位詩人突然去世時，一位新的詩人應運而生，現在跨越世界各地的讀者們紛紛站出來，宣稱自己是馬力歐．班內德提的崇拜者，提供他們的詩作，以表達

20 卓九勒，又譯為德古拉，是愛爾蘭作家布朗．史托克（Bram Stoker）以羅馬尼亞大公弗拉德三世（Vlad al III-lea Tepeş）為原型，而創作出來的角色，即吸血鬼伯爵。

對班內德提逝世的悲傷之情。或許這樣的時刻，適合讓我們回想起過去，曾經有一個時代，詩在這個世界上，永遠保有過一席之地，而今天，令我們終夜不寐、憂思重重的，則是經濟。這就是我們所見到的證明，那詩作上突然產生交流的證明，而這樣的過程，必定令所有官方詩體統計學家感到困惑不解，這短短數句詩裡所表達的，遠比他們第一眼瞥見時，來得豐富許多。破解密碼的專家，並沒有資源能夠掌握這些句子。它們有太多的謎團難以解碼破譯，這些句子的情感裡面，包含著太多的擁抱、太多的音樂，太多想要表達出來的東西：這個世界無法在短短幾天裡，承受如此強度的情感。依然如同以往，今天若缺少了詩歌作為一種表達的管道，我們就不能稱自己是完整的人。簡單說來，這就是目前所發生的事情：馬力歐·班內德提在蒙得維的亞去世了，而為了配合人們對此所產生的情感反應，讓這顆星球變得更小。突然之間，他的著作被掀開，詩句從裡面飛騰延伸出來——道別的詩句、戰鬥的詩句、愛的詩句，所有這些，都是班內德提生命當中恆常出現的特徵，或者還要加上他所熱愛的祖國，他的朋友們，足球，以及在他漫長的飲酒時光裡，時常混跡於內，以打發漫漫長夜的幾間市井酒吧。

班內德提去世了，這位知曉要如何使我們活在與自己親近的時刻裡、並且能暴露出我們埋藏於內心最深處憤怒的詩人，已經走了。如果我們肩並著肩，帶著他的詩作走上街頭，那是為了在我們兩人之外的許許多多人——譬如，閱讀《地理學》（*Geografías*），我們得以懂得去愛這片廣袤大陸上的小國家。現在，要評斷這些寄達薩拉馬戈基金會的信件，我們能夠將久遠以前那些深情的時刻，重新帶回到現在。這就是我們虧欠、感激班內德提的地方，我們感激這位詩人，在他死去之後，留下他傑出的生命作業，讓我們來繼承。

譚妮亞與馬力歐：自由[21]

說整個世界都已被探索完畢，並不真切。組成這個世界的，不只是地形地勢，不只是溪谷山巒、河流湖泊、廣袤的海洋與平原、城市與街道，也不只是靜靜地觀看時間流逝的沙漠與那帶走我們所有人的時間。這個世界同時還包含了人類的聲音，這個每天重覆上演的文字奇蹟，就像一道由聲音所組成的光環，璀璨地穿越宇宙空間。我們之中的許多人，都曾高聲喊出過自己的聲音，可是我們之中很少有人，真正懂得如何化聲喊為歌唱。當我第一次聆聽譚妮亞．麗博塔（Tania Libertad）歌唱，一個由純粹人類聲音所能引領我們攀上的情感高峰，便展示在我的面前，彷彿她孑然一人面對著這整個世界，獨自歌唱，沒有任何樂器伴奏相隨。譚妮亞當時所唱的曲目，是拉菲爾．阿爾貝帝（Rafael Alberti）的〈鴿子〉（La Paloma），一首無伴奏清唱曲，每個音符，都以啟迪敞亮的方式，溫柔撫慰著串連我眾多情感的那條繩索。

現在譚妮亞．麗博塔唱著馬力歐．班內德提的詩句，這位偉大的詩人，或許也可以被叫做馬力歐．麗博塔了……[22]

21 英譯注：這篇文章是譚妮亞．麗博塔最新專輯《插曲中的生活》（*Life in Parentheses*）封面的文字。

22 Libertad 為西班牙文中「自由」之意。

他們是兩個人類的聲音，人類深邃深沉的聲音，在裡面，詩歌的音樂與音樂的詩歌被團聚在一起。詩句屬他，而歌聲則是她的。

傾聽他們的聲音，我們便更靠近這個世界，更靠近自由，也更靠近我們真實的自我。

09／05／20

一個夢

我從未想過要與他會面，也從來沒與他說過話。他與近在眼前、或是遠在天邊，任何我可能會感興趣的事物，都沒有任何關係，而且，說老實話，在過去這些年裡，我必定聽見過或者讀到過許多次他的名字，我卻連他是死了或仍然在世都不曉得。我所提及的這人，是葡萄牙編輯多明哥．巴瑞耶拉（Domingos Barreira），就在昨晚，他來到我的夢裡。實際上，我沒有見過他，而就算見了他，我也不知道該擺出什麼樣的表情來與他相見。他所做的，是派他的祕書，攜帶一張便條前來，上頭解釋說，他想與我見面，如此我倆便能夠一起談談過往。他想要和我談的，究竟是過往的哪些事情，我從來就不曉得，因為雖然他安排接下來那個星期做為見面的時間，卻沒提及見面的地點。而當我突然意識到這一點時，那位祕書已經消失蹤影，而我了解到這整件事情，都是不可能發生的。

現在讓學院派的醫師們，不帶有明顯的理由與動機，來解釋這個夢吧。或許他們想要確證我的一個想法，這個想法，我很想稱之為信念。那是去年的事情，我當時正遭受一個幾乎奪去生命的疾病所侵襲。這個經歷，劇烈地搖晃我的腦袋，在重新使我舊有的記憶各歸其所之前，便猛烈地使其重新洗牌重組。而這或許也是促成出這個如此出乎意料之外的夢境的原因之一。不過很不幸的，「為什麼這個夢會出現？」卻依然沒有得到解答。對所有的學院派大夫來說，這實在是太過糟糕，他們對於與本文有關的一切，無法達成一致的意見，更遑論去解讀它。

09／05／21

賄賂

我答應過自己，不再繼續寫作那些挖苦我們所身處時代的諷刺文章。可是，再一次的，眼前的事實又得讓我破戒。在這一回，想在歐洲議會裡，動根指頭（或者動幾根指頭）就能指名挑選年輕女孩、名模、舞者出場，根本不成問題；或者，是拿昂貴的珠寶當作生日禮物，送給那些「美眉」們，[23]這些女孩子才剛剛脫離青澀的少女時期，她們喊義大利總理「爸比」（Papi），這個稱呼的確切意思，我沒法向各位讀者擔保（這些義大利本地的「蘿莉塔」〔Lolita〕們所說的話，不在我專業知識所能解答的範圍以內）。不過就我所知，這些女孩們，只要叫聲「爸比」，總理大人就能讓她們不必付出太多努力，便可通過期末考

23 英譯注：原文中用的字是義大利文的「ragae」，意思是「年輕女孩」。

試，以當作回報。而那場八卦傳言甚囂塵上的離婚（根據這對佳偶所共同享有的物質興趣，我個人相當懷疑最後婚能離得成），就更不是個問題了。所謂「不是個問題」，意思是這場離婚喜劇（如果它的本質確實就是這樣的話）有很大的可能，最後會在電視黃金時段的強力放送下，以和解收場。

不是的，把我從本來頗為平靜和諧的狀態拉出來，又繼續談論「大老闆」（il padrone）貝魯斯科尼的事情，[24]不是上頭的那些事情，而是米蘭地方法院（Milanese Court of Justice）所宣達的判決，宣告在一項法律訴訟行動當中，被揭發有貪腐行為的英國籍律師大衛・密爾斯（David Mills，他是英國奧運籌備事務大臣泰莎・朱維爾〔Tessa Jowell〕[25]分居中的夫婿）有罪確定，判處四年半徒刑。這個判決證實了「老貝」（Berlusc，這是消息傳出時所用的稱呼，所以我們應該保留它）在一九九七年時，以總額不少於六十萬美元的賄款，向這位英國律師行賄，讓他為其活動，以「使貝魯斯科尼與旗下的金融投資控股集團能免於刑責」為宗旨。對此，老貝給了個徹頭徹尾的制式回應：「這個判決令人感到憤慨，而且悍然不顧事實情況。」接下來還有：「本案必定會上訴，本案必定會得到另外一次判決。對此我感覺十分篤定。」讀者必定會注意到，他提到了「另外一次判決」，這暗示了（至少我是這麼解讀的）一個昭然若揭的意圖，他要在開庭前採取行動，而我自己則會以下面這個態度，來詮釋這句話的意思：「本案必定會得到另外一次判決，而我將會嘗試行賄承審本案的法官。」順便補上一句，之前他已經有過這樣的紀錄了。

我願意相信，老貝的末日正要到來。不過要等到這一天，需要所有義大利的選民們，從他們或許是無意，或者是默許縱容的集體冷漠態度裡面擺脫出來，拾起我在幾天以前才摘引過的西賽羅名句，嚴厲地加以譴責。讓他們終於說出全世界共同的聲音：「你這個老貝啊！你已經糟蹋我們太久，也太過分了！那裡有扇門，你就趕緊滾蛋消失吧！」而如果那是一扇通往監獄的門的話，我們就能夠說，終於啊，正義終於獲得伸張了。

09／05／22

老年人們[26]

在葡萄牙文裡，我們的說法是「有一定年紀的人」。無論任何時候，我們會盡可能地找尋婉轉的說法，來迴避「老人」這個令人生厭的詞彙，並且找出一個說法，能夠且應該當成一種重要的肯定（像是「我一直活著，現在也還硬朗著呢！」），但是這樣的說法，又太經常被拿來當成是老人在道德上失格的證明。與此同時，至少在我的國家，在我們以前那個時代，面對長者對於任何人膽敢稱其為老人，而產生的抗拒行為，人們總習慣在最後，不顧一切的回敬這些老者：「你已經過氣了！」（我們現在還這麼說嗎？）所以，老人們繼續去做

24 英譯注：義大利文，意謂「老闆」、或「經營者」。
25 泰莎．朱維爾（一九四七～）已於二〇一〇年隨工黨敗選下臺，曾擔任該黨國會影子內閣成員。
26 英譯注：本文標題是西班牙文的「Mayores」。

各自的事，不再花心思注意這個世界裡的各種聲音。他們當然是老邁了，可是他們並非毫無用處，並不是老得無法修補自己的鞋子，或者是沒辦法靠自己的力量，握穩耕犁的把手。而在從前，人生一向與艱難困苦脫不了關係，不過同時也有項好處：人生是簡單樸實的。

現今之世，人生依舊相當艱難困苦，卻已不再樸實簡單。或許，可能正是這種看法，在某種程度上，促成了在卡斯蒂拉—拉曼查（Castilla-La Mancha）這所老人長青大學的創辦，我個人很榮幸能夠成為這所機構的贊助者。人到老年，必須從原先的工作崗位上退休下來，下一步應該何去何從？而老年同時也意味著對新鮮休閒嗜好的追求，忙於追求之前沒接觸過的事物，他們又該要怎麼進行呢？上面這些問題的答案，來得並不慢：創辦一所專供雞皮鶴髮的世代就讀的大學，創辦一個場所，讓他們能夠在其中研讀，或者探索知識領域裡未知、或者所知甚少的學問。這些人們當中的每一位，任何一位女士，任何一位男士，現在可以在他們每一次打開一本書，或者撰寫出一篇論文的時候（無論任何題材），能夠說：「我從來沒有放棄。」就在這麼樣一個時刻裡，那種年輕人所特具的光彩又回來了，並且映照著他們的臉龐，就好像他們正與孫子輩的孩子們坐在一起（至少在心理上是如此）——或者正是他們的孫兒，發現自己與長輩們同在。彼此理解能夠讓每一個人靠近他人，並且讓所有人相處更加融洽。

任何年紀都是開始學習的好時機。很多我所學習到的事物，都來自我的中老年時期；而且，在今天，在八十六歲的年齡，我還是抱持著同樣的態度在學習。我並沒有到卡斯蒂拉—拉曼查的長青大學去上課（不過我計畫著哪天要去拜訪），但是我和在那裡學習的人們，共同分享那種快樂（我也能夠說，那是種幸福）。對於這些人，我想要用一個莊重的字眼來稱呼他們：我親愛的同學們。

09／05／25

一朵花的生命週期

回到大約是一九七〇年代開始的前幾年，回到那個我還是個初出茅廬、方才開始寫作生涯的作家的時候，一家里斯本的出版社突發奇想，要我寫一篇給孩子看的兒童故事。當時我根本不確定，自己是否能以有尊嚴的態度，接下這個請求，然後修改我那篇關於一朵花的故事。這個故事裡的花朵，由於欠缺灌溉滋潤，已經瀕臨死亡邊緣，我只好讓故事裡那位敘述者，為了實在不知如何替小朋友寫故事，以及不懂怎麼樣有技巧地邀請孩子們用自己的話語來改寫故事，而申致歉意。對於我一個朋友的年輕兒子來說，我寫這本小童書，還送給他看，實在是很不知分寸的事情，他的話裡毫不修飾避諱，證實了我的諸多猜疑。「真的，」他對他的媽媽說：「這人實在是不懂怎麼寫給小孩子看的故事。」我接受了這個暗示，並試著別再去想這個與格林兄弟（Brothers Grimm）作伴、加入童話天堂的挫敗嘗試。時光流逝，我另外寫了些薄有名氣的書，而有天我的編輯澤斐瑞諾．柯羅（Zeferino Coelho）打了通電話來，讓我知道他正在盤算，要將我寫的童書重新再版上市。我說他一定是弄錯了，因為我從來沒為孩子們寫過什麼文章。必須要說明，在那個時候，我已經完全忘記自己曾經寫過那篇不幸的故事。可是，現在我可以招認，那個時刻，就是《世界上最大的花朵》（*The*

Greatest Flower in the World）這本小書獲得重生的開始。不過這一次的新版，大大地受益於若望．凱塔諾（João Caetano）創作出的拼貼畫，這本小書之所以能獲得新的成功，這些畫作著實居功厥偉。在葡萄牙、西班牙，以及跨越半個世界的小學教室裡面，數以千計的新故事（是的，幾千則新故事，沒有誇張）被創作出來，在這些故事裡面，又有幾千個不同版本，顯示出孩子們的創造能力，他們不只是小小說書人和小說家，更是新進的插圖畫家。終於，這證明我朋友的兒子看走眼了：這個簡單易懂的故事，已經找到它的讀者。但是事情不是到這裡就結束了：大概在幾年以前，住在加利西亞、從事電影工作的璜．帕布羅．艾伽維里（Juan Pablo Etcheverry）和伽羅．盧瑞洛（Chelo Loureiro）和我聯繫，說他們計畫想將我的《世界上最大的花朵》一書翻拍為動畫片，而且電影配樂已經由艾米里歐．亞拉岡（Emilio Aragón）譜寫完成。我覺得這看起來像是個很有意思的想法，所以我給出他們想取得的授權。等到時間過去，一切水到渠成時（必須認識到，這是經過了無數的犧牲和困難才達成的），這部動畫片在大螢幕上首映。我本人戴著一頂看來十分領先潮流的帽子，在這部影片裡現身。接下來本片的十五分鐘時間裡，全是最棒的活潑動畫，而且在電影院裡獲得讚賞，在幾個電影節（例如日本和阿拉斯加的影展）也受到好評。在特內里費（Tenerife）舉辦的生態電影節（Festival of Ecological Cinema）也頒發獎項給這部影片。特內里費的電影節曾經被迫中止好幾年，如今欣見它又恢復舉行。伽羅找到我們住的地方，把這座獎杯帶來給我們——是一座植物形象的雕塑，看起來像是想攀爬到太陽那裡去；它最有可能落腳的地方，會是里斯本的尖石宮（Casa dos Bicos），[27]在那裡，它可以繼續向上攀爬。在那裡，這

座獎項將會證明，在我們的這個世界，天底下的萬事萬物都是相互關聯的：譬如夢想，創造力，以及作品。它為我們的作品給出了定義，那就是我們的價值所在。

09/05/26

武器

軍火的販賣，幾乎不能稱之為是一項危機，這些要不是歸因於在國家邊界上執法的彈性，否則就是公然的走私——我的意思是，這個已經被廣泛討論、令許多人身受其害的危機，對於我們這顆星球上的人們所造成的肉體和精神破壞，雖然已經十分明顯，但是還沒有影響到每一個人身上。環顧全球，失業人口可以用百萬來當作計數單位，每天都有上千家企業行號宣告破產，關門大吉；可是，迄今沒有任何徵兆顯示，有任何一家軍火工廠已經歇業停工。在軍火工廠工作，就像是取得一張終身飯票。我們早已曉得，軍隊永遠需要軍火，這是因為他們永遠需要更新、殺傷力更強大的武器（這就是一切事情的底蘊），用以替換那些從前十分有用、而不再能符合今日各種需求的兵工廠。這本來應該十分明顯：這些武器輸出國家的政府，理應嚴格管控各自國內軍火工業的武器產製與銷售。讓我們簡單地說，這是個見仁見智的問題，有人深受其擾，有人則不這麼想。這裡，我要談的是各國的政府，因為當

27 英譯注：薩拉馬戈基金會的會址所在地。

我們認為那些提供毒品販子貨源的工業設備，幾乎是明目張膽時，我們實在很難相信，製造武器的地下兵工廠並不存在。再者，天底下再也沒有一種事物，像手槍這樣，無論怎麼樣試著隱蔽，都沒有辦法祕密地、回溯地蓋上「官方涉入其中」的戳記。舉例來說，當估計數字顯示，像在南美洲這整片大陸裡，一共有八千萬支武器時，政府還要可悲地狡賴，說他們沒有與軍火販子共謀，這根本無法讓人信服了。這種共犯結構，必定同時替軍火的進口與出口販子提供掩護。這項指控，至少在某種程度上，是針對大規模走私行為而發的，如果你不去考慮下面這個事實：一樣東西要能被走私出去，首先必要的條件，就是那樣東西必須存在，那麼如此還要再加上一個事實：所有東西都可以走私販賣。

我的一生，都活在一個希望裡面：我希望能見到一次軍火武器工廠罷工，所有的生產器具都因罷工而被關閉，但是我的等待都白費了，因為在過去沒有實現的機會，未來也同樣不會有。以下，是我一個可悲的夢想：我希望人類有朝一日，能夠幡然改悟，改變自己的道路、方向以及命運。

09／05／27

音樂

昨天我們談軍火武器，今天的主題是音符。我們很明顯地正在進步當中。這個想法，是根據我自認了解的、來自古根漢基金會，以及阿馬多拉市議會（Municipal Chamber of

Amadora）和國立音樂學校（National Conservatory）的共同合作：帶著住在貧民窟的孩子們認識音樂，教會他們讀樂譜，並彈奏一樣樂器。這個提案並非原創，我們只要看一下最近委內瑞拉的「西蒙・玻利瓦青年交響樂團」（Simón Bolívar Youth Orchestra of Venezuela）的例子就明白了，這個樂團現在是舉世聞名；但是，如果懷抱著若干偏見，或者以某種有害的方式，照搬外國的方法，就將只會是個錯誤。而這個教窮苦孩子音樂的想法，可是真金提煉、物超所值的（如果這麼一個富含良善用意內涵的想法，其重量是可以量測的話）。我方才出席了一場影片放映會，影片裡是一群孩子，大部分都是非洲裔，正在演奏著樂器。而親手演奏這些樂器的情景，之前即使在他們最為狂想的夢境中，也不曾出現過；而那一雙雙拉弓弦與銅管按鍵的嫻熟之手，讓我為之深深撼動。無可避免的，這又讓我回想起自己在愛樂學院（Academy of Music Lovers）上課的時光，無論那段時間有多麼短暫，還記得在那裡，我讓自己的手指頭躊躇徘徊在鋼琴琴鍵上，結結巴巴地彈奏著不成調的音符（我顯然不是吃音樂這行飯的料）。同樣的，不是所有的孩子，未來都會走上音樂這條路，可是我十分確信，他們將永難忘懷待在合奏室裡的那些時光，或永難遺忘每天從家裡出發，走到樂團的那條路上，他們提著自己樂器的箱子：長笛的盒子很輕巧，小提琴的箱子提得動，拉大提琴的則稍微辛苦一些。即使是在他們咧嘴笑開的時候，我都能看見他們臉上那認真的表情，而從他們眼睛裡的光彩，或者是從他們回答問題時的莊重嚴肅，都確認了我的一個老理論：幸福是一件極為嚴肅的事情。他們合奏練習貝多芬《第九號交響曲》的若干段落，極為認真，澈底投入。我想，他們之中某些人，日後讀到這一頁文字的時候，也會贊同我的看法：音樂為他們將來的人生道路，提供了一個好的開始。

09／05／28

「清廉」？

巴爾塔薩．加爾松是二十世紀後半葉西班牙社會之中，極具有影響力的人士之一。我們都受惠於加爾松法官為我們帶來的，那些最具有啟蒙意義的民主時刻：起訴智利的皮諾契特將軍的審理過程，以及對佛朗哥政府犯下的戰爭罪行所進行的調查。在後面這個案例裡，加爾松認為佛朗哥本人，以及另外四十四名他的長槍黨（Falange）成員，犯下了諸多「危害國體罪」（crimes against the Highest Organisms of the State）以及「被歸類為違反人道領域的罪行：非法拘留以及使人失蹤」。對於上述這些罪行的調查，如此大張旗鼓地進行，使得目前仍存在於西班牙的佛朗哥主義分子大為惱怒，到了他們控訴加爾松說謊的地步，他們說，因為加爾松明知應負起責任之人都已謝世，還要挑唆起這些訴訟過程。這項抗議由一個名叫博納德（Bernard）的人所發動，他是極右翼政黨「新力量」（Fuerza Nueva）的前任主席，這個基進政團在壓制反佛朗哥主義的運動上，著力甚深，一個當前被他們嘲諷的稱呼為「捍衛」右翼國家路線的貿易聯盟，其會長給了他們「清廉」（Clean Hands）這樣一個名稱，這是仿效義大利那永難忘懷的掃除黑手黨行動而起的名字。

到底巴爾塔薩．加爾松做了什麼？如果你能撇開那些法律團體，撇開他們其中那些攻防計謀與對立，並且撇開佛朗哥主義者為了要排除社會上諸多起來反抗獨裁統治復起所採取的行動，而宣洩出的憤怒（不僅只是在政治領域上頭），那麼我們所見到的，就只是一個意圖要將常識帶到我們法庭上受審的過程。這裡有一位勇敢的法官，他不躲在法律的大傘底下，遮掩自己的緘默與失職，相反的，他為了西班牙內戰和其後衍生出的佛朗哥統治期間所造成的犧牲者，尋求法律所許可範圍內的必要資源，以求使他們能重新講述屬於自己的回憶經驗，讓他們的權益獲得認可。加爾松知道，他們有權利知道那些在公共墳場的遺骨葬於何處，知道那些粗暴地從家人身旁被抓走的孩子們身在何處。為了此一目的，他展開了這個過程，並且於隨後導致了諸多其他的衍生後果。然而極其重要的，是我們並沒有就此無視於下面這個事實：加爾松是頭一個開始帶頭平反的人。而真正可怕並且令人難以理解的，是那些佛朗哥極權體制的後裔，竟然得到西班牙最高法院的同情，從而使加爾松將被迫在那裡表態，宣稱自己確實懷抱著反佛朗哥的成見。最高法院裁定說：「在未有明確之重要性，或對權利之侵害隨即將發生之情形下，必須要了解到，沒有任何條件能許可拒絕停止此一行動的請求」，並且進一步判決，對於加爾松說謊的指控，既非荒謬，亦合情理。這是五位法官，五位最高法院的法官，做出的決定。我們現在就等著看，向來對於維護正義事業充滿熱情的西班牙社會，對這件事有什麼樣的看法。難道社會將會同意，在其聲音未被聽見的情況下，讓這個「新力量」，以及骯髒的「清廉」行動，利用並糟蹋法律嗎？如果這個社會任他們如此胡作非為而毫無抗議，那麼難道法治概念，這個反佛朗哥主義者艱苦奮戰所保衛的理念，竟被利用來對付佛朗哥統治所造成的受害者，並且再一次地讓他們被世人所遺忘嗎？我視加爾松為可敬的朋友，但是這件事情不僅只是關於他個人而已，而是這群人不能以我們做為娛樂他們自己的代價。想要擴張平反法案的適用條件，並不是想要說謊做偽。說謊做偽根本就不適用在此案例當中。倘若讓這群佛朗哥的黨徒們堂而皇之地，對著我們民主法治的良知說三道四，那才是對於正義法治的一種曲解。

覺醒

09／05／29

每一天都有植物和動物從這個世界上消失，語言和職業也是這樣。富人永遠更富，窮人永遠更窮。每一天都有一小部分人知道得更多，而另外的那些人則愈發愚陋。愚昧無知以十分可怕的方式，正在肆行擴張。當今之日，在財富分配問題上，我們有一個嚴重而尖銳的危機。對礦產的剝削已經到達惡魔般的程度。跨國產業宰制了這個世界。我不知道究竟是陰影抑或形象，正將我們和現實情況區隔開來。這個議題，或許我們能夠永無止境地討論下去；而業已清楚的，是我們已經喪失了分析這個世界上正發生事情的批判能力。我們看來是被鎖藏在柏拉圖的洞穴裡，業已拋棄我們思考和行動的責任。我們已經讓自己成了無法憤怒的呆惰生物，無法拒絕隨波逐流，失去了向我們最近的過去，那些崢嶸的人與事發出異議的能力。我們已經來到了文明的終點，而我並不歡迎那象徵終結的最後號角聲。在我看來，新自由主義不過是披著民主偽裝的極權主義新形式，不過是金玉其外的空殼一具，而內涵則幾乎空無一物。購物中心就是我們這個時代的象徵。但是仍然還有一個微型、快速消逝的世界存在，那就是小型企業與手工藝產業。在世上的一切最後明顯地都將歸於消亡毀滅之際，還有許多人依舊拚命努力，希望建築起屬於他們的幸福，而這些幸福，現在都被摧垮殆盡。他們正從生存的戰場上敗退，而且沒有辦法在未來新的體系規則之下存活。他們被擊敗而消亡，然而其尊嚴卻絲毫無所損傷，只是宣示他們正從這個世界退場，因為他們並不欣賞我們為其所造出的這個世界。

JUNE

2009

09/06/01

阿辛赫噶的雕像

我的雕像就豎立在阿辛赫噶（Azinhaga），在廣場的中央，有書在手，默觀世事變化。他們把我的身形雕得比真人還來得稍大些，我猜想這是為了要讓這尊雕像能更為人所看見的緣故。我不曉得這尊我的雕像將會在這裡矗立多少年。我總是認為一尊雕像最後的下場就是給撤下來，不過我願意這麼想：對於我這個注定要來世上兩遭的人——頭一回是凡胎肉身，然後則是銅像，他們終將會把平靜的日子還給我。這就是使我的心靈陷入無比滑稽、無比錯亂狀態的事，因為在此之前，我從未膽敢懷抱此一期望：一尊雕像某日在我面前就這麼豎立起來，就在誕育我的土地上。究竟我做了什麼，才發生這種事情？我寫了幾本書，讓阿辛赫噶這個地方的名字和我一起被傳播到世界各地；[1]到底，我確定自己從來沒有忽略那些誕生和養育我的人們：我的雙親與祖父母。在斯德哥爾摩一場講座上，[2]我談到了他們，然後，我明白了。我們所看見的事情，好比只是一株樹木，地面上的枝葉只是某個部分，而樹根毫無疑問才是最重要的部分。在我直系血脈的根源裡，背負著喬賽法（Joséfa）和傑羅尼莫、喬賽與佩達德（Piedade）這些名字，但是到我這裡時，其他的名字也加入行列，它們是各個城市和地方——卡薩琳諾（Casalinho）與狄維索斯（Divisoes）、卡博・得斯卡薩斯（Cabo das Casas）和阿爾蒙達（Almonda）、特霍與拉博・多斯卡加多斯（Rabo dos Cagados），以及其他以橄欖果園、柳樹、白楊木與白蠟樹為名；尚有在河流來回航行的狩獵隊伍為名、以果實纍纍的無花果樹為名、以及被帶回家裡與我的祖父母同睡一張床上，以避免其受寒凍死的乳豬為名所起的名字。我這個人，是由上述所有部分所共同構組而成的，而每一個部分，又都包含在這尊他們澆鑄而成的銅像裡面。不過，你必須要知道，這可不是自然生成的。要是沒有維托爾．貴雅（Vitor Guia）和喬賽．米蓋爾．寇瑞雅．諾拉斯（José Miguel Correia Noras）這兩位的決心、努力以及堅持，這尊雕像不會豎立在廣場之上。出於我最由衷、最深刻的感激，我在這裡擁抱他們，同時也擁抱阿辛赫噶的所有人們，因為在他們關懷照料之下成長的子弟，不是別人，正是在下我。

09／06／02

馬寇士．安納

有些人如果看來不是屬於這個世界，就是不屬於他們所生的那個時代。馬寇士．安納（Marcos Ana）就像他那個世代裡，許許多多被逮入佛朗哥政權監獄裡的人那樣，身心都遭受了無法言喻的痛苦折磨，他從被判兩個死刑的絕境裡逃出生天，成為字面與實質上雙重意義的倖存者。即使監獄剝奪他的自由，耗費了他二十三年的光陰，也未能將他打倒。他目前

1 英譯注：薩拉馬戈的出生地。

2 英譯注：一九九八年，薩拉馬戈在該城領取諾貝爾文學獎。

甫於葡萄牙上市的著作，是他對那個黑暗年代的憶述，客觀直述的同時卻又慷慨激昂。這些回憶以《告訴我樹是什麼模樣》（*Tell Me What a Tree Is Like*）為其書名，寓意極其深刻。隨著時光的推移，他因獄歲月的殘酷現實，因為出獄後的外在現實層層堆疊而告結束，然而由於現實是如此層層覆蓋，將過去如同迷霧般包裹起來，使得他必須在每一個日子裡，都要付出極大的努力，來驅散這些迷霧，以求保持他的信仰、信念，不因自己的內在自我日漸脆弱而終致淪喪。馬寇士·安納不只是拯救了他自己，他還拯救了許多同繫於囚牢之中的同志，喚醒他們的精神，排解他們的疑難與爭議，以一種新的和平正義形式活躍於世。他的政治信念堅定不移，然而卻不讓其批判的能力受到影響，馬寇士·安納給予他所接觸的每個人一種無法壓制的希望，就好像他的朋友們到最後都做下這樣的結論：「如果他能夠，那麼或許我也能夠。」他在重獲自由以後，並未就此回家休養，而是冒著再次入獄的風險，又投入政治鬥爭當中，並且發起一項計畫，幫助並支持那些依舊繫獄的難友們。在西班牙，這個卓越人物的朋友與仰慕者（包括諾貝爾文學獎得主渥雷·索因卡〔Wole Soyinka〕），[3]已經提名他為阿斯圖里亞斯親王獎（Prince of Asturias Concord Prize）的候選人。[4]再沒有其他事情，比這樣的舉動要來得更適當了，而更需要對西班牙人民證明的，是這個歷史回憶依舊鮮活的存在著，就存在於我們之中。

09／06／03

旅程

上個星期六我們離開藍札羅特，飛往塞維利亞（Seville），接著搭車前往里斯本。星期日時，我們到阿辛赫噶出席一座雕像的揭幕儀式。佇立在我們房子前面的那株梧桐樹，蔚為奇觀，那鬱鬱蒼蒼的豐富綠色，讓我陷入漫長的沉思冥想，我這麼想著：「千萬別改變，就讓你自己保持現在這個樣子。」這是個無用的渴求，當我們見識到夏日的熱浪，秋日第一波凜冽的寒風時，樹葉紛紛墜落，奇觀歸於消滅，而隨後樹木便進入冬眠，等待一個鮮活的春季開場，好取代現在枝葉蕭條的結局。

上面這些非我原創的想法，讓我回憶起《到葡萄牙的旅程》裡最後那個簡短的章節，它對旅程這回事有著若干獨到創見的蛛絲馬跡。而在我們又從另外一次旅程踏上歸途回國，這一次途經科魯尼亞（Coruña）入境，我認為將書中的這些想法抄錄在這裡，並不是什麼壞事。所以，讓我們開始吧：

---

3 渥雷・索因卡（一九三四～），尼日詩人、小說劇作家，一九八六年獲頒諾貝爾文學獎。

4 阿斯圖里亞斯親王獎，是一九八一年由西班牙同名基金會發起的獎項，也是西班牙最高榮譽的獎項。阿斯圖里亞斯親王是西班牙王儲的稱號。本獎於設立之初共有六個獎項，頒發給世界上在藝術、人文交流、文學、國際援助、科學技術等方面做出貢獻者（個人或者團體）。一九八七年起，又新增和平、體育兩個獎項。

旅程永遠不會終結。只有旅人會走到終點。即使如此，他們也能以其記憶，以回憶錄，以故事來延長、繼續他們的旅行。當一個旅人席地而坐並且宣稱：「這裡再沒有什麼可看的了。」他自己曉得，這句話並不真切。一場旅程的結束，不過是另外一次旅程的起點。你得看看先前遺漏的事物，再看一遍你已經看過的，在春季時看看你在夏日時曾瞧過的，在白晝時看看你在夜晚裡曾瞧過的，在你曾凝視落雨的地方，端詳那陽光的閃耀，看青翠的作物成長，看果實的茁壯成熟，看石頭從一個地方被移動到另一個地方去，看從前沒出現過、而現在出現的陰影。你得重新追索以前的足跡，要不是再一次踩踏於其上，就是沿著舊足跡旁，再走出一列新的來。你得重新開始你的旅程。永遠如此。旅人要再一次地走向旅程。[5]

這就是事情的底蘊。因此，讓一切就這樣順其自然吧。

09/06/04

世俗主義

我現在要討論的世俗主義（Secularism），據我看來，從來沒有被清楚地陳述表達過，這是因為當中有個應該要主導此項爭論的根本問題被忽略了：是否應該相信神的存在？是否應該相信這個神不但創造了宇宙萬物與人類，永遠超脫時間之外，而且還是我們在人世間一切活動的審判者，祂獎賞那些行善者，允許他們升上天堂，在上主的面前獲得永生；與此同時，一樣屬於永恆的，是那些作惡者，會在地獄永受烈火焚燒之苦？對於神，或者對於那些已能對自己給出評價的人們而言，這樣的最後審判並非易事，因為我不認為有人能在其一生之中，徹頭徹尾地只是行善或是為惡。不確定自己的方向、這一刻與下一刻的想法背道而馳、相互矛盾，這就是我們人類。在這一切事情當中，世俗主義問題對我而言，與其說是一個將對於「上帝並不存在」這樣深刻的信念，與習俗制度的必然邏輯，以及將違反人類認知的概念，強加在我們身上的手段結合在一起，似乎還更像是個必須審慎看待的政治問題。我們討論世俗主義是因為我們恐懼去面對無神論。不過，在這個案例裡耐人尋味的是天主教會，他們尊奉其無惡不作、到處招怨的古老傳統，繼續悲嘆教會的命運不濟，說自己是「步步進逼的世俗主義」底下的受害者。這樣的立場是新的範疇，讓教會得以在攻擊全體的同時，仍可喬裝只是在批判某個部分。一向以來，口是心非都是羅馬教廷外交手法與教義策略上不可分割的特徵。

如果天主教廷與東正教會停止胡亂干預那些他們實際上並不關心的事情，這裡指的是干

5 英譯注：《到葡萄牙的旅程：葡萄牙歷史與文化的追索》（*Journey to Portugal: A Pursuit of Portugal's History and Culture*），薩拉馬戈著，阿曼達・霍浦金森（Amanda Hopkinson）與尼克・凱斯特（Nick Caistor）翻譯（哈維爾，二〇〇〇年），頁四四三（後記）。

預人們的社會與私人生活，那麼這樣的改變會受到歡迎的。然而我們卻不應該為他們的行為而感到驚訝。天主教會對眾靈魂最後的歸宿不太注重，卻永遠以控制人們的肉體作為其主要目標，此時世俗主義便作為肉體試圖想和靈魂一併逃脫時所途經的第一扇門，這是由於靈魂與肉體都無法單獨地到任何地方去。因此世俗主義不過是爭端的初步開場。真正的爭端將會在信仰與非信仰之間終於白刃相見時來到。在爭鬥之中，對立的一方會呈現其真正的名稱：無神論。其他的一切，都只是文字遊戲。

09／06／05

卡洛斯・卡薩瑞斯

卡洛斯・卡薩瑞斯（Carlos Casares）這位加利西亞作家，過去曾經帶我到科魯尼亞去，而現在，他的作品將會陪伴我度過即將來到的日子。他死於二〇〇二年三月，而在他逝世的幾個月後，也就是同年的九月，一個以他為名的基金會成立了，這些年這個基金會已經在整個國家裡創辦許多非凡的文化活動。我參加過不只一次由該基金會主辦的「馬力尼安對話論壇」（Dialogues of Marihan），而這一次是第六屆，主題為記憶的機制與其在文學創作上的運用。我的對談人是曼紐爾・瑞華士（Manuel Rivas），他追隨著托倫特・巴勒斯特（Torrente Ballester）與康奎耶羅（Cunqueiro）的步伐，是繼承加利西亞文學傳統的傑出作家之一。設在凱夏・加利西亞基金會（Caixa Galicia Foundation）的演講廳，是舉行我們此次對話的所在，裡頭滿座的聽眾，從頭至尾展露出極高的熱誠。而我覺得曼紐爾·瑞華士與我合作愉快，彼此都向對方的作品提供若干自己的坦率意見。這可以從我們並未在某些有爭議的事情上退卻就能看得出來，像是記憶的無意識運作這方面……

在科魯尼亞大約有六家基金會組織，在那兒的每個人都認為，它們是這座城市中，以及鄰近村落裡最為活躍、最具效率的文化發動機。每個月他們都籌畫舉辦數十場文化活動，當中有屬於文學領域的，也有音樂和美術活動——更別提他們的社會面向，至少總體而言十分重要。科魯尼亞的人們活在他們的基金會裡，這些基金會對他們的公眾與文化教育而言，都是不可或缺的。在葡萄牙，我們也擁有受到大眾喜愛的基金會，這對於主事者和我們而言，都是一件幸事。但是，來自外界的批評，或者是過分的嫉妒，同樣的也從未少過。就像有位堅持己見的專欄評論家，當他被問及，創立如喬賽·薩拉馬戈基金會（請原諒我在此處提到自己）的可能原因為何時，他竟然回答說：任何基金會的成立，都只為一個目的，那就是漂白黑錢和規避課稅。願上帝能寬恕他，因為我們自己不能……

09/06/08

那個叫貝魯斯科尼的東西

這篇受到特別邀稿的文章，昨日刊載在西班牙的報紙《祖國》的社論欄中。由於本部落格業已容納了許多篇講述義大利現任總理「輝煌事蹟」的評論，如果沒有將這篇文字刊登在這裡，反而顯得奇怪。在未來，這類文字無疑會愈來愈多，除非將來有朝一日，貝魯斯科尼聲明放棄他現在的所作所為，方才罷休。而既然這一天還沒有到來，我也不應該停筆不談。

那個叫貝魯斯科尼的東西

我看不出還能給他起什麼別的名字。一個近似人類的危險東西，一個舉辦派對、狂歡縱飲漫無節制，並且統治一個叫作義大利的國家的東西。這個東西，這種疾病，這型病毒，使得這塊培養過威爾第的土地，面臨道德淪亡的威脅，更是個深切的心腹大患，需要義大利人覺醒過來，在牠的毒液最後蔓延全身、摧毀歐洲最富饒的文化心臟以前，趕緊擺脫牠的危害。人類社會生活的根本價值，每天都在遭受這個叫作貝魯斯科尼的東西的臭腳踐踏，而這只是牠多項「才能」的其中之一，牠還具有能顛倒黑白的誇張本事，曲解語言的意義與目的，就像牠所統領、在義大利掌權的自由黨，這個政團的名稱那樣。我選擇稱呼這個東西為罪犯，並且對這樣稱呼毫不感覺有懺悔的必要。「罪犯」這個字眼，其定義與在社會中所指涉的語意，就留給其他比我更能闡釋的人去說；在義大利文裡，「罪犯」一詞所蘊含的負面意思，要遠高過歐洲任何一種語言。我選用這個詞，很清楚、銳利地表達出我對於這個叫貝魯斯科尼的東西的態度，接受這個但丁（Dante）的語言裡，所慣常賦予的意義，雖然但丁向來使用的詞彙「犯行」（delinquenza），在現在，其意義已經更加顯得模糊不清了。犯罪（criminality），根據我的母語葡萄牙文──在此我同時參考了字典和通俗的說法，這個詞意謂「犯下罪行，違背法律或道德規條的活動」。上述定義，套在這個稱作貝魯斯科尼的東西身上，完全符合，簡直天衣無縫，更像是牠全身自然生長出來的皮膚。許多年來，這個叫作貝魯斯科尼的東西，已經犯下眾多罪行，而且永遠都是顯而易見的重大犯行。這麼說吧，牠不只是違反法律，更糟的是，牠還炮製出一堆新的法律，來保護牠作為一個政客，生意人，以及身為那一小撮人的捍衛者的公、私利益；至於從道德標準來說，提起牠顯得毫無意義，因為在義大利以及世界其他地方的人們，無人不曉這個叫貝魯斯科尼的東西，老早就墮入最為卑鄙、澈底邪惡的境地中。這就是義大利的內閣總理，這就是義大利人民，連續兩次，使其連選連任，作為全民表率的東西；這就是人民選擇走上的毀滅之路，將烙印在威爾第音樂中的自由和尊嚴價值，全部拖扯到爛泥之中；以及知會（informing）加里波底（Garibaldi）的政治行動，[6]知會所有那些在十九世紀統一鬥爭裡，創造出義大利這個國家的人們，也就是那些讓義大利成為歐洲與歐洲人精神導引的價值。這個叫貝魯斯科尼的東西，正是想要將上面這些全給扔到歷史的垃圾堆上頭。義大利的人民，果真會允許這樣的事情發生嗎？

---

[6]「知會」，原文如此。朱塞佩・加里波底（Giuseppe Garibaldi，一八〇七～一八八二），義大利愛國志士，十九世紀義大利「三傑」之一（另兩人為薩丁尼亞國首相加富爾，與青年義大利黨的創始者馬志尼）。

09/06/09
自相矛盾

我曾經無數次地自問：到底左派將往何處去？今天我得到了答案：左派還在那裡，還在繼續計算著其候選人們所得到的，那悲慘又恥辱的得票數字，並且還在尋求解釋：為何得票數字如此之少。左派運動，這個在早年曾經是人類希望之一的象徵，原先能夠激勵我們，為著「促進人群的福祉、臻於至善」這樣的簡單訴求，而起來採取行動；隨著時光流逝，其社會成分經歷了一次改變，顯露出日漸誤入歧途與犯錯的趨勢，遂在運動的內部，產生墮落的現象，日益與當初的許諾背道而馳，面目變得愈來愈像其之前的對手、死敵，好似這麼做，才是獲得人民接受的唯一途徑。所以，左派運動到了後來，就淪為其原來面貌的黯淡複製品，援引各種理論概念，替自身後來某些行為開脫，而這些理論，之前曾被用來指責同樣這些行為。隨著他們愈來愈向中間路線靠攏，左派運動的主要人物一度宣稱說，如此才是出色的策略與無與倫比現代化方向的證明，可是左派卻毫無察覺：他們和右派早已十分相似。倘若事已至此，左派還能夠學到任何新的教訓的話，那必然是他們在創立「泛歐洲統一戰線」（pan-European front）的過程時，業已將其出賣給了右派，而一旦左派了解到這一點，便能自問：到底是什麼原因，讓左派與他們的天生支持者——窮苦大眾與懷抱夢想的人們——之間，產生了如此根深蒂固的隔閡與鴻溝？他們本身的信條，又還有多少迄今仍留存下來？如果左派業已停止運作、名存實亡，那麼投票給左派，就成為不再可能的事情。

令人十分好奇，同時實際上也存在著矛盾的，是本文標題所述的，自相矛盾的美國政治：美國，這個長久以來在每一個主要層面上，一直忙於建立起帝國主義與保守派政治形式的國家，此時此刻竟然將決定國家命運走向的權力，交到巴拉克·歐巴馬之手。這為我們的思考提供了素材。我之前已經講過，一個不過是嘗試著重新安排白宮內部家具擺設、裝潢的微小政治行為，竟然使得原來貪婪成性、巧取豪奪，甚至到了要吞噬自己的資本主義國度，搖身一變，現在成為左翼夢想的應許之地。不但如此，還有許多人，當中包括進步主義分子、社會主義者、共產黨人以及其他形形色色的人們，目前正在紛紛自問：「要是歐巴馬能是我們黨的領導人，會怎麼樣呢……」或許這樣的情形，是到了該討論「歷史的嘲諷」（the irony of history）這個詞語的時候了……又或者，這其實只是因為歐巴馬個人的政治魅力而已。

09/06/10

一個好念頭

或許對充滿懷疑與冷淡的苦澀海洋來說，在其中加入一個好念頭，不過像是一滴淡水落入浩瀚汪洋那樣微不足道，但是我認為，我們仍然應該歡慶這個目前正昂揚穿過西班牙的好念頭。精確地說，這個緣起自格瑞那達省的想法，是為了替「成年」年齡調降為十八歲而舉辦慶祝活動——這可不只是官方的法定年齡，還包括了社會對成年年紀的認可也一併調降。在這個慶祝活動中，每一位新獲得選舉權的青年人，都可以拿到《世界人權宣言》、《西班牙憲法》、以及《安達魯西亞自治條款》（The Statute of Andalusian Autonomy）各一份作為賀禮。當然，另外還有許多更加滑稽、有趣，或至少不那麼莊嚴肅穆的慶祝方式，不過既然嚴肅的事情應該嚴肅的看待，那麼你可以這麼看待這件事情：見到這一萬一千餘位青年人，期待著在上述這些文件的導引之下，魚貫邁向未來，將會教育我們有關這些年輕人的社會公民責任。我說：「用這些重要的文獻來武裝他們吧，如此，你就能提供給他們完整而必要的教育，足以使他們在現在與未來，成為夠格的公民。」這個想法是好的，讓我們衷心盼望，它將能夠繼續推廣下去。要讓這項活動成為社會大眾共同慶祝的節日，還需要可觀的創造力與付出，但是我們卻願意相信，社會必定不吝於提供這些付出。

在這篇文章開頭提到的那滴淡水，並沒有落入海水之中，而是滴落在我的手掌上。我啜飲這滴水珠，宛如一位即將渴死之人，像啜飲希望那樣地啜飲這滴水珠；就在挫折連番降臨到我們所有人身上的日子裡面，我們看到右派的勢力（其中包括那些極右派），正在歡慶他們在歐洲各地獲得的政治勝利。民主政治雖然尚未面臨危險，但卻有賴我們的努力，避免有朝一日危險的到來。格瑞那達正走在正確的方向上。

09/06/11

為賈梅士所撰寫的墓誌銘

如果我們所擁有的，只是你的詩句，那我們所知的你是什麼？
你所知的這個世界，如今還有什麼記憶留存下來？
你是否每一天都在生與死之間得勝，
或者，你是在留給我們的詩句裡，失去了生命？

上面這些問句，取材自拙著《可能的詩》（*Os Poemas Possíveis*），出版於一九六六年。在超過四十年後的今天，我仍然在尋找這些問題的答案。或許，我將永遠無法找到答案。我在六月十日寫下這些字句，這天，是《盧濟塔尼亞人之歌》（*The Lusiads*）作者的忌辰，[7]這本作品，被認為是葡萄牙文學當中的基礎之作。儘管賈梅士死時身無分文，無人聞問，在今天以葡萄牙文寫作的人，卻仍然能以獲頒以他為名的獎項，當作是無比的殊榮。

---

7 指賈梅士。《盧濟塔尼亞人之歌》又譯為《葡國魂》。

09/06/12

上帝的軀體

同時也以「基督聖體」（Corpus Christi）之名為人所知，這是羅馬天主教的義務節日（holy day of obligation）之一的聖體聖血節，也是法定假日的由來。所有信徒都被期待要出席彌撒，以便見證基督在主內的真實存在。假如，你對於神存在於彌撒所用的麥餅裡這件事有任何疑義的話，災難就會降臨在你的頭上，就像回到十三世紀時，那位被稱作「布拉格的彼得」（Peter of Prague）的主教所說的：你最不想要重現的可怕「奇蹟」，就是真的發現主耶穌的血與肉，由象徵意義變成真實。你恐怕也不想要在一場莊重肅穆的宗教遊行當中，被迫像彼得那樣，帶上如此充滿血腥的證據，一路到奧維耶多（Oviedo）的主教堂。[8] 我之所以知道彼得被迫如此，是由於為了這個相當複雜的題材，而求助於維基百科（Wikipedia）網站，而從該網頁十分親切體貼的解釋當中得知的。在那個時期，世界還真是個極度引人入勝的地方。而在今天，經濟的復甦與重振的奇蹟，是靠著印出無數的美元鈔票，並且以令人暈眩的高速投入市場流通，方能達成的；所以，這是拿一個真空來填補另外一個真空，或者，用比較穩妥的詞語來說，用來取代原先缺乏幣值的情況的，是假定的幣值，只要輿論在一開始時，就認定那就是所謂的幣值，那就能一直這樣冒充下去。

然而我原先下筆時想要談的，並不是這個經濟危機。無論如何，正像各位讀者現在所看到的，我並不是無端提及基督聖體，也並非借此來宣傳異端，我有自己一套遵循教規的看法，這是我的習慣。就在幾天以前，準確地說，是在五月二十八日，一位名叫佛蘭・瑞列斯（Fraans Rilles）的三十三歲玻利維亞籍男子，他是那種身上「沒有文件」、也沒有工作許可的非法移民，不過仍舊在西班牙的岡地亞（Gandia）一家麵包鋪裡打工。他是一場嚴重意外的受害者：揉麵團的機器絞斷了他的左臂。麵包店的經營者確實是發了善心，送他去醫院，可是卻把這位重傷者，放在距離醫院門口還有兩百碼的地方，走前還告誡他：「如果有人問你，別提到我們麵包店。」很自然地，負責救治的醫生索要那隻斷臂，好讓他們試著重新接上它，但是他們被迫放棄縫合手術的計畫，因為當醫師們找到那隻斷臂時，它的狀況已經不堪挽救了：斷臂被丟棄在垃圾堆上頭。

在寫這段結論時，我了解到其實我並不想談上帝的軀體。按照我寫作的習慣，總是讓一件事引出下一件事，而我下筆時真正想談的，是上段這名男子的身軀。這具身軀，打從見到第一個黎明開始，就遭到粗暴的虐待，受到鄙視、羞辱，違背最基本的生活條件；這具軀體從現在起，又失去了一條臂膀，而這失去臂膀的男子，竟然被要求保持沉默，以求別去傷害人家的生意。我只希望那些在今天趕著參加彌撒的信眾們，有時間讀讀報紙，騰出點心思來，想想這位男子受難的肉體，以及他濺灑流淌出來的鮮血。我所想的，可不是被安放在聖餐壇上的那位。我只是覺得，那些上教堂的人們，應該想想這名男子，也想想還有其他許許多多類似他遭遇的人們。他們說，我們全都是神的孩子，這句話並不真確，然而卻能為許多

8 奥維耶多是位於西班牙西北部的城市，阿斯圖里亞斯自治區的首府。

人帶來慰藉。佛蘭・瑞列斯，這位身受揉麵團機摧殘以及遭到眾多卑劣無恥的人剝削勞力的男子，上帝並沒有幫助他。這就是這個世界的運行之道，除此別無他途。

09／06／15 米高思

一九五九年，我開始在色彩工作室出版事業群（Estúdio Cor publishers）上班，我一定是在那以後，認識喬賽・羅德里奎斯・米高思（José Rodrigues Miguéis）的。[9]這家出版公司由柯瑞亞（Correia）與坎豪（Canhão）共同經營，文學部門的主編是納坦尼爾・寇斯塔（Nataniel Costa）。在此一年之前，米高思出版了一本短篇故事與小說的全集，叫作《麗雅》（*Léah*），這個集子在當時，同時為讀者大眾與評論界所接受，並給予高度評價。這是我所讀過他的頭一部作品，至於我在讀的時候，有多麼被熱情充滿，就不需要在這裡贅述了。我不是很確定自己結識米高思本人的確切時間，因為在那時候，他已經移居美國了。我所確實知道的，是從《半邊臉對死亡微笑的男人》（*A Man Smiles at Death with Half a Face*）於一九五九年問世開始，直到一九七一年，小說《尼可萊！尼可萊！》（*Nikalai! Nikalai!*）出版為止，中間還經歷了《天堂學校》（*A Escola do Paraíso*）與《通勤快車》（*O passageiro do Expresso*）的發表（兩者同於一九六〇年面世），一九六二年的評論集《第三階級的人們》（*Gente da terceira classe*），以及一九六四年的《此為禁地》（*É proibido apontar*）。在這段時間裡，我或多或少的和喬賽・羅德里奎斯・

米高思持續保持接觸；當他回到葡萄牙時，我們幾乎每天聯絡；而在他回美國時，我們則頻繁地以書信往來。這些書信往返，被喬賽・羅德里奎斯・佩耶拉（José Albino Pereira）選中，認為值得作為他博士論文研究的主題（同樣入選的，還有我與荷黑・德西納〔Jorge de Sena〕的文字往來），[10]讓我有權利這麼說：我並沒有在這個世界上丟人現眼。我和米高思的書信往來，一直到一九七一年底，我離開了這家出版事業公司方才結束。從那之後，我就只是偶然才見到他；就我所知，之後我們沒有再通信，不過在我的記憶裡，他永遠是一位傑出的人，有著卓越的演說技巧，更有著能將最複雜的情形，以最少的話語陳述出來的才智。每天與他談話，是真正的禮物，而進入他的傑出心靈與之對話，更能使與他對談的人發掘出自身的才智。從我個人來說，已經盡我所能地掌握了大部分的機會，這麼說並沒有要吹噓的意思。他逝世距今，已將近三十年了，然而我仍然能記起所有與他往來的事情，一切宛若昨日。

09／06／16

納坦雅胡

我講起這件事，只因為不可能再保持沉默。以色列總理，在被美國總統給逼到牆角之

9 喬賽・羅德里奎斯・米高思（一九〇一～一九八〇），旅美葡萄牙小說、劇作家。

10 荷黑・德西納（一九一九～一九七八），葡萄牙詩人、文學評論家。

後，終於，同意（或者，不如說是「屈尊俯就」吧）讓巴勒斯坦人建立一個新國家。再沒有比這個還要來得清楚了。或者不如說，對，他另外責令這個未來即將成立的國家（如果在某個階段，當地真有一個國家的話），不應有武裝部隊，並且，該國的制空權應該掌控於以色列之手——換句話說，以色列擁有壓制巴勒斯坦人，使其政治地位維持在強制邊緣化狀態的手段。可是，納坦雅胡（Netanyahu）卻沒有對歐巴馬立場的其他重要方面，也就是針對屯墾區與屯墾者的部分，有任何的隻字片語。每個人都知道，約旦河西岸，這個在理論上本應屬於巴勒斯坦人民的「國有」土地，上面布滿了屯墾區，有些是「合法」的（意謂由耶路撒冷政府當局批准，並動工興建的），有些則是「非法」的（未獲批准，但是同樣這一個政府，卻故意視而不見）。這些屯墾區，總數目全部加起來超過兩百以上，居住著大約五十萬名屯墾者，他們每一個人都是邁向和平路上的最嚴重障礙，其棘手程度，甚至要遠過於巴勒斯坦人其獨立建國權利要獲得承認的困難。在歐巴馬的前任，小布希的任期裡，就很能夠展現出這一點：當時，他迫使以色列政府了解到，想要於同一時間裡，既要舉行和平會談，又要美方承認屯墾區的既定事實，是相互牴觸的瘋狂之舉。以色列前總理歐麥特看來也了解這點，根據《國土報》（*Haaretz*）在二〇〇七年十一月所提供的報導引述，當時他表示，如果兩國間不能迅速商議出解決辦法，「以色列這個國家很快就完蛋了。」但是他卻不做任何努力以求解決這個問題，而任憑其言猶在耳的話語在風中飄盪。他們使我們了解，這些屯墾者為什麼總是能扮演那柄「達摩克利斯之劍」（Sword of Damocles），[11]懸在以色列政府的頭頂上，現在，則伴隨著更加迫切的理由——懸在了納坦雅胡的頭上。而我認為，很多以色列的猶太人最擔心恐懼的，就是他們又要重蹈過去「大離散」（Diaspora）的覆轍，在世界各地流離失所，看來似乎是他們的宿命。這個想法，使我無論如何無法樂觀，不過仍有待以色列當局的決定：究竟他們是否能證明，自己有辦法可以打造出和平的局面。如果你願意的話，時常拿這個問題去追問他們吧，回答仍舊會是負面的。

09／06／17

踏上旅程的大象

我的讀者們將會回憶起在那場到卡斯德羅洛德里哥的遠征裡，互相遭遇的兩個村莊的名字，而故事的敘述者在之前，則從未提過他們。[12] 這些村莊，如同所述，是基於敘述上的需要才創造出來的，而從來不像現在這樣，與真實的現狀發生任何的關係。對於那些愛好歷史考證的熱心人士而言，知道今天大象所羅門準備要踏上旅途，可能會感到羞辱，因為雖然在可考的史料上，找不到任何文獻記載，證明這是個歷史事實，況且如今也沒留下什麼蛛絲馬

---

11 達摩克利斯之劍，形容迫在眉睫的危險。典出於西賽羅的著作：希臘城邦敘拉古（Siracusa）的佞臣達摩克利斯，羨慕該邦僭主狄奧尼索斯二世（Dionysus II）的權勢，於是國主讓他坐在君王寶座上，當一日的國君。甫坐上寶座的達摩克利斯，赫然發現頭頂之上懸著一柄利劍，自此了解擁有強大權勢的同時，危險也如影隨形。

12 參見本書二〇〇八年十二月三日〈所羅門回到貝倫了〉一文。

跡，它卻可能是確實發生過的事實。生命本來就是由各種偶發事件所構成，無法排除各種可能性，就拿這裡的故事當作例子，歷史正好與故事情節發展相吻合。的確，歷史未曾記載這頭喚作所羅門的大象，用沉重的步伐履踐過新堡（Castelo Novo）、索提阿（Sortelha）、或者西達荷（Cidadelhe）的土地，但是同樣也不可能指天誓地說，這樣的事情從未發生過。我們薩拉馬戈基金會的同仁，便利用了這個顯而易見的道理，策畫並組織了一次旅程，在今天出發，從聖傑若米修道院（Hieronymite monastery）的貝倫塔開始，一路帶我們到當時的邊境前線，那裡正是奧地利鎧甲騎兵嘗試想將這頭大象獻給該國大公此一事件發生之處。讀者可能會抗議說，這是何其武斷、隨性的路線啊！然而就我們而言，沒有任何人會願意將這條路線，描述成只是數不盡的各種可能性其中之一。讓我們動身離開幾天，讓我們在遊歷之外，編織成一個故事。誰要和我們一起出發？讓整個基金會的同仁，伴隨著幾位所羅門的摯友，以及若干葡萄牙、西班牙媒體記者一道啟程，他們都是很好的人。讓我們和諧融洽的上路吧。再會，再會，直到我們回來，再次相會。

09／06／18

在新堡

在三十多年以前，我曾這麼寫道：

新堡的回憶，是旅人的諸多回憶裡，最能撼動心靈的一個。或許，他有一天會回到那裡，或許他不會，又或許，他會小心翼翼地迴避再經過那裡，只因為有些經驗，是無法重複的。新堡和阿爾佩德瑞那（Alpedrinha）一樣，都是依山建城。如果你繼續往上走，很快就會到達葛敦納（Gardunha）峰頂。旅人此時已無須重複他對這天的時間、光線以及潮溼空氣的描述。他只要求這一切，在他忙於攀行於陡峭的街道時，能不被遺忘；在他通過簡陋的民宅、建於十七世紀時的宮殿之時，在穿行於其門廊、陽臺、帶出草坪的拱道之時，能不被遺忘。要找到比這裡的建築更為和諧的地方，怕是很困難的了。所以，這一刻的光線與這一刻的時間，猶如凝結一般，停留在天空之中：這位旅人將能夠看見新堡。

我同時也在三十年前，提到了一些特殊的人：

有位老婦人從飲水槽旁的門階裡探出頭來，旅人向她問路。老婦人耳聾了，但是如果大聲對她說話，她就能從你的唇形裡，讀出你的意思。當她了解旅人的問題時，便露出笑顏，而使得這位旅人大為驚奇，因為雖然她的口裡全是假牙，但是她的笑容，是如此誠摯；她是如此欣然於綻開笑顏，讓旅人想要擁抱著她，請她再笑一次。

這裡面還包括了喬賽・佩瑞耶拉・杜爾特（José Pereira Duarte），他是在我生命裡所認識最慷慨善良的人之一。我寫道，他看著旅人的表情，就好像見到多年不見的老朋友出現在他面前，那樣的歡喜、那樣的高興。他曾說，他畢生的遺憾之一，是妻子臥病在床：「如果她不是病得那麼重，我真的會很高興在我屋裡招待旅人的。」

今天我們與喬賽・佩瑞耶拉・杜爾特的女兒和孫子在一起。那位老婦人已經不在了，但是有其他友善的面孔，出現在新堡這裡；而我也將再一次的，一如我在三十年之前那樣，以高昂的精神從這裡離開。如果，那頭名叫所羅門的大象正好是打從這裡經過，那些組成牠隨從護送隊伍的人員，感覺必然與我相同。因為像這樣溫暖的歡迎，你是沒有辦法編造發明出來的。

09/06/22

歸返之旅

這頭大象欣喜於牠沿途所見，並且讓跟隨護送的隊伍都知道牠的歡喜之情，雖然我們所挑選的路線上，沒有任何一處地方的景色，符合牠熱心保存的記憶。我們聽人說起，當時這頭大象，在騎兵師士兵一路伴隨下，向北行進，幾乎抵達邊界，而那個時候的道路狀況，是處在非常惡劣的狀態之下。和那些時日的旅程相比，我們這趟旅途，簡直就是在公園裡散步：平整的路面，舒適的下榻處，美味的餐廳。即便是習慣中歐奢華生活的奧地利大公本人，也會感到驚喜。這趟遠征是屬於工作性質的，不過卻像在度假一樣洋溢著樂趣。即使是那些最辛苦的挑夫，肩上必須要扛著超過十五磅以上的裝備，仍然十分欣然、甘願。有趣的是，此行我們的朋友，以及隨行的媒體記者中，沒有一個人熟悉我們即將拜訪的地方。既然這樣，對他們來說更好，因為他們等於有了這樣豐富的材料，可供記錄與講述。我們從康士坦西亞（Constância）開始，這裡據信是賈梅士打造家園、居住的地方，從他家的窗戶看出去，必定看過上千次特霍與澤斯赫（Zêzere）兩河交匯的景觀，這些輕柔的黑色深流，激發了他創作出最壯麗峻偉的詩句。由該地我們繼續前行，到新堡去看老市政廳（Casa da Câmara），[13]這棟建築的建造年代，可以追溯到十三世紀、廸尼斯一世（Dinis I）國王統治時期，瓊安寧噴泉（Joannine fountain）就平靜地坐落於一旁。我們也看到了那大澡盆，這是一塊巨石所鑿成的露天浴池，在那裡被踩踏的葡萄，其年代現在被看作是非常古老的。我們在基金會裡過夜，基金會坐落在一片長滿美麗櫻桃樹的地方。接著在隔天，我們前往貝爾蒙特（Belmonte），這裡是佩德羅・阿爾瓦雷斯・卡布拉爾（Pedro Alvares Cabral）的出生地，[14]而從這裡，我們直接到聖地亞哥（Santiago）的教堂去，我特別喜愛這座教堂。它收藏了在世上最能撼動人心的羅馬風格雕像：一尊只是大略上色的花崗石「聖母哀子像」（pietà），業已死去的基督，橫躺在其母的膝上。米開朗基羅所雕、那尊供奉在梵諦岡的知

13 英譯注：葡萄牙文的會議廳——即市政廳，建築形式是薩拉馬戈所喜愛的羅馬式（Romanesque）風格。
14 佩德羅・阿爾瓦雷斯・卡布拉爾（約一四六七～一五二〇），首位發現今日巴西的葡萄牙航海探險家。

名「聖母哀子像」則與此相反，更像是矯揉做作風格（Mannerism）的臨終喘息。要把我們的同仁從瞻仰這尊雕像的深深入迷狀態裡拉回來，並非易事，不過我們還是成功地誘使他們離開，去觀看羅馬塔（Centum Cellas）的建築之謎。這幢保持在未完工狀態的建築物，一直是各方熱烈爭辯的主題。它是守望塔樓嗎？還是給路過商旅提供住宿的客棧？又或者，是否它原來是作為監獄而造？儘管，其留置作為窗孔的數目太多，對監牢而言並不尋常。沒有人知道答案。我們對於景象的渴求，暫時獲得了滿足，遂繼續前往索提阿的行程，去遊覽那裡高聳的古城牆，而在該地遭遇了一場規模空前的大雷雨襲擊，雷霆閃電大作，暴雨傾盆，如槍林彈雨那樣對我們襲來。我們沒法沖泡咖啡，因為電力設施全告中斷。這場暴雨足足下了一個鐘頭，天空才開始恢復清澈。在我們重新上路、回到高速公路上時，雨還在淅瀝下著。往西達荷前進的這段旅程，現在我不會寫出來，請對此地有興趣的讀者，參考在《到葡萄牙的旅程》一書當中，專門寫此地的那四或五頁篇幅。我們同仁在那裡，先是為一七〇七年的競技感到目眩神迷，而後則在兩個村莊的遊覽當中，為各個建築物出入口、聖母教堂、以及墳墓上的淺浮雕，以及聖徒肖像而倍覺讚嘆。他們踏上回程時，臉上因幸福而煥發著光彩。現在，我們只剩下卡斯德羅洛德里哥還沒見到了。該地的市政委員會主席在橫跨柯亞河（Côa river）的橋上迎接我們，這裡距離西達荷不算太遠。我還保留著對卡斯德羅洛德里哥的印象，那是在三十年前，我第一次來到這裡時所留下的：這是個衰頹的古老小鎮，這裡的古蹟，都是廢墟中的廢墟，彷彿蓄意地添上某種多層次的偽裝。今日的卡斯德羅洛德里哥，是一百四十餘人口的家園，街道清潔而且便利，這個鎮的外觀與內在都被修復了，而且——

最重要的——原來那種哀傷已經消失，現今呈現出來的氣氛，是這個小鎮最好的宣傳。人們必須回到這個充滿歷史的小鎮來看看，在這裡，他們可以重新體會生命。這就是此次旅程所上的一課。

09/06/23

薩斯特里

在三十多年前，我和劇作家阿芳索・薩斯特里（Alfonso Sastre）見過一面。這是我們僅有的一次會面。我從未給他寫過信，也沒收過他寄來的隻字片語。對於他這個人的個性，給予我一個沒有親切感、陰沉而且嚴厲的印象，這種印象，完全無法使當時我們之間的對談更容易些，雖然和他談話也並不是件特別困難的事情。除了偶然經由一些沒什麼意義的媒體評論之外（都是些提及他強烈支持巴斯克民族主義者好戰立場的評論），我沒有再進一步聽過關於他的事情。在近來這幾個星期，阿芳索・薩斯特里的名字，重新出現在歐洲議會選舉的候選人名單上，這是一個新近組織的跨國政團的一部分。後來，這個政團並未在設於史特拉斯堡（Strasbourg）的歐洲議會，取得任何代表席次。

幾天以前，巴斯克分離組織「祖國與自由」（ETA）殺害了一位名叫艾德華都・佩列斯（Eduardo Pelles）的警員。他們以使用近似遙控簡單引爆裝置的手法，將炸彈擺放在這名警員座車的底盤下。這名警員的死亡，十分駭人聽聞：炸彈爆炸引發的大火嚇人地焚燒著這位不幸男人的身體，沒人能夠幫助他。這樁犯罪當即激起了西班牙全國各地所有人的憤怒。或者，必須要這麼說，不是所有人都同感憤怒。就像阿芳索．薩斯特里才剛在巴斯克喉舌的《吾人報》（*Gara*）上，[15]刊載了一篇充滿威脅意味的文章，談到了過往的「巨大痛苦，而非和平」，同時替此次的恐怖攻擊開脫，說這是「政治鬥爭」當中不可缺少的一環，而且還表示，倘若西班牙當局拒絕與ＥＴＡ重啟談判，就必然會有進一步的攻擊行動。我對於竟會讀到這樣一篇文章，深感難以置信。誠然，在警員艾德華都．佩列斯汽車底盤下放置炸彈的人，不是阿芳索．薩斯特里。可是同樣的，我也從未期待見到他文章裡的這些說詞，替那些謀害人命的劊子手狡辯脫罪。

09／06／24

薩巴托

將近百齡，精確來說是九十八歲，這是埃內斯托．薩巴托（Ernesto Sabato）今天正在歡慶的壽辰。[16]我頭一回聽到他的大名，是在里斯本的老奇朵咖啡館（Chiado Café），那可是遙遠的一九五〇年代了。當時，有位參與我們聚會的朋友，表示他最近所關切的文學品味，朝向了當時鮮為人知的南美洲文學。至於其餘我們這些參與聚會的人（我們固定每天下午後晌聚會），幾乎完全一致地偏愛甜美卻不朽的法國文學，就除了這位偏要偶唱怪調的人，吹噓說他打從心底了解那些在美國所書寫的作品。而我應該要歸功於這位後來就不再見面的朋友，因為他這個古怪的念頭將我導引到下面這些作家的世界裡去——他們是胡立奧．柯塔薩（Julio Cortázar）、波赫士、比約．卡薩瑞斯（Bioy Casares）、米格爾．安赫爾．阿斯圖理亞斯、羅慕洛．加利戈斯（Rómulo Gallegos）、卡洛斯．富恩特斯、還有其他許多當我嘗試著回憶時，從我記憶中溜逝的人名——薩巴托就在他們之中。[17] 基於某些奇怪的理由，我將「薩巴托」這三個快速由口腔迸發斷音的短音節，和一把匕首連繫起來。如果考慮到薩巴托作為字詞，其實際上的意義便十分為人所熟悉的話，[18] 那麼我上面所做的這個連繫，看來就愈發地不相稱了，但是據說，真相就在其意思當中。薩巴托的小說《隧道》（*El Túnel*，另譯為《外來者》〔*The Outsider*〕）於一九四八年出版，但是那時我從未拜讀過。在那個時間點上，在我年僅二十六歲，還洋溢著天真無知且年輕的時候，在發現那條通往布宜諾斯艾利斯的海路之前，我仍然擁有極多條道路可供選擇……與此同時，《隧道》

15 或譯為《加拉報》。該報創刊於一九九九年，採雙語（巴斯克和西班牙語）印行，作為鼓吹巴斯克獨立運動的主要媒體。

16 埃內斯托．薩巴托（一九一一～二〇一一），阿根廷西語雙棲小說家、畫家。

17 胡立奧．柯塔薩（一九一四～一九八四），阿根廷作家。比約．卡薩瑞斯（一九一四～一九九九），阿根廷小說家、波赫士友人兼合作夥伴。米格爾．安赫爾．阿斯圖理亞斯，瓜地馬拉籍小說家，諾貝爾文學獎得主。羅慕洛．加利戈斯（一八八四～一九六九），委內瑞拉小說家、政治人物，曾於一九四八年當選該國首任民選總統，惟任職九個月後便遭軍事政變推翻，流亡海外。

18 在義大利文中，「sabato」為「星期六」之意。

成了我在各個咖啡館時，桌上的必備之書，我在咖啡館裡或沉思冥想，或瀏覽細讀，手上總有薩巴托的小說。在這部小說的頭幾頁裡，便精確地向我顯現了「從姓氏到一把匕首」這樣大膽而遙遠的聯想是如何建立起來的。在其後，我閱讀任何薩巴托的作品（無論是小說或是評論），都只是更加確認我對這位筆風清晰明暢的悲劇小說家的第一印象：他能夠從讀者靈魂中，那錯綜複雜的曲折迴廊裡，打通一條道路，並且逼使著他們目不交睫地，凝視著自己最隱晦的角落、最黑暗的縫隙。如此，是否使得他的作品難於通讀？或許如此，但是這也讓他的作品更加地引人入勝。在他的行文當中，混雜著超現實主義、存在主義與心理分析，為其提供了理論基礎，並由寫出《墳墓中的英雄》（*Sobre héroes y tumbas*）的作者，[19]將其統整在一起；這使我們不容遺忘，這位自稱是理性之敵的人（埃內斯托・薩巴托的夫子自道），是如何在宗教啟示錄般驚世血腥的鎮壓加於阿根廷人民身上時，運用他那有缺陷而且卑微的理性精神，描述出在他眼前所見到的正確事實。[20]那些令人回憶起特定歷史時期、特定發生地點的小說作品，例如《隧道》、《墳墓中的英雄》、還有《滅絕者亞巴頓》（*Abbadón el exterminador*），不但逼使人們聽見良心因為苦於無能為力所發出的哭喊，見到女卜卦師所預見的驚恐未來，同時也提醒我們，就像哥雅（Goya，他的畫家身分，較之作為一位哲學家，更為世間所知）在他著名的雕刻版畫「幻想畫」（*Caprichos*）系列裡，[21]所留下難以抹滅的回憶：向來都是理性先行撤守，陷入熟睡，才孕育、滋養、並且助長這批泯滅人性的妖獸種族，日漸繁衍壯大。

親愛的埃內斯托，這就是遍布於我們所有人生命之中的震顫與恐怖，而你的人生，同樣也不能例外。或許，現今之世我們所面對的局勢，並不如你所經歷過的那樣劇烈極端，而對於這段你所經歷過的歲月，富有人性關懷如你者，必然拒絕饒恕你所身屬的這個族類。你已經成為那種人，那種即使是連自己作為人類的身分，都不可能原諒的人。無疑的，這會使某些人因為感覺遭受冒犯而不高興，但是我懇求你，千萬不要卸下你這把思考的匕首。你將要邁向百歲之齡，我很確定，我們所剛走過的這個時代，將會像卡夫卡與普魯斯特（Proust）那樣，被稱作是薩巴托的世紀。

09／06／25

型塑（一）

對於在一般意義上，教育的主要責任，特別是大學教育中的責任，就是我們所稱的「型

19 英譯注：《墳墓中的英雄》一書的英譯版，目前已絕版，但是這部作品已成為二十世紀阿根廷文學的經典名著。

20 英譯注：阿根廷在一九七六到一九八三年這段期間裡，一共歷經了三次（魏地拉、維亞拉〔Viala〕、加爾鐵里〔Galtieri〕）軍政府獨裁統治，這段期間裡，軍政府對平民發動「不名譽戰爭」（Dirty War），造成一萬至三萬名人民無故「失蹤」。一九八四年，埃內斯托．薩巴托將受難者的證詞整理出版，書名為《絕不重蹈覆轍》（*Nunca Más*，在英國以 *Never Again* 之名出版，法柏兄弟〔Faber &Faber〕出版，一九八六年）。

21 此處指的是哥雅於一七九七到一七九九年間所創作的銅版畫〈理性沉睡，心魔生焉〉（El sueño de la razón produce monstruos），屬於「幻想畫」系列的第四十三幅。

塑」（formation）這件事情，這一點我並非不知。大學為學生將來的生涯做好準備，傳達必須的知識給學生，這些知識，對於下列在某個特定社會的需求範圍內被選擇的職業能有效運作，是十分必要的：一種可能原本一度是職場召喚，但如今卻是愈來愈頻繁地，以伴隨著迫切的商業利益的科技優勢作為其基礎的職業。無論是上述哪一種情形，大學教育都將有充分的理由，認為自己業已完成了它的各項義務，因為大學已將青年學子們提供給社會，這些年輕人已經準備好，等著要接受還有待學習的課程，並融入他們的知識主體，也就是將由經驗（所有人類事物之母）來教導他們。在今天，一所大學按照它所被賦予的責任，塑造了你；而假使這種所謂的型塑持續下去，完成其它部分，便會引來下面這個無可避免的疑問：「問題出在哪裡？」問題就在於，我限制了自己對於型塑的討論，使之侷限在職業培訓養成的必要陶冶，而撇下了其它的型塑不論——對於作為一個個體，作為一個人，作為一位公民的型塑。這種型塑，是一組基本的三位一體，合三種要素於一身。現在，該是來討論這個棘手議題的時候了。很明顯的，任何動作、舉措，都會被預先認定是有著對象與宗旨的。對象——或許在這裡，我們該稱它是主題——就是作為型塑目標的人，而主旨則是這項型塑的本質與其目的。譬如說，文學上的型塑，只有在採用的教學方法，以及學生接受程度的多與寡方面，才會引起質疑。然而，當我們開始討論對於個人的型塑時，問題就澈底地不同了：永遠在於我們要啟發、激勵那位已經表明是我們「對象」的人，而不侷限我們自身在只是補充相關的特定規則或是特定方向。那麼這樣一來，就使我們在與任何職業活動建立起關係時，都不可或缺的，需要包含進整套複雜的道德價值，以及理論與實務的關係作為考量。可是，對個人的型塑，絕不是用來催眠自己的工具。那種以鼓吹種族或生理優越論為主旨的型塑教育，是對其內在本質的曲解和墮落，它以負面價值取代正面，以偏狹、排外來取代提倡尊重人性的概念。這類的例子，在古往今來的歷史當中，可謂史不絕書。讓我們明天繼續來討論。

09／06／26

型塑（二）

我的這番議論，到底要發向何處呢？既朝向大學，也朝向民主政治。這是因為，大學院校是典型的菁英人士的群集地，對於授予型塑公民與教育個人尊重人性與和平的價值概念所應具備的知識負有責任，並且應該為學子們準備好自由的概念，以及參與負責任的批判、討論的健康價值觀。你大可以爭論說，在上面這些責任裡，有很大一部分，應當移轉給作為社會根本核心的家庭來承擔。可是，如我們所知，家庭制度的本身，正經歷著一場認同危機，從而使其無法有效應對那些標誌著我們身處的時代變遷的改變。除了極少數的例外之外，大多數的家庭，都傾向哄騙我們的社會良心入睡，直到我們上了大學，當我們在校園中見到各類新朋友，發現多元價值之時，也就是一個實用、有效的全面民主見習期的必備條件都具備的時候，開啟了對我而言，所有事物裡最為根本的價值：民主政治這項議題的本身。我們必須重新找到闡發這項概念的途徑，將它從因為因循泄沓、失去信仰所墮落、沉淪的癱瘓狀態裡拉拔出來。這種民主政治的癱瘓狀態，是由經濟和政治上的勢力所共同助長出來的，因為這些勢力發現，僅僅維持住表面民主的堂皇門面，而不讓我們當中的其他人察覺其內在究竟還隱藏了什麼，是件十分便捷的事情。以我之見，無論表象之下還存留了什麼，與其說是用來捍衛真理，還倒不如說幾乎全是些助紂為虐的謊言。而令人感到悲哀的，是我們所稱的「民主政治」，已經開始像件壽衣了，壽衣裡所遮掩的，是具腐敗發臭的屍骸。那就在一切都太遲之前，讓我們使民主重新復活過來吧。而希望大學教育能夠助我們一臂之力。問題是，大學會願意嗎？大學有這個能力嗎？

09/06/29

黑色西班牙

《黑色西班牙》（*España negra*）是藝術家荷西・古提耶瑞茲・索蘭納（José Gutierrez Solana，一八八六～一九四五）著作的書名。這部作品有時不好讀，或者說，讀來令人感到不快，這並不是因為該書的行文深奧難懂，或是句法結構笨拙所致，而是由於本書描繪出的西班牙，是一幅殘酷的景象。作者在這部作品裡，僅只是按照原先他的畫像，轉為書寫的文字，而這些畫像裡充滿著陰鬱與醜陋，反映出那個時代裡，西班牙農村的落後氛圍，在其中揭露一切事物，而對於那人類行為當中，最為凶暴、可憎、或者殘忍的事例，都無所遁逃。古提耶瑞茲・索蘭納受到最黑暗的巴洛克風格，特別是瓦德斯・里爾（Valdés Leal）的畫風影響，同時也受到哥雅「黑色圖畫」系列的啟發，他所描繪出的西班牙，在可想像的程度當中，是汙穢與醜怪的最高等級，這必定是他在所謂的大眾節慶裡，以及對於服裝與風俗的觀察之中，所發現到的祖國景象；除此，再也沒有可供解釋的原因。

今天的西班牙已經大不相同了；它已經成為一個已開發而且有教養的國家，能夠給這個世界上些關於文明社會的課，可能讀到上一段的人，會抗議我這麼說。我不否認上面這個觀點，在西班牙話（Castelhana）裡，在普拉多美術館（Prado Museum）裡，在鄰近莎拉曼卡（Salamanca）的地區裡，或是在巴塞隆納的通衢大街上，都顯得合乎情理；但是，倘若古提耶瑞茲．索蘭納仍然在世，西班牙依舊不缺地方，讓他架起畫架，畫出和從前一模似樣的陰暗圖像來。我所指的，是那些由大眾捐款或是在地方政府財政補助下，舉辦鬥牛的城鎮。鬥牛和鬥牛場在每次地方節慶到來時，為當地的人們提供了娛樂。樂趣與快事並不在於殺掉鬥牛，讓那些最需要食物的人們分享牛排。除了高失業率之外，西班牙人民也享有豐富的飲食。這件愉快的樂事同時有著另一個名字。鬥牛矇住眼往前猛衝，血流不止，腹脅的兩側都被長矛刺穿，或許還被十八世紀葡萄牙所用的那種灼燙的倒鉤標槍給炙傷，然後，鬥牛就被追趕下海，溺斃：牠們實際上，算是一路被凌虐至死。幼童們攀著他們母親的脖頸，一面鼓掌，興奮的丈夫緊抓著同樣興奮的妻子，因為每當鬥牛試著想逃脫處刑者的手掌心，在行走過的地方，留下一條條血跡的時候，這些人們就被逗得樂不可支。這是凶暴，這是殘忍，這也十分令人厭憎。但是，想必人們真正在意的事情，是究竟克利斯帝蘭諾．羅納度（Cristiano Ronaldo）會不會替皇家馬德里（Real Madrid）效力踢球？[22]或是像全世界都為麥可・傑克森（Michael Jackson）之死而哭泣這類的事情，有什麼重要？或者，一座城市讓無法自衛的動物遭受預謀的凌虐，在其大眾節日，在接下來的年代裡，都將無情地重複上演，又算得上什麼事呢？這是文化嗎？這是文明嗎？難道，這看來不更像是種野蠻落後嗎？

兩年

09／06／30

我們的基金會，在昨天滿兩週歲了。按照習慣說，我們開端肇始的篳路藍縷，一切都彷彿像是昨天才發生的事情。倘若我們嘗試要開出一張清單，將所有我們做的事情，以及所有我們想要做的事情，全部開列其上，那麼我們便有十足的把握能夠向你擔保，我們從未有片刻偷閒。首先，對於決定如何才能提供這個新生的基金會養分、使之茁壯，以便在下個階段能夠健康發展，完成承諾，一直有疑慮。接下來，難關在於說服那些信心不足的人，信任我們不是在這裡心心念念都從贊助者的角度來考量事情，而是為了葡萄牙文化，以及整體社會的益處而工作。我們並未狂妄到以為，之前能改變你的想法心意，接著在現在又可以改變他們的。但是向民眾說明的任務，讓我們得以獲得機會，將基金會的各種想法與提案，提供給那些善心人士參考。幸運的是，這個國家並不缺少這樣的人，然而卻只是偶爾才被人說起。基金會目前已呈交兩年來的整體業績送付審查，而看來業績不只是合格，前途還十分看好。

尖石宮的修復工程，三天前我們才去訪視過，現在正取得穩定的進展；並且，很有可能在六個月、或更短的時間裡，在計畫完全上軌道之後，就能更加地自由來去這棟原本就已屬於我們的房子。我們希望坎波斯・達斯賽波拉斯（Campos das Cebolas）這個地方的修復工程完成後，該地能成為愛好文化、不只是將文化當作膚淺精神裝飾品的人士，日常散步的必經之處。最近我們舉辦了紀念喬賽・羅德里奎斯・米高思的活動，回憶他的作品與生涯。下一步，或許是在二〇一〇年一月，我們將舉行紀念維托利諾・尼梅希歐（Vitorino Nemésio）的活動。在他之後，則是拉烏爾・柏蘭道。[23]我國的法律，儘管有時不公不義，但確實為文學市場提供了機會與出路。尤其是在這麼一個時代，當最近時期的偉大作家們都不再為知識界所提及談論的時候。我們應當盡一切可能，來阻遏，甚至是扭轉這樣一個惡劣的趨勢。還有許多的工作等著我們去作。兩年的時間微不足道，但是基金會這個幼兒，健康狀況良好，並且值得褒獎。

---

22 克利斯帝蘭諾・羅納度（一九八二～），葡萄牙著名職業足球球星，成名於二〇〇六年的世界杯足球賽，一般稱為「C羅」，目前效力於義大利甲組足球聯賽的尤文圖斯隊。

23 維托利諾・尼梅希歐（一九〇一～一九七八），葡萄牙詩人、文學理論學者。拉烏爾・柏蘭道（一八六七～一九三〇），葡萄牙軍官、作家與記者。

JULY

2009

09／07／01

奧古斯媞娜

大約四十年前，有幾個月的時間，我為《新麥田》（*Seara Nova*）撰寫文學評論稿，對於這項任務，我認為自己不具備什麼天賦，但是《新麥田》裡兩位慷慨善良的好朋友，卻覺得我有能力可以勝任。這兩位朋友，分別是奧古斯特·柯斯塔·迪亞斯（Augusto Costa Dias），他是動念邀稿的那位；以及羅傑里歐·費南德斯（Rogério Fernandes），在那個時候，他所擔任的職務，是後來備受懷念的評論主筆。一般來說，我不覺得自己該為一些嚴重的不公義的事情負責，除了我在給予喬賽·卡爾多索·派瑞斯（José Cardoso Pires）的小說《皇太子》（*O Delfim*）意見時的不用心，[1]這件事情例外。之後我經常自問，那天我的腦袋到底是怎麼一回事。他們說任何人都會犯錯，但是這可不是個小錯而已，而是澈澈底底的搞砸了（如果你覺得這個用詞失之於粗俗，請見諒）。幾年以後，在羅馬，我在荷黑·亞馬多的大力協助之下，竭盡全力地在「拉丁聯盟獎」（Latin Union Prize）資格審議委員會的衝突爭辯當中，為了卡爾多索·派瑞斯應當獲頒這個獎項而力爭到底，而我之所以這麼做，極有可能是受到過去那痛苦不堪的回憶所驅使的緣故。能與卡爾多索·派瑞斯在這獎項上的競爭者，莫過於瑪格麗特·莒哈絲（Marguerite Duras）了……[2]

十分重要、而必須要注意的是，在開始替《新麥田》寫文章時，我的作品產量並不豐富：我在一九四七年時已經出版了《罪惡之土》（*Terra do Pecado*），在一九六六年時，則發表了《可能的詩》。除此之外，就沒有別的作品。在當時的葡萄牙，沒有任何作家，作品的數量與質量比薩拉馬戈來得少、差了。我了解，有些人認為像我這樣一個藉藉無名的小人物，竟然膽敢接受我朋友那不明智的評論邀約，臉皮之厚，著實無法為之開脫。這大概是奧古斯媞娜．貝薩．路易士（Augustina Bessa-Luiz）在偶然翻閱《新麥田》時（奧古斯媞娜．貝薩—路易士讀過《新麥田》嗎？），[3]發現自己正看著一篇由我署名、評論她新書的文章，心中所產生的想法吧。如果她真是這麼想的，我也不會責怪她。儘管，文章後面隨即提到的文字，可能會令她感覺滿意。在記憶中，我是這麼說的：「如果葡萄牙能找出一位具有天才氣息的作家，那必定是奧古斯媞娜．貝薩—路易士。」我當時是這麼說的，而這番話我今天還要重複一遍。沒錯，我的確繼續寫道：「讓我們盼望，她可別在自己的音樂聲中，沉沉睡去。」在整篇評論裡，或許此處是否有點輕涉惡意的味道？可能吧，但是這也是情有可原的，尤其是一名菜鳥評論家，當時正在知識界的就業市場裡，找尋自己的棲身處的時候……

那麼她是否沉沉睡去了？我認為沒有。有些奧古斯媞娜的讀者，希望她能以其永不衰竭

1 喬賽．卡爾多索．派瑞斯（一九二五～一九九八），葡萄牙自由勳章得主，短篇小說作家，另有劇本、政治諷刺小說等多部作品。

2 瑪格麗特．莒哈絲（一九一四～一九九六），出生於法屬安南（今越南）的法國作家、電影編劇、導演，她的作品如《情人》和《廣島之戀》都改編為電影，為膾炙人口之作。

3 奧古斯媞娜．貝薩—路易士（一九二二～二〇一九），葡萄牙作家，於二〇〇四年獲頒該國文學最高榮譽賈梅士獎。

的自由精神（她確實擁有），另闢新路，投身於其他大膽的文學嘗試，而這是可以理解的；但看來奧古斯媞娜向來最感到興趣的是記錄安崔・多羅・米尼奧省（Entre Douro e Minho）的「人間喜劇」（*comédie humaine*），[4]在這方面，她已經開了風氣之先。認為奧古斯媞娜・貝薩・路易士那強有力的作品裡面所蘊含的諸多看法當中，帶有一種社會學的觀點，這並不是在貶低它的重要性。巴爾札克（Balzac）與貝薩・路易士，在他們各自的土地上，在他們各自的時代裡，根據他們各自秉持的個人與藝術風格，所做出的是完全一樣的事情：觀察，並且講述。閱讀巴爾札克的作品，你能夠更加了解十九世紀的法國。從奧古斯媞娜作品裡所煥發的光芒，幫助我們更為看清二十世紀的一個特定社會的精神心態——對十九世紀末的社會來說，亦然如此。真的、真的，寫得出這部作品的人，絕不是已經沉沉睡去了……

09／07／02

翻譯

寫作永遠都是一種翻譯，即使我們使用自己的語言寫作，亦復如此。我們運用約定俗成的字彙寫作，來表達我們所見與所感（讓我們在此先假定所「見」〔see〕與所「感」〔feel〕，如同我們通常對它們的理解，並不只是些相對來說，有可能表達我們所看到、所感受到經驗的字眼），而我們希望情勢環境，以及意在言外的溝通，能使這些表達讓讀者了解，如同我們想要傳達的完整經驗（有時並非完整無缺）——我們所傳達的文字，不可避免的，只是些我們所經歷過現實的殘破片段——因而，至少在我們的靈魂深處，有片陰影遮蔽的地方，我們知道，那是無法被翻譯出來的：突如其來的遭遇當下所產生的純粹情感，因為一次發現而起的讚嘆，這些在言語所及之前，轉瞬即逝的短暫靜默時刻，將會存留在記憶當中，就像腦海裡夢的痕跡那樣，時間永遠無法將之完全抹煞。

因此，一個人的翻譯作品，本來就是種迻譯的作品，從原來的語言，轉譯到另一個來（通常是他自己的母語）。這當中翻譯的，是對一個特定的社會、歷史、意識形態，以及文化層面的現實所得到的認知，這種現實並非是翻譯者所身處、認知的現實，而這個在語義與語境之下落實的認知，也不是翻譯者本人的。原來的文本，只是原作者對於現實經驗的其中一種可能的「翻譯」，而翻譯者必須將「翻譯的文本」，轉化成為「文本的翻譯」；這無疑會造成某種矛盾，因為，既然翻譯者已經開始將領略現實經驗當作他注意的目標，那麼他就必須承擔起更大的使命，將這個他預備將要翻譯的現實經驗，完整無缺地帶進（另一個）現實經驗的語義和語境裡去，對於「它從何處來」以及「它將往何處去」，展現出同步而應有的尊重。對譯者而言，那先於文字而出現的靜默時刻，是一個煉金質變過程的起始點，在這

4 安崔．多羅．明荷省是葡萄牙近代之前的六省行政區劃之一，位於北境濱海，於多羅與明荷兩河之間的地區，通常簡稱為明荷省，於一九三六年時取消。「人間喜劇」本是法國現實主義小說家巴爾札克（Honoré de Balzac，一七九九～一八五〇）的著名作品系列，共有九十一部長、短篇作品（另有四十六篇尚未完成），當中提及兩千四百多個人物，是研究這個時期法國社會生活的素材。

個過程當中，必須要將「本來就是這麼回事」（the thing that it is）的事物，轉換為另外一種事物，而又能維持「事情曾是如此」（the thing that it was）的面目。作者與譯者之間所進行的對話，在「現在」的文本與「未來」的文本的關係裡，不只是兩個必須相互補足的人格，歸根究柢地說，還是兩個必須相互認可的文化的一次遭逢相會。

09／07／06

評論

在喬賽・馬力歐・席爾瓦（José Mário Silva）刊載於最新一期的《快報》、對於「筆記本」（*O Caderno*）部落格的書評裡，他說道，我不是個真正的部落客。他不但這麼說，還舉出實例以資佐證：我在文章裡，不提供超連結；我和讀者之間，沒有直接的對話；我和本部落格社群的其他作者，沒有什麼互動。這其中有些事情，是我早已經知道的，不過從現在開始，無論任何時候，當有人問起時，我就能夠以喬賽・馬力歐・席爾瓦舉出的各種例子，當成我自己的理由，好將這個問題一勞永逸地給說清楚、講明白。無論如何，我對這篇書評並沒有怨言，這篇文章寫得十分有禮而得體，且又真誠坦白。然而，接下來的兩點，把我從自己的地下碉堡裡拖出來，違背了自己從前所立下、嚴格實行至今的決定——絕不回應、甚至是評論任何對我作品的批評指教。第一點，與我分析問題時，明顯採行的過分簡化本質有關。我固然可以答稱，這是由於空間有限，不容許做更進一步的分析所致，但是實際上，不容許我做更多分析的，就是我自己。我欠缺作為一位有深度的分析家所必須具備的能力，但是像那些出身自芝加哥學派（Chicago School）、[5]學識淵博又有深度的分析家們，縱然天資甚高，他們那有上天眷顧的腦袋卻依舊是澈底失敗，還遠不如那些頭腦簡單、普普通通的分析師，早早就能預測出一場金融的毀滅性浩劫。另外一點，要嚴肅得多，而且這一點本身就足夠能證明我這次出乎意料地站出來說話，是合理之舉。我指的是自己所斷言的，我那過度的義憤（indignation）。任何事情發生，都在我的意料之內，但是這一次是像喬賽．馬力歐．席爾瓦這樣一位智慧之士出來說話，著實讓我料想未及。所以，我的問題就如我的分析那樣簡單：義憤該有限度嗎？而進一步講，在一個特別缺乏這類義憤，而其後果又全擺在眼前的國家，誰又能說義憤過剩了呢？我親愛的喬賽．馬力歐，請思考這個問題，然後以您的高見來指教我，拜託。

09／07／07

主題是討論他自己

我從來不認為自己作為一個作家的認同，與身為一位公民的良心曾有過區分。我相信這

[5] 芝加哥學派是一批由一九五〇年代起，在美國芝加哥大學（University of Chicago）任教、或於該校經濟系取得博士學位的學者，其經濟理論主張的集合名稱。該派學者強烈擁護自由經濟和市場機制，反對統制與計畫經濟的人為干預。

兩者應該是緊密相隨、並行不悖的。我不記得自己曾經寫過任何隻字片語，違背牴觸我所擁護支持的政治信念，但是這並不表示，我將文學置於政治意識形態底下，並且讓文學為意識形態服務。然而，這件事情蘊含的意義，在於我所寫的每一個字句，都是在表達我這個人的所有面向。

讓我再次申述：我作為一個作家的角色，和身為公民是密不可分的，但是在作家身分與政治基進分子的角色之間，我並未有過混淆。我確實以作家的身分，較為世人所知，但是也有些人，無論他們是否認定我以作家身分寫出那些作品，相信身為一個普通公民的我所說出來的話語，符合他們的利益，與他們密切相關。即使沒有旁人，這個作家也要將表達出這樣聲音的責任，扛在自己的肩頭。

如果一個作家屬於他所身處的那個時代，倘若他沒有受到過去的鎖鏈綑綁，他就必須知道他生而為人的這個時代當中，所發生的各種問題。那麼，當今之世的問題是什麼呢？是我們活在一個讓自己無法接受的世界；更有甚者，我們活在一個每下愈況，並且毫不慈悲的世界裡。但是請注意，別將我的抱怨與任何形式的道德說教混為一談；我並不是在說，文學的目的是要告訴人們行為的準則。我在這裡所說的是另一件事情，是一種道德內涵的需求，沒有丁點煽動意味存在。而——這是最根本、最要緊的——當世界需要批判觀點的時候，文學就不應該遺世而孤立。

09/07/08

卡斯崔河

那流經里斯本的河流並不稱作里斯本河，而是特霍河；那流經羅馬的河流並不叫羅馬河，而是臺伯河（Tiber）；那流經塞維利亞的河流並不是塞維利亞河，而是瓜達爾基維爾河（Guadalquivir）……不過，那條流經西班牙卡斯崔（Castril）的河流，是的，就叫作卡斯崔河。凡任何有人聚居的地方，很快便會獲得名稱，進而為人所知，但河流並不如此。數千萬年以來，這個世界上的所有河流，都必須等待某個人的出現，為他們行命名禮，如此他們在之後方能被標注在各種地圖上，而不僅僅是彎彎曲曲的無名線條。幾十個世紀以來，這條未經命名的河流裡，萬千水流奔騰湧過這個後來被稱作是卡斯崔小村的地方，在他們流經此地時，瞥見高處的山巒，並互相告訴對方：「現在還不是時候啊！」而他們繼續朝著匯流入海之路前進的時候，懷抱著耐心這麼思忖著：當新的時代到來，會有新的水流奔湧過此，有朝一日他們將會看見在河邊擣衣的女人，在河裡學游泳的兒童，舟中垂釣鱒魚的男人，以及上鉤的獵物。在那個時刻到來時，奔湧而過的水流就會知道，這條河流已經給取了個名字。從那一天起，這條河流就不再叫流經卡斯崔的河流，而稱作卡斯崔河了；這個名稱如此強而有力，像是終身的契約，使得這條河流和那些在河岸臺地建起第一排簡單房屋的人們，連結在一起；也和那些之後在這裡設立第二、第三批房舍的人們相連在一起，他們有些是在鄰舍之旁起屋，有些人則在前人的廢墟遺址上另造新樓，就這樣世代相續，直到今日。今日，卡斯崔河的水流已經被馴服，被高聳的堤壩圈圍起來，形成湖泊，不再猛烈咆哮沖激著石塊，他們不再像千年來那樣，於山巒始終徒勞的堵塞企圖底下，在高聳而狹窄的兩岸夾壁間喧騰而過。取而代之的，是卡斯崔的茁壯與繁榮，這股發展的勢頭，馴服了湍急的水流。普天之下，最會計算得失的，就是卡斯崔人，他們在這個地方生根繁衍，而我只是個安靜又不起眼的葡萄牙人；在世界上我最摯愛之人的引領下，有天我出現在這裡。而他從那時起，就被冠上這塊土地所收養之子的榮銜，在河岸與村莊，村莊與河岸之間上下來回。他沿著河岸行走，在仍然保留赤足踐履於記憶中的古道上行走，猶如同樣也赤腳的他，在另一塊土地上走過的童年，那裡沒有從山陵與峭壁間躍湧而出的河流，而是特霍河與阿爾蒙達河平緩而蜿蜒的河道，平靜的河面上，隨時映照著天空飄過的雲彩，他們又為了給後方的雲朵開道，而加快了速度。縱然時光流逝，縱然逝者如斯，今日之我，已垂垂老矣，然而眺望著山巒與卡斯崔河，村莊裡陡峭的斜坡街道，低矮的房舍，依舊是那雙天真童稚的眼眸。這裡的橄欖樹令他想起童年的橄欖樹，樹蔭底下曾讓他遮風避雨，也曾讓他採收果實；在花草間的蹊徑，一頭受驚嚇的小動物奔跑躲藏，牠經過之處的草叢，都留下輕微的震顫。有些人窮盡一生來尋找他們業已失去的童年。我想，我就是他們其中的一員。

09／07／09

頭髮的分邊

喬賽．曼紐爾．孟德斯（José Manuel Mendes）和我曾悲嘆我們國家那諸多無可救藥的缺陷，因此之故，我們彼此成了對方的哭牆（Wailing Wall）。這堵哭牆的位置，並不在耶路撒冷，而位於亞耳可多塞戈（Arco do Cego）社區，[6]而當我們按照他的風格，縱論國家政治當中的魑魅魍魎，給予曼紐爾．皮尼奧（Manuel Pinho）的「觸角」以適當的評語（祝他下臺快樂，慢走不送），[7]並且圓滿結束時，我們之間便陷入深深的沉默裡。我甚至想要提起，在羅馬的那尊米開朗基羅所雕的宙斯（Zeus）塑像上頭也長了一對觸角，但又覺得這樣會混淆焦點，因此閉口不談。實在是出於計無可施，也實在是為了想打破快將我們壓垮的難受沉默，喬賽．曼紐爾．孟德斯作了一個觀察，評論「中間偏右」與「中間偏左」這類詞語的用法，也談論了使用這些詞語自我定義、歸類的政黨、團體、以及人民，要想找出他們之間的差異，有多麼地困難。就在這個時候，我想出了堪稱本日最經典的笑話，而笑話成真的那一天，已開始靠近了。我說：「我親愛的澤曼紐（Zé Manel）啊！政治呢！就像是人頭髮的分邊，有時候頭髮中分，有時候旁分。而即便這些分邊稍嫌有些離譜，就表示分邊的人目光短淺，已經近視。分邊與近視，近視與分邊，我們這個親愛的國家的政治生活，不外乎都是這兩件事。唯一沒有改變的是髮型。」我們相對大笑，然後改換話題。這個閒聊的下午

---

6 位於里斯本郊區。

7 英譯注：二〇〇九年七月四日，葡萄牙經濟部長曼紐爾．皮尼奥在國會接受在野的共產黨議員質詢時，比出這個粗魯的姿勢，後來被迫辭職。中譯按：皮尼奥將兩手食指舉在頭上、做出牛角狀的侮辱動作，在葡萄牙是罵人「戴綠帽」的意思，參見《蘋果日報》，二〇〇九年七月四日。

真是愉快。

09／07／10

夏季的閱讀

每當夏季的熱浪到來時，就像宿命那樣確實的，總會有報紙和雜誌，偶爾還有品味怪異的電視節目，過來詢問作家，在炎炎夏日裡，他會推薦哪些書來閱讀。我總是迴避對這個問題作答。因為對我來說，閱讀這項活動十分重要，足夠讓我們一年到頭奉行不輟，今年如此，年年這般。但是有一次，一位胡攪蠻纏的記者，堅持守在我家門前，不問到答案不肯離去，所以我決定，一次將這個問題澈底講清楚，並且為他定義我所說的精神系譜，當然，無庸置言，在這個系譜裡，我會是輩分最小的遠親。這不只是一份名單，裡面的每一個名字都有注解，好讓我在系譜上承繼的選擇，更能夠受到理解。在《藍札羅特筆記本》裡面，我納入了一份最終版本的「家族樹」，這是我不揣愚陋而草擬出來的，而在這裡，我願意再重複一次，為任何感到好奇的人解惑。首先是賈梅士，這是因為，如同我在《詩人雷伊斯逝世的那一年》裡寫道，條條葡萄牙的道路都可以通向他。接在他之後的，是安東尼奧・維耶拉神父，因為在這位耶穌會士下筆之前，葡萄牙文從來就沒這麼優美過；賽萬提斯（Cervantes），因為要是缺了這位《唐吉軻德》的作者，整個伊比利亞半島，就好似房屋沒有了屋頂；蒙田（Montaigne），因為他不需要佛洛伊德（Freud）協助理解，就知道自己是誰；伏爾泰，因為他對人類已不抱幻想，並且設法戰勝他對人類的憎惡；拉烏爾·柏蘭道，因為你不必是位偉大的天才，就能像他那樣，寫出《胡姆斯》（*Húmus*）這樣偉大的作品來；費南多·佩索亞，因為你找尋他的門路，也就是你找尋葡萄牙的路徑（我們已經擁有了賈梅士，但是我們依舊需要佩索亞）；卡夫卡，因為他證明了人其實是隻甲蟲；以賽·德凱洛茲，因為他讓葡萄牙文學會諷刺；波赫士，因為他發明了虛擬寫實的文學；而最後，是果戈里（Gogol），因為他深思人類的命運，並且在其中發現了悲傷。

如何？容我對讀者們建議：製作一份屬於你的名單，劃定感覺中與你最為接近的「知識系譜」吧！在海灘，或者是在鄉間，這是個消暑的良方。或者是在家裡，如果今年也有無薪假的話。

09／07／13

院士

請原諒我的虛榮，因為我做了如下的宣告：現在我成了巴西文藝學院的院士了。這個院士的位缺，是由於法國作家莫里斯·圖翁（Maurice Druon）去世而空出來的，[8]在這多年以

[8] 莫里斯·圖翁（一九一八～二〇〇九），法國作家、法蘭西學術院院士，曾於一九七三至七四年，出任法國政府文化部長。

來，我無數次地閱讀這位作家的作品，在阿卡迪亞（Arcádia）編輯的葡萄牙文版本中（如果我的記憶準確的話），他的小說《大家族》（*Les grandes familles*）是以十九世紀文學最優良的傳統寫成的。我從艾伯托．達寇斯塔．席爾法那裡，得到這個愉快的消息，席爾法是一位優雅的詩人，同時也是一位大使，巡迴於包括葡萄牙在內的各個國家，他同時還是位傑出的非洲史學者——任何還不認識他的人，都該去讀讀他的優秀著作，譬如，《鋤頭與魚叉：葡萄牙殖民前的非洲》（*A enxada e a lança: a África antes dos portuguese*）。所以，我在這裡，成為除了我的祖國外最熱愛的國家——巴西的院士。在這裡就像回到家一樣，但是還是有些許環繞著情感的差異，它們並非全都微不足道，有些是我們身處各自的國家有的時候忘了要表達的，例如想方設法要在里斯本或阿辛赫噶誕生，就是十分榮耀的事情。十月時我將來到這裡介紹一本新作，並且將要坐在馬夏多．迪亞西斯（Machado de Assis）雕像的蔭涼處下。[9]而人們卻說，生命中沒有什麼美好的事物……

09／07／14

艾奎里諾

艾奎里諾．里貝洛（Aquilino Ribeiro）的浪漫主義風格作品，[10]是頭一部，也可能是唯一的一部，在審視貝耶拉（Beira）省分的葡萄牙農村世界時，不帶有錯覺誤解之作。沒有錯覺，卻有熱情，倘若我們能了解這種熱情的話——就以艾奎里諾的例子來說，熱情不是漫無節制的溫柔表露，也不是如此容易抹去的慈悲淚水，甚至不是簡單的歡愉感受，熱情卻是一種質樸而實在的情感，寧肯將自己藏身於一種粗魯簡慢的聲音與姿態之後。艾奎里諾沒有繼承者，即便總不乏有人宣稱自己是他的徒子徒孫。我不認為這樣自己編派師承的聲明，會比因虔誠信仰而犯下錯誤來得更糟。艾奎里諾是一塊巨石，一塊孤單屹立的巨石，從地面橫空出世，就擋在直通往二十世紀前半葉、我們那繁盛而通常多變的文學花園路徑中央。講到煞風景的人，他不是唯一一位，但是論及藝術層面，並且也就他的長處和缺陷來說的話，他實在是最為始終如一、堅持不懈的人。在總體上，那些個新寫實主義論者（neorealists）不曉得該如何去了解他，他們因為這位大師有時古樸而豐茂的用詞遣字而感到讚嘆，因為他筆下諸多角色那「出自本能」的行為而暈頭轉向，如同這些角色處在邪惡之中，卻成就了善事，甚至當他們身處在一種令人驚異、快活，但是卻首先是在那厚顏無恥地與人性有關的遊戲當中，而顛倒一切善惡意義的時候到來時，更復如此。或許，艾奎里諾的作品在葡萄牙文學史上，是一個極端點，一個高峰；或許是一個暫停處；又或許是受到內部最深沉的衝動，而造成中斷的地方；但是仍有待新的觀點，好讓它重新啟動前行。而這種新的觀點產生了嗎？或者說得更精準些，帶有這種新觀點的讀者，出現了嗎？每個葡萄牙人現在都沉溺於這

9 馬夏多．迪亞西斯（一八三九～一九○八），巴西詩人、小說劇作家，他生前作品名聲不為外界所知，死後方受到歐美文壇的重視與推崇。

10 艾奎里諾．里貝洛（一八八五～一九六三），葡萄牙外交官、作家。曾獲一九六○年諾貝爾文學獎提名。

個暗中為害，並且從根本上屬於低能、喧鬧的現代性（modernity）裡面。它混淆我們的思緒流通，並且以其謊言來殘害葡萄牙世界的心靈。所以，艾奎里諾的著作將存活下來，我們——那些於今日書寫的人，寫下關於當今每個葡萄牙人，集體的以及自身的記憶淪喪之人——也將存活下來。時間，那知道一切的時間，終將證明這點。我們不能理解，倘若我們忽視自身的記憶，而出於屈順或是懶德的心態，而忘卻我們慣常的來時路，其所造成的真空將會（也已經是）由不是我們自己的記憶來填補，而我們會開始以為，那就是我們自己的記憶。這些「新」的記憶，將成為我們唯一的回憶，而在這個無法逆轉挽回的歷史與文化殖民過程裡面，我們每個人既是受害者，也是幫兇。你或許會說，艾奎里諾筆下那些真實和虛構的世界，已經滅亡了。或許如此，但是那些世界，是屬於我們的。而這正應該是它們繼續存在的最好理由。至少，當我們正在閱讀時，理當如此。

09／07／15

西薩・維埃拉

所有的建築風格，都以其使用的建材所造成的自然陰影，與外在光線之間的特定關係，來作為前提。在粗厚的羅馬式樣牆上，很難製造出這樣的開口：它既能容許足夠的日光投射進來，照出陰影，又能使排斥這些陰影的空間，看來十分有意義。正是有了這些陰影的存在，讓理解光線成為可能。哥德式的牆，由落地的彩色玻璃所分開，讓光線灑入，並且同時改變光線的顏色，以重新創造出陰影的神祕效應。甚至在現代，牆壁大量地被出入口取代，而這些出入口的設置，則幾乎要否定了牆的功能，這使得它們的身影，在玻璃的滑稽包覆之下消失，透過萬花筒般的光線折射與投射過程，來稀釋它們的體積；人們的眼睛，在其中找尋著必要的支撐，焦急地尋找一個牢靠的落眼處，在那裡，可以讓眼睛休息，可以讓人進行沉思。

我不曉得在任何當代建築風格的表達方式裡面，一堵原始的牆，會有如在西薩．維埃拉（Siza Vieira）設計出的作品裡那樣的重要。[11]頭一眼看過去，那些長而封閉的牆，其矗立之勢宛如與光線不共戴天的敵人，而當它們終於讓光線穿透而過時，又好似它們被迫不情願地退讓，遵守一道「讓建築運作」的迫切要求。然而，我所了解的真相，與此截然不同。在西薩．維埃拉設計的作品裡，一道牆不是阻擋光線的障礙，而更像是個澄清思緒的空間，從外面透進來的光線，不會只停留在表面。我們有個幻覺：物質能夠透光，我們的視線因此能夠穿透一道實心的牆，並且讓牆內與牆外共同歸屬到一個美學與情感的認知裡去。在此，不透明被轉變成為透明。這無法調和的相反兩端，需要一位天才，才有辦法使其如此和諧地融合為一。西薩．維埃拉正是這麼一位魔法師。

11 阿爾瓦洛．西薩．維埃拉（Álvaro Siza Vieira，一九三三～），葡萄牙當代著名的建築設計師。

大地的顏色

09/07/16

當人們的手在大地勞作時，它們便沾染了大地的各種顏色。靠近畫架的畫家，雙手上有大地的印記。畫家們不能忘懷大地的顏色，即便他們曾經想要忘記，在他們著手開始畫一張臉龐，一具不著衣衫的胴體，一片玻璃閃耀的光彩，或者只是一只花瓶裡的兩朵白玫瑰之時，他們也無法將顏色忘卻。光線也是為這些畫家而存在的，但是他們捕捉光線，猶如它是從黑暗的泥土裡散發出來的那樣去理解光線。當他們在畫布、在紙端、或者是在牆頭構思光影時，湧現在他們腦海的，是一具具溫熱而柔和的軀體，是黑暗的土壤腐質層，是棕色的樹根，是如血般鮮紅的赭石。他們以大地的各種顏色，來描繪人世，以及一切屬於人間的事物，因為捨此最根本的顏色，就別無他途能夠描繪。你永遠也不會說，一幅由大地的顏色繪成的（就像那些賽尚〔Cézanne〕繪製的作品）的畫作，是與現實相類似的寫真（likeness）：並不是像，而是完全一樣（identical），與原型完全一樣，和事物的精髓完全相仿；至於相像的程度究竟是多是少，應該是最不重要的事。以大地顏色畫成的人物肖像，總是在那些人物的臉龐上，他們如麥田穗浪受風吹撫而高低起伏的髮漩裡，以及他們看來才剛從大地最深處所採下的果實那樣，有著若干粗略而堅定的整體形象。天地之間的顏色，所有的顏色，永遠希望能化為具體的形體，以求使我們在這些形體之中，顏色之外看見更深一層的意義。在形體當中，相互矛盾的內在推力與意涵，一向受到色彩的挑戰與落實，因此在對於傳統習俗的狂亂反叛與被動順服之間，進行著一場永恆的戰役。不必懷疑，上面所述這些，在繪畫過程中，並不是那麼受到注意，因為繪畫能使畫作本身與表面所見的現實，作模仿上的調換；這類的畫作尤其渴望受到認可，受到辨識，以及被人歸類，但是或早或晚，它們終將成為幻影消退效應下的囚徒，逐漸逐漸地，將其重要意義消磨殆盡。與之相反，藉由保護自身，違抗那些容易被辨別出是周遭現實的通俗表達形式，抽象藝術——或直接，抑或至少帶有這類傾向——「保護」並通常「解放」了色彩，使之相對地獨立出來；這並不是在一個受到極度限制拘束，又或多或少能夠預測出來、通常受到正確社會模式所認可的繪畫構圖裡面去「扼殺」它。

在提及這一種特定的繪畫風格時，毫無意外的，我使用了「趨勢」（tendency）這個字眼來稱呼它，即便這種風格已建立起一種不會弄錯的類別，也就是我們容易過度廣泛用來描述的抽象藝術，它仍然拒絕澈底毀壞那座溝通符號與象徵世界的橋梁，無論典型或現代風格皆然。在我於阿爾拉孔（Alarcón）的聖胡安．巴奧提斯塔教堂（church of San Juan Bautista）的外牆上，由傑蘇斯．馬提歐（Jesús Mateo）創作的壁畫前沉思默想時，所有上述這些想法，伴隨著讚嘆的雙眼，以及從前我鮮少體驗過的情感，同時湧現在我的靈魂裡。傑蘇斯．馬提歐是不是一位帶有寫實主義「趨勢」的抽象派畫家？還是恰好與此相反，他是一位朝向抽象「趨勢」的寫實主義畫家？而我在上面所提及的那些橋梁，是否只在連結「抽象」藝術與由透過對現實的大量探究，從而創造出來的符號與象徵時，才發生作用？或者，是否它們也存在於「寫實派」藝術和那持續擴張膨脹的抽象宇宙中間呢？於是，這讓我想起，傑蘇斯．馬提歐，他一面將自己從那嚴格寫實主義的束縛中解放出來、以便讓自己投身到一個使創作形式趨向自由的嘗試裡頭去，一面堅持著色彩的連貫邏輯（姑且不論我的理解取徑為何），同時還設法創造出一個特殊的、幾乎可以說是一種聯合表達的形式，一種眾聲喧嘩齊鳴的同步合音，像一幅四聯畫屏（polyptych）裡，所有的透視面，在消失不見的那個點上，匯聚到了一處（這都要感謝他睿智並細心的，將那些容易辨別出來的符號與象徵，都安排、介紹到這個形式裡頭去）。由地面升起拔高的巨大牆壁，聚集了所有大地柔和的顏色，向上與天空中的光彩顏色匯聚在一起。在面對著這樣巨大又令人震撼的作品的時候，諸如抽象主義或寫實主義這類的概念，全都失去了它們現有獨立存在的重要性，而成為同一個軀體和諧的一體之兩面。我不知道阿爾拉孔的聖胡安．巴奧提斯塔教堂，在將來是否會被看成是我們這個時代的西斯汀禮拜堂（Sistine Chapel），[12]而我確實知道，傑蘇斯．馬提歐是耶羅尼米斯．博斯（Hieronymus Bosch）與老布呂赫爾（Breughel the Elder）這條藝術傳承的系譜裡，[13]所誕生出的最佳傳人。和他們一樣，透過可見與不可見之處，他已經闡明了人的意義。

09／07／17

移民的故事

如果有人的家族歷史裡，能絲毫沒有沾染到丁點曾經移民過的汙漬痕跡，就讓他來丟第一顆石頭吧……下面這幾句話，是改編自寓言故事裡，萬惡的大野狼控訴著無辜的小羔羊，把狼與羊共飲的那條小溪河水弄渾的話語：如果你不曾移民，那便是你的父親移民；而倘若你的父親不必從一個地方搬到另一個地方，這只是因為你的祖父在父親需要搬遷之前，就已經別無選擇，必須離開，將他昔日的歲月都拋諸腦後，到異鄉就食，因為故土不得溫飽。許多葡萄牙人，就這樣在闃黑的夜晚，嘗試著游過畢達索雅河（Bidassoa）到對岸時，淹死在途中。而那遙遠的彼岸，據說是天堂般的法國。在庇里牛斯山（Pyrenees）以北，所謂文明有教養的那塊歐洲，人數達數十萬的葡萄牙人，必須忍受著可恥的工作待遇，以及侮辱人的薪水。他們當中有些人，在那與舊日無異的暴力和新形式的剝奪，茫然無緒地活在這個蔑視他們、羞辱他們的社會裡，迷失在他們所不懂得的語言裡，能夠熬過這一切，倖存下來的人，開始一點一滴的，以一種近乎英雄式的自我犧牲，積攢一個又一個的銅板，一分一毫地構築出他們子孫的未來。這些男子和女人當中有某些人，對於當他們被迫必須忍受這些低薪勞動的羞辱，以及被社會孤立的苦痛，既不想也沒有片刻忘懷。他們理當為了設法保存這些對過去的敬重而受到感謝。其他的許多人，也就是絕大多數，則已經和他們那些黑暗的

12 西斯汀禮拜堂是位於梵蒂岡宗座宮殿內，緊鄰聖彼得大教堂的一座小禮拜堂，以米開朗基羅繪製的《創世紀》穹頂畫以及《最後的審判》壁畫聞名。

13 耶羅尼米斯．博斯（一四五〇～一五一六），荷蘭畫家，作品中大量使用象徵與符號。老布呂赫爾（約一五二五～一五六九），布拉班特公國（Brabant，今荷蘭、比利時西部、法國北部一帶）畫家，其畫風深受博斯的影響。

過去一刀兩斷；他們恥於遭受忽略，恥於貧窮，有時則恥於自己的悲慘境遇；簡而言之，他們表現得像是已經過著體面的日子，而這種有福氣的日子，在他們能夠買下生平第一輛汽車時，就已經開始。這些人正是那永遠準備好，要以殘酷與輕蔑來對待其他移民的人。而與此同時，那些外來移民正在橫渡畢達索雅河其他更深更寬的河段，正在穿越地中海。在這些地方，有許多人溺斃，如果浪潮和風沒有將他們沖刷到海灘，而海巡警察沒有過來帶走他們的遺骸，他們全都會葬身魚腹。那些僥倖逃過船難而倖存下來的人，如果上了岸又沒有遭到遣返，等著他們的未來，就會是永無止盡的苦刑剝削、偏狹迫害、種族主義、因他們膚色而起的憎恨、懷疑猜忌、以及道德上的墮落淪喪。那些曾經受盡剝削，而業已失去受剝削記憶的人，將會成為新的剝削者。那些曾遭受蔑視，並裝作已經忘卻的人，將會蔑視他人。那些昨日曾受盡窘辱的人，今天將會更加殘酷地羞辱他人。而就是他們這些人，所有他們這些人，正對著過來畢達索雅河此岸的人們扔石頭，好像他們自己從來不曾移民，他們的父母、祖父母也不是移民——好像他們從來不曾遭受飢餓、絕望、憂慮與恐懼之苦。而老實說，我老實地告訴你們，還真有這樣讓自己開心的方法，是如此地令人厭憎。

09／07／20

賈爾汀主義（Jardinisms）[14]

既然憲政改革法案的宣示，是由令人無語的亞柏托·若望（Alberto João）提出來的，就像他受到友人與支持者深情召喚那樣，那麼這裡面很清楚的，一定是隱瞞著某些不對勁的事情，某些即使嘗試隱藏，卻也無處隱匿的事情。我們對他的坦白無隱表示祝賀、肯定。賈爾汀的的確確想要當這個自治行政區的主席，想要保持擁有否決的權利，哪怕遭否決的藉口，是多麼微小。而十分合理能夠相信的，是這個續任的念頭，早就在他腦袋裡滋長壯大了，而當時他還示意說（雖然頗為謹慎，並且語帶含糊）決心要退出政壇。他這種退出政壇的宣示，帶給我們的快樂，就像馬勒畢（François de Malherbe）筆下的玫瑰，[15]必然不能綻放長久。賈爾汀的才智並不出眾，但是出於一種補償，他的奸巧則很明顯地不受侷限。他那沒有侷限的奸巧，正如我們那沒有節制的天真。如果不在政府公職權位上想像這個馬德拉群島版的貝魯斯科尼，就有如嘗試去想像那絕不存在的事情（nonbeing）一樣的矛盾。[16]賈爾汀生來就是要掌權的，他將會一直掌權，直到嚥下最後一口氣為止。像他這樣痛恨葡萄牙的人，是永遠不會想出任共和國總統的；對他來說，擔任馬德拉群島（Madeira）、波爾多桑塔（Porto Santo）、以及薩維吉群島（Savage Islands）自治行政區的主席，便已心滿意足。

14 此指亞柏托·若望·賈爾汀（Alberto João Jardin，一九四三～），葡萄牙馬德拉群島（Madeira）自治行政區主席的政治路線，賈爾汀自一九七八年起擔任此職，每次選舉皆以「最後一戰」作為訴求，卻連選連任迄今，成為葡萄牙政壇戀棧權位的爭議人物之一。

15 馬勒畢（一五五五～一六二八），法國詩人、文學評論家與翻譯家。

16 絕不存在的事物無法想像，而一旦能夠在腦中想像，該事物也就不再「絕不存在」了。此處作者意指要賈爾汀退出政壇，是絕對無法想像發生的事情。

實際上，他之所以要提出憲法修正草案，目的是想要在葡萄牙樹立起一部按照他想像而制定的憲法，意思就是：簡短，約略，沒有重點。

這位馬德拉的領袖，對於當前的政治體制，所亟欲去之而後快的其中一個礙眼障礙，就是遭受鄙夷的共產黨。我擔心他嘗試不成，反倒會傷了自己。共產黨人對於地下祕密活動，有著漫長而艱苦的經驗；宣告他們為非法政黨，只更加意謂著必須要舉高遍布葡萄牙境內的每一塊石頭，才能找出是否有共黨分子藏身於下。最近即將要來臨的最有意思的事情，會是那在本地議會上演的虛情假意愛國活動。與此同時，各地議會的議長們，將會擁抱地方的標誌徽章，而踐踏、甚至焚燒上頭有葡萄牙共產黨徽的旗幟，因為共黨取得的三分之二紅色席次，已經讓賈爾汀本來就紅潤的臉龐，被激怒得益發火紅。同樣也十分有趣的，是觀察曼紐拉．費瑞耶拉．雷特（Manuela Ferreira Leite）[17]，這頭歐陸政治界的山貓，要怎麼想辦法來迴避這件事情。我想對正在閱讀這篇文章的四個人提出建議：睜隻眼睛瞧著事態的發展。你們將會看到某些老來足以告訴孫輩的故事。

09／07／21

月球

四十年前，我家中並沒有裝設電視機，五年以後，也就是一九七四年，我買了一部十分袖珍的電視，用來追蹤收看四月革命的新聞報導，對我們來說，這樣的經驗有如一場另類的登陸月球壯舉。因此對於那原版的登陸月球，我是依靠某些走在科技尖端的朋友們的幫助，才能夠收看的；當時我可能邊喝著啤酒，邊啃著果乾，見到了太空人登陸月球的經過。在那段時期前後，我為最近才剛復刊的《首都晚報》（*A Capital*）撰寫專欄評論文章，這些文章在一段時間過後，集結成書，名為《這個世界與其他》（*Deste mundo e do outro*）。在這本書裡，我以兩篇評論的篇幅，使用一種既不狂熱也不懷疑的語調，來評論美國登陸月球的這項成就——這種調性，在後來很快就蔚為風氣。現在重新閱讀這些文字，我得出了一個結論，那就是人類自此之後，再無這般偉大的壯舉；而既然吾人的前途並不在那些星球之上，卻永遠只在於我們所立足的這個地球，正如我在這些評論裡的第一篇所說的：「讓我們別失去地球，因為對我們來說，這是保住月球的唯一道路。」在第二篇我命名為〈時代的一次飛躍〉（A Leap in Time）的專欄裡，想像著此刻從月球遙望正掛在天空的地球，我開始寫道：「這一切對我來說，就像是一部以基本技術拍成的科幻電影裡的某個片段。甚至太空人的動作都令人想起牽線木偶的舉動，彷彿他們的手腳都由看不見的線所牽引，這些極長的線，綁在休士頓工程師們的指頭上，透過這些線，他們能橫越太空，在彼端做出必須的動作來。每件事情的絲毫分秒，都被計畫妥貼，甚至危險也被囊括在計畫之內。在歷史上最偉大的冒險裡面，不容許有絲毫冒險的空間存在。」

---

17 英譯注：曼紐拉・費瑞耶拉・雷特是葡萄牙政治人物與經濟學者，曾擔任該國社會民主黨（Social Democratic Party）黨魁。

而就是從那裡起，我的思緒由想像力全面接手，並且告訴我，這趟到月球的旅程，不只是宇宙空間的躍進，還是一次時間上的跳躍。據說太空人發射升空，展開旅程後，經過一段時間，又重新降落在地球上，並非我們所知的這個地球——雪白、翠綠、褐棕以及蔚藍的地球——而是未來的地球，一個仍然在同樣的軌道，繞行著業已熄滅的太陽運轉的地球，也同樣的死寂，失去了人鳥花草，沒有笑聲，也沒有愛的隻字片語。這是一顆失去作用的行星，有如一個遠古而無人述說的故事。地球將會死去，將會像今日的月球一樣的死寂荒涼——那就是這篇文章的結語處。至少那冗長的災禍故事，那些直到今天的戰爭、饑饉，以及折磨，不會永遠持續下去。以免我們嘗試著從今天起，開始說人類不應該落得如此下場。

讀者將會同意，無論是好還是壞，看來我的這些想法在四十年來沒有多少改變。我實在不知道，究竟該恭喜自己，還是該告訴自己：省省吧。

09／07／21

布蘭卡山峰

現在我的雙腿已經逐漸恢復它們的力道，能夠正常行走，這要感謝它們的主人，以及璜（Juan，我盡責的物理復健師）的共同努力所致。我很高興地回想到那個五月的下午，我帶著「早前怎沒有想到」的心情，開始攀登布蘭卡峰（Montaña Blanca），雖然在一開始時，我對於自己是否能夠登頂成功，根本不具任何信心。這是整整十六年前的事了，當時是一九九三年，我正好滿七十歲的時候。在我住家不到幾公里處巍然聳立的布蘭卡山，是藍札羅特最高峰。它靜默無語，俯視著藍札羅特這座島嶼，雖然極度地崎嶇不平，布滿上百個死火山，並沒有任何地方能撇下特內里費的泰德峰（Teide）而歡喜慶賀。它的海拔大約六百多公尺，形狀則像是完美的圓錐體。如果我有辦法攀登上去，任何人都能夠攀登——你不必須是絕頂登山高手，就能辦到。不過，要挑雙適合的靴子來穿倒是正確的，就是那種靴底有金屬釘的登山靴，因為山坡陡峭，很容易滑脫。每走三步，你就會滑一步。即便我告訴自己，我可是穿著靴子，靴底釘還用家裡的地毯擦得發亮才來的……到達山腳下時，我問自己：「就算我爬了，又怎麼樣呢？」在我的腦海裡，登山意味著往上爬二十或三十公尺的高度，如此就能夠回家說，自己已經攀登過布蘭卡峰了。但是當第一個二十公尺被征服在我的腳下時，我就已經曉得，無論付出任何代價，我非得登頂不可。這就是當時我心中所抱持的念頭。我花了超過一個鐘頭的時間，才攀到環繞山峰、石脈露出的地方，那裡一定是古老火山爆發而形成的凹坑。人們問：「這樣值得嗎？」如果今天我的腿力還能像十六年以前那樣的話，我會馬上放下筆，停寫這篇文章，然後再一次攀登到山頂上，好好地凝視整座島嶼：從北邊的柯羅亞（Coroa）火山到南邊的盧比孔（Rubicón）平原，拉葛利亞（La Geria）山谷，乃至提曼法亞（Timanfaya），連綿無盡的山丘當中，從地底噴發出的野火。風拂過我的臉龐，吹乾我身上所流出的汗水，讓我感到歡喜。那是在一九九三年，當時我年滿七十。

09／07／23

五部電影

我曾經被要求舉出五部令我銘記於心的電影。我並不擔心這些電影是否屬於最佳作品，是否最為聞名，或者最常被人提起。只要這些影片能夠深刻地打動我，就已經足夠，或許片中只要一次凝視，一個姿態，一個語調聲音，就已足夠使我感動。挑選影片並不困難；不但不困難，它們簡直就像是自然而然地從我腦海裡浮現出來，好似我根本無須考慮其他片子。下面就是這五部電影，不過它們的排列先後順序，並不暗指其有高低優劣之分，也不應該做這樣的猜想。首先（我總得從一個地方開始這份名單），是赫伯特・畢伯曼（Herbert Biberman）所導演的《無情大地》（*Salt of the Earth*），[18]我在一九七〇年代末，在巴黎看到這部使人感動落淚的電影；電影講述的這場由齊卡諾（Chicano）礦工發起的罷工，以及他們勇敢的妻子所編織而成的故事，使我的靈魂受到深刻的震撼。下一部，我提名雷利・史考特（Ridley Scott）的《銀翼殺手》（*Blade Runner*）。[19]我同樣是在巴黎，在該片全球院線首映後不久，於拉丁區（Latin Quarter）的一家小戲院裡觀賞這部電影的。片中所提到的未來，在當時看來似乎不會如此實現。沒有人能對費里尼的《阿瑪珂德》（*Amarcord*）有任何質疑，[20]這絕對是一部巨作，依照我的看法，可能也是這位義大利大師最好的作品。然後是尚・雷諾（Jean Renoir）的《遊戲規則》（*La Régle du jeu*），[21]這部電影以其無懈可擊的編、導、演，電影節奏，敘事技巧，以及其「時間鋪排」——好吧，不管從哪種角度，都讓我讚嘆不已。而最後要提出來的，是一部浮現在我記憶中的電影，彷彿是來自爐邊故事，講述著歷史的第一個夜晚。這是一部關於兩名磨坊工人故事的默片，由帕特與帕特冏飾演。這對偉大超群（絕不誇張）的丹麥演員，在我六歲或七歲的時候，比任何人還能逗我發笑。比起卓別林、巴斯特・基頓（Buster Keaton）、哈洛・洛伊德（Harold Lloyd）、或者是勞萊與哈臺（Laurel and Hardy），[22]他們有過之而無不及。如果你還沒看過帕特與帕特冏，你不會知

18 赫伯特・畢伯曼（一九〇四～一九七一），美國電影編劇、導演。畢伯曼曾於一九四七年，因拒絕在眾議院聽證會中作證，被國會中右派的「非美委員會」（Un-American activities）指控為具共產黨間諜嫌疑的「好萊塢十人黑名單」（Hollywood Ten）其中一員。《無情大地》拍攝於一九五四年，以新墨西哥州一場艱難而漫長的罷工作為敘事主軸，是畢伯曼個人的巔峰之作。

19 雷利・史考特（一九三七～），英籍好萊塢導演，執導的著名電影作品有《異形》（*Alien*）、《神鬼戰士》（*Gladiator*）、《黑鷹計畫》（*Black Hawk Down*）等。《銀翼殺手》是一九八二年的科幻電影，改編自菲力普・狄克（Philip Dick）的小說，講述在二〇一九年，法紀蕩然的洛杉磯，一名警探（哈里遜・福特，Harrison Ford 飾演）追捕脫逃的人造人的故事。

20 《阿瑪珂德》攝於一九七三年，是導演本人的半自傳體喜劇電影。本片講述的是一位即將成人的少年提塔（Titta），於一九三〇年代義大利法西斯當權的氛圍底下，在一虛構的小鎮裡成長的故事。《阿瑪珂德》贏得該年奧斯卡最佳外語片獎。

21 尚・雷諾（一八九四～一九七九），法國導演，名畫家雷諾瓦的次子。《遊戲規則》於一九三九年上映，講述第二次世界大戰爆發前夕的法國，一群貴族在鄉間莊園共度週末，由此引發各種人性中的卑劣、算計、與謊言欺騙，而這正是當時上流社會的「遊戲規則」。

22 上述所提，全為電影默劇時期著名的美國喜劇演員與導演。

道自己錯過了什麼……

09/07/24

「福音書」的章節

一向以來，凡談起我的，都說在耶穌死後，我悔改了那被稱為可憎罪過的賣淫生涯，並且在往後的餘生裡，成為一名受赦免的悔過者。這是不對的。如今我已被擺放到祭壇之上，僅以長垂及膝的頭髮遮蔽身體，我的乳房已枯癟，而我口裡齒牙全落；如果這些年來，我原來滑順緊致的肌膚變得乾涸，那只是因為在這個世界上沒有任何事物能夠抵擋得住時間的穿透，而並非因為我已鄙棄、冒犯了這具肉體，這同一具令耶穌渴望、想要擁有的肉身。那些談論著關於我的虛假事蹟的人，不論是誰，必定不懂得愛情。我之所以不再是一名娼妓，是在那日，耶穌帶著受傷的足，來到我的屋中，要求我治療它；但是，對於這個被那些人們稱之為淫蕩原罪的人類活動，我找不出可懺悔的理由，因為正是我這樣一名娼妓，在與所鍾愛之人相逢之時，他就已遍嘗了我的肉體，並且知曉我是如何維生，他並未因此而背棄我。每當耶穌親吻我——有許多次，當著他所有的門徒面前這麼做時，他們問他，為什麼他愛我，遠超過愛他們？而耶穌回答說：「我不能像愛她那樣的愛你們，這是何故呢？」他們不知該回答什麼，因為他們永遠不能夠如我對耶穌那樣絕對而純粹的愛，那般的愛他。在拉撒路（Lazarus）死後，[23]耶穌至為沮喪悲傷，因此在某個晚間，在被褥蓋著我們赤裸的身體時，我對他說：「我無法了解你現在的心思，因為你已將自己閉鎖在一扇門後，而那扇門卻非人力所能打造的。」而他，像一頭長年遭受苦難折磨的動物那樣，發出哀嘆與呻吟，說道：「即便你無法進來，也別離我而去，讓你的手盡量向我處伸長，即使當你無法見到我，也要如此，因為你若不這樣做，我將會忘卻人生，或者，人生即將把我遺忘。」而幾天以後，當耶穌動身與門徒聚會時，我走在他身旁，說道：「倘若你不願我望著你，我願望著你的影子。」他回應說：「如果你的目光落在我的身影上，我願與那身影同在。」我們彼此相愛，並互訴衷情如上，這並不只是因為這些話語美好而又真實（如果可能同時將這兩者兼而得之），而是因為我們感覺到，那被陰影遮蔽的時候正要到來，而在我們依然相守之時，必須要習慣那永恆缺席的黑暗。我看見耶穌又回到人世，而在起先，我以為自己看見的，是為墳穴外打理花園的那人，但現在我知道，在他們放置我的祭壇上，我將永遠無法見到他，無論那些祭壇多麼高聳，無論它們如何與天空貼近，無論它們如何以鮮花裝飾、以香膏薰沐。死亡並未將我們分開；而將我們永遠分開的，是時間的永恆。隨後，當我們互相擁抱，靈魂團結在一起，而我們的肉體，雙嘴四唇也交纏在一起，耶穌便不是為人所稱頌的那人，而我也不是那遭受鄙棄之人。對我而言，耶穌不是上帝之子，而我，對他來說，也並非抹大拉的馬利亞（Mary of Magdala），我們只是同在愛裡感受震顫的世間男女，而環繞我們的這個世界，則活像嗜血

23 拉撒路是抹大拉的瑪利亞的兄弟、耶穌的摯友與門徒，他也是在《新約聖經．約翰福音》中，耶穌所行神蹟復活的最後一人。

的禿鷹。有人說，耶穌從我的身體內驅出七隻鬼，但是那個說法同樣也不是事實。耶穌真正做的，是喚醒在我體內沉睡的七名天使，他們正等待著耶穌前來，要求我施以援手：「幫助我。」正是這些天使，讓他的傷足痊癒；正是這些天使，引領著我顫抖的雙手，將創口上的膿汁抹去；正是這些天使，將問題放在我的脣上，沒有這個問題，耶穌就無法幫助我：「你知道我是什麼人，我做的是什麼事，靠什麼維生。」他回應：「沒錯。」「你不需要看，而你便已知道。」我說，「我什麼也不知道。」他回道，而我堅持：「我是個妓女。」「這我知道。」「我為了錢對男人們撒謊。」「對。」我說：「那麼你已曉得關於我的一切，」而他，他的聲音平靜，有如湖泊潺潺拍岸的柔順濤聲：「我全都知道。」那時，我仍然不知道他是神的兒子，我甚至不能想像上帝會想要一個兒子，但是在那一刻，我的靈魂因了解而發出令人目眩的光芒，我了解只有人子才能說出那五個簡簡單單的字眼：「我全都知道。」我們互相凝望，甚至沒注意到天使已經離去，而從那一刻起，在話語與靜默交替之間，在夜晚與白晝交替之時，透過存在與透過缺席，我開始對耶穌訴說我是誰，而直到他們將他殺害時，我尚未深達自己的靈魂深處。我是抹大拉的馬利亞，我懂得愛。除此而外，無復他言。

09／07／27

一個男性的問題

在一份調查上，我看到對於女性的施暴，列在西班牙人民所憂心的問題清單裡，儘管有著以下的事實，只排名在第十四：如果你試著統計一下，每個月被自認為是她們主人、擁有者的人所殺害的女性人數，你兩手的手指都將不夠數。我同樣也看到這個社會，透過國家的宣傳以及眾多民間活動的力量，逐漸認定（縱然十分緩慢）：這樣的暴力是男人的問題，也必須由男人來解決它。一陣子之後，我們得到來自塞維利亞與西班牙的埃斯特雷馬杜拉（Extremadura）的新聞，這是一個好的榜樣：男人們遊行反對暴力。到那之前，一向只有女性走上街頭，在公眾廣場上抗議她們的丈夫與伴侶（真是令人感到悲傷的諷刺）所施加在她們身上的虐待；而雖然在為數極多的案例裡，她們遭到冷血而蓄意的折磨，卻並未使她們從可能遭致更糟情況的可能裡退卻，那就是被勒殺、被毆打致死、被酸劑或火灼傷、或者是喉管被撕裂的可能。這些總是用來對付女性的暴力，已經使得共同居住的處所（讓我們別用「家」來稱呼它），變成了一座監獄，一個日夜施加羞辱的理想地方，利於經常性的毆打，利於精神上用作宰制手段的冷酷。他們說，這是女人的問題，但這並非事實。問題出在男人身上：男人的自我中心、男人那種不健康的占有觀念、男人的怯懦，那可鄙的懦弱，使他們對某些身材比他們弱小的人，還有那些心理上耐受能力日漸衰退的人，施用暴力。就在幾天前，一群韋爾瓦（Huelva）的十三、四歲青少年，幹下了一樁應該是較他們年長者才做得出來的事情：輪暴了一名與他們同齡的心智障礙女孩。或許他們相信自己使用他們認為屬於自己的東西，是有資格而正確的，才犯下這樣的罪行，或施加如此的暴力。這起新近發生的性別暴力案件，還要加上那些發生在這個週末的案件——在馬德里，一名女孩被謀害；在托萊多，一名三十三歲的女子，在她六歲大的女兒面前，慘遭殺害——這應該足夠讓男人們走上街頭了。或許，該有上萬的男性，全部、每一位都該是男性，上街示威抗議，而女性們則站在路旁，為他們撒花喝采。如此，或許會是一個信號，表示這個社會刻不容緩地，需要開始從內部起來，與那些無法容忍的恥辱戰鬥。並且還要讓這種性別暴力，無論是否造成致命案件，都成為我們公民主要的哀痛與關懷之一。這是一個夢想，也是一項職責，可以不必只存在於烏托邦的世界裡面。

09／07／28

違反教規的權利

在人類所創造產物的長串清單上頭（另有與人類毫無關係的產物，像是蜘蛛為了捕捉獵物而造出的網，或者是做為一種魚類棲息處的水底氣渦），我想要申辯的，是在這份清單上，還沒見到一樣應該被包括進去的事物，這件事物一向是控制我們的靈魂與軀體最有效的辦法。我現在提及的，是產生於原罪這項發明的審判體系，它將罪行區分為可饒的輕罪與不可恕的大罪，而接下來又有一連串懲處、查禁、以及補贖的發明。這個根基於原罪概念之上的審判體系，雖然今天已然名聲掃地，淪落至無用的境地，有如已被時間毀棄的古代遺址，不過卻還留存著它們之前權力薰灼時的記憶與印象，餘威猶存。這套系統帶來根深蒂固的觀念，至今仍穿透、充塞於我們的良知裡面。

我對這件事情，有了更清楚的認識，那是在當我見到因為出版取名為《耶穌基督的福音》（*The Gospel According to Jesus Christ*）的小說而引發種種爭議的時候。這些爭議又往往因為各種惡意誣衊和胡言攻訐，都指向這位大膽魯莽的小說作者而更形加劇。因為《耶穌基督的福音》只是一本小說，將它自身限制在「重新演繹」（雖然拐彎抹角）耶穌的性格與一生，因此有那麼多的人起來反對這本小說，將它看作是對基督宗教世界本身基礎（尤其是天主教這個版本）的穩定與力量的一種威脅，這就令人十分驚奇了。那麼對我們來說，就十分應該去質問自上古承襲下來、已成歷史遺跡的觀念裡，所帶有的真實力量到底有多大？這種反應，從本質上來說，這難道不是明顯地表露、證實出一種趨向（tropism）的存在，一種以原罪為基礎的審判體系（在我們自身就是會以各種形式不一而內容一致的方式，即帶著這種體系的思考方式）的反映？教義對此的反應，僅以當中最為和平的一種來說，裡面包含了對《耶穌基督的福音》作者的抗議，因為他既是不信神的人，便沒有書寫耶穌的權利。先撇下作家可寫作任何題材這個基本權利不論，我想將這個例子加入到討論裡，那就是這位寫出《耶穌基督的福音》的作者——如果你澈底想過這件事情的話——已經約束過自己，對於確實感興趣、並且有直接影響的題材，才進行寫作，因為作為猶太—基督教（Judeo-Christian）文明與文化底下必然製造出來的結果，在每一個層面上，就他的心性狀態而言，他都是一個「基督徒」，儘管在哲學思考層面，以及日復一日的生活行為表現上，他同時也將自己定位成一個無神論者。因此，可以很公平地說，我，不輕信如我者，和那些最虔敬、最守戒、並且最基進的天主教徒一樣，完全同樣具有書寫耶穌的權利。在我們之間，我只看出一個差別，這個差別是重要的，也就是我能夠將事情書寫下來。但是，在這個根據我自身的意願、冒著自找的風險所加上的差別之外，另一個不同之處則是天主教徒遭到禁止的，也就是違反教規的權利。換句話說，是那最具有人性的離經叛道、發出異議的權利。

有些人會說，這都已成往事了，何苦重提。然而，既然這件事情關係到我的下一本小說（這一次，我不會稱它是個故事），而我的下一部作品，其爭議性又將不會低於目前的作品，甚至還將更有過之；所以我想或許該採取某些預防措施。這麼做不是為了保護我自己（有些事情從未顧慮到我自己），而是因為既然我們談到這些部分，有言在先、事前便發出警告的人，就不應該被當成叛徒看待。

09／07／29

「可是它的確在動」

這項民意調查的結果才出爐不久，《祖國》這家報社就已過來，要求我對伊比利亞半島的民族最終是否將要合併在一個聯盟之下這一議題，做出評論。下面這篇文章，就是我送交到馬德里去的、關於這個弔詭議題的評論。這個弔詭、微妙、具爭議性，而又挑釁的議題，至少我們都會同意，需要嚴肅地去探討它。

「可是它的確在動。」（*E pur si muove*）這是一六三三年六月二十二日那天，伽利略・加利萊以湊過去才能聽見的耳語音量，在念完天主教會宗教審判法庭強迫要他寫下的棄絕異端宣誓書後，所說出的話。如讀者所知，這份聲明是教會的一項嘗試，要伽利略公開地否認、譴責、並且駁斥他長年以來所深刻抱持的信念。這個信念就是哥白尼「太陽中心說」（Copernican system）的科學真理，證實地球繞著太陽進行公轉，而非太陽繞著地球。伽利略的棄絕聲明全文，在這顆行星上的每一個教育機構都應該仔細、全心地研讀。這樣並不是為了要向每個人確認這個在今日已經是鐵證如山的真理，而是一種預防之道，預防新的迷信、洗腦、愚識成見的發展，以及對智識和常理的攻擊。

不過，這篇文章所要談的主要議題，並不是伽利略，而是某件在時間和空間上更靠近我們的事情。我所說的，就是由薩拉曼卡大學（University of Salamanca）的社會分析中心所進行的「西班牙—葡萄牙情勢調查」（Hispano-Luso Barometer），結果於今天公布，調查了伊比利亞半島上的兩個國家最終創立一個聯盟的可能性，以及組成一個西班牙—葡萄牙聯邦，是否可行。我的讀者如果時常閱讀關於這方面，以及我其他的評論，必定會回想起那個由一些羞辱的選擇，以及背叛我的國家的指控裝飾而成的爭議，而我對於這樣一個西葡聯盟所做出的預言，已經被喚起有段時間了。但是，事情並非如此：根據薩拉曼卡大學做的這項調查，有百分之三十九點九的葡萄牙人，以及百分之三十點三的西班牙人，表示他們將會支持這個聯盟。在這兩個國家，就最近的統計而言，這個百分比顯現出一個可觀的優勢。在受訪民眾裡，那些反對這個想法的人，略低於百分之三十，這就是說，在本年度四月和五月為此議題而受訪的八百七十六位公民裡，只有兩百六十位表示反對。

儘管人們時常說，未來已經被寫就，可是要解讀這被寫下的未來，所必須擁有的科學技術，我們卻還未能擁有。今天的抗議，或許會轉而成為明日的協議，相反的情況或者也同樣會發生。但有件事情是可以確定的，而伽利略的那句話正好能夠說明它。是的，伊比利亞半島。可是它的確在動。

09／07／30

宣誓放棄異端邪說聲明

致任何對此或感興趣者：

我，伽利略．加利萊，已故的佛羅倫斯人文森索．加利萊（Vincenzo Galilei）之子，今年七十歲，親自出席受審，匍跪在閣下——最顯要與尊貴的紅衣樞機主教、代表全基督宗教信眾對抗異端邪說的宗教審判庭法官——面前，以我手按覆《聖經》，並且起誓：我永遠相信，並在上主的幫助下，於未來亦將如此虔信，每一條羅馬天主教神聖公教會所贊成、教諭、傳揚的條款與文章。然而因為神聖的宗教裁判所法庭業已諭令我澈底揚棄謬誤之見解，並禁止以任何方式抱持、捍衛或教導此種謬誤之見解，此種見解，即主張太陽乃宇宙固定之中心之說法（……）。我希冀能消除主教閣下，以及所有的公教信徒對我所正確抱持的疑慮之心；是故，出自於虔誠之心以及真切之信仰，我棄絕、詛咒、並厭棄從前所言之錯誤與異端邪說，以及所有其他違反神聖教會教諭之錯誤和派別；我亦在此起誓，未來我將永遠不再以口頭或字面，言說或宣揚任何可能近似引起上述對我懷疑之主張，而倘使日後我聞聽到異端邪說，或有異端邪說嫌疑之任何人，我將向神聖的宗教審判庭告發，或是不論身處何地，逕向宗教裁判官員舉報。除此之外，我宣誓並承諾，將實踐並奉行裁判庭所諭令，以及未來將諭令的所有悔過自贖指令。然則倘若我偶或違背、違反任何前述之承諾、裁定或聲明（願上帝保守我），我情願服受神聖經典以及其他頒布之通用與特殊敕令中，對於冒犯教律者施以的所有痛苦與懲處。職是之故，在上帝與我以手按覆之《聖經》幫助下，我，即下方署名之伽利略．加利萊，業已公開棄絕邪說，宣誓，承諾，並以道德自律，遵守上述所列各項，並且親筆簽名，以資證明我已詳述之此一聲明棄絕異端文件字字為真。

09／07／31

艾爾瓦洛．康霍

他不是有些人所崇拜的聖徒，也並非另外一些人所憎惡的惡魔，他就是一個人（雖然並非如此簡單）。他的名字是艾爾瓦洛．康霍（Álvaro Cunhal），[24]許多年以來，他的名字對於許多葡萄牙人來說，代表著一種希望的同義詞。他以堅定不渝的忠誠，展現了他所堅持的那些信念；他是這些信念昌盛時的見證人兼執行代表，他也生在這個理念腐鏽，判斷能力

24 英譯注：康霍（一九一三～二○○五）為葡萄牙政治人物，擔任葡萄牙共產黨總書記之職長達三十年以上。

衰頹，習俗扭曲的時代裡。他生前拒絕留下回憶錄，這部未能問世的回憶錄，或許有助於吾人更了解這株低矮瘦弱樹木的一些基本事實：今日我們發現，葡萄牙人躲在這株低矮樹木的蔭影下，吸收消化著那些他們相信能餵養精神的冗長文字食糧。我們確實不該讀艾爾瓦洛・康霍的回憶錄，而這所造成的損失，是我們必須要習慣、容受的。從現在立足之地回顧過往，我們同樣也不該讀那些出自於他的巧思與匠手的文件，那可能是所有文件裡，最具啟發意義的：這是一個對各種帝國的輝煌和衰敗所進行的反思，包括那些我們自身內在的建構，以及那些使我們保持昂然挺立，日日促使我們對其負起責任的理念架構，即使當我們拒絕正視、注意它們時，亦復如此。反過來說，猶如一扇門關閉，自然有另扇門開啟那樣：倡導理論的思想家成為一位小說作家，而政治領袖退休後，卻在多年以來他持續、且幾乎是唯一與之有關聯的政黨，最可能該走向何種命運的問題上，陷入了沉默。無論是在國內還是國際層面上，我無疑地有過那些苦痛的時日，而艾爾瓦洛・康霍都曾經歷過。他不是一個人孤軍奮戰，而他也明白這件事。有時候我不同意總書記採取的種種激烈態度，我也悉數向他奉告。可是，在這個距離底下，一切事物看來都漸漸消逝了，甚至包括那些我們當時用來試圖說服對方的理由（並未得到顯著的結果）亦然。這個世界持續前進，而將我們遠遠拋落在後頭。日漸老邁，便是日趨昏昧。在他告老退休後，我們依然需要他。而現在已經太遲了。每當我們想起他的時候，那種突然襲來、深感遭受遺棄的情緒，便揮之不去。每當我想起他的時候，也是如此。而我現在懂了，我可以向各位保證，我確實明白了有一次格雷安・葛林（Graham Greene）對艾都瓦多・洛倫佐所說的話：「至於葡萄牙，我夢想與艾爾瓦洛・康霍見面。」這位偉大的英國作家，替所有同有此感的人，說出了心聲。[25]你一定能夠了解，我們是多麼的思念艾爾瓦洛。

[25] 格雷安．葛林（一九〇四～一九九一），英國劇作家、小說家、文學評論家，長年旅居瑞士。葛林擅長將深奧艱澀的文學理論化為簡明的文字。

AUGUST

2009

09／08／03

加博（Gabo）

作家們被區分成兩種團體（姑且假定他們向來就同意被分類……）：一邊是人數較少的團體，也就是那些有辦法鍛造出文學新道路來的人，而人數較多的一邊，則以那些跟隨著前面那群人腳步、亦步亦趨的作家組成。這就是在天地初開伊始便已如此的，作者的虛榮感（正當嗎？）在如此確鑿的證據面前，顯得軟弱無力。加夫列爾·賈西亞·馬奎斯（Gabriel García Márquez）憑藉著他的天賦，[1]開闢並建立出一條稍後被（錯誤地）命名為魔幻寫實主義（magic realism）的道路，沿著這條道路，許多追隨者輪番奮勇前進，而總也會有誹謗者出現。馬奎斯的作品裡，第一本來到我手上的是《百年孤寂》（*One Hundred Years of Solitude*），而這部作品所帶給我的震撼是如此之強烈，讓我必須得在讀完前五十頁以後，先停下腳步。我需要停下來略為整頓自己的思緒，讓猛烈的心跳回復正常，以及最重要的，學習如何控制我手上的羅盤。我盼望能夠以這個羅盤，沿著這條「魔幻寫實」的道路，探索那個方才出現我眼前的新世界。在我作為一名讀者的生涯裡，像這樣的遭遇著實不多見。要是「遭受衝擊」這個字眼能夠有正面的意思，我會十分樂意將這個字運用在此一例子上。但是既然這個字已經被寫下來了，我就把它照原樣放在這裡吧。我深信它的意思，會被人懂得的。

09／08／04

帕修・多・帕德羅

我想，我住在里斯本的近郊本那・德法藍夏（Penha de França）區，必定有大約十二年。我先是住在盧亞・多派卓・西那佛瑞塔（Rua do Padre Sena Freitas），隨後在盧亞・卡羅斯・李貝洛（Rua Carlos Ribeiro）定居。我一直住在這許多年，直到我母親去世。對我而言，這個區域一直在擴張，將我可能會居住的地方一一納入。我對此地的回憶至今仍然十分鮮明。然後，即使是「黑暗谷」（Vale Escuro）這樣一個不負其名的地方（因為此地是年輕人冒險和探奇之處），這樣一個化外之地，在頭一棟新建築蓋起來以後，也開始遭受威脅，然而這裡卻仍然具有一種植物，其根莖隆起的部位發出甜酸氣味，而這種植物的名字，我從來沒想要去了解。而這裡也是荷馬史詩風格的戰爭，能夠登場的地方……那裡曾有帕修・多・帕德羅（Patio do Padeiro，麵包坊的天井，並不屬於本那・德法藍夏，而屬於奧圖・德・聖若望〔Alto de São João〕……），是個「正常」人不敢擅入的地方，而我曾經聽說，那裡甚至連警察也為之卻步，對於當地居民可能或確實的不法行為，睜一隻眼、閉一隻眼。

1 賈西亞・馬奎斯（一九二七～二〇一四），哥倫比亞記者、小說家，一九八二年諾貝爾文學獎得主。其名作有《百年孤寂》、《沒人寫信給上校》、《迷宮中的將軍》等長篇小說。本文標題「加博」係對馬奎斯的名字「加夫列爾」的暱稱。

而可以確定的是，這種恐懼與不信任的程度，是由於這個小世界被包圍的情形所引起的，它和本地其他的社區隔離，顯得格格不入；這個地方的話語、姿勢以及態度，都和那行走於此地廣場中而憂心的靈魂們，那種靜謐、謙遜的風度毫不相配。有一日，在破曉與薄暮之間，帕修·多·帕德羅消失不見了，這可能是由於市府當局執行拆除而被夷平，不過更有可能是遭到建商的怪手拆毀了。在這地方上，豎立起一棟棟無趣的建築，每一棟都像是左右鄰居的複製品，沒幾年就已經顯得暮氣沉沉。無論再怎麼骯髒和惡臭，至少帕修·多·帕德羅曾經有過創造力，以及一個完全屬於自己的風貌。如果我能夠分享當地居民的生活，倘若我有這個勇氣能和他們共同生活，並向他們學習請益，我會想要重建帕修·多·帕德羅。然而，這將會是枉然。之前住在這裡的人們已經被驅散，安置在不同地方，而他們的子孫，要不是已經過著更為優渥的日子，要不或許已經忘記、或情願不再想起那曾居住在此的艱辛歲月。本那·德法藍夏的記憶（或者是奧圖·德·聖若望的記憶）裡，已不再保有帕修·多·帕德羅的空間。有些人生而艱困不幸，走過而沒有留下痕跡。他們就這麼死去而被世人所淡忘。

09／08／05

阿莫多瓦

我加入「馬德里文化運動」（*la movida*）的時候，[2]她已經離去了，留下的是她一身城市丑角的連身裝扮，她留下了虛假的淚水，邊緣還有著黑色的睫毛膏，她還留下了假睫毛，她的假髮，她的笑聲，以及她的憂傷。我的意思，不是說這個運動在意義上必須悲傷，或是說那些偉大的成就需要停止在一次節慶，或是一場狂歡的中途，由人們的脣中迸出這麼一個關鍵性的疑問：「我們正在這裡做什麼？」請注意，我正在對你訴說的故事，並不是我自己的。我從來就不是「馬德里文化運動」裡面的人，而就算我讓自己被引誘過去，我也十分確定自己所出的洋相，不會比在公爵豪邸中的唐吉軻德好到哪裡去。「滑稽荒誕」不僅是一種觀點，而是一個事實。基於這個原因，在我料想佩卓．阿莫多瓦（Pedro Almodóvar），[3]這位馬德里文化運動的領軍人物、向他的小靈魂（所有的靈魂都是微小的，小到肉眼幾乎無法辨識）詢問：「我在這裡做什麼？」時，我不覺得自己對此有什麼大錯特錯的誤解。這個問題的答案，在阿莫多瓦的電影裡，他已經給了我們，讓我們在開懷暢笑的同時，又感覺如鯁在喉，而電影畫面背後所蘊含暗指的事物，又邀請我們說出它們的名字，不吐不快。當我觀賞完《玩美女人》（*Volver*）以後，[4]我給佩卓傳了個訊息，在這封訊息裡面，我對他說，「那絕對的美，你已經碰觸到了。」大概（或者必定）是出於謙虛，他沒有給我回音。

在此我得做個結束。對於那些虛擲他們寶貴時間來閱讀這些文字的人，我想以下面這一

---

2 英譯注：「馬德里文化運動」是西班牙於佛朗哥死後，伴隨著新的民主體制所興起的文化反抗運動，其精神表現在阿莫多瓦那些淫猥辛辣、風格多變且又大膽狂暴的電影中。

3 佩卓．阿莫多瓦（Pedro Almodóvar，一九四九～），西班牙電影導演、編劇、製作人。

4 阿莫多瓦於二〇〇六年執導的作品，由潘妮洛普．克魯茲（Penelope Cruz）主演，本片西班牙片名「*Volver*」意指「歸鄉」。

個出乎意料的方式，來總結全文：人們期待佩卓．阿莫多瓦提供給我們的，是在西班牙電影當中，至今最為欠缺的、關於死亡的偉大電影。這個期待可以有上千個理由，但是絕大多數是因為，這會是將「馬德里文化運動」從諸多陰影裡面拯救出來的最後辦法。

09／08／06

在父親的陰影中（一）

在米歇爾．巴赫汀（Mikhail Bakhtin）的《小說的理論與美學》（*Theory and Aesthetics of the Novel*）裡，[5]他寫道：「在小說這個文類裡，能夠展現出其意義，並且開創其原創性的最重要主題，就是說著他所使用的語言的人。」我相信很少有對於上述這個普遍理論的聲明，能夠像法蘭茲．卡夫卡的文學與他的人這樣，如此準確地作為例證。至於有些理論派的學者，老是愛造「浪漫」潮流的反，在作家著作當中，到處找尋他所留下的自傳線索，結果反倒是在作家生涯的細節裡，尋找作品的意義，在此我希望將他們先擱在一邊。在卡夫卡描述他身為一個作家，那些造成他如此戲劇化的生命過程的因素，以及隨後，因為這些因素而產生的作品時，他並未隱匿當中的任何一個（在每一個例子裡都提出若干值得注意的問題）：他與父親之間的衝突、和猶太社群之間的誤解、因為不可能放棄原有的獨身生活而選擇不走入婚姻，以及他的病痛。這些因素當中的頭一個，也就是發生在父親與兒子，兒子與父親之間的對抗，而卡夫卡終其一生都未能克服，我將之視為建構他畢生作品的主旋律，就像分枝從主幹衍生那樣，從上述主旋律裡蔓生出來的那種深刻又貼近的心神不安，將他導向了形而上之路，從這條路看出去，那是一個因荒誕而感到痛苦，並且充滿神祕難解意識的世界。

卡夫卡頭一次提到《審判》（*The Trial*），可以追溯到他在一九一四年七月二十九日所寫的《日記》（*Diaries*，前一天，第一次世界大戰方才開打），以下面這樣的文字作為開場：「有一晚，富有的貿易商之子，約瑟夫．K（Josef K.），在與父親那場冗長的爭執之後……」他做如是宣稱，正如將近兩年以前，他在《蛻變》（*Metamorphosis*）裡寫下的短短三行，將成為《審判》的中心主題。格里高．薩姆沙（Gregor Samsa）於夜裡，在沒有任何解釋的情形下，突然變形成一隻介於甲蟲與蟑螂之間的惹人厭昆蟲。他抱怨那降臨在他身上的冤枉遭遇時，他表達了這種看法：「很多時候他是無根謠言的受害者，是偶然提及或者是無端抱怨的受害人，而他完全沒辦法保護自己，因為對於自己到底被指控什麼罪名，他已經一無所知。」整部《審判》可以濃縮成上面這個句子。確實，父親，那位「富有的生意人」，從故事裡消失不見了，而母親只在兩個章節裡被約略的提到（轉瞬即逝，而且毫不帶子女對父母的情感），但是對我而言（除非我對卡夫卡身為作者的意圖完全理解錯誤），透過小說的書寫，將那全能而又具強烈威脅性的父權，搖身一變成為宇宙終極法則的傲慢勢力，而這股勢力不分青紅皂白，不詳細指明犯罪之人觸犯了哪一條戒律，就逕自施以懲處，並不算是過分大膽的想像。格里高．薩姆沙的父親將這個變成蟲的兒子從家裡客廳驅趕出

5 米歇爾．巴赫汀（一八九五～一九七五），蘇聯語言、文化與文學評論學者。

去，還一直對他扔擲蘋果，直到有顆蘋果就此嵌在了他的甲殼上，這段令人讀來同時感到痛苦又醜怪的極端侵犯行為片段，描述了一種無以名之的巨痛，那是一切情感溝通的希望，俱皆死滅的痛。

09/08/07

在父親的陰影中（二）

在這個片段發生的幾頁以前，格里高・薩姆沙這隻甲蟲，已經用他那昆蟲的口器，艱難痛苦地發出了力所能及的最後一句人話：「媽媽，媽媽。」之後，猶如作為人的那個部分已經死去，他自發地進入了不言不語的沉默狀態裡，這是一個動物本質無法挽回的重要徵兆，在這當中，有一部分是他確實於自己的昆蟲世界裡，棄絕了父親、母親，以及妹妹。當小說末尾，僕役將格里高・薩姆沙那具早已乾癟、僅存甲殼的遺骸掃進垃圾堆時，他的缺席從開始不言語那天算起，只是提供了一個證明：他早已經被家庭遺棄。稍後，於一九一三年八月二十八日的一封信函裡，卡夫卡寫道：「我生活在我的家庭當中，在人所能想像最好、最鍾愛我的人們當中生活著，可是他們對我而言，卻比陌生人還要陌生。最近幾年以來，我在一天之中和我的母親，平均說話不超過二十個字，而除了偶爾不經意的招呼之外，和我父親更是一語未交。」必須是最不漫經心的讀者，才能夠不去注意上面這段話裡，那隱含的痛苦、難堪的諷刺意味：「……在人所能想像最好、最鍾愛我的人們當中生活著」，只有這裡，看來與整句話的意思完全牴觸。而對我來說，似乎也需要有類似的漫不經心，才能看不出任何重要意義，將下列的事實輕輕放過：在一九一三年四月四日，卡夫卡向他的編輯建議，他的文章〈伙夫〉（*Stoker*，《美國》〔*America*〕，又名《失蹤者》的頭一章）、〈蛻變〉和〈判決〉（*The Verdict*）應該合為一集，以《人子》（*The Son*）之名出版（事實上，與此建議類似的著作合集，遲至一九八九年才付諸實現）。在〈伙夫〉裡的那個「人子」，因為讓女僕懷孕，有損家族的榮譽，從家裡被雙親驅逐出去；在〈判決〉裡，「人子」受到父親不斷地責備，直到他溺斃而亡的那一刻；而在〈蛻變〉裡面，「人子」則放棄了自己的存在，聽任自己被一隻昆蟲所取代……比起寫於一九一九年十一月、從未送交給收信人的《寫給父親的信》（*Letter to a Father*），正是上面這些故事（特別是〈蛻變〉與〈判決〉），憑藉著文學手法上的不斷置換，也就是如鏡子模糊與反像功能般隱匿或顯示交互切換的手法，為我們提供了一個準確的描述。這個描述顯示出法蘭茲・卡夫卡與他父親之間的衝突，將他的靈魂撕裂開來，成了一道無法痊癒的傷口。《寫給父親的信》以訴說的方法，採取誹謗控訴的形式和聲調。其開場類似算總帳，一個平衡的動作，在相互對立、擁有與虧欠的對抗兩造之間謀取平衡，這使得讀者無法拒絕一個前提，即上面這些敘事手法，都是在對實際事實的扭曲與誇大的基礎之上所建立起來的，尤其是當全書結尾時，卡夫卡突然轉而使用父親的聲音作為敘述者，以便指責他自己……在《審判》當中，卡夫卡縱然得以將自己從父親的形象裡擺脫出來，客觀地敘事，但是他仍舊無法擺脫父權法則的影響。就如同在〈判決〉裡面，那位最後按照父權法則慣例選擇自殺的兒子那樣，《審判》裡受譴責的約瑟夫・K也是如此：領著行刑者到他接受槍決的地方受死之人，正是他自己，在那裡，直到死亡來臨的那一刻，他心裡還抱著一個念頭，有如臨終的懺悔，認為自己到死都未曾學會如何當好一個兒子，並且從未成功地饒恕權威……也就是說：成功地饒恕父親。

葉門

09/08/10

蘿拉．瑞斯特瑞波（Laura Restrepo）是哥倫比亞作家，也是和我們理念一致的好朋友。她跟隨「無國界醫師組織」到葉門（Yemen）去，以記錄她在那裡的所見所聞與感受。她的葉門紀行被刊載在《祖國》週報上，以一篇令人印象深刻的報導作為開場。在文中，蘿拉拒絕採取的那種訴諸於打動讀者情感的矯揉做作，她固執地尋求真相。她提及那些由索馬利亞而來的船隻，上頭超載許多亡命之徒，他們因為種種問題而被迫漂流海上，希望在葉門找到這些問題的解決之道，這些描述十分罕見，帶給讀者具有啟發性質的震撼。在這些人當中，你能看到男人，他們身邊也總有婦女與孩童，但是蘿拉毫不猶豫地指出，當談到這些男人而不去提及他們身旁的婦女與孩童，是件多麼普遍的事情；當你一旦說到這些孩童，就不可能迴避提及生育他們的母親們，在這些母親的肚子裡還懷著更多的胎兒。這些婦女一登上葉門的陸地，便發現自己處在道德與身體的羞辱之中，而之所以必須承受這樣的羞辱，只因為她們生為女子。在蘿拉寫下關於她們的每一個字句背後，都有她的淚水、哀嘆以及哭泣。如果我們的良心還沒習慣於「這個世界正走向控制世界者所想要的模樣」這個想法，那我們將會因為她的文字而失眠。對我們來說，這也足夠補充我們對事情如何發展的最好認識，並且對於自己客廳牆外到底將會有什麼事情上演，不會造成困擾。畢竟，這是世界上最古老的故事。

09／08／11

非洲

有人曾說：在非洲，死者是黑色的，而武器則是白色的。對於存在於非洲大陸上，長達幾世紀、並且接踵而至的浩劫而言，很難找到比上面這句話還更貼切的題詞了。這個據信是人類誕生之地的世界一角，在首位歐洲的「發現者」登陸上岸之時，確實不是人間天堂（與《聖經》神話所告訴我們的截然相反，亞當並不是被趕出伊甸園的，他壓根從來就沒進去過），但是對於當地土著而言，這些白種人的到來，接二連三地開啟了通往地獄的大門。這些大門至今依然洞開，而一代又一代的非洲人，相繼被拋入門內，遭受地獄烈火焚燒，這都多虧了世界上的公眾輿論幾乎不加掩飾的冷漠，或是漫不經心地與之共謀串通所致。一百萬非洲人死於戰爭，飢餓，以及原本能夠治癒的疾病，而這些性命在任何一個新殖民主義國家所占的分量，根本就微不足道，在報紙上的版面還比不上那謀害十五條人命的連續殺人犯。我們知道，這種恐怖，在每個它所呈現出的形式上（無論有多麼冷酷、殘暴、或是可恥），每天都像詛咒一樣，使我們這個不幸的星球添上日漸加深的陰霾。但非洲看來已經回到它慣常的位置，也就是供我們做實驗的實驗室，在這個地方，通常大部分經歷到的恐怖，是生在其他地方的我們所無法想像的犯罪。非洲人猶如生下來就被當成實驗用的天竺鼠，以至於容許每個施加於他們身上的暴力行為，每一次的酷刑拷打都屬正當，每一宗犯行都能得到赦免。我們許多人還堅持主張那種天真的信仰，認為既非上帝也不是歷史，能夠評判人類所犯下的殘殺同胞暴戾罪行。那永遠樂意頒發全面赦令的未來，頒發的看似是寬恕，其實在偽裝的表相底下，隱藏著遺忘。同樣的，無論是含蓄還是直接明白，只要符合新的經濟、軍事或者政治秩序，對於那些摧殘人們肉體或者精神的醜惡行為，其幕後直接或間接的始作俑者，未來也十分熟練於免除他們終生的責任。所以，將評判今日受害者的遭遇以及責任交託給未來，是個錯誤；因為未來自身也會製造自己的受害者，而且同樣也無法抗拒誘惑，拖延到更久遠之後的未來，或是極其無法想像的時刻，才去計較那公平與正義。這就是今日的我們嘗試著以一種熟練而偽善的態度來合理化自己的行為，拒絕接受自己就是那在今天唯一需要負起責任的人。當一個人以「我不知道」當作藉口，是否有人能了解背後的責任？而甚至「我寧願選擇不知道」這句話，對我們來說是否更加令人無法接受？這個世界的運作之道不再如從前那樣，是個澈底的謎團；各種陰謀詭計如今暴露在所有人面前；那些操弄局勢、翻雲覆雨的幕後黑手，並沒有夠長的手套，好來遮掩斑斑血跡。因此，要區分真相與謊言，要分別對於人類同胞是尊重還是輕蔑，要釐清誰是為生命謀福利，而誰又是反其道而行，應該是件容易的事。很遺憾的，世間的事情向來就沒有如此直接了當。個人的自我中心、懶懦、缺乏器量、那每天都上演的微小懦弱，所有這些都為理盲的惡劣心態作出貢獻。這種理盲的心態，使我們無法看見、察覺構成這個世界的事物，僅能見到自己的蠅頭私利。我們實在難以指望自己的良心有天會突然覺醒，猛烈地搖撼我們，直接問道：「你要往哪裡去？你正在做什麼？你覺得這是怎麼一回事？」我們所需要的，是一場由已解放的良知所發動的起義。但是這樣的事情，還有可能發生嗎？

09／08／12

這個可能會成為國王的人……

這個可能會成為國王的人，是杜華特．布拉干薩公爵（Dom Duarte de Bragança）[6]，有人很適度地告知了他這一點，這都要多謝從他出生起，就負起對他教育責任的那些教師。不過這個人，在大致上是厭惡文學的，特別是討厭我所寫的作品，這首先是因為他認為，我的《修道院紀事》（*Baltazar & Blimunda*）侮辱了他的家庭；第二個理由是因為，上述這本作品，套用這位覬覦王位者那優雅又有教養的術語，是「一大坨狗屎」。他還沒有讀過

[6] 布拉干薩公爵，全名為杜華特．皮奧．若望．米蓋爾．加柏瑞爾．拉菲爾（Duarte Pio João Miguel Gabriel Rafael de Bragança，一九四五～），第二十四任公爵，葡萄牙國王米蓋爾一世（Miguel I）的曾孫，也是布拉干薩王室的繼承人。葡萄牙雖然於一九一〇年起建立共和國，布拉干薩公爵卻仍舊享有崇高待遇。

這本小說，不過很明顯的，他已經對之嗤之以鼻了。所以，請明白這麼多年以來，我還沒有想過，要將杜華特．布拉干薩公爵（就這麼記下吧）列入我所選定的政治盟友名單裡。從以前到現在，成為被連續追打的對象都不會使我感覺困擾，不過基督徒那種「當有人打你的臉頰，連另一邊也轉過來由他打」的美德，並不是我個人修身養性的習慣。事實上，我已經透過對他這個人德行的理解，完成我的復仇了：他其實沒發現，自己是個滑稽演員。這一點，在這位葡王若望五世的姪兒每回開其尊口時，[7]就能得到證明。我漫長的一生當中，有許多次捧腹大笑的歡樂時刻，都要感謝他。而這種時刻已經隨著君主政治復辟而告終，人們已經需要極度的警惕，讓這些字眼不要到處出現，或許它們是由像大主教皮納．馬尼克（Pina Manique）或特別督察羅薩．卡薩科（Rosa Casaco）這類人所喚醒出來的。[8]那些被我嚇得目瞪口呆的讀者們將會問：君主政治復辟，這到底是什麼意思？是的，先生，君主政治復辟，就如同擁有最好、最可能理由的他所說的那樣（意思是這王位覬覦者正考慮當中）。從今以後他也不需做如是的描述，因為隨著那藍白相間、象徵王室的旗幟飄揚在里斯本市政廳的陽臺上時，對我們來說，君主政治就已經被復辟了。自稱「三十一軍團」（Armada 31）的那群小伙子（這個名稱，是他們自己在市政廳外牆上所刻下的）現在可以放心了，他們已在葡萄牙的歷史上留名，和阿勒祖巴洛特戰役中那位女麵包師傅並列，[9]而這位師傅——或者，至少目前處於爭議之中——從未殺過一個西班牙人。這並不是當前的情勢。那面旗幟高掛在原地好幾個小時（是否有保皇黨人或君主主義者滲透進市政廳，以避免那面旗幟立即被拔除？），他們如此嘗試，據推測，目的是要建立對於那煌煌權威的認同——結果，所有這一切，到了最後一如往常地，變成喜劇，鬧劇和滑稽的片段。杜華特・布拉干薩公爵並沒有非凡的魅力能夠讓他號召市民廣場上的大眾，準備好向他呈獻皇冠、權杖、以及寶座。

如此一個光耀輝煌的壯舉，最後竟然是這樣收場，真是丟臉。不過，既然我打從心底，就是個明智又通情達理的人，我也將以對杜華特・布拉干薩公爵提出一個建議，來作為本文的結束。他已經糾集起一支足球隊，完全都是由保皇黨人的球員所組成，搭配保皇黨的訓練員，以及保皇黨的按摩師，所有人都是保皇黨，而且，不論出身何方，身上都流著藍色的血液。我可以保證，如果這支隊伍贏得了聯盟冠軍，這個國家——這塊我們所有人都如此熟悉的土地——將會屈膝臣服在他的腳下。

7 原文如此（this nephew of King João V）。

8 皮納・馬尼克（一七三三～一八〇五），葡萄牙教士、行政官員與法官。羅薩・卡薩科（一九一五～二〇〇六），葡萄牙昔日秘密警察組織「國家與國際保防警察」（Polícia Internacional e de Defesa do Estado）的高級幹部。

9 英譯注：依照這個故事的其中一個版本，布萊特絲・德・阿爾梅達（Brites de Almeida）是位英勇的麵包女師傅，在回到平靜的烘焙麵包生活之前，她也是一名幸運的士兵。在一三八五年，西班牙入侵葡萄牙時，她參加了關鍵的阿勒祖巴洛特戰役，這裡也是她居住的地方。這場戰役以葡萄牙獲勝告終，她回到家中，發現她的烘焙爐門十分可疑地緊閉著，於是便命令藏身其中的七名西班牙士兵滾出來。在那些士兵照辦以後，她以擀麵棍重擊每個士兵的頭。她同時還領導一支由附近女子組成的娘子軍，驅趕迷途的西班牙士兵以及叛匪。之後，她回到家中，再次成為一名平靜度日的麵包師傅。

09/08/13

瓜地馬拉

與司法正義有關的問題——問題並不出在司法本身，而是在法官的身上，這個情況在每一天都顯得愈發明顯。正義存在於法條當中，在民事法典裡面，所以直接運用法條應該就已足夠。上述這些，所需要的，是識字能力，理解所寫為何的能力，以及公平聽取來自控方與被告兩造聲明的能力——或許，除了任何證人證詞之外，還有一樣，那就是要按照人的良知來做判決。貪腐有千種面孔，而在司法這個例子裡，犯行最重大的貪汙者，在某種程度上，就是在審判者與受審者之間這種關係的本質。最近，一個相當經典的司法墮落案例發生在瓜地馬拉：一位名為拉烏爾．費傑羅．薩爾提（Raúl Figueroa Sarti）的編輯，他在「富吉」（F&G）出版公司工作，被判一年有期徒刑，得易科罰金，一天刑期折抵二十五格查爾（quetzal），[10]總金額為五萬格查爾，另再加上訴訟程序的所有花費。到底拉烏爾．費傑羅犯了什麼罪呢？他在一本富吉剛出版的新書裡面，刊登了一幅照片，而這幅照片還是應他的作者馬爾多．阿爾圖洛．艾斯科巴（Mardo Arturo Escobar）要求，並且在他完全知情的情形下刊登的。被告帶了該出版品參加討論。據說，馬爾多．艾斯科巴已經承認給予拉烏爾．費傑羅照片，也作了口頭授權，可以在該書上使用，但承審法官對此說法根本不感困擾。對承審法官而言，真正要緊的，是原告為他們的同事：馬爾多．阿爾圖洛．艾斯科巴在刑事判決庭工作，這就表示，他是那些法官、官員、以及地方行政首長的同僚……

但是這宗卑劣的貪瀆案並不單純。足足有兩年的時間，富吉出版公司成了騷擾的目標，這種騷擾，必須放在壓抑情勢的大架構裡來看，而這種鎮壓在瓜地馬拉十分普遍。在這裡官方的權力總是被用於撲滅、壓制那些異議，而這些異議經常譴責國內侵犯人權的種種惡行。看來那句古老的雙關語，說「瓜地馬拉」（Guatemala）總是會成為「刮地皮噢」（Guatepior），[11]還是有某種正確性的。瓜地馬拉的公民們現在必須要盼望這句無傷大雅的雙關語，不要變成嚴峻的現實。

09／08／14

尚・紀沃諾

在我的想像裡，尚・紀沃諾（Jean Giono）在他的生涯當中，[12]一定栽種了不少樹木。只有像這樣一位願意掘開地面的束縛，找出樹根，以求能滋養樹木的人，才能寫得出像《種樹的男人》（*The Man Who Planted Trees*）這樣獨特描述的作品，這本書在述說故事的技藝

10 瓜地馬拉貨幣名稱，以該國同名國鳥而得名。

11 英譯注：西班牙文裡，字尾「mala」意謂「糟糕」、「惡劣」，而「pior」則表示「更糟」。換句話說，這個國家因此變得每下愈況。

12 尚・紀沃諾（一八九五～一九七〇），法國小說家，著名作品有《屋頂上的輕騎兵》（*Le hussard sur le toit*）等。《種樹的男人》中文版，金恆鑣譯（臺北：時報文化，一九九七年）。

上，毫無爭議的是一部巨匠之作。自然，這樣一件事情要能夠發生，最重要的是要有像尚・紀沃諾這樣的人存在，但是對我們來說十分幸運的是，這個基本前提早已經是個根深蒂固的事實：這樣的作者確實存在，而且只有他繼續存在，才能將這部作品寫出來。對於這一點，需要時間的流逝，需要老年的到來，也需要他出來，並且說：「我在這裡。」想必，只有到這個時候，等到尚・紀沃諾來到這樣的高齡時，才有可能如他這樣，創造出如此生動寫實、而又色彩鮮明的一部歷史，從中構思出最為隱密的精巧細節。艾爾薩德・包菲爾（Elzéard Bouffier），這位不曾存在過的植樹人，不過是一個從兩個文學創作的成分運用裡汲取出來的角色，而這兩個神奇的成分，就是他所用來寫作的墨水與紙張。多虧了上述這些，我們才得以在頭一次認識這個角色時，就曉得這是我們已經等待多時的人。這位虛構的艾爾薩德在法國境內的阿爾卑斯山區，栽種了數千株樹，而對於這數千株樹來說，透過大自然適當的協助，你可以添加上幾百萬隻鳥雀，牠們將回到樹上棲息，以及無數的動物，同樣也回到這裡，更還有那淙淙的流水，重新流過這一度受苦於乾旱的地方。事情的真相是，我們所有人都在等待那真實的艾爾薩德・包菲爾出現（無論有多少位）。對我們，以及對這個世界，在一切都太遲之前，等待著真實的植樹人出現。

附記：杜華特・布拉干薩公爵是對的：他所大肆責難的，是我的小說《耶穌基督的福音》，而不是《修道院紀事》；不過，當他說到我在這部小說裡將耶穌的父系宗譜歸給一名羅馬士兵的時候，就不是那麼正確了。截至今天為止，在看過這部小說的數百萬讀者當中，還沒有任何一位會贊成他的這種講法。我曉得這種理論，但當時我想，基於對美好品味的迫切需求，我不會在寫作的時候，將它運用進這部小說裡頭去。為了補償，我花了若干篇幅在描述約瑟與瑪利亞（耶穌的雙親）懷胎的經過。請容許我對杜華特·布拉干薩公爵做個建議，他應該去讀讀我的小說《耶穌基督的福音》。去讀吧，別害臊，大膽地嘗試吧！我保證在讀的時候，會有所助益的。

09／08／17

阿克特爾

時光飛逝，距離發生在阿克特爾（Acteal）的那場大屠殺，已經有將近十二年的時間了。阿克特爾位於墨西哥東南部的恰帕斯州（Chiapas），在一九九七年十二月二十二日，正當拉斯阿比亞斯（Las Abejas，「蜜蜂」之意）的索西族（Tzotzil）原住民成員聚集起來，在他們那棟簡陋的教堂（由未上漆木板搭建的鄉間建築）舉行禱告的時候，九十名隸屬於「紅色面具」（Máscara Roja）組織的民兵蓄意攜帶輕型武器與大砍刀，抵達該地，發動持續七個小時的攻擊。當他們離開此地區時，造成四十五位原住民（當中包括男性、婦女與孩童）死亡，其他許多人受傷。對這些受害者所犯下的罪行，已經增長了本地人們對薩帕塔民族解放軍的支持。距案發地點兩百公尺的距離，就有一所警察局，而從那裡看過去，完全無法了解這場屠殺的過程，甚至沒辦法看見正發生什麼事情。對於這類閉目塞聽的事情，他們已經知道得太多了。琵拉爾與我在本案發生後不久，就造訪阿克特爾，我們和若干僥倖逃出的生還者對談，並且相對哭泣。我們看見留在小教堂牆上的斑斑彈孔，那裡也是挖掘墓穴的處所。而沿著墓穴，我們來到山坡上的避難洞入口，在這裡，許多婦女試著讓她們的孩子在此藏身，而這裡也是她們的殞身之處，有些是被大砍刀殺害，另外一些則斃命於近距離開火射擊的機槍。幾個月以後，我們再次回到阿克特爾，你仍舊能在空氣中嗅到那恐怖的氣息，不過正義即將要伸張了。

正義在事情的結尾時，並沒有獲得伸張。由於聲稱有程序上的謬誤，墨西哥最高法院最後開釋了將近二十名「紅色面具」的成員，他們已經服完「非法攜帶槍械」的刑期（這只是想像）；法院如此宣判，是蓄意無視於這些人手上的武器曾經開火，並且用來取人性命的事實。據我看，那些還在監獄裡服刑的人，距離獲釋也不會再隔太久了。可是，那四十五位死去的索西族人，遭到極端殘忍手段謀害的索西族人們，根本沒有辦法獲釋，甚至是復生了。幾天以前，我寫到司法的問題，並不在於司法本身，而在法官身上。阿克特爾的案例，又再一次地證明了這一點。

09／08／18

卡洛斯·帕瑞德斯

在此之前，當我聽卡洛斯·帕瑞德斯（Carlos Paredes）彈奏他的吉他時，[13]沒有作此想法，而當今天我又回想起他的音樂時，我明白這是由許多日子的拂曉所合成的聲音，是黎明時分鳥雀的合唱，迎接旭日的升起。即便我們必須要等上十年，才能迎來另外一次黎明——那自由而又令人難以忘懷的〈青澀歲月〉（Verdes Años）聲調，這首極度歡悅的歌曲，伴隨著那混合的快速琶音和弦，當中帶有一種靜謐而無法壓抑的憂鬱，對我們而言，成為一種現世的祈禱，又像是一種呼喚，統合我們的希望和欲望。這首歌曲本身就帶有某種意義，而又不僅止於此。我們還需要知道的另外一件事，是這位擁有天才般手指的人，是這位教導過我們，吉他的聲音可以如此美妙與強烈的人，以及，是這位不但身兼傑出的音樂表演家，同時還是一個樸素坦率和大器雄渾這樣偉大性格的少有模範。卡洛斯·帕瑞德斯永遠不需要敞開心扉，他的心扉已經永遠敞開了。

09/08/19

恰帕斯的血

所有的血都有自己的歷史。它永無止息地在一具軀體如迷宮般複雜的內部奔流，從沒有喪失該往何處去的方向感：當它突然湧到時，能使臉龐脹紅，當它離去時，又能使面容益發的蒼白；在皮膚表面被劃破的創口，它在形成保護傷口的疤痕之前，粗暴地流淌而出；它

13 卡洛斯·帕瑞德斯（一九二五～二〇〇四），葡萄牙吉他作曲、演奏家。

在戰場上流著，在拷打室裡流著，讓柏油路面上血流成河。血是我們的導引，它在我們體內高漲；我們在血液的脈搏節奏裡睡去，而在翌日清晨醒來；我們可能因為它而迷失，也可能因為它而被拯救；血既是我們的生命，也可以是我們的死亡。它化作母親哺育嬰兒的乳汁；它化作被謀害身死的人們而流下的淚水；它化作起義造反，並且在緊握著武器的拳頭上，被高高舉起。血幫助我們的雙眼能看，能懂，並且能做判斷；它幫助我們的雙手，得以工作和愛撫；幫助我們的雙腳，到職責所在而導引、召喚的任何地方去。血同時屬於男子和女人，無論他們是否盛裝出席追悼還是狂歡，是否佩帶著花朵，而當它承襲了那並不屬於它的名字時，這是因為，這些名字屬於所有那分享著共同血統的人們。血知道許多事情，血曉得它所承載和運送的是什麼。血有騎在馬背上、叼著菸斗吞雲吐霧的時候；有從那泣血淚乾而痛苦的眼睛裡，望眼欲穿的時候。有時候它露齒而笑，有時它抿嘴莞爾；其他時候，它掩蓋了人的面目，卻容許一個靈魂赤條條地流露出來；有這麼一個時候，當它向一堵盲目而愚蠢的高牆懇求憐憫；有這麼一個時候，當一個滿身是血的孩子，被一雙臂膀所抱起；也有那些時候，當它在房屋的牆上，描繪出令人悚然的輪廓；當它盤據了對這些輪廓不變的凝視的時候；當它綑綁的時候，當它鬆綁的時候；當它成為碩大無倫的龐然大物，以求攀過高牆的時候；當它沸騰的時候，當它冷卻的時候；當它是具使周邊焚燒的熔爐的時候；當它是一道柔和的光芒，像一個訊號，一個夢境，一具頭顱，靜躺在離此不遠的血的陰影裡。有這樣一種血液，燃燒直到凍結方休。這樣的血，就如同希望本身一樣的永恆。

09/08/20

哀傷

無論是何時，每當我想起艾都瓦多．洛倫佐的作品時，總讓我回憶起杜勒（Albrecht Dürer）的版畫《憂鬱》（*Melancolia*）來。[14]如果安東尼奧．諾布赫（Antonio Nobre）的詩集《唯獨》（*Só*）是以葡萄牙文所書寫的作品當中，[15]最為哀傷的一部，那我們便還沒有省思那蘊含於其中的哀傷。然後艾都瓦多．洛倫佐來了，他向我們解釋，我們是什麼人，以及我們為什麼往這個方向走著。他開啟了我們的雙眼，但是那光線對我們而言太過強烈。那便是為什麼，我們決定要再次閉上眼睛的原因。

09/08/21

第三位上帝

我認為杭廷頓（Samuel Huntington）那自從提出後，[16]便毀譽參半的「文明衝突論」（clash

14 杜勒（一四七一～一五二八），日耳曼畫家，北歐文藝復興的重要人物，以木刻版畫與銅版畫聞名。

15 安東尼奧．諾布赫（一八六七～一九〇〇），長年旅居巴黎的葡萄牙詩人、作家。

16 山繆．杭廷頓（一九二七～二〇〇八），美國政治學者，於一九九三年提出「文明衝突論」的概念，認為東、西方之間不同文明之間的衝突，將是未來主導世界局勢的關鍵因素。

of civilizations），現在應該得到更加嚴謹而不帶有情緒的研究。我們認為文化是某種放諸四海而皆準的萬靈藥，而文化交流則是解決衝突的最佳路徑。對此，我個人並不這樣樂觀。我相信，唯有對於和平明確又積極的渴望才能打開那扇通往多元文明交流的大門，而不帶有任何一方想要起來宰制的意志。這種對於和平的渴望，或許早已存在，但是無法強求捏造。基督教世界和伊斯蘭世界還像一對宿怨難解的疏遠兄弟，而那長期被盼望、可以為這個世界帶來若干程度和平的永不侵犯協約，也就沒有達成之日。自從我們創造出了上帝和阿拉，如我們所知的，都帶來災難性的後果，或許解決之道就是創造出第三位上帝，讓這個神擁有足夠的威能，迫使這對糾纏不休又剛愎自用的神放下武器，將和平還給人類。而接下來，這第三位上帝可以幫我們一個忙，擺脫這個現在還在持續上演的老悲劇場面：人類，作為神的發明創造者，被他自己的創造物——上帝所奴役。可是對於上述這些情況，還是沒有任何有效的解決辦法，而各個文明彼此之間的衝突，還是會繼續發生。

09／08／25

玩陰的

許多年以前的我，既年輕又天真，有人說服我去買一份人壽保險，不必說，當然是當時市場上最基本的那款——二十年後如果我還沒死，就能領回二十里奧（reis）現大洋，而自然的，在這份保單裡，保險公司也沒有義務提供我那微小投資所產生的滋生利息，也仍然不讓我分享收益。然而，要是我沒能準時繳交保險費，那一切就全沒了。那時，二十里奧大洋對我來說代表著一筆可觀的金額；我幾乎需要努力工作一年才能賺到與這筆錢相同的數字，所以我期待著能得到不錯的回饋紅利，儘管我從來沒有想辦法去免除這整件事情裡，那種令人不舒服的不信任感，這種感覺，很堅決地告訴自己：我已經被詐騙了，即使我並不曉得事情究竟是怎麼回事。在那些日子裡，不只是那眾所周知的附屬細則條款欺騙了我們，就算是那主要條款裡規定的數額，都還比不上一撮撒在我們眼睛中的沙子。這就是在其他的時候裡，平凡的老百姓（我把自己也包括在這群人當中）所知甚少的人生。而即使是這「甚少」的所知，能派上的用場也是微乎其微。誰會有這個膽子，不但敢於和保險精算師爭論，又和投資公司經紀人或是理賠專員理論呢？他們可是永遠都有著舌粲蓮花的天分啊！

當今之世，事情已經非常不同了。我們業已失去了原來的天真，不會夢想著要迴避爭議，而虛張聲勢地標榜著最強烈的信念，這其中還包括了我們或許最缺乏概念的議題。就讓他們別在事後帶著他們那些個故事來找上我們，因為，偽裝的面具啊！我們已經學會要好好地認清你了。事情的壞處在於，這些面具即便一直劇烈、大幅地改容換面，面具底下的真容卻從來不曾變樣。同樣，我們也無法拿捏得十分篤定的，是我們已經真的不再那麼樣輕信、天真了。當巴拉克．歐巴馬在競選總統最為熱烈的階段，宣示要推動健保改革，讓在美國被現行健保體系（也就是意謂保障那些直接或間接繳交形形色色保險費的人）排除在外的四千六百萬人能夠獲得保障之時，我們曾盼望有一波狂熱的改革浪潮，能夠橫掃美國。但這並沒有發生，現在我們全都知道其中的緣故。能夠導引（或者將會導引？）改革確立的那些過程，在那頭沉睡的巨龍甦醒之後，方才勉強地展開。正如奧格斯托・蒙特羅索（Augusto Monterroso）寫道：「恐龍還在那裡。」[17]大肆反對這項改革計畫的，並不只是控制著現行體系的那五十家美國保險公司，還有整幫共和黨的參、眾議員，以及為數可觀的民主黨籍男、女參、眾議員，也全都參與其中。清楚暴露出美國國家體制底下所真正信奉的哲學：如果你沒有錢，那一定是你自己的錯。四千六百萬美國人沒有錢繳交健保費用，這四千六百萬窮苦之人，現在看來，甚至連個葬身之地都沒有。到底我們需要多少位巴拉克・歐巴馬才能把這類的醜事做一個了結？

09／08／26

兩位作家

他們的名字是雷蒙・羅柏（Ramón Lobo）以及恩立克・龔薩列茲（Enric González）。他們從事媒體工作，在這門職業裡，他們將它發揮到你所能找到的任何報紙版面上的最高報導水準。不過，我比較傾向把他倆看成是作家，這並不是因為我對於媒體記者與作家這兩種行業有什麼高下之分，而是由於他們所寫的報導裡，所表達出的情感，以及所界定的觀點，至少在原則上，是在高水準的文學作品裡才找得到的。我拜讀雷蒙・羅柏的文字已有許多年，不過恩立克・龔薩列茲則是最近才發現到的。雷蒙作為戰地特派記者，擁有一種傑出的能力，能夠將每一個字，根據它所指涉的意義，擺放到最精準的位置上——避免修辭和煽情上的用語——報導出他的所聽，所見，以及所感。讀來很明確，但實際上要辦到並不如聽來容易，而是只有在極為確實掌握所運用語言的情況下，才能辨得到。恩立克．龔薩列茲的文字和之前我所讀過的並不相同。我看過他在《祖國》上的專欄，不過我對他的好奇還不足以讓我將他全部的作品，放進我每天的閱讀裡面去。這種情況，至少一直持續到有一天，我發現手上有他的作品《紐約的故事》（*Stories of New York*）為止。用令人讚嘆來形容他的作品，並不誇張過分。關於城市的書寫，簡直就像天上的星辰一樣普遍，不過據我所知，還沒有別的作品能像本書這樣。我本來以為，自己對曼哈頓以及周遭地區有相當程度的了解，但是當我讀到這本書的頭一頁，就知道自己實在是錯了。近年來，很少有文學經驗能夠帶給我如此的愉悅之感。我謹將這篇短文向這兩位傑出的媒體記者致敬，以及表達我的謝忱，他們同時也是值得注意的作家。

09／08／27

共和國

這已經是將近百年以前的事了：在一九一〇年十月五日，當一場革命在葡萄牙爆發，

17 英譯注：這句話是瓜地馬拉作家提托．蒙特羅索（Tito Monterroso）所寫、目前已知（當然，因為並不顯著），在海明威（Ernest Hemingway）之後寫過的最短篇故事：「醒來之時恐龍還在那裡。」

推翻了老舊且瀕臨崩潰的君主政體，並且宣告一個共和國就此成立起，在抉擇與錯誤之間，在承諾與失敗之間，以及在那為時將近五十年的法西斯獨裁統治，和所有那些加諸於人民身上的苦難與羞辱之後，共和國屹立至今。當時，在一連串對抗衝突的混亂過程中，有七十六人（士兵與平民百姓）被殺，三百六十四人受傷。這場發生在歐洲極西陲小國裡的革命，當中有這麼一個事件，上頭累積了一整個世紀的塵埃，正好鑲嵌在我的記憶裡面——這是我很久以前讀到過，而現在又無可抗拒的從心頭回想起來的事情。一位平民革命黨人在羅西烏（Rossio，里斯本的主要廣場）沿建築旁的街道上，受了致命的重傷，忍受著臨終前的劇烈痛楚。他孑然一人，深知自己必無倖存之理——沒有救護車膽敢前來載送他就醫，因為雙方駁火，使得任何急救單位皆無法安全抵達此區域。接著，這位身分卑微的人（他的名字，據我目前所知，歷史未曾記載），幾乎就要昏厥倒下，以他顫抖的手指，沾上從他身上創口汩汩流出的鮮血，在牆上寫下「共和國萬歲！」（Long live the Republic!）這幾個大字。寫完「共和國」這個字以後，他便傷重而死，而「共和國」這個字所指明的意義，有如他也同時寫下了希望、未來以及和平這些字眼，那樣的豐厚。他沒有留下其他的遺願遺囑，對這個世界，他也沒留下什麼財富，只留下了這行字，對他而言，在當時的那個時刻，或許象徵著「尊嚴」，這是沒人能夠出賣，也沒人能夠買走的事物，這是人類所能擁有的最偉大事物。

09／08／28

汽化器

從我覺得自己應該學開車起，到現在已經有整整六十年的時間了。在那距今已十分遙遠的時代裡，對於怎麼讓這些悠閒的老爺車裡大量的機械運轉，我可是知之甚詳。我會拆卸它們的引擎，然後重新組裝回去；清理它們的汽化器；調整排氣閥；弄清齒輪箱的不同之處，並且改換它們；更換剎車皮，以及輪胎內圈——總之，我穿著那件寬鬆的藍色連身工作褲（能夠讓我不被濺出的油汙弄髒衣服），可以在一輛汽車或是貨卡車到了不得不進入車廠，進行機械、電力，或是任何形式的檢修時，讓車輛發揮本來該有的性能。我唯一需要做的，就是哪天在方向盤前面坐下來，然後上幾堂駕訓班教練的駕駛課，而最後應該是以通過路考，拿到那張盼望已久的駕照、讓自己投身到「有照駕駛人」這個日漸成長的社會秩序裡頭去，作為整件事的終點。可是，那個值得紀念的一天始終沒有來到。這個問題不只是嬰兒時期的創傷，影響到成人之後個性所留下的影響，因為那些在青少年時期所經歷的苦痛，也同樣有災難性的後果；而且，就像最近所發生的例子，這些創傷經驗在未來的人車關係上，非常負面地決定了看待汽車的角度：將引擎載具視為陳腐的日常東西。我有充足的證據相信，我正是這樣一種衝擊之下的可悲結果。我還要更進一步補充（不管底下我要說的，在那些把因果關係看成是基本概念的人眼中有多麼矛盾），如果我沒有在鐵工廠和修車廠裡度過那些青澀的年少歲月，那麼或許我今天就知道如何開車，而我就能是個驕傲的駕駛人，不是區區一名被載送的人了。

在開頭提到的那些車輛性能之外，我還會更換它們當中一樣必須的組成部分，也就是汽化器，所謂更換，就是置換那些沿著銅扇排列的薄細金屬板。如果沒有這些零件，就不可能防止在引擎前部與汽缸之間，空氣和外洩可燃性油料的混合（如果上面我使用的這些用語，對於今日那些只靠電腦駕駛、不用人腦開車的人來說，是古早到老掉牙程度的話，這可不是我的問題：我談我懂的事情，不談我所不懂得的，而各位讀者也確實夠好運，因為我並沒有從四輪馬車的構造、還有把牲口套上轡繩的最妥當辦法開始描述起。關於這個主題，我算是駕輕就熟，那可是同樣地久遠古老）。有一天，在我把拆卸下來檢查的引擎裝回去，並且把連結引擎到汽缸的螺帽全部都鬆開以後（這是我傾注十九年之力所做的事情），我開始了這項工作的最後一個階段，也就是把汽車散熱器用水注滿。我一直努力想拔開栓塞，並且開始從水桶裡注水到散熱器裡，這個水桶，是我在車房裡事先為了這個（或是類似的）目的而盛滿的。散熱器是一個容器；它的容量很有限，甚至沒辦法多裝載比設計容量多出一毫升的水。你持續注入的水，哪怕是多出一絲一毫，都會從邊緣溢出來。但是奇怪的事情發生了：水不斷倒進散熱器裡，而且我倒入的水愈多，散熱器裡的水位就愈沒有注滿的跡象（這跡象是注水程序接近完成的信號）。我倒進下方這個永不滿足喉嚨裡的水量，應該已經足夠裝滿兩或三輛大卡車的散熱器，然而這些水全都憑空消失了。事隔六十餘年，有時我想起這件事情來，如果我始終沒有察覺流水像小瀑布那樣，從車庫裡淅瀝嘩啦流洩聲音的話，我覺得自己還是會試圖用水把這通往戴那俄斯眾女兒（Danaides）的通道給填滿。[18]我過去查看究竟。

從汽車的排氣管噴射出一道激流，在目瞪口呆的我面前，最後激流逐漸削弱成幾滴憂鬱的水珠。出了什麼事呢？我很拙劣地連接汽化器，把它塞進引擎的前端，而且堵住了本來該是開啟狀態的通道；然後，比起上面這些來得更加嚴重的，是因此開出原本不應該有的通路。我從來沒找出究竟是我的哪個動作，讓這些可憐的水終於找到一條從排氣管離開的生路。現在我也不想知道。這件丟臉事情的本身，就夠令人刻骨銘心的了。可能就是從那天起，我立志要成為一名作家吧！這是個我們可以同時身兼引擎、水、方向盤、儀表板以及排氣管於一身的事業。或許到頭來，這個創傷經驗還是挺划算的。

09／08／31

珍重再見

這個標題說明了所有事情，不論是好事壞事，都會過去；而且非常適合表達出本書在此即將結束，而作者也完成了這項任務。讀者們可能在這些文章裡發現某些好的事物，在這我得老實不客氣地恭喜我自己；而對於在文章裡讀到不好事物的其他讀者們，我道歉——但是只對沒能把這些主題寫得更好、更確切而道歉，而不是為沒能寫不同的議題而申致歉意，因

18 希臘神話裡，國王戴那俄斯（Danaus）的五十位女兒因犯下殺夫罪行，在地獄裡，她們被罰無止盡地向銅缸注水，而永無水滿之日。

為（如果你能允許我這麼說的話）那根本就不是選項。需要簡單說再見時所道出的珍重，永遠是最棒的。這可不是一齣歌劇裡的詠嘆調，能夠安插進一首冗長又喋喋不休的〈再見，再見〉（addio, addio）。[19]然而，珍重再見吧！直到哪一天呢？我誠摯的希望不要再見。我已經展開另一本小說的寫作，而且希望將時間全數投入其中。如果一切進展順利，你就能知道為什麼我這麼說。與此同時，你們將讀到我的小說《該隱》。

附記：左思右想以後，覺得沒有必要把事情說得如此斷然決絕。倘若有朝一日，我感覺有需要評論或對某事表達意見，或許我會再開闢出一條像「筆記本」這樣的道路來，在那塊園地裡，我最能夠根據自己所欲，將我自己表達出來。

19 這是一九六二年「歐洲歌唱大賽」（The Eurovision Song Contest）當中，獲得第九名（共十六首參賽曲目）的義大利歌曲。

大師名作坊 172

謊言的年代：薩拉馬戈雜文集

O Caderno（The Notebook）

作　者—喬賽・薩拉馬戈（José Saramago）
譯　者—廖彥博
主　編—湯宗勳
編　輯—沈如瑩、廖婉婷
美術設計—Ancy Pi
企　劃—王聖惠

發 行 人—趙政岷
出 版 者—時報文化出版企業股份有限公司
10803台北市和平西路三段二四〇號一至七樓
發行專線—（〇二）二三〇六六八四二
讀者服務專線—〇八〇〇二三一七〇五
（〇二）二三〇四七一〇三
讀者服務傳真—（〇二）二三〇四六八五八
郵撥—一九三四四七二四時報文化出版公司
信箱—10899台北華江橋郵局第99信箱
時報悅讀網—http://www.readingtimes.com.tw
電子郵箱—new@readingtimes.com.tw
法律顧問—理律法律事務所 陳長文律師、李念祖律師
印　刷—盈昌印刷有限公司
初版一刷—二〇二〇年二月二十一日
定　價—新台幣四二〇元

時報文化出版公司成立於一九七五年，
並於一九九九年股票上櫃公開發行，於二〇〇八年脫離中時集團非屬旺中，
以「尊重智慧與創意的文化事業」為信念。

謊言的年代：薩拉馬戈雜文集/喬賽・薩拉馬戈(José Saramago) 著；廖彥博 譯一二版.-- 臺北市：時報文化，2020.2；416面；21*14.8公分. -- (大師名作坊；172)
譯自：O Caderno (The Notebook)

ISBN 978-957-13-8081-0(平裝)

879.6　　109000299

ISBN 978-957-13-8081-0
Printed in Taiwan